Hannes Stein
DER WELTREPORTER

Hannes Stein

DER WELTREPORTER

Ein Roman in zwölf Reisen

Galiani Berlin

Chanah und Yonatan.

Always and forever.

So ließ ich mich denn dahintreiben
auf jenem Strome, bald durch weite,
bald durch enge Höhlungen im Gestein.

Sindbad der Seefahrer

Vorbemerkung

Gern würde ich behaupten, dass ich dieses Buch im Seuchenjahr 2020 geschrieben habe. Dass ich mich in einen virtuellen Weltreporter verwandelte, während die exponentielle Fieberkurve unerbittlich stieg, während in unserem Hinterhof der Magnolienbaum blühte, während die Vögel sangen und die Sirenen der Rettungswagen die Stille zersägten, während die Leichen auf Hart Island (einer Insel in der Nähe der Bronx, wo ich mit meiner Familie lebe) verscharrt wurden, während ich hektisch das Medikament *Remdesivir* googelte, während kein Mensch wusste, wo das alles enden würde, während New York sich in eine Geisterstadt verwandelte. Ich kann die Szene vor mir sehen: Wie ich in einer höllischen Idylle auf unserer besonnten Terrasse sitze und die Episoden dieses Buches in meinen Laptop hacke, um nicht vollends durchzudrehen. Allerdings hat diese Version einen kleinen Fehler: Sie ist nicht wahr.

Manchmal ist es wert, die Entstehungsgeschichte eines Buches zu erzählen. Bei diesem Roman war es so: Vor sechs oder sieben oder acht Jahren stolperte ich im Internet über eine wahre Geschichte. Eine Liebesgeschichte, eine Lügengeschichte. Es ging um eine junge Frau und einen Journalisten, der sich nicht als Schmetterling, sondern als gefallener Engel entpuppte. Toll, dachte ich und hielt die Idee in meinem kleinen schwarzen Notizbuch fest. Damals hatte ich nicht mehr als einen schattenhaften Eindruck: Ein Mann sitzt bei heruntergelassenen Jalousien in seiner Wohnung und schreibt. Das war alles, das war's eigentlich schon. Und dabei blieb es fürs Erste auch. Unterdessen schrieb ich andere Bücher, unser Sohn wurde geboren, Barack Obama wurde zum zweiten Mal zum Präsidenten gewählt, der Planet erhitzte sich weiter, und dann entgleiste die Realität ins Irre: Die Briten entschieden sich für den Brexit, ein geistig verwirrter Kapitalistendarsteller zog aus dem Reality TV ins Weiße Haus um. Aus lauter Verzweiflung wollte ich einen historischen Roman schreiben. Er sollte von den deutschen Einwanderern in New York handeln – von Little Germany, einem Viertel im Südosten von Manhattan, das es nicht mehr gibt. Ich wollte von dem Ausflug mit dem Raddampfer *General Slocum* im Sommer 1904 erzählen: der großen Katastrophe, die auf beiden Seiten des Atlantiks heute vergessen ist. Dieser historische Roman misslang mir gründlich. Nach vier Kapiteln brach ich das Experiment ab. Ich war niedergeschmettert. Mir war sonnenklar, dass mir nie wieder ein Roman gelingen würde. Naturgemäß war das der Moment, in dem mir meine alte Idee von vor sieben oder acht Jahren wieder einfiel. Die Liebes-Lügen-Geschichte. Ich skizzierte ein paar Szenen. Plötzlich (es passierte an einem einzigen Tag) explodierte die Grundidee in meinem Kopf wie ein Feuerwerk. Ich sah das Ganze vor mir, die junge Frau und den alternden Reporter.

Danach musste ich das Buch nur noch aufschreiben. Genauer gesagt war es so: Der Roman schrieb sich von selber, ich brachte ihn nur zu Papier. Es war, als würde ich ein Bild, das längst existierte, vorsichtig aus seinem Rahmen lösen und vor mir ausbreiten. Anschließend ließ ich das Manuskript ein paar Wochen liegen und sah es noch einmal mit kaltem Blick auf Fehler durch. Und das versteht sich: Zu jener Zeit kannte ich weder das Wort

»Coronavirus« noch den Namen *Covid 19*. Als ich den Roman im Januar des Jahres 2020 an meine Agentin Elisabeth Ruge und meinen Verleger Wolfgang Hörner schickte, dachte ich noch, dass jene Seuche in der Provinz Wuhan im fernen China mich nichts anginge.

Die Krankheit, deren Symptome hier geschildert werden, hat also nichts mit real existierenden Seuchen zu tun. Sie ist keine Menschheitskatastrophe, sondern betrifft nur die Deutschen (ein bisschen auch ihre Nachbarn). Im Übrigen scheint sie weniger ansteckend, dafür aber wesentlich tödlicher zu sein als *Covid 19*. Und es gibt offenbar keine Therapie für sie, kein Medikament, keinen Impfstoff. Ich bin kein Virologe – aber mir scheint, dass der Keim meiner fiktiven Krankheit in einer Petrischale gezüchtet wurde, die der alte Hexenmeister Edgar Allen Poe in einer seiner berühmtesten Erzählungen angesetzt hat. »Der ›Rote Tod‹ hatte seit Langem das Land verwüstet. Keine Pest war je so tödlich – oder so hässlich. Blut war seine Erscheinungsform und sein Siegel – die Röte und das Grauen des Blutes ...« Nein, ich habe gar nichts vorausgesehen. Es war einfach so, dass ich für meine Liebesgeschichte ein apokalyptisches Hintergrundrauschen brauchte. Warum ich mich dabei ausgerechnet für eine Seuche entschied? Vielleicht spukte in meinem Hinterkopf ein Gespräch herum, das ich vor vielen Jahren mit dem Physiker Paul McEuen geführt hatte. Ich besuchte ihn auf dem Campus der Cornell University, der wie ein Irrtum im Norden des Bundesstaates New York zwischen Feldern und Wäldern liegt. McEuen ist ein Mann um die fünfzig mit langen Haaren und Bart, der mit seiner Zahnspange wie ein in die Jahre gekommener Teenager aussieht. Ein sympathischer Sonderling. McEuen hatte gerade einen Thriller veröffentlicht, an den ich mich nur undeutlich erinnere. Aber ich weiß noch genau, was er sagte, als wir unter schönen alten Bäumen durch den Universitätscampus flanierten: »Die Menschheit befindet sich gerade in der Pause zwischen zwei großen Seuchen ... Die nächste Pandemie ist überfällig.«

Dies ist also kein Corona-Roman (was immer das sein mag). Es ist ein Roman über echte Schlaraffenländer und falsche Paradiese und über den Tod, der uns am Ende alle erwartet. Wovon sonst lohnt es sich denn zu erzählen?

Inhalt

15   *Auf den ersten Blick ...*

25   ERSTE REISE: DIE MÜNCHNER
RÄTEMONARCHIE

49   *Julias Smartphone ...*

55   ZWEITE REISE: DAS RESTAURANT
AM ENDE DER WELT

75   *Die Dame ...*

80   DRITTE REISE: EINE STADT
NAMENS UTOPIA

105   *Zart wie eine Katzenpfote ...*

112   VIERTE REISE: DIE GESCHICHTE
VON CARDENIO

131   *Achmed war sein Name ...*

137   FÜNFTE REISE: DIE
EIDGENOSSENSCHAFT

159   *Sie gingen am Strom spazieren ...*

165   SECHSTE REISE: YAEL MAERISIRA

186   *Sie standen in der Eingangshalle ...*

195   SIEBTE REISE: DONALD UND DIE DINÉ

216   *Der Club hieß Aphrodite ...*

222   ACHTE REISE: DIE SUCHE NACH DEM
TRANSZENDENTALEN ORGASMUS

241   *Hundert Mal ...*

247   NEUNTE REISE: AUF DEM GIPFEL
DER VERZWEIFLUNG

265   *Die schlanke Buche ...*

272   ZEHNTE REISE: DEUTSCHLAND,
DU BLONDES, BLEICHES

293   *Julia war keine Wagnerianerin ...*

301   ELFTE REISE: ATLANTIS

321   *Sitzen Sie bequem? ...*

328   ZWÖLFTE REISE: DEIN FREUND
HARVEY

Auf den ersten Blick gefiel ihr gar nichts an ihm. Dieser gewaltige Walrossschnäuzer! Die Tränensäcke: zwei ausgequetschte Teebeutel unter den Augen! Das lange Haar, in der Mitte gescheitelt, das ihm müde und blassblond auf die Schultern fiel! Auch auf den zweiten Blick fand sie ihn keineswegs anziehend. Er war viel zu alt für sie, schon jenseits der fünfzig; die Stirn eine einzige Falte; er hätte – rein theoretisch, versteht sich – ihr Vater sein können. Auf den dritten und letzten Blick hatte sie dann aber doch ein Lächeln für ihn übrig. Vielleicht lag es an seinen traurigen braunen Augen. Vielleicht an der Lederjacke (maßgeschneidert, wie sie später erfuhr), die breite Schultern umschloss. Vielleicht an den eleganten Bewegungen seiner schlanken Finger, mit denen er einen Zigarillo entzündete. (Benzinfeuerzeug!) Vielleicht mochte sie aber auch die Frechheit, mit der er Rauchringe in ihre Richtung blies. Er war sehr geschickt – es gelang ihm spielend, dass sich zwei Ringe in der Luft ineinander verhakten.

Sie saßen in einer von jenen Bars, die irgendwann einmal avantgardistisch gewirkt haben mögen, aber heute nur vorsintflutlich sind. Viel Glas, viele Spiegel; Barhocker aus rotem Plastik, blaue Leuchtstoffröhren, Flachbildschirm über dem Tresen. Der Barkeeper war ein junger schlaksiger Schnösel mit schwarzer Fliege und Samtweste, der wenig sprach und hingebungsvoll Gläser polierte. Außer ihnen beiden hatte sich nur eine Handvoll Hotelgäste hierher verirrt; ein Amerikaner im Hintergrund sprach viel zu laut in sein Smartphone. (Er bestritt seine ganze Konversation mithilfe von drei Wörtern: *Yeah, Nope* und *Sure.*) Sie hatte sich in einer Stimmung befunden, wo man allein sein will, zum Alleinsein aber dringend Menschen benötigt. Alle Cafés in der Stadt waren geschlossen (es herrschte wieder einmal Ausgangssperre), also war ihr nichts als diese Hotelbar übrig geblieben. Der Securitymann mit seinem Knopf im Ohr und dem Mundschutz über der Nase war sofort beiseitegetreten, als sie ihren orangen Ausweis hochhielt. Sie hatte sich an die Theke gesetzt, ein Glas Sancerre bestellt, ihr Glastablett aus der Umhängetasche geholt und angefangen, mit gesenktem Kopf zu lesen. Und nun störte sie dieser Fremde, dieser Zigarilloraucher mit seinem Riesenschnurrbart. Sie saß an der Seite der Bar, er in der Mitte, eineinhalb Armlängen von ihr entfernt. »Das Buch scheint ja sehr spannend zu sein«, sagte er. »Ein Roman?«

»Kein Roman«, antwortete sie. »Ich hasse Romane.« Nach einer winzigen Pause fügte sie hinzu: »Dieses ganze erfundene Zeug!«

»Also, was ist es dann?«, fragte er.

»Plotin«, sagte sie kaltkurz. Normalerweise hätte diese Antwort genügt, um das Gespräch gleich im ersten Atemzug zu ersticken, aber leider war der Fremde philosophisch gebildet, und so wurde sie Hals über Kopf in eine Debatte über Sinn und Unsinn der Vorsilbe *neo* katapultiert (warum »neomarxistisch« und nicht einfach nur marxistisch; was zum Teufel bedeutet »neoliberal« etc.). Denn natürlich hatten die »neuplatonischen Denker« des dritten nachchristlichen Jahrhunderts – Plotin vorneweg – sich selber keineswegs so genannt. Sie begriffen sich schlicht als Schüler des großen alten Platon: Schluss, aus und fertig – ganz ohne *neo!* »Bodo«, stellte der Fremde sich vor, nachdem diese Diskussionsrunde abgeschlossen war. »Bitte, ich kann nichts dafür. Den Namen haben meine Eltern mir angetan.«

»Julia«, sagte sie und ergriff – mit Mühe, weil er so weit weg saß – die ihr entgegengereckte Hand.

»Angenehm«, sagte er. »Darauf müssen wir einen trinken. Noch ein Glas von dem Weißwein?« Sie nickte, er bestellte (und versorgte sich bei dieser Gelegenheit mit einem weiteren Bourbon). In der nächsten halben Stunde erfuhr sie, dass er das wichtigste Sexualorgan hatte, über das ein Mann verfügen kann: Ohren. Dieser viel zu alte (nun ja, vielleicht nicht *ganz* so alte) Kerl hörte ihr wirklich zu – mit allen sieben Sinnen, während sich sein Körper gespannt zu ihr hinüberneigte; nach und nach verlor er in ihren Augen all seine Hässlichkeit. Sie erzählte ihm, dass sie sich das Geld für ihr Philosophiestudium mit Taxifahren verdiene; dass sie keine Familie mehr in der Stadt habe; dass sie ebenso wenig zu den Hotelgästen gehöre wie er. (Kichernd fischten beide ihre orangen Ausweise aus ihren Portemonnaies: »Zeigst du mir deins, zeig ich dir meins!« Anschließend versuchten sie auszurechnen, wie groß die statistische Chance war, dass zwei solche Leute wie sie einander begegneten. Schließlich waren nur nullkommanullnullsieben Prozent der Bevölkerung immun.) Sie erzählte ihm sogar, dass sie Broccoli verabscheute und dass im Kunstmuseum der Stadt ein Bild von Vermeer hing, das ihr persönliches Privateigentum war. Eine häusliche Szene: Eine stille Frau mit einem Brief, ein frecher Mann mit einer Laute, ein Schachbrettmusterboden, eine Vase mit Blumen auf dem Holztisch, ein aufgeschnittener Brotlaib. Licht brach aus dem Fenster herein wie aus einer anderen Welt. Wenn sie das nicht mindestens einmal alle zwei Wochen im Original sah, ging es ihr körperlich schlecht. Beim dritten Sancerre lud der Fremde sie ein, neben ihm Platz zu nehmen (»Sonst muss ich immer so schreien«). Bald registrierte sie beiläufig im Hinterkopf, dass ihre und seine Gesten längst angefangen hatten, synchron zu verlaufen. Sie griffen gleichzeitig nach ihren Gläsern; wenn sie sich gedankenverloren über die Wange strich, strich auch er über seine Wange. Aber ehe sie den entscheidenden Schritt weiterging, wollte sie ein paar Details über ihn in Erfahrung bringen. Hinterlistig erkundigte sie sich, wo er wohnte. Er nannte den Namen eines der vornehmeren Stadtviertel und verriet ungefragt, dass er seine Wohnung mit niemandem teilte. Nein, keine Familie. Hobbys? Er habe sein Hobby zum Beruf gemacht. Was er denn von Beruf sei? Journalist. Ob der Blog oder das Magazin, für das er schreibe, allgemein bekannt sei? *»Holzmann's Weltspiegel«*, sagte Bodo lässig. Julia gab sich große Mühe, nicht beeindruckt zu sein: »Aha, die Zeitschrift mit dem Idioten-Apostroph!«

»Es ist kein Idioten-Apostroph«, sagte Bodo ruhig. »Die Abtrennung des Genetiv-S vom Substantiv war im Deutschen schon im achtzehnten Jahrhundert üblich. Ich kann dir Schilder aus der Kaiserzeit zeigen, auf denen steht: *Eckhard's Kolonialwaren. Müller's Lebensmittel.«* (Er malte den Apostroph mit dem Zeigefinger der rechten Hand in die Luft.) »Es handelt sich nicht um einen Anglizismus, wie manche Leute in ihrer Unbildung glauben – es ist gutes altmodisches Deutsch.«

Julia nahm die Belehrung gefasst hin. »Und was schreibst du so?«, fragte sie.

»Reisereportagen. Vielleicht bist du schon mal über einen meiner Texte gestolpert. Mit Nachnamen heiße ich von Unruh.«

Fehlanzeige. Julia kannte *Holzmann's Weltspiegel* zwar vom Kiosk und von gelegentlichen Arztbesuchen – in jedem Wartezimmer lag das Magazin mit dem berühmten Schriftzug aus –, aber wie die meisten Leute ihrer Generation bezog sie ihre Nachrichten aus dem Äther, von den Wolken, ließ sie sich von Vögeln zwitschern. Um die Wahrheit zu sagen: Sie hatte nicht das nötige Kleingeld für ein aufwändig gestaltetes Hochglanzmagazin. Zwölf Euro pro Ausgabe! Der Wahnsinn! Aber nun – sie rieb in übertrieben geschauspielerter Vorfreude die Handflächen aneinander –, nun habe sie endlich einen wehrlosen Mitarbeiter von *Holzmann's Weltspiegel* in ihrer Gewalt und könne ihn ausfragen, was an den Gerüchten über diese Zeitschrift dran sei. Bitte sehr: Ob denn stimme, dass die Fotoreportagen in *Holzmann's Weltspiegel* manchmal eine halbe Million kosteten? (Ja. Manchmal auch mehr. Und bekanntlich gebe es keine einzige Ausgabe ohne Fotoreportage.) Ob die Abgeordneten des Bundestages *Holzmann's Weltspiegel* denn wirklich schon am Dienstagabend – also zwölf Stunden vor dem Erscheinungstermin – durchblätterten? (Aber klar. Sie müssten doch nachprüfen, ob *Holzmann's Weltspiegel* ihnen in dieser Woche auf die Schliche gekommen sei.) Ob der Gründer des Magazins tatsächlich in der Wut oft mit Schreibmaschinen nach Untergebenen geworfen habe? (Er komme ungefähr zwei Generationen zu spät und habe deshalb alles verpasst, sagte Bodo grinsend, aber ältere Mitarbeiter hätten ihm gestanden, dass sie sich manchmal ducken mussten.) Ob man bei *Holzmann's Weltspiegel* offen über die Nazivergangenheit des Magazingründers reden dürfe? Schließlich sei Georg Holzmann Mitglied einer Propagandakompanie der SS gewesen – zum Linksliberalen habe er sich erst in den Sechzigerjahren des vorigen Jahrhunderts gewandelt. Im Krieg habe er Griechenland unter seine Militärstiefel genommen. Am Anfang habe *Holzmann's Weltspiegel* Hitlers Soldaten noch als wasserdichte Helden gefeiert, Nazis seien in hohen Positionen beschäftigt worden. (Alte Hüte. Offene Türen. Natürlich sei all dies längst Thema, beziehungsweise: längst kein Thema mehr.) Ob jeder Journalist, der bei *Holzmann's Weltspiegel* arbeite, von der Firma allen Ernstes einen funkelnagelneuen Porsche gestellt bekomme? Und das Benzingeld jeden Monat bar auf die Hand? (Kein Kommentar.)

»Die wichtigste Frage hast du mir aber gar nicht gestellt«, sagte Bodo.

»Nämlich?«

»Ob das, was wir in *Holzmann's Weltspiegel* schreiben, auch wahr ist.«

»Und? Ist es wahr?«

»Jedes Wort«, sagte Bodo. »Wir unterhalten eine ganze Abteilung, die nichts anderes zu tun hat, als jede Behauptung auf ihren Tatsachengehalt zu überprüfen und alle Zitate nachzuschlagen. Jedes Foto wird von denen unter die Lupe gelegt, jedes Tondokument abgehört. Wir müssen nämlich alle Interviews aufzeichnen, die wir führen. Im Durchschnitt wird eine Reportage von mir drei Mal durch die Mangel gedreht, ehe sie erscheinen darf.« Auf dem Flachbildschirm über der Theke war mittlerweile die Seuchenkarte eingeblendet worden, sie warf einen rötlichen Widerschein auf Bodos Gesicht. In Magdeburg gab es zehn neue Fälle. Dresden stand jetzt schon seit

Wochen unter Quarantäne – das Stadtgebiet erschien als großer roter Kreis. Von den Nachbarländern war Polen mittlerweile weitgehend seuchenfrei. Die Niederlande dagegen hatte es schwer erwischt. »Macht deine Arbeit dir eigentlich Spaß?«, fragte Julia.

»Diebischen«, sagte Bodo und schickte einen weiteren Rauchring zur Decke. »Heidnischen. Völlig unerlaubten, um ehrlich zu sein.« Plötzlich spürte Julia unter ihren Hinterbacken eine bestürzende Abwesenheit – ein Abgrund tat sich auf, und um ein Haar wäre sie von ihrem Barhocker gefallen: Bodo fing sie im letzten Moment mit seinem starken Arm auf. War sie schon so betrunken? (Aber es waren doch nur vier Gläser Wein gewesen.) Oder handelte es sich um einen Anfall von akuter Ungeschicklichkeit? Als Gentleman ließ Bodo seine Hand einen Moment zu lang an ihrer Hüfte, sie nahm es lächelnd hin. Es dauerte nicht lange, bis ihre Fingerspitzen einander unter der Theke im Dunklen begegneten. Dann kam das alte Spiel von Hinschauen und Wegschauen und Wieder-Hinschauen, das unsere Gattung gespielt hat, seit Adam und Eva im Garten Eden eines schönen Tages entdeckten, dass sie nackt waren. Ihr fiel auf, dass er gut roch: nach Leder, einem altmodischen Aftershave und Schweiß. Mittlerweile störte sie nicht einmal mehr sein Schnurrbart. Und weil es sich bei Julia um einen ungemein praktisch veranlagten Menschen handelte, flüsterte sie ihm kurz nach halb zehn ins Ohr: »Ich glaube, wir sollten heute Abend beide nicht mehr Auto fahren.« Der Barkeeperschnösel hinter der Theke, der genau wusste, was sich da vor seinen Augen anbahnte, schickte einen vernichtenden Blick zu ihr hinüber.

»Richtig«, sagte Bodo. »Es gibt hier tolle Hotelzimmer. Der Blick auf die Mülltonnen im Hinterhof soll zauberhaft sein.« Er zog einen Kristallaschenbecher heran, der längst ein Massengrab war, und fügte den gekrümmte Zigarettenstummelleichen seinen abgebrannten Zigarillo hinzu. Dann legte er einen großen Geldschein auf den Tresen, und sie gingen. Weil Julia sich genierte, blieb sie an der Hotelrezeption ein paar Schritte hinter ihm stehen. Aber Bodo regelte die Angelegenheit ganz trocken und geschäftsmäßig: Er fischte eine Kreditkarte heraus, die so schwarz war wie die Sünde, und kehrte drei Minuten später mit dem Zimmerschlüssel zurück. Schweigend fuhren sie mit dem Lift nach oben. Sie umarmten sich nicht. Ihr zitterten die Knie. Eigentlich war es nicht ihre Art, sich auf diese Weise abschleppen zu lassen – schon gar nicht von einem älteren Mann, von dem sie im Grunde nichts wusste. Ein Korridor. Ein weißer Schlitz, ein grünes Licht. Die Hotelzimmertür dröhnte hinter ihnen ins Schloss. Julia war überrascht: Vor ihnen lag eine Suite mit kostbaren Teppichen und einem fußballfeldgroßen Lotterbett. Das Fenster führte selbstverständlich nicht zu irgendeinem Hinterhof hinaus – es gab den Blick auf den künstlichen See in der Mitte der Stadt frei. Bodo nahm sie behutsam in den Arm. Er konnte gut küssen. Er konnte auch sonst allerhand.

Hinterher bewunderte sie seinen Körper: Für einen Mann seines Alters sah er erstaunlich gut aus. Die Fettfalten an seinem Bauch ließen sich noch zählen; die Arme waren muskulös. »Wie braun du bist«, sagte sie.

»Ich war gerade drei Monate lang in Brasilien«, sagte Bodo. »Amazonas.«

»Urlaub?«

»Arbeit. Ich habe eine ziemlich verrückte Geschichte recherchiert.« Sie fragte ihn nicht, was für eine Geschichte das gewesen war; es genügte ihr, seine Schulter als Kopfkissen zu benützen. Kurz darauf war sie eingeschlafen.

Am nächsten Morgen nahmen sie den Zimmerservice in Anspruch. Julia bestellte in einem Anfall von Übermut ein komplettes englisches Frühstück: drei Spiegeleier, Speck, gebackene Bohnen in Tomatensauce, geräucherten Hering, Toast, Butter, Orangenmarmelade. Bodo nahm mit einem Kamillentee und frischem Birchermüsli vorlieb. Nach dem Essen verabschiedete er sich beinahe brüsk von ihr: Er müsse jetzt furchtbar eilig noch in der Redaktion vorbeischauen. Auf dem Weg zur Hotelzimmertür fiel ihm, als er sein Portemonnaie einschob, ein Kärtchen heraus. Rote Pappe, weiße Schrift. Julia wollte ihm das Kärtchen hinterhertragen, aber er war schon verschwunden, auch auf dem Hotelkorridor sah sie ihn nicht mehr. Ratlos drehte sie die kleine Karte in der Hand herum. Es handelte sich um ein Abonnement für eine Wellnessoase, Solarium inklusive. Julia dachte sich gar nichts dabei – nichts Gutes und nichts Böses. Dabei war sie keineswegs auf den Kopf gefallen; sie gehörte nur nicht zu den Leuten, die, wenn sie durch einen Wald gehen, hinter jedem Baum einen Räuber vermuten.

ERSTE REISE:
DIE MÜNCHNER RÄTE-
MONARCHIE

(Text: Bodo von Unruh, Fotos: Jacques Lacoste)

München leuchtete. Über den festlichen Plätzen und weißen Säulentempeln, den antikisierenden Monumenten und Barockkirchen, den springenden Brunnen, Palästen und Gartenanlagen spannte sich strahlend ein Himmel von blauer Seide. Wenn es nur nicht so gottverflucht heiß gewesen wäre! Bunte tropische Schmetterlinge gaukelten durch die urbane Idylle. Moskitos schwirrten. Ein Papagei ließ sich auf einem Dachfirst nieder, legte den Kopf schief und musterte die Szenerie: *Companheiros!,* krächzte er. Und nach einer kleinen Pause: *Companheiras!* Doch im nächsten Moment schlug er schon mit den Flügeln und flatterte entsetzt davon, denn die Blaskapelle, die unter ihm Aufstellung genommen hatte, fing an zu spielen. Männer in Krachledernen, Frauen im Dirndlkleid; Trompeten, Posaunen und eine Tuba. Alle Musikanten hatten sich ein rotes Halstuch umgebunden. Als Erstes spielten sie die Bayernhymne; der Dirigent – ein munterer Mann mit dunklem Lockenhaar, von dem im Folgenden noch die Rede sein wird – sang lauthals mit, während er den Dirigentenstab auf und nieder tanzen ließ. Am lautesten schmetterte er die dritte Strophe: »Gott mit ihm, dem Bayernkönig / Segen über sein Geschlecht! / Denn mit seinem Volk in Frieden / Wahrt er dessen heilig Recht! / Gott mit ihm, dem Landesvater / Gott mit uns in jedem

Gau / Gott mit dir, du Land der Bayern / Deutsche Heimat weiß und blau!« Und dann – quasi ohne Luftholen, jedenfalls ohne ihre Instrumente abzusetzen – spielte die Trachtenkapelle aus vollem Rohr ihre nächste Melodie: die *Internationale*.

Im Hintergrund waren die wichtigsten Wahrzeichen der Stadt deutlich zu erkennen: die zwei Zwiebeltürme der Frauenkirche, der Springbrunnen am Stachus, das Rathaus mit seinem Glockenspiel. Nur dort, wo sich eigentlich die Feldherrnhalle hätte erheben sollen – 1844 zu Ehren der bayerischen Armee errichtet, 1923 der Schauplatz eines blutig gescheiterten Putschversuches, nach 1933 der Ort, wo jeder Passant den rechten Arm zum Hitlergruß hochreißen musste –, noch einmal von vorn: An der Stelle der Feldherrnhalle erhoben sich (wie ein Irrtum, wie eine Fata Morgana, wie eine Retusche im Nachhinein) in ihrer ganzen Walt-Disney-haften Märchenpracht die weißen Türme von Neuschwanstein.

Diese Geschichte beginnt in einem Biergarten – an einem jener Oktobertage, wie sie in dieser goldenen Perfektion nur der Freistaat Bayern hervorbringt: eine milde Sonne, lauwarme Melancholie in der Luft. Wespen kreisten faul um den Zwetschgendatschi, über dem Kaffee türmte sich ein Berg Schlagsahne. Es schien völlig ausgeschlossen, dass dieser Monat jemals enden, dass sich der Winter erstickend über die Schöpfung herabbeugen könnte. Ein Bettler torkelte durch die Bankreihen auf uns zu; er streckte nicht nur eine, sondern beide Hände vor sich aus – als wollte er uns die ganze Schuld an seinem Elend zuschieben. Ein langer Filzmantel schlotterte um ihn herum, sein Haar bestand aus Strähnen, sein grauer Bart war eine schmutzige Matte. Plötzlich strauchelte er; dann sackte er zwischen den Holztischen zusammen. Nach der üblichen Schrecksekunde machten verschiedene Leute sich auf, dem Gestürzten zu helfen – zufällig war ich als Erster bei ihm. Er lag auf dem Hinterkopf, seine Augen blickten glasig in den Herbsthimmel hinein. »Ich hätte es nicht tun dürfen«, sagte er. »Nicht tun dürfen.« Ich fragte ihn nicht, was er meinte, sondern tippte die Notrufnummer in mein Smartphone; der weiße Ambulanzwagen mit dem roten Kreuz brauchte nur drei Minuten. »Es wäre eine gute Idee, wenn ich mit ihm ins Krankenhaus fahren würde«, sagte ich. Nein, ich sei kein Angehöriger, aber ich hätte den Mann gefunden und fühlte mich für ihn verantwortlich. Auf der Fahrt saß ich hinten neben der Krankenbahre. Zwei dünne Plastikschläuche steckten in seinen haarigen Nasenlöchern und versorgten ihn mit reinem Sauerstoff. Ungefähr auf halber Strecke schlug er die Augen auf. »Ich hätte es nicht tun dürfen!«, verkündete er.

»Was denn nicht tun dürfen?«, fragte ich.

»Das Mädchen ... sie war erst zwölf. Ich hätte es nicht tun dürfen! Es gehört sich nicht!« Er umklammerte mein Handgelenk. Sein Griff war erstaunlich stark.

»Vergebung, Vergebung. Ich will zurück nach München«, greinte er.

»Aber Sie sind doch in München!«

»Ja, aber im falschen!«, schrie er. Er versuchte, sich aufzurichten, aber die Plastikschläuche behinderten ihn, und so sank er gleich wieder zurück. Mittlerweile waren wir vor der Notaufnahme des Krankenhauses angelangt. Verschiedene Pfleger führten mit großer Professionalität die notwendigen Handgriffe aus: Sie hoben, sie klinkten ein und aus, sie schoben und wuchteten und überführten den alten Bettler aus der Welt der Gesunden auf den fremden Planeten, wo die Kranken zu Hause sind. Nach zwei Minuten verschwand er mit seinem Gefolge zwischen zwei Schwingtüren. Ich wartete. Gewiss, die Sache ging mich nichts an, aber ich spürte, dass der alte Bettler mir etwas zu erzählen hatte. Insgesamt verplemperte ich fünf Stunden meiner Lebenszeit in dem kahlen Vorraum, sah stummen Nachrichtensprechern auf einem Bildschirm zu, blätterte in Gesundheitsmagazinen. Der Minutenzeiger auf der Wanduhr marschierte im Stechschritt um das Ziffernblatt und schleppte mit elender Langsamkeit und preußischer Präzision seinen kleinen Bruder hinter sich her. Irgendwann hielt ich es nicht mehr aus. Ich fragte eine Krankenschwester, was denn mit dem Mann passiert sei, den ich hierherbegleitet habe. Nein, ich sei kein Angehöriger, aber ich sei jetzt schon sehr lange hier, und vielleicht könnte sie so freundlich sein ... Die Krankenschwester holte eine Ärztin, eine winzige graue Frau mit Hornbrille im weißen Kittel. »Der Herr, den Sie herbegleitet haben, ist vor drei Stunden verstorben«, sagte die Ärztin. »Wir konnten leider nichts mehr für ihn tun.«

Die Nachricht erschütterte mich mehr, als ich erwartet hatte – mehr, als mir eigentlich zustand. »Was war denn die Todesursache?«, fragte ich.

»Kann ich Ihnen nicht sagen. Schweigepflicht.« Sie wandte sich schon wieder zum Gehen, da überkam mich eine Eingebung. »Was passiert denn jetzt mit seinen Sachen?«, fragte ich.

»Die werden verbrannt.«

Ob sie mir wohl erlauben würde, die Hinterlassenschaft des Bettlers zu durchsuchen? »Ich bin Reporter«, sagte ich und zückte meinen Journalistenausweis. Die Ärztin maß mich mit den Augen von oben nach unten ab. »Kommen Sie«, sagte sie nach einer Pause. Ich folgte

28

ihr durch die Schwingtüren, durch mehrere verwinkelte Korridore; endlich deutete sie auf einen schwarzen Müllsack, der in einer Ecke auf einem Tisch lag. Ich solle nur hinterher alles wieder in den Müllsack packen, sagte sie. Im Übrigen wünsche sie mir viel Spaß mit den Schätzen des Verstorbenen. Sie blieb nicht bei mir; offenbar genügte es, dass mir eine Kamera von der Decke aus zusah. In dem Müllsack steckten die Schuhe des Mannes, ein löchriger Pullover, eine Hose von undefinierbarer Farbe. Unterwäsche, die unbeschreiblich stank; und der Filzmantel, den er getragen hatte. Mit spitzen Fingern drang ich in die Taschen ein. Voilà: ein gebrauchtes Stofftaschentuch, eine zerknäulte Zigarettenschachtel, eine kleine Wodkaflasche (halb leer). Doch dann förderte ich tatsächlich einen Schatz ans Neonlicht, einen zerfledderten Boardingpass. Direktflug von Manaus nach Berlin/Tegel, Sitz 24 B, ausgestellt vor fünfzehn Jahren. Außerdem eine uralte verblasste Landkarte – sie war portugiesisch beschriftet und zeigte in großem Detailreichtum die Amazonasregion. Kein amtlicher Ausweis, kein Pass; natürlich nicht. Aber was ich in der anderen Manteltasche fand, überzeugte mich dann endgültig, dass ich hier etwas Wichtigem – einem Geheimnis – auf der Spur war. Denn ich entdeckte ein Plastikkärtchen: Josef Mitterer stand darauf, darunter ein Geburtsdatum. Auf der Rückseite war das bayerische Königswappen abgebildet – der tanzende Leu, der frech seine Zunge herausstreckt; der Reichsapfel auf purpurnem Grund; die goldene Königskrone; die blauen und weißen Rauten. Doch eingefasst war dieses Wappen von einem tiefen, einem brennenden Rot. Daneben ein kleiner Lederbeutel. Als ich ihn aufschnürte, erspähte ich im Dunkel eine Banknote und mehrere Kupfermünzen – aber es war keine Währung, die ich kannte. Der Geldschein zeigte einen dunkelhaarigen jungen Mann mit bedeutsamem Prophetenbart; laut Unterschrift handelte es sich um einen gewissen Silvio Gesell. Zehn Millionen Gulden! Der Name sagte mir etwas, aber so tief ich auch in meinem Gedächtnis stocherte, ich förderte nichts Brauchbares zutage. Auf der Rückseite des Geldscheins war ein Stadtplan von München aus dem Jahr 1919 abgebildet. Die Kupfermünzen in dem Ledersäckchen waren jeweils vier Kreuzer wert. Der schön verschnörkelte Wahlspruch über der Ziffer lautete: *Liberalitas Bavariae*. Auf der Vorderseite das Profil eines Lockenkopfes – Ludwig VII. war der werte Name. Täuschte ich mich oder zeigte der Monarch afrikanische Gesichtszüge?

Ich legte die Wäsche des Bettlers in den Müllsack zurück, aber all seine anderen Habseligkeiten steckte ich in meinen Rucksack. Niemand hielt mich auf, als ich das Krankenhaus verließ.

Bildlegende: Die Amazonaskarte, der Boardingpass, das rote Plastikkärtchen mit dem bayerischen Königswappen, der Zehn-Gulden-Schein mit dem Konterfei des anarchistischen Wirtschaftstheoretikers Silvio Gesell.

Drei Wochen später waren mein Fotograf und ich bereit, das Handtuch zu werfen. Wie häufig kann man an der Ponta Negra schwimmen gehen (weg da, Krokodile und Piranhas!); wie oft kann man das Teatro Amazonas besuchen und in hypertropher Pracht Wagner-Opern hören; wie lange kann man von einem Schiff aus zuschauen, wie das schwarze Wasser des Rio Negro und das gelbbraune Wasser des Rio Solimoes zusammenfließen, um den breiten Amazonasstrom zu bilden? Naturgemäß hatte kein Mensch in Manaus je etwas von irgendwelchen Exil-Münchnern gehört. Auf unsere Nachfragen wurden wir immer wieder an den Pálacio del Negro verwiesen – eine herrliche Villa, die sich einst der deutsche Kautschuk-baron Karl Waldemar Scholz hatte erbauen lassen. Aber das half uns auch nicht weiter. Mittlerweile hatte ich herausgefunden, dass Silvio Gesell ein libertärer Sozialist und Ökonom gewesen war. Seine größte Erfindung: das Freigeld, eine anarchistische Währung, die mit der Zeit verwelkt wie das Laub an den Bäumen – so sollten die Leute radikal entmutigt werden, Geld auf ihren Konten zu horten. Die Sonderstellung des Geldes gegenüber der Ware sollte verschwinden, eine freie Wirtschaft entstehen, an der alle Menschen teilhaben konnten. Spinnerei? Silvio Gesell meinte, für sein Freigeld brauche man im Grunde nur zwei Dinge: eine Druckerpresse – und einen Ofen, um das wertlose Geld am Ende zu verbrennen. Kein Geringerer als John Maynard Keynes sagte voraus, dass von den ökonomischen Theorien des Silvio Gesell am Ende mehr übrig bleiben werde als vom Marxismus.

Gesell war der Finanzminister der Münchner Räterepublik: Nach dem Ende des Ersten Weltkriegs hatte eine Handvoll von meschuggenen Intellektuellen versucht, ausgerechnet in Bayern einen freiheitlichen Sozialismus zu verwirklichen. Seine Amtszeit dauerte genau eine Woche. Dann wurde die Räterepublik von preußischen und württembergischen Truppen, von Freikorps- und Reichswehrkämpfern blutig niedergewalzt. Viele Soldaten trugen das Hakenkreuz am Helm, das Symbol der völkischen Thule-Gesellschaft. Gesell entging den rechten Rachemassakern, er musste nur kurz ins Gefängnis und verstarb 1930 ganz bürgerlich an einer Lungenentzündung. Und anders als die Hirngespinste des Dr. Karl

Heinrich Marx ist die Wirtschaftstheorie von Silvio Gesell nirgendwo jemals ausprobiert worden.

Das Glück ereilte uns – so unverschämt wie unverdient – in der Casa Maximiliano. Das ist ein altmodisches, ein bisschen düsteres Café gleich neben dem Largo Sao Sebastiao; eigentlich wollten wir dort unseren Rückflug buchen. Mir fiel eine uralte dunkelhäutige Frau auf, die unter einem vergilbten Bild damit beschäftigt war, ihren Cappuccino zu schlürfen. Das Foto über ihr zeigte jemanden, den ich kannte. Ich brauchte keine Bildunterschrift, um den Dargestellten zu erkennen: das gewellte dunkle Haar – der nach außen gekämmte Schnauzbart – der Spitzbart am Kinn – die stramm sitzende Uniform – die verträumten Augen in die Ferne gerichtet ... natürlich, das war Ludwig II., der bayerische König. Die Greisin bemerkte meinen Blick. Und nun folgte etwas, das ich nie vergessen werde – sie erzählte mir lächelnd eine Geschichte und benutzte dabei kein einziges Wort. Mit Gesten deutete sie an: Der da (der Mann auf dem Bild) habe genau da gesessen, wo sie jetzt saß (nämlich so: mit durchgedrücktem Kreuz und würdevoll), und seinen Kaffee geschlürft (wie sie jetzt ihren Cappuccino). Wieder und wieder erzählte sie ihre wortlose Version. Was für ein Unsinn, dachte ich. Bekanntlich war Ludwig II. nie in Brasilien gewesen. Die uralte Frau aber beharrte auf ihren Gesten. Schließlich hatte ich genug, ging zu ihr hinüber und sprach sie an. Sie deutete auf ihren Mund und machte: »Ah, ah.« Die Dame war also stumm! Plötzlich hatte ich eine Idee. Ich holte alle Schätze hervor, die dem Bettler in München gehört hatten. Die Landkarte des Amazonas rief keine Reaktion hervor, aber als ich ihr die Münzen in die Hand gab, wurde sie unruhig. Beim Anblick der Plastikkarte mit dem königlich-bayerischen Wappen in der roten Fahne fingen ihre Hände an zu zittern. Dann griff sie wieder nach der Landkarte, die sie schon achtlos beiseitegelegt hatte. Ungeduldig schnippte sie mit Daumen und Zeigefinger. Es war mein Fotograf, der erriet, was die alte Dame wollte: Er legte einen Filzstift in ihre Zitterhand. Sie blätterte die brüchige Landkarte auf, suchte, fand und machte endlich an einer Stelle mitten im Urwald ein großes schwarzes X. Ich stand auf und verneigte mich vor ihr. Sie lächelte, wies auf das über ihr hängende Bild und schloss die Augen.

Wir buchten keinen Rückflug. Stattdessen mieteten wir uns einen Reiseführer: Luiz.

Sechs Tage später war mir klar, dass die stumme Greisin uns betrogen hatte. Dort, wo sie ihr X auf die Landkarte gemalt hatte, befand sich gar nichts – nichts außer Schlingpflanzen, Lianen, Palmen, Riesenfarnen sowie possierlichen, weniger possierlichen und ganz unpossierlichen Tieren (goldene Löwenäffchen; Ameisenbären; Anacondas). Zuvor waren wir mit einem Kahn den stillen breiten Amazonas hinuntergetuckert und hatten Luiz dabei bewundert, wie er mit einem Speer unser zappelndes Abendessen aus dem Fluss holte. Später waren wir ihm durch grüne Lichtungen und über dickes Wurzelwerk gefolgt; hin und wieder hieß er uns mit erhobenem rechtem Oberarm stillstehen, um uns auf Naturschönheiten hinzuweisen. Tropische Regenschauer hatten uns durchnässt. Weißknievogelspinnen waren vor unseren Schritten davongehuscht. Wir waren gerade dabei, Rast zu machen und einen Schluck Wasser aus unseren Feldflaschen zu trinken, als ich zwischen den grünen Blättern ein Gesicht sah. Das Gesicht lag im Schatten, aber ich erkannte trotzdem deutlich, dass die Wangenknochen und die Stirn mit bunten Farben bestrichen waren. Noch ein verschattetes Gesicht und noch eines. Sekunden später brachen Gestalten aus dem Blätterwerk hervor, die ziemlich nackt waren und große Köcher in den Händen hielten; wir waren umzingelt. Ein älterer Mann, der einen großen runden Bauch vor sich herschob, trat auf uns zu. Offenbar waren wir nicht die ersten Europäer, die er gesehen hatte, denn er sprach uns auf Portugiesisch an. Luiz antworte ihm, dann übersetzte er. »Er sagt, für heute sind wir seine Gäste, aber dann müssen wir verschwinden. Dies ist ihr Gebiet, sie mögen keine Brasilianer. Er sagt, die Brasilianer kommen mit Kettensägen und haben überhaupt sehr schlechte Manieren.«

»Aber wir sind gar keine Brasilianer«, antwortete ich. »Sag ihm, dass wir nach den Leuten suchen, die das hier gemacht haben.« Ich zeigte dem Mann mit dem dicken Bauch das Plastikkärtchen mit dem Königswappen. Er war völlig unbeeindruckt und kippte einen weiteren Wortschwall über Luiz aus. »Er sagt, ihn interessiert überhaupt nicht, was für eine Art von Brasilianern wir sind. Er mag alle Arten von Brasilianern gleich wenig.« Die beinahe nackten Menschen mit den Köchern setzten sich in Bewegung; wir hatten keine andere Wahl, als in ihrer Mitte mitzutraben. Eine Stunde später fanden wir uns auf einer Lichtung wieder, auf der geflochtene Hütten im Kreis standen. Wir mussten auf Baumstämmen in der Mitte Platz nehmen, dann wurden Feuer entzündet, und ein Festmahl begann. Kochbananen und Maniokwurzeln wurden aufgetragen; der nächste Gang bestand aus dampfendem Fleisch in gewaltigen grünen Blättern. Anschließend packten die Eingeborenen ihre Trommeln aus und führten mit schaukelnden Hüften einen rituellen Tanz auf. Ich dachte über die Merkwürdigkeit gewisser Kulturkonstanten nach: Alle Menschen, ganz gleich, wo sie zu Hause sind, bestatten ihre Toten. Alle Kulturen bringen Musik hervor. Und dieser Fruchtbarkeitstanz in den Regenwäldern des Amazonas erinnerte mich an das Schuhplatteln, das im bayerisch-österreichischen Voralpenland beheimatet ist. Während des Tanzes kredenzten die Stammesangehörigen uns exotische Getränke aus Kokosnussschalen. Es prickelte, es war frisch, es schmeckte herb und süß zugleich – eigentlich wie bayerisches Weißbier. Welche Frucht mochte hier wohl vergoren worden sein? Luiz döste neben mir weg, schreckte wieder hoch und fing schließlich an, mit offenem Mund zu schnarchen. Abrupt hörte das Trommeln und Tanzen auf. Der Mann mit dem dicken Bauch trat zu uns heran.

»K.-o.-Tropfen«, sagte er sachlich. »Keine Angst, wir sorgen dafür, dass euer Reiseführer sicher nach Manaus zurückfindet. Er wird davon ausgehen, dass ihr im Urwald verschollen seid.« Der Mann sprach ein akzentfreies Deutsch mit einer kaum wahrnehmbaren süddeutschen Färbung. »Und ihr kommt jetzt mit. Wir haben schon seit Tagen auf euch gewartet.« Er ging uns mit weit ausgreifenden, sicheren Schritten voran. Immer tiefer führte er uns ins Grüne und Ungewisse hinein. Dann brachen wir aus dem Dickicht auf eine Lichtung heraus. Kühe mampften auf einer Weide; Weizen wogte; und vor uns lag München. Abrupt wandte sich der dicke Mann um und verschwand wieder im Regenwald. Wir spazierten zwischen Kuhweide und Weizenfeld auf die Stadt zu. Am Stadtrand wartete ein bayerischer dunkler Lockenkopf auf uns, ein jung gebliebener Mittvierziger mit einem munteren Lausbubengesicht. »Grüß Gott«, sagte er. »Willkommen in der Münchner Rätemonarchie.«

Bildlegende: Theophil Wohlgemuth, königlicher Bibliothekar,
vor seinen Bücherschätzen mit einer Erstausgabe von Peter
Kropotkins Die Eroberung des Brotes. *Vorige Seiten: Das*
Gustav-Landauer-Monument vor dem Münchner Rathaus.
Klein: Die rote Flagge mit dem bayerischen Königswappen
über den Wasserfontänen am Stachus. / Tagung des Zentralrats
der Münchner Rätemonarchie unter einem riesigen Ölgemälde
von Ludwig II. / Die Hofbibliothek neben der Frauenkirche;
im Vordergrund: die B. Traven-Statue. / »Genosse Majestät«
Ludwig VII. bei der Audienz mit dem Reporter.

Er hieß Wohlgemuth, Theophil Wohlgemuth, und arbeitete in der Hofbibliothek. Nebenbei dirigierte er das kö-
niglich-revolutionäre Blasorchester. Nachdem die letzten
Takte der *Internationale* verklungen waren und die Musikanten – freundlich grüßend – ihre Instrumente verstaut
hatten, bot er uns eine Stadtführung an. Es war beinahe
alles da, nur deutlich verkleinert, ungefähr im Maßstab
eins zu vier. Außerdem musste die Anordnung der Wahrzeichen eigenwillig genannt werden: In diesem München
im Regenwald stand das Sendlinger Tor am Marienplatz,
und das Hofbräuhaus grenzte an den Justizpalast. Dort
wurde übrigens keineswegs Recht gesprochen, wie unser
Stadtführer uns erzählte; stattdessen wohnten dort Familien. Die Münchner Rätemonarchie habe mehr als
zwanzigtausend Untertanen beziehungsweise Bürger, es
handle sich um ein blühendes Gemeinwesen, über Ge-
burtenmangel sei nicht zu klagen, ganz im Gegenteil.
Schließlich kamen wir an unserem Bestimmungsort an,
der Hofbibliothek. Nachdem der königliche Bibliothekar uns die Bestände gezeigt hatte – ein ganzer Lese-
saal mit den Klassikern der anarchistischen Literatur;
die »jakobitische Sammlung« mit Lebenszeugnissen von

James Stewart und seinem Sohn *Bonnie Prince Charlie* –,
ließen wir uns in seinem höchst nüchternen Büro nieder.
»Wahrscheinlich haben Sie Fragen«, sagte er. »Bitte, was
wollen Sie von mir wissen?«

Ich legte das rote Plastikkärtchen mit dem Königswappen zwischen uns auf den Tisch. Welches Geheimnis
sich dahinter verberge? Theophil Wohlgemuth seufzte
tief. »Ach, der Mitterer Sepp«, sagte er. »Ein tragischer
Fall. Wir hatten keine andere Wahl, als den Kerl hinaus-
zuschmeißen. Schauen Sie, wir haben bei uns keine Ge-
fängnisse. Erstens gibt es so gut wie keine Verbrechen,
zweitens betrachten wir solche Anstalten als unwürdig.
Deswegen kennen wir eigentlich keine andere Strafe als
die Verbannung. Den Mitterer Sepp mussten wir damals – ich war ja noch ein junger Mann – besonders weit
verbannen: nach Berlin. Eine schwere Strafe! Jemanden
nach Preußen abzuschieben! Aber er hatte ein junges
Mädchen vergewaltigt. So etwas darf natürlich nicht geduldet werden. Wie haben Sie ihn denn kennengelernt?«

Nachdem ich es Theophil Wohlgemuth erzählt hatte,
seufzte er ein zweites Mal. »Ich kann nicht sagen, dass ich
überrascht bin. Wer einmal bei uns Wurzeln geschlagen
hat, kann in der kalten Welt dort draußen nicht mehr
heimisch werden. Ich hoffe nur, dass er dort, wo er jetzt
ist, seinen Frieden findet.«

»Erklären Sie mir doch bitte, wo wir hier sind«, sagte
ich. »Eine Rätemonarchie? Was soll das sein?«

»Eigentlich sehr einfach«, sagte Wohlgemuth. »Aus historischen Gründen lebten hier in Brasilien Anhänger von
Ludwig II. Später stießen Überlebende der Münchner Rätemonarchie hinzu. Unter uns, das war kein Zufall: Manche der Freikorpsleute waren heimliche Anhänger des
Königs und haben, als die Räterepublik niedergeschlagen

wurde, mit Platzpatronen geschossen. Später haben sie den Anhängern der Räterepublik die Bruderhand gereicht und ihnen zur Flucht verholfen. Spätestens hier in Brasilien haben beide verstanden, dass das Gemeinsame das weltanschaulich Trennende bei Weitem überwiegt, und sich zusammengeschlossen.«

»Aber das ergibt doch überhaupt keinen Sinn!«, wandte ich ein. »Die Ideale einer Räterepublik und einer Monarchie sind einander diametral entgegengesetzt.«

»Das müssen Sie dialektisch sehen«, sagte Theophil Wohlgemuth. »Oder genauer, Sie müssen Ihre Perspektive weiten und das Ganze aus einer welthistorischen Perspektive betrachten. Schauen Sie, im Grunde liegen in der Geschichte seit alters und jeher zwei fundamentale Prinzipen im Streit: das Bajuwarische und das Preußische. Das Bajuwarische ist katholisch, ausufernd, barock, unlogisch, sinnesfreudig, inklusiv und von Herzen liberal. Das Preußische ist protestantisch, streng, gotisch, kahl, autoritär, ausschließend und so logisch, dass es einen graust. Bajuwarisch waren die schottischen, irischen und walisischen Rebellen, die sich im achtzehnten Jahrhundert gegen die Engländer erhoben. Deswegen sehen Sie in unserer Bibliothek auch so viele Zeugnisse über das Leben des alten und des jungen Thronprätendenten aus dem Hause Stewart. Bajuwarisch war ferner Nestor Machno, der ukrainische Anarchist, der mit seinen Männern gegen die verdammten Bolschewiken gekämpft hat. Preußisch waren die Nazis.«

Hätte ich dem guten Bibliothekar entgegenhalten sollen, dass in der Weimarer Republik gerade der Freistaat Preußen ein demokratisches Bollwerk bildete, das sich den Nazis entgegenstellte, und deswegen 1932 zerschlagen wurde? Dass es nicht wenige tapfere Preußen gab, die Hitler Widerstand leisteten? Während seine heiß geliebten Bayern nach 1933 hingebungsvoll danach trachteten, das Leben für die unter ihnen lebenden Juden zur Hölle zu machen? Ich ließ es lieber bleiben. Stattdessen stellte ich eine praktische Frage: »Es muss doch eine schöne Stange Geld gekostet haben, München hier mitten in den Regenwäldern des Amazonas wiederaufzubauen. Sie werden mir doch nicht einreden wollen, Sie hätten all das mit Ihren inflationären Silvio-Gesell-Gulden finanziert!«

»Natürlich nicht.« Wohlgemuth erhob sich, ging zu einem Bücherregal hinter ihm an der Wand, suchte ein zerfleddertes Taschenbuch heraus und legte es mir lächelnd in die Hand: *Das Totenschiff* von B. Traven.

»Ich verstehe nicht«, sagte ich.

»Ein wunderbares Buch«, sagte er. »Und ein wunderbarer Autor. B. Traven alias Ret Marut alias Traven Torsvan alias Hal Croves alias Hermann Otto Albert Maximilian Feige. Ihm haben wir das alles hier zu verdanken.«

»Wie bitte?«

»Schauen Sie«, sagte Theophil Wohlgemuth, »B. Traven war ein Erfolgsautor. Dreißig Millionen Auflage weltweit! Dabei kommt schon was zusammen. Dann das Honorar für *Der Schatz der Sierra Madre* mit Humphrey Bogart in der Hauptrolle. Ein großartiger Film! Traven alias Feige war wie viele Anarchisten in finanziellen Dingen nicht ganz ungeschickt. Er hat an der Börse spekuliert und aus Millionen Milliarden gemacht. Irgendetwas musste er mit seinem Vermögen anfangen – er war persönlich völlig bedürfnislos. Natürlich wusste er von uns. Er war ja selber mit knapper Not entflohen, als die Münchner Räterepublik massakriert wurde. Also hat er von Mexiko aus eingefädelt, dass München in Brasilien wiederaufgebaut wird. Aber was heißt hier *wieder!* Ein so schönes München wie das unsere hat es nie zuvor in der Welt gegeben! Mein seliger Herr Großvater hat noch auf B. Travens Knien gesessen. Übrigens ist jetzt Essenszeit. Begleiten Sie mich ins Hofbräuhaus?«

Weder mein Fotograf noch ich verspürten nach dem Festmahl, das die Eingeborenen uns serviert hatten, besonderen Hunger, aber Wohlgemuth verzehrte vor uns mit Behagen eine Schweinshaxe mit Kraut und kippte eine Maß Bier. Während er aß, erzählte er, dass der Beruf des Hofbibliothekars erblich sei, er werde jeweils an das älteste Kind weitergegeben; seine Tochter bereite sich soeben auf diesen verantwortungsvollen Beruf vor. Zu den Aufgaben des Hofbibliothekars gehöre es, die gesamte Geschichte Bayerns zu memorieren – »sowohl die Geschichte des Bayern dort draußen, die uns weniger interessiert, als auch die unseres inneren Bayern hier in Brasilien«. Dann erklärte er uns das politische Modell der Münchner Rätemonarchie: Jeder Straßenzug wähle seine eigenen Volksvertreter. Die wählten dann die nächste Ebene, also die Räte der einzelnen Stadtviertel. Die Räte der Stadtviertel ihrerseits wählten den Zentralrat, der im Münchner Rathaus tage. Die Amtszeit sei auf zwei Jahre befristet, außerdem könnten die Räte durch ein einfaches Misstrauensvotum der Mehrheit jederzeit abgewählt werden.

»Aber ist dieses System nicht furchtbar instabil?«, fragte ich.

»Überhaupt nicht«, sagte Wohlgemuth. »Für die notwendige Stabilität sorgt das monarchische Prinzip. Schauen Sie, jeder Zentralrat wird vom König vereidigt – er muss schwören, dass er nur das Glück der Allgemeinheit im Sinn hat. Und der König verfügt über das Vetorecht. Er kann jeden Gesetzesentwurf, der ihm nicht passt, in die entsprechenden Beratungsgremien zurückschicken. Sie müssen sich die Sache wie ein Orchester ohne Dirigenten vorstellen, das seinen königlichen Ehrengast keinesfalls enttäuschen will, also jedes Interesse hat, harmonisch zusammenzuspielen.« Ferner behauptete Wohlgemuth, die Münchner Räterepublik sei wirtschaftlich weitgehend autark und unterhalte zu den Eingeborenenstämmen in der Umgebung gutnachbarliche Beziehungen (»wie Sie je selber gesehen haben«). Außerdem gebe es ein königlich-bayerisch-anarchistisches Agentennetz, das bis nach Europa reiche. »Wir wussten über Sie Bescheid, seit diese stumme alte Plaudertasche in der Casa Maximiliano – sozusagen – ihren Mund nicht halten konnte.« Wohlgemuth schob seinen Teller von sich, dann zog er eine altmodische Taschenuhr aus der Weste. »Wir müssen uns beeilen«, sagte er. »Ich habe für Sie eine Audienz organisiert.«

Zehn Minuten später überquerten wir den Odeonsplatz und näherten uns mit der angemessenen Ehrfurcht dem maßstabsgerecht verkleinerten Schloss Neuschwanstein. Livrierte Diener öffneten uns die Türen. Es war tatsächlich alles originalgetreu kopiert worden: die Deckengemälde, die goldenen Lüster, die Marmorsäulen, die Tapeten. Vor dem Thronsaal machte Wohlgemuth Halt. »Sie dürfen ihm nie den Rücken zuwenden«, flüsterte er. »Die Anrede lautet: Genosse Majestät.« Er blieb zurück, und einen Augenblick später befanden wir uns in der Gegenwart von König Ludwig VII.

Er war tatsächlich schwarz. Und weder davor noch danach bin ich je wieder solchem Charisma begegnet: Mit der Macht seiner Person füllte er mühelos den gesamten Thronsaal aus, der auch in der maßstabsgerechten

Verkleinerung noch riesengroß war. Er trug eine blaue Uniform, und eine gewisse Familienähnlichkeit war nicht zu verkennen – die weit auseinanderstehenden Augen, der verträumte Blick. Sogar den Bart trug er wie jener. Er stand ganz allein in der Mitte des Raumes, hinter ihm führten die breiten Stufen der Marmortreppe zum Herrschersessel empor. Er kam auf uns zu, reichte mir die Hand und sagte einfach: »Grüß Gott.« Ehe ich wusste, was ich da tat, senkte ich das rechte Knie zum Boden und neigte demütig den Kopf. »Es ist schon gut«, sagte er lächelnd und bedeutete mir mit einer winkenden Handbewegung, ich solle mich erheben. Dann lud er uns ein, auf einem Sofa unter einem der Fenster des Thronsaales Platz zu nehmen. Er setzte sich auf einen bequemen Sessel uns gegenüber. Auf dem Tisch zwischen uns stand ein Humidor. »Wollen Sie auch eine Gabriela?«, fragte Ludwig VII. »Die beste Zigarre, die Brasilien zu bieten hat.« Ich nahm das Angebot dankbar an. »Vielleicht beginnen wir unser Gespräch damit«, sagte der bayerische König, nachdem er mir und sich selber mit einem Streichholz Feuer gegeben hatte, »dass Sie mir erzählen, was Sie über meinen berühmten Ahnen wissen. Oder zu wissen glauben.«

Ich kramte aus meinem Gedächtnis hervor, was jeder Dummkopf auf Wikipedia über Ludwig II. nachlesen kann. Also: Im letzten Drittel des neunzehnten Jahrhunderts mit achtzehn Jahren den Thron bestiegen. Wagnerianer. Hochgradig verrückt, mit hoher Wahrscheinlichkeit schwul. 1886 entmündigt, sein Onkel Luitpold übernahm an seiner Stelle die Regierungsgeschäfte. Am 13. Juni unter nie ganz geklärten Umständen im Starnberger See ertrunken. – Der bayerische König nahm einen genießerischen Zug aus seiner Zigarre. Seine dunklen Gesichtszüge waren undurchdringlich. »Hm«, sagte er nach einer Weile. »Es ist doch interessant, wie lange sich diese Lüge – diese preußische Propagandaversion – gehalten hat. Es war natürlich nicht so. Es war völlig anders. Das Ganze war eine Verschwörung. Genauer gesagt handelte es sich um zwei Verschwörungen: eine böse große Kabale – und eine ihr entgegengesetzte kleinere. Und die kleinere Verschwörung hat am Ende gesiegt. Deswegen sitze ich heute hier vor Ihnen.«

Ich sagte kein Wort. Es wäre mir ungehörig erschienen, Fragen zu stellen.

»Um die Geschichte zu verstehen, müssen wir auf das Jahr 1866 zurückgehen«, sagte König Ludwig VII. »Die Schlacht von Königgrätz. Damals nahm das Unheil seinen Lauf. Damals siegten die Preußen gegen die Österreicher, und in der Folge bekam Otto von Bismarck sein Deutsches Reich. Nicht nur die Österreicher haben 1866 in Königgrätz gegen die Preußen verloren. Auch die Bayern. Die Geschichtsschreiber haben über die Gründe für die Melancholie meines Ahnen nachgedacht. Sie faseln von seiner unterdrückten Homosexualität etc. Was für ein Schmarren! Ludwig II. war melancholisch, weil Bayern nur sieben Jahre nach seiner Thronbesteigung die nationale Unabhängigkeit verlor – und er hat sein Leben lang versucht, die bayerische Unabhängigkeit wiederherzustellen. Deswegen hat er seine Märchenschlösser bauen lassen. Es war der pure Eskapismus. Aber er hat nicht versucht, vor seinen angeblichen sexuellen Neigungen zu fliehen – sondern vor der erdrückenden politischen Realität. Seine Entmündigung ging auf eine preußische Kabale zurück, die versucht hat, ihn kaltzustellen. Dieser Versuch gelang hervorragend. Sein sauberer Onkel Luitpold war nie mehr als eine Figur, die von Berlin aus auf dem großen Schachbrett der Weltgeschichte herumgeschoben wurde.«

»Dann war Ludwig II. also gar nicht homosexuell?«

»Nein. Er hat meine Urururgroßmutter Isoke von Herzen geliebt. Natürlich musste die Verbindung geheim bleiben.«

»Weil sie schwarz oder weil sie eine Bürgerliche war, Genosse Majestät?«

»Meine Urururgroßmutter war keine Bürgerliche!« König Ludwig VII. schnaubte verächtlich. »Sie war eine Prinzessin aus dem Königreich Dahomey an der afrikanischen Westküste! Sie konnte ihren adeligen Stammbaum singen! Wirklich, es gab eine traditionelle Melodie, mit deren Hilfe sie sich an die Namen all ihrer Vorfahren erinnerte. Dass sie nach Brasilien in die Sklaverei verschleppt worden war, änderte an ihrer adeligen Abstammung überhaupt nichts.«

»Wie haben sie und Ludwig II. sich denn kennengelernt?«, fragte ich.

»Es war eine Brieffreundschaft. Sie hatte sein Bild in Manaus in der Zeitung gesehen und sich in ihn verliebt. Ihn entzückte dann vor allem, dass sie – genau wie er – das Genie Richard Wagners von Anfang an erkannte.«

»Es muss für Ihre Urururgroßmutter sehr schlimm gewesen sein, als Ludwig II. ertrunken ist.«

»Er ist nicht ertrunken.«

»Aha«, machte ich. Mehr fiel mir nicht ein.

»Bitte rufen Sie sich die Ereignisse des 13. Juni 1886 ins Gedächtnis zurück«, sagte Ludwig VII. und blies Rauch gegen die Decke. »König Ludwig II. befand sich auf Schloss Berg. Das liegt am Starnberger See. Am Tag davor war ihm in Neuschwanstein eröffnet worden, er sei abgesetzt und außerdem entmündigt worden; um vier Uhr früh hatten sie ihn gegen seinen Willen an den Starnberger See verbracht. Er war also ein Gefangener. Um sechs Uhr abends brach der König zu einem Spaziergang auf. Ein getarnter Fluchtversuch! Immerhin ist es ihm gelungen, darauf zu bestehen, dass die Pfleger zurückblieben, aber der Arzt Bernhard von Gudden – ein sogenannter Psychiater, in Wahrheit sein Gefängniswärter – begleitete ihn trotzdem. So blieb den zwei afrikanischen Kriegern, die meine Urururgroßmutter ausgeschickt hatte, um Ludwig II. zu befreien, leider nichts anderes übrig, als Herrn von Gudden zu töten. Er widersetzte sich, als der Kahn anlegte, der den König in Sicherheit bringen sollte. Sie werden sich vielleicht erinnern, dass von Guddens Leichnam Spuren eines Kampfes sowie Strangulationsmerkmale zeigte.«

»Es wurde aber doch auch die Leiche des Königs gefunden!«

»In Wirklichkeit handelte es sich um einen Spion von Bismarck – diesem Sauhund. Er war Bernhard von Gudden und Ludwig II. gefolgt, also musste leider auch er dran glauben. Die afrikanischen Krieger haben dem toten Preußen die Unform des Königs angezogen, eine oberflächliche Ähnlichkeit war zum Glück vorhanden. Dann haben sie Ludwig II. über den See gerudert und ihn nach Brasilien geschleust, wo er seine innigst geliebte Isoke, die Prinzessin aus dem Königreich Dahomey, in der Kathedrale von Manaus geehelicht hat. Leider ist er 1902 an der Malaria verstorben, aber nicht, ohne vorher einen Thronerben gezeugt zu haben: meinen Ururgroßvater Ludwig III.«

»Moment mal! Es gab einen König Ludwig III. Er regierte, wenn ich mich richtig erinnere, von 1913 bis zum Ende des Ersten Weltkriegs.«

45

»Ein frecher Usurpator, der es nicht verdient hat, den Namen Wittelsbacher zu tragen.«

Ich wusste nicht, was ich von dieser Räuberpistole halten sollte. Im Grunde weiß ich es bis heute nicht. Das Einfachste war zu glauben, dass ich einem Aufschneider gegenübersaß, der sich frech eine Familiengeschichte zusammenlog, und dass keine Unze Wahrheit in dem steckte, was er sagte. Andererseits war da die Familienähnlichkeit. Und sein Charisma, das mich vorhin buchstäblich in die Knie gezwungen hatte. Und der Umstand, dass sein Deutsch eindeutig oberbayerisch klang.

Da es in der Rätemonarchie München kein einziges Hotel und kein Gasthaus gab, übernachteten wir im Lenbach-Haus: Uns zu Ehren wurden zwei bequeme Liegen unter eine (übrigens exzellente) Reproduktion von Franz Marcs geheimnisvollem Tiger geschoben, und wir schliefen tief und wunderbar. Am nächsten Morgen bestand Theophil Wohlgemuth darauf, dass wir vor unserer Abreise noch eine Schule besichtigten. In dem Klassenzimmer saß die Lehrerin – eine dralle blonde Schönheit – auf dem Boden und versuchte, sieben Schülern, die sich mit aufgeschlagenen Büchern um sie herumgruppierten, den Zweiten Hauptsatz der Thermodynamik näherzubringen. Andere Schüler hatten ihre Nasen in Bücher gesteckt oder beschäftigten sich mit Videospielen. Zwei Mädchen spielten Schach. Übrigens waren unter den Kindern alle Schattierungen der Epidermis vertreten – offenbar hatten manche dieser Urwaldbayern sich mit Indios und dunkelhäutigen Brasilianern eingelassen. »Bei uns gibt es keinen Zwang«, flüsterte Theophil Wohlgemuth, »es steht den Schülern frei, ob sie sich am Unterricht beteiligen. Mit hervorragenden Ergebnissen. Ohne Noten und Zwang lernt es sich am allerbesten.«

»Welche Fächer werden denn bei Ihnen unterrichtet?«, flüsterte ich zurück.

»Biologie, Physik, Deutsch, Portugiesisch, Mathematik, einfach alles. Alles außer Geschichte. Bekanntlich hat die Münchner Räterepublik in den vier Wochen ihrer Existenz nur ein einziges Gesetz erlassen – auf Veranlassung Gustav Landauers wurde der Geschichtsunterricht an bayerischen Schulen verboten. Wir setzen diese Tradition natürlich fort.«

Im ersten Moment war ich wie gelähmt vor Empörung. Wie konnte man Kindern das Wissen über die Geschichte vorenthalten? Doch dann begann ich, die Weisheit dieser Maßnahme zu verstehen: Diese Schüler erfuhren also nie etwas über das Schicksal von Erich Mühsam, dem sanften Bürgerschreck mit dem wilden Haar und dem Kneifer auf der Nase, der zwar – anders als sein Freund Landauer – nach dem Ende der Räterepublik nicht totgeschlagen wurde, aber dafür 1933 den Nazis in die Hände fiel. Sie verschleppten den Dichter ins KZ Oranienburg, ein SA-Mann rotzte ihm in den Mund, dann verprügelten sie ihn und hängten ihn in der Latrine über den Exkrementen auf. Und diese Kinder erfuhren nie etwas über das Schicksal von Mühsams Frau Kreszentia (»Zenzl«), die er einst »die tapferste Frau im ganzen Bayernland« genannt hatte. Sie hielt sich leider nicht an den Rat ihres Mannes, der sie ausdrücklich vor den Kommunisten gewarnt hatte, sondern floh nach Moskau ins Exil und verbrachte danach zwanzig Jahre im Gulag. Ja, die Kinder der Münchner Rätemonarchie – diese glücklichen Kinder – wurden von solchen Wahrheiten verschont. Sie lebten, als sei all dies nie gewesen, und vielleicht war das auch gut so.

»Wir müssen jetzt noch eine Formalität erledigen«,

sagte Theophil Wohlgemuth, als wir nachher wieder in seinem Büro saßen. »Bitte erheben Sie sich.« Er legte zwei Bücher vor mich hin: eine katholische Bibel und den *Revolutionären Katechismus* von Michail Bakunin. »Wir haben keine Lust, dass uns die verdammten Preußen finden. Sie müssen also jetzt bitte einen feierlichen Eid leisten, dass sie den genauen Aufenthaltsort der Münchner Rätemonarchie nie einem Menschen verraten werden.« Hätte ich dem Hofbibliothekar sagen sollen, dass ich nicht katholisch, sondern Atheist bin und dass mir das Werk von Bakunin eher wenig bedeutet? Was wäre dadurch gewonnen worden? Nichts. Ich legte meine Hände auf die Bücher – eine links, eine rechts – und schwor.

Julias Smartphone schnurrte. Sie saß in der sechsten Reihe, der Hörsaal – eine riesige offene Auster voller Stuhlreihen – war zu einem Drittel besetzt. Das übliche Bild: Die meisten Zuhörer trugen weiße Papiermasken über Nase und Mund, als ob das im Ernstfall etwas geholfen hätte. Eine Studentin saß mutterseelenallein, denn sie hatte rote Flecken auf Hals und Wangen. Wahrscheinlich ein harmloser Ausschlag – wäre es tatsächlich die Krankheit gewesen, hätte die junge Frau sich längst in Zwangsquarantäne befunden. (Außerdem war die Krankheit in ihrer Endphase bekanntlich nicht mehr ansteckend.) Magisches Denken, dachte Julia; Ersatzhandlungen, um unsere Hilflosigkeit zu kaschieren. Die Krankheit war ja wie ein Feuer, das mal hier und mal da aufflammte. Sie konnten Ausbrüche auf ein Minimum reduzieren, aber nie verhindern. (War es voreilig, dass die Behörden die Ausgangssperre gestern wieder aufgehoben hatten, war es weise? Wer konnte das wissen?) Vorn stand Professor Janis Petropoulos und beugte sich über das Mikrophon an seinem Pult. Er sprach frei und sehr gut – beinahe unakademisch, eher wie ein Geschichtenerzähler: Julia liebte seine Vorlesungen. Es ging um die Stoiker, in dieser Stunde war Epiktet dran, der freigelassene griechische Sklave aus Kleinasien. Seinen wirklichen Namen kennt kein Mensch, »Epiktetus« bedeutet einfach: der neu Erworbene. Er soll gehinkt haben, weil sein Herr ihm das Bein zertrümmert hatte – eine Tortur, die er widerstandslos über sich ergehen ließ. Wie Jesus und Sokrates hinterließ er nichts Schriftliches, sein Lieblingsschüler hat seine Aussprüche und Lektionen gesammelt. Unter Kaiser Domitian wurde er aus Rom ausgewiesen, mit dessen Nachfolger Hadrian soll er dann später in Athen zusammengetroffen sein. Epiktet lehrte, dass man sich nicht in der Nähe von Verhältnissen ansiedeln soll, über die man keine Macht hat. Anders als andere Stoiker sprach er nicht von der *heimarméne* – dem unabwendbaren Schicksal –, sondern von Gott. Was Gott über einen Menschen beschlossen hat, das soll er ohne Klagen hinnehmen. Der kahle Schädel von Professor Petropouls spiegelte das Neonlicht von der Decke wider, er hielt sich mit den Händen an seinem Pult fest. Wer ein Kind verloren habe, lehrte Epiktet, der solle nicht sagen: Mein Kind ist gestorben. Sondern: Mein Kind ist zurückgegeben worden. Jeder wusste, dass die Frau des Professors und seine zwei Töchter vor ein paar Jahren der Krankheit erlegen waren. Aber seine Stimme zitterte nicht, oder wenn doch, dann so, dass es niemand im Hörsaal bemerkte.

Leider schnurrte Julias Smartphone in einem Augenblick, als Professor Petropoulos gerade für eine rhetorische Pause in seinem Vortrag innehielt. Die gemütliche Vibration wurde von dem Holztisch vor ihrem Stuhl, auf dem sie das Gerät abgelegt hatte, zu einem wütenden Krach verstärkt. Mehrere Köpfe drehten sich zu ihr hinüber, auch der Professor schaute Julia missbilligend in die Augen. Es war sehr peinlich – schnell griff sie nach dem Krawallinstrument. Eine Textnachricht von einem unbekannten Absender: *Heute Nachmittag zu mir? BvU.*

Merkwürdig; sie konnte sich gar nicht erinnern, wann sie ihm ihre Nummer verraten hatte. *Why not*, textete sie zurück. *Bin bis 15 Uhr an der Uni.* Er antwortete: *Ich hole dich ab!* Professor Janis Petropoulos erläuterte hinter seinem Pult, warum Epiktet die Traurigkeit nicht nur für etwas Falsches, sondern geradezu für etwas Böses gehalten habe. Traurigkeit sei eine Rebellion gegen Gottes Willen; der stoische Philosoph aber kenne gegenüber Gott kein anderes Gefühl als Dankbarkeit, ganz gleich, was mit ihm geschieht.

Sein Auto war doch tatsächlich ein Porsche – ein roter Farbtupfer in einer Wüste aus Sichtbeton. Die Universität war in der schlimmsten Epoche der Architekturgeschichte erbaut worden, also in den Sechzigerjahren des vorigen Jahrhunderts. So hatte der Seminarraum, aus dem sie ins Freie getreten war, nicht ein einziges Fenster: Kein Sonnenstrahl würde sich je hineinverirren, und wenn eines Tages der Strom ausfiel, würde die Dunkelheit dort drinnen ewig dauern. Julia fragte sich, ob die Archäologen künftiger Geschlechter annehmen würden, dass die bunkerähnlichen Gebäude dieser Uni einst der Darbringung von Menschenopfern gedient hatten. Wahrscheinlich würden die Archäologen der Zukunft überhaupt nichts denken, sondern – ihren Brechreiz unterdrückend – die Betonruinen ganz schnell wieder zuschaufeln. Der Fahrer des knallroten Porsche hupte fröhlich und winkte ihr zu. Sein Walrossschnauzbart kam ihr beinahe attraktiv vor. Julia sah mit Freude, dass es sich bei seinem Auto um ein Cabriolet handelte – das schwarze Verdeck war zurückgeschlagen. Sie warf ihren Rucksack mit Schwung in die Gepäckablage hinter den zwei Sitzen und wurde von Bodo mit einem Kuss begrüßt. Dann drückte er aufs Gaspedal. Sie flitzten auf eine Prachtallee hinaus und bogen zu dem Stausee in der Mitte der Innenstadt ab; und weil es so schön war, kutschierte Bodo gleich noch einmal um den Binnensee herum, ehe er sich mit jaulendem Motor nordwärts wandte. Nach zehn Minuten parkten sie in einer stillen Straße vor einem dreistöckigen Hauswürfel aus Glas und Kalkstein.

Bodo wohnte im Erdgeschoss. Und nachdem er vor ihr die Tür aufgeschlossen und ihr den Vortritt gelassen hatte, war sie erst einmal eine Weile sprachlos. Sie hatte nicht gewusst, dass Menschen so wohnen können. Genauer: Gewusst hatte sie es schon, aber dieses abstrakte Wissen war nicht durch irgendeine Art von Erfahrung gedeckt worden. Bodos Wohnung bestand im Wesentlichen aus einem einzigen Raum, der an einer riesigen Glasfront endete – einem Panaromafenster mit Blick auf einen der vielen Kanäle, die diese Stadt durchzogen. Mit einem Fuß stand Julia also beinahe im fließenden Wasser; gleichzeitig sah sie das üppige Grün am anderen Kanalufer. Eine schlanke Buche krallte sich mit ihren Wurzeln an der Böschung fest. Linker Hand eine offene Küche mit viel blitzendem Schnickschnack. Der Raum diente als Wohn- und Esszimmer wie auch als Büro. Weiches Sofa, ein Fernseher von mittlerer Größe; gepolsterte Stühle, ein Esstisch aus Mahagoni. Vorn am Fenster stand ein Biedermeiersekretär mit zusammengefaltetem Laptop. Rechts daneben an der Wand hingen Dokumente – Journalistenpreise in goldenen und silbernen Bilderrahmen. (Naturgemäß auch der begehrteste von allen: der Otto-Bodenheimer-Preis!) Zwischen den Preisdokumenten machte sich – ebenfalls gerahmt – ein Spruch in Schönschrift breit: »Es ist alles ganz eitel, sprach der Prediger, es ist alles ganz eitel. Was hat der Mensch für

Gewinn von all seiner Mühe, die er hat unter der Sonne? Ein Geschlecht vergeht, das andere kommt; die Erde aber bleibt ewiglich. Die Sonne geht auf und geht unter und läuft an ihren Ort, dass sie wieder daselbst aufgehe. Der Wind geht gen Mittag und kommt herum zur Mitternacht und wieder herum an den Ort, da er anfing. Alle Wasser laufen ins Meer, doch das Meer wird nicht voller; an den Ort, da sie her fließen, fließen sie wieder hin. Es sind alle Dinge so voll Mühe, dass es niemand ausreden kann. Das Auge sieht sich nimmer satt, und das Ohr hört sich nimmer satt.« *Qohelet 1, 2–8.*

In der Mitte des großen Raumes schraubte sich eine Wendeltreppe aufwärts; ihre Stufen endeten vor einer Stahltür.

»Wer wohnt dort oben?«, fragte Julia.

»Jacques«, sagte Bodo. »Mein Fotograf. Er begleitet mich oft auf Dienstreisen, aber wir verstehen uns auch privat ganz gut. Deswegen fanden wir beide praktisch, dass er über mir wohnt.«

Im hinteren Teil des Raumes erspähte Julia Holzregale. Dieser Mann besaß also noch Bücher aus Papier! Allerdings beschränkte der Bücherschatz des Bodo von Unruh sich auf Reiseführer und Landkarten. Dänemark, Marokko, Norwegen, Bretagne, der Südwesten der Vereinigten Staaten, Kopenhagen, der Balkan. Neben den Büchern stand eine Tür halb offen; dahinter lag ein Schlafzimmer im Dämmerlicht. »Wenn ich bitten darf«, sagte Bodo und deutete eine Verbeugung an. Sie grinste, als sie seiner Einladung folgte.

Zweieinhalb Stunden später sagte Bodo, der *post coitum* kein *animal triste* war: »Heute habe ich eingekauft. Heute wird gekocht!« Er trug einen Bademantel aus blauer Seide, sie hatte eines seiner Hemden übergeworfen. Aus dem Kühlschrank räumte er allerhand Lebensmittel auf die Marmortheke. Und nun begann (immer mit dem brennenden Zigarillo im Mundwinkel) ein Schneiden und Sieden und Hacken und Brutzeln, bei dem ein Sous-Vide-Stab, eine große Kupferpfanne, eine kleine Kupferpfanne und ein Saucentopf die ihnen zugewiesenen Rollen spielten. Julia saß auf einem Hocker vor der Theke, schaute andächtig zu und schlürfte Weißwein: Sie scheiterte schon, wenn sie sich morgens zwei Spiegeleier zubereiten wollte. Endlich schob Bodo einen Teller zu ihr hinüber, auf dem sich allerhand Braun, Rot, Grün und Gelb begegneten. Mit Mühe säbelte sie ein Stück Fleisch ab. Blut floss in Strömen, der Bissen, den sie in ihren Mund schob, war halb roh und obendrein versalzen. Dazu gab es Dosentomaten, die im Essig ertrunken waren, und Bohnen, die schmeckten, als habe ein besonders fettes Schwein sie geschwängert.

»Wie ist es?«, fragte Bodo erwartungsvoll. Er hatte sich ein Glas Bourbon eingeschenkt.

»Großartig«, log sie. Verzweifelt versuchte sie, den Bissen Fleisch hinunterzuwürgen. Sie erinnerte sich an Epiktet, der gesagt hatte, man müsse mit allem zufrieden sein, was Gott einem bescherte.

Bodo probierte ebenfalls ein Stück von dem Filetsteak. »Ungenießbar«, befand er beim ersten Versuch. »Spuck es aus, meine Liebe. Ich sehe ja, wie du dich quälst.«

»Nein, nein, ich finde es ... interessant«, behauptete sie. Dann musste sie lachen. Dann musste er lachen. »Ich hätte dich warnen sollen«, sagte er und hielt ihre Hände fest, »ich bin ein miserabler Koch.«

»Ein miserabler Koch und ein guter Liebhaber«, sagte Julia. Sie bestellten Pizza.

ZWEITE REISE:
DAS RESTAURANT AM
ENDE DER WELT

(Text: Bodo von Unruh, Fotos: Jacques Lacoste)

D ie Seegurke«, sagte der junge Mann am Nebentisch. »Sie müssen unbedingt die Seegurke probieren! Das ist die Spezialität hier. Der Koch legt sie für ein paar Tage in Milch ein, dann dämpft er sie in einer Sauce aus Chilischoten und Knoblauch. Himmlisch, sage ich Ihnen.« Der Zufall hatte mich in dieses Restaurant geführt; ich war am Times Square in die Subway der Linie sieben gestiegen und hatte mich ostwärts treiben lassen – immer weiter von Manhattan weg, immer tiefer nach Queens hinein. Queens ist der ethnisch am buntesten gemischte Teil der Riesenstadt New York. Kirchen, Moscheen, Hindutempel, Synagogen: Hier liegt Polen gleich neben dem Pandschab, und Guatemala grenzt an Westafrika. Der ratternde Zug trägt den Reisenden erst einmal nach Griechenland, wenig später findet er sich am Fuß des Himalaja wieder. Und wer mit der Nummer sieben bis zur Endstation in Flushing durchfährt, der steht mitten in einem diffusen Asien – einem Mischmasch aus China, Korea, Japan und Taiwan. An den Läden hängen Han- und Kana- und Hangul-Schriftzeichen, man hört kein Wort Englisch oder Spanisch mehr auf der Straße. »Der gedämpfte Schweinebauch ist natürlich auch sehr gut«, sagte der junge Mann. »Wenn Sie zu den unverbesserlichen Fleischessern gehören, dann ist der Schweinebauch Ihr Ding! Aber sollten Sie Meeresfrüchte mögen, bleiben Sie bei der Seegurke.« Das Restaurant lag in einer Seitenstraße. Drinnen sah es dunkel und gediegen aus: Holzvertäfelungen an den Wänden, niedrige Tische, ein Aquarium, in dem riesige rote Zierfische schwebten. »Wenn Sie noch schwanken«, sagte der Mann am Nebentisch, »dann bestellen Sie einfach beides. Sie sind in New York, hier dürfen Sie das, was Sie nicht aufessen, in einer Plastikschachtel mit nach Hause nehmen.« Er hatte ein ganz unauffälliges Mondgesicht; freundliche Augen blickten dunkel durch schmale Lidfalten. Schwarze Hornbrille, ein Anflug von Akne auf den Wangen. Ein Student, dachte ich – wahrscheinlich studiert der irgendetwas Brotloses. Schauspiel am Lee Strasberg Institute in Manhattan oder Journalismus an der Columbia University. Ich fragte ihn, ob er mit den Betreibern des Restaurants verwandt oder verschwägert sei. »Nein«, sagte er, »ich komme nur regelmäßig zum Lunch hierher. So authentisch findet man die Küche von Chengdu außerhalb von China selten. Nicht einmal in Flushing. Es ist eine sehr robuste Küche, wissen Sie. Nicht zu vornehm für den Palast des Kaisers – und für Bretterbuden am Straßenrand gerade gut genug.«

Ich bestellte die Seegurke. Sie schmeckte phänomenal. Die Sauce trieb mir Tränen in die Augen. »Danke für den guten Rat«, sagte ich.

»Ja, das hier ist ein tolles Restaurant«, sagte der junge Mann am Nebentisch. »Eines von den besten. Ein echter Geheimtipp. Es gibt wenig bessere Restaurants. Abgesehen natürlich von …«

»Abgesehen wovon?«, fragte ich und schnäuzte mich ausführlich. Ich spürte die Chilischoten bis unter die Haarwurzeln.

Der junge Mann schaute sich um, ob auch niemand in unserer Nähe war, dann beugte er sich zu mir hinüber und flüsterte: *»Forbidden Pleasures.«*

»Was soll denn das sein?«

»Das beste chinesische Restaurant der Welt. Ach was, das beste Restaurant überhaupt – Punkt!«

»Waren Sie dort schon zu Gast?«

»Wo denken Sie hin!«, sagte der junge Mann. »Ich könnte mir das nie leisten. Es kostet allein schon fünfzigtausend Dollar, sich dort einen Platz reservieren zu lassen. Und dann haben Sie noch kein einziges Gericht gegessen, kein Glas Wein getrunken. Es heißt, dass man für einen Abend dort locker hundertfünfzigtausend loswird.«

»Wo liegt denn *Forbidden Pleasures?*«, fragte ich und schenkte mir grünen Tee aus der gusseisernen Kanne nach.

»Pssst!«, machte der junge Mann am Nebentisch. »Wollen Sie, dass wir hier rausfliegen? Es gehört sich nicht, den Namen jenes ... Etablissements in einem anderen Restaurant laut auszusprechen. So wie Schauspieler nie *Macbeth* sagen, sondern immer nur: das schottische Stück. Reiner Aberglaube, versteht sich. Denn Konkurrenz haben normale Restaurants von ... jenem Etablissement eigentlich nicht zu befürchten.«

»Na gut. Wo liegt das sagenhafte Restaurant?«

»Das weiß kein Mensch«, sagte der junge Mann und wedelte mit seiner Kreditkarte in der Luft herum, um dem Oberkellner anzudeuten, dass er zahlen wollte.

»Und wo haben Sie davon gehört?«

»Hier und da und im Internet.« Mit gesenktem Kopf erledigte er die Zahlungsformalitäten. Plötzlich schien er es furchtbar eilig zu haben. »Noch ein Wort der Warnung«, sagte er dann. »Sollten Sie die Mittel haben und sich mit dem Gedanken tragen, in jenem ... Etablissement zu speisen: Es soll nicht ganz ungefährlich sein. Allein schon der Gäste wegen. Überlegen Sie doch einmal, wer es sich leisten kann, hundertfünfzigtausend Dollar für ein Essen auszugeben. Nicht nur nette Leute.« Er erhob sich. »Es war schön, Sie kennengelernt zu haben.« Der junge Mann mit der Hornbrille griff nach seinem Rucksack und ging schnell hinaus. Nachdem er verschwunden war, tippte ich auf der Stelle den Namen des Restaurants in mein Smartphone ein. *Forbidden Pleasures*: Ein kalifornischer Sexshop der mondänen Sorte. Ein Unterwäscheladen in Pennsylvania. Ein Gedichtband des spanischen Poeten Luis Cernuda. Kein einziges Restaurant – nicht einmal ein Gerücht über ein Restaurant. Fündig wurde ich erst, als ich mich zwei Stunden später im Hotelzimmer ins Darknet einloggte, also in jenen tiefen weltweiten Keller hinabstieg, in dem User einander anonym begegnen können. Wenn das normale Internet ein Mittelding von Goldgrube und Müllhalde ist, so handelt es sich beim Darknet um einen schwarzen Markt, der gleichzeitig als konspirativer Treffpunkt fungiert. Im Darknet kann man verbotene Drogen kaufen, Kinderpornografie herunterladen, Auftragsmorde bestellen. Im Darknet treffen sich aber auch Journalisten mit waghalsigen Informanten, die, weil sie in Polizeistaaten leben, auf keinen Fall ihre Namen preisgeben dürfen. Und selbstverständlich habe ich einen Zugang.

Die Webseite war geradezu übertrieben schmucklos gestaltet: *Forbidden Pleasures* in Schreibmaschinenschrift, darunter *Restaurant*, sonst nichts. Wenn man auf die Schreibmaschinenschrift klickte, öffnete sich ein Formular: *Book a table*. Tischreservierung. Darunter die

Möglichkeit, eine E-Mail-Adresse zu hinterlassen und eine Kreditkartennummer einzugeben. Ich zögerte keinen Augenblick. In das Feld für Anmerkungen tippte ich, dass ich Journalist sei und einen Fotografen mitbringen werde. Die Antwort kam knapp drei Wochen später, als ich längst wieder zu Hause in Deutschland war. Eine E-Mail ohne Absender: *Forbidden Pleasures, Anji Bridge, Xitang,* gefolgt von einem Datum und einer Uhrzeit. Und ein einfacher Satz von fragwürdiger Orthografie, der mich verblüffte: »Fotografer no problem.«

Bildlegende: Der Innenraum von »Forbidden Pleasures«.
Man beachte das Blechgeschirr! Kleines Foto: Die einzige
existierende Aufnahme von Küchenchef Peter Wang mit seinem
charakteristischen Kopftuch und der Augenklappe (Archiv).

Xitang liegt in der Nähe der Millionenmetropole Schanghai. Aber vielleicht sollte man es, weil Xitang deutlich älter ist, andersherum sagen. Also: Schanghai liegt in der Nähe von Xitang, und Xitang ist wunderschön. Eine Wasserstadt: neun Kanäle, hundertvier Brücken, enge Gassen, die mit Steinplatten gepflastert sind. Flache Fischerboote; die Wellen des Jangtsekiang, in denen der rostrote Abendhimmel zersplittert. Um ein Haar wären wir zu spät gekommen, weil der Hochgeschwindigkeitszug, der uns hierher transportieren sollte, unterwegs auf freier Strecke zusammenbrach. Zum Glück war es mir gelungen, mit meinem Smartphone ein Taxi zu bestellen, aber der Taxifahrer konnte uns nur bis zur Stadtgrenze der Wasserstadt bringen, und so mussten wir am Ende rennen, um unseren Termin einzuhalten. Dabei war mir von Anfang an klar, dass die Anji-Brücke in Xitang auf keinen Fall der Ort sein konnte, wo sich das Restaurant befand. Wahrscheinlich lag es nicht einmal in der Nähe. Die Brücke war nur der Treffpunkt: Irgendjemand – aber wer? – würde uns von dort zu jenem ominösen Restaurant geleiten.

Es handelte sich um drei bullige Herrschaften mit glatt rasierten Schädeln, die aussahen, als seien sie Brüder oder Cousins. Vielleicht waren sie wirklich Brüder. Alle drei trugen dunkle Anzüge; alle drei hatten Stöpsel ins rechte Ohr gepflockt, von denen sich Kabel in ihre Jacketts ringelten; alle drei waren tätowiert – die schwarzen Muster krochen ihnen den Hals hinauf und reichten bis zu den fleischigen Fingern. Die drei sprachen kein Wort mit uns, sie nahmen uns einfach in ihre Mitte und führten uns zu einem Boot, das in der Nähe der Brücke angedockt lag. Nachdem wir an Bord gegangen waren – das Boot schwankte gewaltig – und abgelegt hatten, holte einer von den drei Männern zwei Formulare aus der Innentasche seiner Jacke und streckte sie uns entgegen. Sie waren in einem etwas holprigen Deutsch abgefasst: Wir sollten bestätigen, dass unser Besuch bei *Forbidden Pleasures* auf Freiwilligkeit beruhte, dass wir sämtlichen Anordnungen des Personals Folge leisten würden, dass wir für alle Schäden hafteten und unter keinen Lebensmittelallergien litten. Der Glatzkopf griff noch einmal in seine Jacke – seine Kollegen waren unterdessen fleißig mit Rudern beschäftigt – und hielt uns zwei Montblanc-Füllfederhalter hin. Wir unterschrieben. Was hätten wir auch anderes tun sollen? Der Mann bedeutete uns, wir sollten unsere Hemdsärmel aufrollen. Anfangs wollte ich mich dem Befehl widersetzen; der Mann grunzte ungeduldig. Er hielt das Formular hoch, dann deutete er auf das Ufer, das gemächlich vorbeiglitt. Ich verstand: Entweder konnte ich tun, was er mir befahl, oder er würde mich absetzen, und ich konnte meine fünfzigtausend Dollar in den Wind schreiben. Seufzend krempelte ich den Ärmel hoch. Der Glatzkopf bückte sich, hob eine Plastikschatulle hoch, die vor ihm auf dem Boden des Bootes wartete, und entnahm ihr zwei Spritzen und zwei Ampullen. Als Erster war mein Fotograf dran. Dann brach der Glatzkopf die zweite Ampulle entzwei und versenkte die Nadel der Spritze tief in meinem Oberarm. Ich hatte nicht einmal mehr Zeit, mir selber eine gute Nacht zu wünschen – es war, als habe jemand in mein Gehirn gegriffen und das Licht ausgeknipst.

Selbstverständlich hatte ich meine Zeit in Deutschland nicht verplempert. Ich hatte recherchiert und ein paar handfeste Hinweise gefunden, dass sich hinter *Forbidden Pleasures* kein anderer als Peter Wang verbarg. Danach wurde mir Verschiedenes klar: Peter Wang war ein berühmter, um nicht zu sagen notorischer Küchenchef, einer der Spitzenköche des Planeten. Markenzeichen: ein rot gemustertes Tuch, das er sich fest um die Stirn band, und eine Augenklappe, die ihn wie einen Piraten aussehen ließ. Er wurde »der Meister des Kreuzkümmels« genannt, spezialisierte sich auf die Küche seiner Heimat Sezuan und sammelte Michelinsterne wie andere Leute Kronkorken. Allerdings hatte er, wie so viele Genies, verschiedene Macken. So war er öffentlichkeitsscheu (es gab ein einziges Foto von ihm, ein Schwarzweißbild aus den Sechzigerjahren). Außerdem neigte er zu manchmal sehr grausamen Streichen. Einmal hatte er einen Nachtisch mit einem starken Abführmittel versetzt. Ein andermal servierte er – als besondere Attraktion des Abends – Reißzwecken in Essig und lachte sich schief, als einige Gäste versuchten, das Zeug tatsächlich zu essen. Einmal klingelte während des Essens das Telefon eines Gastes, und eine unbekannte Männerstimme sagte ihm, sein Enkel sei entführt worden. Der Gast griff nach seinen Nitroglyzerinpillen; er war gerade dabei, röchelnd und mit über dem Herzen zusammengekrampfter Faust die Polizei zu verständigen, als sein Enkelsohn wohlbehalten in den Speiseraum marschierte. Diesmal fanden auch Leute, die Peter Wang eigentlich wohlgesonnen waren, er sei den entscheidenden Schritt zu weit gegangen. Danach hörte nie wieder jemand etwas von ihm. Der »Meister des Kreuzkümmels« blieb verschwunden. Viele glaubten, er sei tot. Doch laut Gerüchten im Darknet war er zwanzig Jahre später Chefkoch von *Forbidden Pleasures* geworden und regierte dort jetzt ein Rudel von *Chefs de Partie* mit harter Hand. Außerdem hieß es, dass *Forbidden Pleasures* ein Staatsbetrieb sei, Peter Wang also jetzt der chinesischen Regierung diente; manche behaupteten sogar, er sei seinerzeit vom chinesischen Geheimdienst gekidnappt worden. Aber Genaues wusste natürlich kein Mensch.

Als ich aus meinem künstlichen Schlaf erwachte, befand ich mich immer noch auf einem Boot, aber nicht mehr auf demselben: Dieses hier war größer und hatte einen Außenbordmotor. Vielleicht befanden wir uns immer noch in Xitang, vielleicht hatte man uns, während wir schliefen, in das Museumsdorf Wuzhen Xizha geschafft, das etwa sechzig Kilometer entfernt liegt. Ich konnte es nicht nachprüfen, denn mein Smartphone war verschwunden. Auch das Smartphone meines Fotografen hatten unsere Begleiter konfisziert. Wir trieben auf dem nachtstillen Fluss dahin, am Ufer leuchteten rote Lampions. Ein paar Minuten später legten wir an. Unsere drei Aufpasser bugsierten uns durch enge Gassen, an Hinterhöfen vorbei; dann stapften wir durch ein Durchhaus.

Noch eine Gasse, noch eine Brücke, noch ein Hinterhof – endlich standen wir vor einer grün lackierten Metalltür. Der Glatzkopf, der mir vorangegangen war, stieß sie mit der flachen Hand auf.

Ich habe schon in vielen erstklassigen Restaurants gespeist. So habe ich in der *Kronenhalle* in Zürich unter Gemälden von Chagall gesessen und kann bezeugen, dass es an einem tristen Sonntagnachmittag keinen angenehmeren Ort in Europa gibt. Natürlich war ich auch schon im exzellenten *Restaurant Jules Verne* im Eiffelturm und habe, während ich getrüffelten Kaiserhummer in mich hineinstopfte, die Aussicht über Paris genossen. Und ich habe von der herrlichen Terrasse des *Club del Doge* aus Venedig beim Untergehen zugeschaut. Insofern hätte ich auf das gefasst sein müssen, was hinter der grünen Stahltür auf uns wartete: eine kahle Halle ohne Fenster. Sie war ungefähr zwei Stockwerke hoch; auf halber Höhe lief ein Balkon aus roh behauenem Holz um den Raum herum. Rechter Hand mündete der Balkon in eine Treppe. Über sie trugen die Kellner (die tätowierten Glatzköpfe – wer sonst?) später die Speisen zu uns herunter. Oben auf der linken Seite erspähte ich eine Schwingtür, hinter der sich wohl die Küche verbarg. Eine nackte Glühbirne pendelte von der Decke herab – sie beleuchtete einen großen viereckigen Tisch ohne Tischtuch; um ihn herum standen wacklige Bänke, wie man sie aus Biergärten kennt. Das Essen wurde in Blechnäpfen serviert. Auch das Besteck bestand aus gestanztem Blech (Stäbchen wurden nicht angeboten). Es gab keine Servietten. Der Wein zum Essen wurde in den Originalflaschen vor uns auf den Tisch geknallt, wir schenkten uns selber in Plastikbecher ein. Zehn Gesichter sahen uns erwartungsfroh entgegen. Da war ein Ehepaar aus Texas, beide weiß und ziemlich faltig. Da war ein vierschrötiger Russe mit Pockennarben; seine junge Tochter (jedenfalls hoffe ich *sehr*, dass das Mädchen seine Tochter war) aß nicht mit, sondern saß nur auf seinem Schoß, während er das Essen in sich hineinschaufelte. Da war eine dünne bebrillte Studentin mit Rucksack – eine Chilenin aus begüterter Familie, wie sich später herausstellte. Ein schwarzer Würdenträger in einer militärischen Uniform mit vielen Orden. Seine völlig eingeschüchterte Gattin oder Geliebte. Ein chinesischer Mann unschätzbaren Alters in einem blauen Mao-Anzug. (Vielleicht hatte die kommunistische Partei ihn geschickt, um die Güte der Speisen zu prüfen?) Eine schöne Dame im Abendkleid, die kein Wort sagte, sodass ich bis heute keine Ahnung habe, wo sie herkam und wo sie hinwollte. Ein indischer Physikprofessor, der, wie er mir leutselig verriet, die einheitliche Feldtheorie gefunden hatte – die endgültige Welterklärungsformel – und dies nun mit einem Festmahl feiern wollte.

Das Essen begann damit, dass ein bulliger Diener jedem Mitglied der Tischgesellschaft (also allen außer dem jungen Mädchen und meinem Fotografen) mit knapper Verbeugung einen Umschlag aushändigte. Ich riss mein Papier auf und entnahm ihm eine Pappkarte. Darauf hatte jemand mit Schreibmaschine das Folgende getippt (Schreibfehler wie im Original):

```
Mehlwurmcocktail im Buffelgras
1820 Juglar Cuvee

Aalsuppe mit tausendjahrigen Ei
2005 Domaine de la Romanee-Conti
Montrachet
```

```
Lauwarme Vogelnest mit Catsup
1865 Chateau Lafite

Fliegenpilzrisotto mit Hakarl
1811 Chateau d'Yquem

Kandierte Dachsohren
1992 Screaming Eagle Cabernet

Eskimo Eiskrem
2000 Royal DeMaria Icewine

PAUSE

Funferlei von Langschwein
1947 Chateau Cheval Blanc

Achtschatze Reispudding
L'Art De Martell
```

Ich wusste nicht, ob ich lachen oder weinen sollte. Mehlwürmer? Fliegenpilze? Dachsohren? Wollte der uns auf den Arm nehmen? Und Hakarl? Wirklich? Leider war mir schmerzhaft bewusst, worum es sich bei Hakarl handelt: das fermentierte Fleisch des Grönlandhais, wie es in Island gegessen wird. Der Gestank soll noch schlimmer sein als der Geschmack; der verfaulte Hai riecht, wie Kenner mir verraten haben, penetrant nach Ammoniak. Und Vogelnester sollten uns hier mit Ketchup serviert werden? Ernsthaft? Schließlich handelt es sich um eine sündteure Delikatesse, die von Kletterern mit Bambusleitern eingesammelt wird, die dabei ihr Leben riskieren. Purer Vogelspeichel und sonst nichts, für zweitausend

Dollar pro Kilo. Eines war nach diesem Speisezettel auf jeden Fall klar: Peter Wang – wenn er denn wirklich hinter *Forbidden Pleasures* steckte – hatte sich gastronomisch sehr weit von seinen Ursprüngen in Sezuan entfernt.

Bildlegende: Die Gäste des Restaurants »Forbidden Pleasures«. Von links: John Dubois Smith III. mit Gattin Jennifer aus Wichita Falls, Texas. Maricruz García aus Valparaíso, Chile. Bao Liang aus Beijing, China. S. E. Präsident Mwata Kumbukani mit Gattin Namira aus Lusaka, Zambia. Prof. Dr. Abdul Sayed aus Mumbai, Indien. Der Reporter. Die anderen Teilnehmer des Festbanketts wollten nicht erkannt werden und tragen deshalb schwarze Balken über den Augen. Vorige Seiten: Unser Reporter bei dem Versuch, Aalsuppe zu essen. / Fünferlei vom Langschwein: Hirn, Carpaccio, Kutteln, Blutwurst und das gewisse panierte und frittierte Extra. Dazu chinesischer Blätterkohl mit Mangodressing. Wohl bekomm's!

Speisetabus sind wahrscheinlich so alt, wie die Menschheit jung ist. Die hebräische Bibel beginnt ja mit einem Speisetabu – dem Verbot, die Frucht eines gewissen Baumes zu essen. Vermutlich war es schon in Jäger-und-Sammler-Gemeinschaften in grauer Vorzeit so, dass gewisse Teile eines getöteten Tieres für den Schamanen reserviert waren, andere für die Männer, wieder andere für die Frauen. Heute haben fast alle Kulturen und Religionen rituelle Speisevorschriften: Hindus essen keine Kühe (das Schlachten von Kühen gilt in beinahe allen indischen Staaten als Verbrechen, das mit Gefängnisstrafen geahndet wird), aber sie essen auch keine Elefanten (da deren Fleisch an den Elefantengott Ganesha erinnert) und keine Affen (wegen des Gottes Hanuman):

Angehörige der Brahmanenkaste ernähren sich ohnehin vegetarisch. Die Anhänger des Jainismus essen keine Eier; manche somalische Stämme verzichten grundsätzlich auf Fisch. Gewisse Strömungen des Hinduismus und manche buddhistische Priester enthalten sich der Pilze. Den Jesiden gilt Salat als tabu.

Das umfangreichste und komplizierteste System von Speisegesetzen haben die Juden aufgestellt. Ein Außerirdischer, der die hebräische Bibel liest, könnte leicht auf die Idee kommen, bei den Juden handle es sich um einen besonders kriegerischen Stamm, der ständig damit beschäftigt ist, Götzendiener zu vertilgen. Jener Außerirdische wäre überrascht, wenn er feststellen würde, dass religiöse Juden ihre Zeit in der Praxis hauptsächlich damit verbringen, darüber nachzugrübeln, was sie essen dürfen. Nach den mosaischen Speisetabus darf nur das Fleisch von Tieren genossen werden, die ihre Hufe spalten und wiederkäuen – und dann müssen sie geschächtet werden, das heißt, sie müssen beim Schlachten vollständig ausbluten, denn der Blutgenuss ist Juden verboten. Fleisch darf nicht gleichzeitig mit Milch zubereitet und verzehrt werden. Adieu, Rahmschnitzel! Krustentiere sind verboten, Aal ist verboten. Denn es dürfen nur Fische verzehrt werden, die Schuppen und Flossen haben. Der Islam hat seine Speisegesetze im Wesentlichen vom Judentum übernommen, sie aber in den Randbereichen entschärft: Krustentiere sind für die meisten Muslime in Ordnung, auch Rahmschnitzel ist halal, wenn es nicht gerade vom Schwein stammt. Darum dürfen fromme Muslime ihr Fleisch bei einem jüdischen Metzger kaufen (nicht aber fromme Juden von einem Muslim!). Hinzu kommt eine Neuerung: das strikte Alkoholverbot, das sich übrigens nicht auf

den Koran berufen kann. (Der Prophet hat seine Anhänger nur ermahnt, sie sollten nicht völlig beschickert
in der Moschee erscheinen.) Und das Christentum? Der
Apostel Paulus hat zwar die jüdischen Speisetabus mit
einem kräftigen Schwung (1. Timotheus, Kapitel 4) über
den Haufen geworfen, aber das heißt nicht, dass nun
alles erlaubt wäre. Gläubige Christen essen am Freitag
kein Fleisch, weil Jesus an diesem Wochentag gekreuzigt
wurde; vor Ostern kommt in den westlichen Kirchen die
Fastenzeit. Und warum erscheint den meisten christlich
geprägten Europäern die Idee schauderhaft, Insekten
zu essen? Gibt es dafür einen logischen Grund? Sind Insekten ihrer Natur nach denn ekelhafter als Meerestie-
re, die ihnen häufig sehr ähnlich sehen? (Ein Skorpion
etwa gibt sich bei genauer Betrachtung als verkleiner-
ter Landhummer zu erkennen.) Und warum schütteln
Europäer sich bei dem Gedanken, ein gebackenes Meer-
schweinchen zu verzehren, das in Peru als Delikatesse
gilt? Warum standen in Europa – außer in Zeiten einer
extremen Hungersnot – nie Hunde und Katzen auf
dem Menüzettel?

Natürlich gibt es auch in China Speisetabus, oder genauer: Es gab sie. Denn China ist das Land, in dem der
Buddha seine meisten Anhänger fand, und Buddhisten
sind Vegetarier. Allerdings hat das kommunistische Regime von Anfang an einen sehr erfolgreichen (und grausamen) Krieg gegen die buddhistische Religion geführt.
So bildet China heute den größten zusammenhängenden
Kulturraum, der von rituellen Speisegesetzen vollkommen frei ist. Vielleicht macht gerade das die Fremdartig-
keit, aber auch die Faszination der chinesischen Küche
aus: Nichts ist inakzeptabel, die unlogischen Verbote gelten nicht mehr, *anything goes.* »Wir Chinesen essen alles,

was sich auf der Erdoberfläche bewegt – außer Autos«, erzählte mir ein chinesischer Freund.

Die Erste, die sich traute, ihre Mehlwürmer zu kosten, war interessanterweise die Chilenin. Es waren zweifellos Krabbeltiere, die da in den Blechnäpfen vor uns auf Büffelgras gebettet waren – länglich, blassbraun und widerwärtig. Die dünne chilenische Studentin steckte sich eine Gabelvoll in den Mund; kaute; legte den Kopf schief; und schob sofort eine zweite Gabel hinterher. Da wollte ich kein Feigling sein. Und stellte fest: Es war gar nicht so schlecht. Genauer, es war hervorragend. Sogar das Büffelgras, das in einer raffinierten Marinade schwamm, war ein reines Vergnügen. Der Geschmack der Mehlwürmer erinnerte entfernt an Nordseekrabben – oder vielmehr: Die Mehlwürmer schmeckten, wie Krabben aus der Nordsee schmecken *würden*, wenn Gott seine Schöpfung nicht verpfuscht hätte. Der Weißwein konvenierte ebenfalls. Bitte den nächsten Gang! Hier allerdings wartete eine böse Überraschung auf uns: Nachdem der dampfende Suppenteller vor mir auf den Tisch gesetzt worden war, wölbte sich – just als ich den Löffel eintauchen wollte – ein schwarzer glitschiger Buckel über die trübe Flüssigkeit. Die afrikanische Präsidentengattin neben mir quiekte. Keine Frage, diese Aale lebten noch. Das war freilich eine Stufe extremer als *Ikuzuri* – die schlimme japanische Kunst, einen Fisch mit ein paar schnellen Schnitten so zu filetieren, dass sein Herz noch schlägt. Das rohe Fleisch wird dann gegessen, während das Tier mit den Kiemen schlägt. (Manchmal wird der lädierte Fisch zurück in ein Aquarium gelegt, damit er sich für einen zweiten Gang erholen kann.) Dieses Mal war es der vierschrötige Russe, der sich als Erster ein Herz fasste: Er griff den Aal am Schwanz, holte ihn aus der Brühe, legte den Kopf zurück, warf sich den schwarzen Wurm in den Rachen und zermalmte ihn mit gewaltigen Kieferbewegungen. Dann rülpste er vor Behagen. Mir gelang das Manöver erst beim dritten Anlauf, dabei handelte es sich um besonders kleine Exemplare, wahrscheinlich waren es Baby-Aale. Sie schmeckten nicht schlecht. Die Brühe hingegen war ... himmlisch: ein pfeffrig-fischiger Sud mit viel Ingwer und noch mehr Knoblauch. Wenn die tausendjährigen Eier (rohe Enteneier, die zwar nicht gerade tausend, aber doch immerhin drei Jahre lang fermentiert worden waren und darum jetzt dunkelgrün schillerten) – wenn also die tausendjährigen Eier aufgingen und ihre halbfesten Dotter in die trübe Pfefferflüssigkeit ergossen, so war das, als würde man eine herb-säuerlich-kräftige Sonne löffeln. Ich bestellte tatsächlich einen zweiten Teller. Und nun die Vogelnester! Jawohl, der Meisterkoch ließ allen Ernstes Ketchupflaschen auftragen – aber der Inhalt war nicht knallrot, sondern karamellfarben. Und mir fiel plötzlich ein, dass Ketchup ursprünglich eine chinesische Erfindung war und gar nicht aus reifen Tomaten, sondern aus fermentierten Sardellen und Gewürzen hergestellt wurde: eine Fischsauce. Wir verzehrten die Vogelnester, indem wir sie wie Pommes frites in die Sauce tauchten – und ich verstand endlich, warum Vogelnester von manchen Leuten »der Kaviar Südostasiens« genannt werden. Außerdem begriff ich: Wir verspeisten hier eine Symphonie, die ständig dramatischer wurde. Ihre Grundmelodie war, dass man immer wieder einen inneren Vorbehalt, einen Ekel überwinden musste. Aber danach fiel die Belohnung umso reichlicher aus. Nur ein Detail irritierte mich: Was war Langschwein?

Das Fliegenpilzrisotto hätte einem Koch, der aus der Lombardei oder Ligurien stammte, alle Ehren gemacht.

Der Hakarl war in winzige Stückchen geschnitten worden und schmeckte natürlich kein bisschen wie Reinigungsmittel, sondern einfach nur auf rauchig-ölige Weise salzig; er war wie ein Gewürz verwendet worden, quasi anstelle von Parmesan. Was nun den Fliegenpilz betraf, so vertraute ich dem Küchenchef mittlerweile ohne Einschränkungen. Wahrscheinlich hatte er eine Möglichkeit gefunden, ihn zu entgiften – schlimmstenfalls blühten mir eben ein paar Träume von der wilden Sorte. (Fliegenpilz wirkt bekanntlich psychedelisch.) Die Dachsohren erwiesen sich als Vorgriff auf das Dessert: Sie waren mit kandiertem Ingwer, Chili und Honig gegart worden. Ich dachte schon, ich hätte jeder Ekelreaktion für diesen Abend Lebewohl gesagt, aber ich musste dann doch würgen, als die Eiskrem auf den Tisch kam – ein lilafarbenes Zeug mit zermatschten Beeren, das entfernt nach Lebertran roch. Dies war offenbar kein Eis aus Eigelb und Sahne, wie es die Italiener herstellen. Nein, dies war Walfischfett mit Schnee, Beeren und Zucker, wie es die Yupik in Alaska zusammenrühren. Vorsichtig steckte ich den Löffel in die Masse und leckte ihn ab. Igitt, wie köstlich! Nach dem dritten Löffel wollte ich nicht mehr aufhören. Hätte ich nicht gewusst, dass nach diesem Gelage noch ein ganzer Hauptgang auf uns wartete, hätte ich problemlos ein Kilo von dieser unanständig fetten Süßspeise in mich hineingestopft.

Nun stellte sich heraus, dass die glatzköpfigen Gangster in den schwarzen Anzügen, die uns bedienten, nicht nur als Kellner jobbten: Sie waren außerdem Akrobaten. Nachdem der letzte Blechnapf, die letzte leere Flasche, der letzte halbvolle Plastikbecher abgeräumt worden war, fingen sie an, auf dem Tisch in unserer Mitte Kunststücke aufzuführen. Sie jonglierten. Sie spuckten Feuer.

Sie bildeten eine Menschenpyramide. Ich dachte unterdessen weiter darüber nach, in welchem Zusammenhang ich das Wort »Langschwein« schon einmal gehört hatte. Zu dumm, dass uns die Smartphones abgenommen worden waren, ich hätte fürchterlich gern gegoogelt. Unterdessen hörte ich in der Küche über uns Geräusche. Die Geräusche wurden laut, steigerten sich zum Radau. Die Akrobaten waren redlich bemüht, den Krach zu übertönen: Sie trommelten mit den Handflächen auf die Tischplatte, während sie auf den Köpfen standen und bunte Ringe um ihre Fußknöchel kreisen ließen. Endlich hörte der Lärm auf. Und nun war die Pause in unserem Festgelage vorbei (das bis zu diesem Moment vielleicht vier Stunden gedauert hatte). Die tätowierten Gangster verabschiedeten sich, ohne auf unseren Applaus zu warten, und kehrten mit vollen Tellern zurück. Es war das erste Mal an diesem Abend, dass Porzellan zum Einsatz kam: Auf ovalem Geschirr, das wahrscheinlich noch aus der Ming-Zeit stammte (weiße Glücksdrachen vor blauem Blumenmuster), wurde das Hauptgericht serviert. Dazu der beste Rotwein der Welt in Kristallkaraffen. In der Mitte jedes Porzellans: hauchdünne Fleischscheiben mit einer Kapernsauce. Drumherum – appetitlich angerichtet – eine winzige Blutwurst; ein kleiner Haufen säuerliche Kutteln; Hirn mit Zwiebeln und Kräutern; und endlich etwas Längliches und Frittiertes. Auf einem Schälchen daneben zartester Blätterkohl in einer Mango-Vinaigrette. Ich arbeitete mich von innen nach außen vor – und stoße nun an die Grenzen der menschlichen Sprache. Denn dieses Gericht stellte in seiner Milde und gleichzeitigen Würze alles in den Schatten, was ich an diesem Abend genossen hatte. Ich hatte nicht gewusst, dass Fleisch so schmecken kann. Plötzlich stieß das kleine Mädchen, das auf dem Schoß des pockennarbigen Russen saß, einen schrillen Schrei aus. Was hatte die? Mit spitzem Kinderfinger deutete sie vor sich hin. Auch die afrikanische Präsidentengattin starrte mit dem blanken Ausdruck des Entsetzens auf ihren Teller. Ungerührt biss ich in das frittierte längliche Gericht, das ich noch nicht verkostet hatte. Weiches Fleisch. Harter dünner Knochen. Und dann spürte ich noch etwas anderes zwischen den Zähnen. Ich spuckte kräftig aus und wollte eine Sekunde lang nicht verstehen, was ich da gespuckt hatte: einen Fingernagel.

Ich stürmte – mein Fotograf folgte mir – die Holztreppe hinauf, rannte auf dem Balkon um die halbe Halle herum, stieß die Schwingtür auf, die, wie ich glaubte, in die Küche führte. Sie war leer. Aber in der Mitte der stählernen Anrichte erblickte ich ihn. Den »Meister des Kreuzkümmels«. Das rote Kopftuch, die schwarze Augenklappe. Das unbedeckte Auge war offen, es blickte glasig in die Unendlichkeit. Der Kopf stand in einer dunklen Blutlache und schien mit einem glatten Schnitt vom Körper getrennt worden zu sein. Mein Fotograf riss die Kamera hoch, aber in diesem Moment traten aus einer Seitentür die bulligen Männer in den schwarzen Anzügen und stießen uns ohne Sanftheit aus der Küche. Die Halle mit dem Esstisch hatte sich mittlerweile in ein Pandämonium verwandelt, und die Gäste waren die Dämonen. In jeder Ecke des Raumes stand jemand und erbrach sich. Auch die schöne namenlose Dame war so frei (sie hatte einen Daumen erwischt). Manche Gäste spien einfach mitten auf den Tisch. Auswurf auf den herrlichen Ming-Tellern; Auswurf in den Kristallgläsern. Auch ich behielt mein Abendessen nicht bei mir. Das unschuldige Kind stand verwirrt herum und schluchzte.

Irgendwann piksten die Gangster in den dunklen Anzügen uns wieder Injektionsnadeln in die Oberarme. Ich war dankbar für diesen kleinen Liebesdienst.

Als ich am nächsten Morgen in meinem Hotelzimmer in Schanghai wach wurde, wusste ich nicht, ob ich das Restaurant *Forbidden Pleasures* und meinen Besuch dort nicht geträumt hatte. Aber unter meinen Sachen fand ich den Pappdeckel mit der Speisenfolge, außerdem waren da die Fotos. Gewiss, Peter Wang ist für seine üblen Streiche berüchtigt: Nichts wäre einfacher, als einen täuschend echten Gummischädel zu formen und Theaterblut fließen zu lassen. Vielleicht war das Ganze auch eine kranke Phantasmagorie. (Das Fliegenpilzrisotto!) Aber leider werde ich in der Erinnerung das harte Gefühl des Fingernagels in meinem Mund nicht mehr los; vor allem deshalb, weil ich mittlerweile gegoogelt habe, was *Langschwein* bedeutet.

Die Dame war Julia schon aufgefallen, als sie noch sehr weit entfernt war. Sie zog ein Rollköfferchen hinter sich her, gleichzeitig hielt sie drei gigantische Plastiktaschen in der linken Hand – sie sahen umso größer aus, weil die Dame so klein war. Winzig geradezu. Eine grazile Gestalt, und picobello hergerichtet: mauvenfarbenes Jackett, schneeweiße Bluse. Das graue Haar trug sie zu einer eleganten Bürste frisiert. Ihre Gesichtszüge waren wie gemeißelt: Adlernase, breiter Mund, die Augen zwei dunkle Oliven. Julia stieg aus dem Taxi, um ihr mit dem Koffer und den Tüten zu helfen; erst dabei verstand sie, wie alt die Frau war. Ihre Haut erinnerte an feines braunes Leder. Sie nannte ein Fahrtziel in einer Villengegend. Julia ließ den Mercedes anrollen, das Bahnhofsgebäude glitt an ihnen vorbei.

»Stört es Sie, wenn ich rauche?«, fragte die Dame. »Oder ist das in Ihrem Taxi verboten?« Julia sagte, dass es sie nicht störe; die Frau mit dem grauen Bürstenhaar ließ ein Feuerzeug aufschnappen und sog an ihrer langen weißen Zigarette, als sei sie die einzige Sauerstoffquelle in einer ansonsten luftlosen Welt. Sie sprach fehlerfrei, hatte aber einen leichten Akzent. Italienerin? »Ah, das tut gut«, sagte die Dame. »Sie werden sich nicht erinnern, aber es gab einmal eine Epoche, da hatte sich die ganze Welt das Rauchen abgewöhnt. Deprimierend!

Zum Glück haben wir das hinter uns. Wenn erst einmal die Lebenserwartung in einem Land schlagartig um fünfzehn Jahre sinkt, kehren auch die Freuden des Nikotins zurück. Dann kommt es darauf nämlich auch nicht mehr an.« Eindeutig Italienerin: Julia gefiel, wie sie ihre Rs vor sich herrollte. Sie gerieten ins Plaudern. Die Dame berichtete, dass sie gerade geschäftlich in Düsseldorf unterwegs – und anschließend dort einkaufen war. Schuhe, was denn sonst. Julia erzählte, dass sie Philosophie studierte und sich besonders für die Denker der späten Antike interessierte. Unter anderem die Stoiker. Vor allem aber für einen Herrn namens Plotin. Ein griechisch gebildeter Ägypter aus dem zweiten Jahrhundert, über dessen Leben so gut wie nichts bekannt sei.

»Hat Ihr Plotin denn auch etwas herausgekriegt?«, fragte die italienische Dame amüsiert und blies Rauch aus den Nasenlöchern. Oh ja. Und Julia hielt ihrem Fahrgast, während sie den Wagen durch die Stadt lenkte, ein Privatissimum über das Eine, τὸ ἕν, den Ursprung alles Seins, dem der Geist entspringt, diesem wiederum die Seelen, ihnen dann alles sinnlich Wahrnehmbare – man könne sich das Ganze wie einen Springbrunnen vorstellen, bei dem das Wasser von einem steinernen Becken jeweils in das nächstuntere, breitere Gefäß fällt, ohne je abzunehmen oder zu versiegen.

»Und das Eine, dem alles entspringt – das ist dann Gott?«, fragte die Dame.

Ja. Nein. Ganz gewiss habe Plotin nicht an einen persönlichen Gott mit Rauschebart geglaubt. Eher sei es so wie im Taoteking von Laotse, einem tiefgründigen chinesischen Werk, das bekanntlich mit dem Vers beginnt: »Das Tao, das du nennen kannst, ist nicht das wirkliche Tao.« Über das Eine des Plotin lasse sich schlechterdings nichts sagen: nicht einmal, dass es existiere. Es sei die wahrste Wahrheit und damit dem menschlichen Denken unzugänglich. Allerdings könne man es auf mystische Weise erfahren.

»Die wahrste Wahrheit«, sagte die Dame versonnen. »Hat Ihr Herr Plotin sich eigentlich jemals mit Lügen beschäftigt?«

»Nicht, dass ich wüsste«, sagte Julia, setzte den Blinker und bog scharf rechts ab. »Ich glaube, Plotin hätte gesagt, dass Lügen für ihn gar keine wahre Existenz besitzen. So wie Schatten keine Substanz haben, sondern – sozusagen – nur Lichtlöcher sind. Ja. Plotin hätte Lügen, glaube ich, als Schatten gesehen: keine Anwesenheiten, sondern Abwesenheiten, verstehen Sie? Schatten im Wahrheitslicht.«

»Dann würde sich aber immer noch die Frage stellen, wer diese Schatten wirft«, sagte die Dame und drückte ihre Zigarette aus. »Ich finde Lügen faszinierend. Vielleicht deshalb, weil mein Beruf so viel mit ihnen zu tun hat. Wussten Sie, dass jeder von uns mindestens zehn Mal pro Tag angelogen wird? Manchmal sogar zweihundert Mal?« Julia hatte es nicht gewusst. »Die meisten dieser Lügen sind natürlich ganz harmlos. Freundliche Flunkereien, ohne die kein Mensch durchs Leben kommen würde. Liebling, du siehst in dem Kleid überhaupt nicht dick aus. Ich war gerade dabei, dich anzurufen! Nein, du hast die Spaghetti nicht zu lang gekocht.« Julia lachte laut. »Kennen Sie den amerikanischen Satz: *It takes two to tango?* So ist das auch mit den Lügen«, sagte die Dame. »Zum Lügen gehören immer zwei. Einer, der lügt – und einer, der sich anlügen lässt. Es handelt sich sozusagen um Gesellschaftstänze. Und um die menschlichste aller Beschäftigungen. Tiere lügen nicht.«

»Ach du Scheiße«, sagte Julia. »Pardon, ist mir gerade so rausgerutscht. Aber es ist doch wahr.« Vor ihnen staute sich plötzlich der Verkehr, sie waren in eine Straßensperre geraten. Zu allem Überfluss setzte nun auch noch der Nieselregen ein, für den diese Stadt berühmt war. Glücklicherweise ging es schnell vorwärts, sie brauchten keine halbe Stunde, bis die Bundeswehrsoldaten vor ihnen auftauchten; die Kolben ihrer Maschinenpistolen beulten dünne Regenhäute aus. Der Soldat, der sich für sie zuständig fühlte, war blutjung und hatte sanfte Augen. Er warf einen Blick auf den Ausweis, den Julia ihm hinhielt, dann reichte er der Dame auf dem Rücksitz galant das Wattestäbchen, das sie ohne Zögern über die Innenseite ihrer Wange glitschen ließ und ihm zurückreichte. Der Soldat führte die Watte in das Lesegerät ein, das er in der Hand hielt, studierte die Anzeige, und als es leise piepste, versetzte er der Wagentür einen freundschaftlichen Klaps. »Alles in Ordnung«, sagte er, »ich wünsche gute Weiterfahrt.«

»Sie sind immun«, sagte die Dame auf dem Rücksitz, als die Straßensperre hinter ihnen lag.

»Ja«, sagte Julia. »Ich hatte die Krankheit, als ich dreizehn war. Und habe überlebt, wie Sie sehen.« Julia wartete. Sie wusste, was jetzt kommen würde. Der Regen tickerte seine unverständliche Morsenachricht auf das Autodach; der alte Mercedes dieselte durch eine pudelnasse Allee. »Darf ich fragen, was mit Ihrer Familie passiert ist?«, erkundigte sich die alte Italienerin. Und so erzählte Julia, dass ihr Vater einen amerikanischen Pass hatte, weil er doch gebürtiger New Yorker war; dass es ihm mithilfe dieses Passes gelang, die ganze Familie nach Amerika zu bringen (mit einer todkranken Ausnahme); dass ihr Vater und ihre Mutter vor allem bedacht sein mussten, ihren kleinen Bruder aus der tödlichen Gefahr zu retten; und wie niemand damit rechnen konnte, dass sie jemals wieder aufwachen würde (ganz allein in dem Hospiz, vier Wochen danach). Alles in allem: keine ungewöhnliche Geschichte.

»*Porca miseria*«, sagte die alte Dame und zündete sich eine neue Zigarette an. Sie schwieg sehr lange. »Haben Sie Ihrer Familie jemals verziehen?«

Sie arbeite daran, sagte Julia. Vor ein paar Monaten hätten sie miteinander geskypt. Ihr Bruder gehe jetzt in Austin aufs College. Austin, Texas, nicht Austin, Colorado. Irgendwann werde sie ihre Familie besuchen. Ganz bestimmt. Nur nicht gleich. Mittlerweile waren sie in einer Straße mit wunderschönen alten Lindenbäumen angekommen; sie hielten vor einer Villa, über die der Efeu kletterte. »Da wären wir.« Julia wollte den Schirm aus dem Kofferraum holen und die Italienerin bis zur Haustür begleiten, aber die winkte ab. »Kindchen, ich wohne schon so viele Jahre hier«, sagte sie, »wenn ich das bisschen Nieselregen nicht ertragen könnte, wäre ich längst wieder weggezogen. Übrigens – ich heiße Graziella. Graziella Brunesci. Ursprünglich aus Livorno, aber das haben Sie wohl schon herausgehört.«

»Julia Bacharach«, sagte Julia. »War nett, Ihre Bekanntschaft zu machen.«

Die alte Italienerin streckte ihr zwei Hundert-Euro-Scheine hin und wollte nichts zurückhaben. Dann stapfte sie mit ihrem Rollkoffer und ihren viel zu großen Plastiktaschen zum Haus; sie sah furchtbar zerbrechlich aus. Offenbar wurde sie erwartet, denn die Haustür schwang vor ihr auf, ohne dass sie die Hand ausgestreckt hätte.

DRITTE REISE:
EINE STADT
NAMENS UTOPIA

(Text: Bodo von Unruh, Fotos: Jacques Lacoste)

Fragen Sie nicht nach der Stadt Utopia. Versuchen Sie nicht, beim russischen Konsulat ein Visum zu beantragen, um jene Stadt zu besuchen. Man wird Sie nicht auslachen, aber das Personal wird Ihnen den Rücken zukehren, und wenn Sie nach fünf Minuten immer noch nicht verschwunden sind, wird man Ihnen zu verstehen geben, dass Sie sich nach Hause scheren sollen. *Dawaj, dawaj!* Schon gar nicht sollten Sie versuchen, den russischen Botschafter in dieser Angelegenheit per E-Mail zu bedrängen. Er wird nicht antworten, und Ihr Name wird auf einer gewissen Liste landen. Der *Federalnaja sluschba besopasnosti Rossijskoi Federazii* versteht genauso wenig Spaß wie seine Vorgängerorganisationen: das KGB, der NKWD, die Tscheka. Russland ist bekanntlich das einzige Land der Welt, das nicht etwa einen Geheimdienst unterhält, sondern von einem Geheimdienst regiert wird. Und manche Staatsgeheimnisse, das ist klar, müssen um jeden Preis gewahrt werden. Dann hatte Russland immer schon ein – sagen wir – gespanntes Verhältnis zur Pressefreiheit. Wir wollen ja um Himmels willen nicht, dass Ihnen etwas zustößt. Also: Fragen Sie nicht nach der Stadt namens Utopia.

An jenen Ort (will sagen: Nicht-Ort) gelangt überhaupt nur, wer persönlich eingeladen wurde. (Von wem? Wir kommen darauf zurück.) In diesem günstigen (aber unwahrscheinlichen) Fall rückt der Reisende in den Status einer *Very Important Person* auf. Das heißt: Am Flughafen Scheremetjewo wird sein Name vom Lautsprecher ausgerufen – anschließend lotst ein Uniformierter den Reisenden an der Menschenschlange vorbei, die mit grauer Geduld vor der Passkontrolle wartet. Im Abendlicht vor dem Flughafengebäude steht ein altertümlicher Wolga, der den Passagier in sein Hotel in Moskau kutschiert. (Dem Kollegen mit der Kamera wird dieselbe unfaire Vorzugsbehandlung zuteil.) Auch der neue Status als *Very Important Person* kann allerdings am folgenden Umstand nichts ändern: Die Reise steckt voller Strapazen. Wir zum Beispiel mussten am nächsten Morgen in einer unsäglichen Frühe aufstehen, um den Flieger in die Stadt Bratsk zu erwischen. Bratsk liegt im Irkutsker Oblast – das ist so weit weg in Sibirien, dass sich beim Googeln die Landkarte auf dem Bildschirm krümmt. Der Flug sollte fünf Stunden und zehn Minuten dauern, fühlte sich aber wie ungefähr zwölf Stunden an. Das kam daher, dass das Flugzeug erst einmal nicht abhob, weil der Pilot nicht zum Dienst erschienen war. Als die Fluglinie einen halbwegs nüchternen Menschen mit Fluglizenz aufgetrieben hatte, gab es eine Bombendrohung: noch eine Stunde Wartezeit. Während des Fluges wünschte ich inständig, wir wären auf dem Boden geblieben. Mörderische Turbulenzen; drei Stewardessen, die ihre Diensterfahrung offenbar als Wachpersonal im Gulag erworben hatten; bei dem Flugzeugessen (Hühnchen Kiew in Aluminiumfolie) handelte es sich um die letzten Relikte der Zarenzeit. Was meinen Fotografen und mich am Leben erhielt, war der Wodka – die drei Gulag-Damen servierten ihn uns mürrisch, aber immerhin eiskalt. Als wir in Bratsk aus dem Flugzeug torkelten, waren wir bereit, auf der Stelle und ohne inneren Vorbehalt zum russisch-orthodoxen Glauben zu konvertieren.

Bei Bratsk handelt es sich eine Stadt mittlerer Größe, die den authentischen Charme der untergegangenen Sowjetunion ausströmt. Und es war heiß! Bei »Sibirien« denken die meisten Menschen an Permafrost, aber im August hat es dort dreißig Grad im Schatten. Unser Hotel war eine triste Angelegenheit aus Sichtbeton; zu essen gab es pappige Cheeseburger ohne nennenswerten Geschmack. Leider mussten wir noch einen guten Teil des nächsten Tages in der sowjetischen Tristesse verbringen. Erst am Nachmittag hörten wir am Bahnhof im Stadtzehntrum das melancholische Tuten der Eisenbahn, die uns weiter nach Osten transportieren sollte. Denn dort, wo wir hinfuhren, gab es keine Flughäfen. Bis zu dieser Reise war *Taiga* für mich ein Wort, das ich nur aus dem Geografieunterricht kannte. Jetzt erfuhr ich, was es bedeutet: sumpfige Nadelwälder, die sich endlos – wie auf einer riesigen Töpferscheibe – am Zugfenster vorbeidrehen. Hin und wieder ein Stausee zur Auflockerung. Ein einsames Gleis, das sich durch die Landschaft windet. Mein Fotograf erzählte mir einen alten sowjetischen Witz: Lenin, Stalin, Chruschtschow, Breschnew und Gorbatschow fahren mit dem Zug. Plötzlich bleibt der Zug auf freier Strecke stehen. Lenin sagt: Jetzt legen wir alle einen Extra-Subbotnik ein – also einen freiwilligen Arbeitseinsatz zur höheren Ehre des Proletariats! Der Zug bleibt stehen. Stalin sagt: Alle Streckenarbeiter erschießen! Die Streckenarbeiter werden erschossen, der Zug bleibt stehen. Chruschtschow sagt: Alle Streckenarbeiter rehabilitieren! Der Zug bleibt stehen. Breschnew sagt: Jetzt ziehen wir die Vorhänge zu und tun so, als ob wir fahren. Chruschtschow sagt: Alle aussteigen! Und dann rufen wir ganz laut: *Keine Schiiiiienen, keine Schiiiiienen ...*

Ich dachte unterdessen darüber nach, dass die Sowjetunion ein Staat war, der auf einem gigantischen, einem irrsinnigen Missverständnis beruhte. Denn Marx und Engels hatten im neunzehnten Jahrhundert nie und nimmer damit gerechnet, dass der Sozialismus ausgerechnet in einem (mit moderner Terminologie zu sprechen) Entwicklungsland siegen würde. Sie glaubten natürlich, dass England oder Frankreich – vielleicht auch die Vereinigten Staaten – die Vorreiter der Revolution sein würden. Nicht aber das rückständige Russland mit seinen Abermillionen Bauern. Eigentlich gab es ja nur in St. Petersburg ein Industrieproletariat, das nach marxistischer Lehre doch der Motor einer sozialistischen Umwälzung sein würde. In England und Frankreich und Deutschland hatten sich Gewerkschaften und sozialdemokratische Parteien etabliert, die ihren einheimischen Kapitalisten immer neue Zugeständnisse abtrotzten. Die russische Sozialdemokratie war eine Sekte. Die Mitglieder dieser Sekte waren so zänkisch und rachsüchtig, wie es fanatische Gläubige eben zu sein pflegen. Dass die radikalste Fraktion jener Sekte sich im November 1917 an die Macht putschen konnte, war ein schlimmer Zufall, nichts weiter. Danach ging während des russischen Bürgerkrieges erst einmal das bisschen Industrie kaputt, das es vorher gegeben hatte. Es folgte ein nahezu totaler ökonomischer Kollaps. Das Volk hungerte, nur der schwarze Markt funktionierte noch. Erst unter Stalin sollte die russische Wirtschaft wieder das Niveau erreichen, das sie einst unter dem Zaren gehabt hatte. Lenin und Genossen reagierten auf den Kollaps mit Erschießungspelletons. Denn an der Misere konnten ja nur kapitalistische Saboteure schuld sein! Nicht wahr? Hinterher kannte die sowjetische Wirtschaft nur noch ein Ziel und einen Befehl: produzieren, produzieren, produzieren! Produzieren um jeden Preis – ohne zu fragen, ob es sinnvoll war, irgendwo im Nirgendwo Stahlwerke und ganze Städte zu errichten. Produzieren nach Plan, ohne sich um die ökologischen Kosten zu kümmern – vorwärts, weiter, unermüdlich, auf den gebrochenen Rücken ganzer Völkerschaften. Es ist nicht auszudenken (wirklich nicht), was aus dem Sozialismus geworden wäre, wenn es dieses irrsinnige sowjetische Experiment nicht gegeben hätte.

Die Zugstrecke, auf der wir fuhren, gehörte zur Baikal-Amur-Magistrale. Stalin hatte 1932 angefangen, diese Eisenbahnverbindung nach Ostsibirien bauen zu lassen. Und es waren Gulag-Häftlinge, die hier im Frost die Schwellen legten, mit schweren Hämmern die Schienen festnagelten. Es gab eine eigene Unterabteilung des Gulag: die »BAMlag« mit Sitz in Swobodny an der Transsibirischen Eisenbahn. *Schu-schupp, schu-schupp, schu-schupp, schu-schupp*, machte der Zug. Nachts im Schlaf kam es mir so vor, als ob wir nicht über Stahlschienen, sondern über menschliche Gebeine rollten.

Zehn Stunden verbrachten wir in unserem Abteil. Immerhin gab es am Ende des Waggons einen Samowar, aus dem wir uns mit Tee versorgen konnten. In Kunerma stiegen wir aus. Kunerma! Die hochberühmte »Siedlung städtischen Typus«! Einundvierzig Einwohner! Einer davon – ein Mensch namens Sergej – war auf die Ankunft zweier mittlerweile etwas verwahrlost aussehender Besucher vorbereitet worden. Er wartete in einem Häuschen gleich neben der Bahnstation auf uns: ein bartstoppeliger Mann undefinierbaren Alters, der auf den Betonstufen saß und zwischen Daumen und Mittelfinger eine Zigarette hielt, deren Glut in Richtung Handteller deutete. Als er uns kommen sah, stand er auf und nahm einen Lungenzug. Dann deponierte er eine Portion Spucke auf dem Boden zwischen uns. Er machte eine ruckartige Seitwärtsbewegung mit dem Kopf und stakste voran. Hinter seinem Haus stand ein funkelnagelneuer braun lackierter Geländewagen, ein Lada Bronto. Wir drückten Sergej die verabredete Menge an Geldscheinen in die Hand. Er wandte sich grußlos um, und wir hievten unsere Koffer in den Laderaum. Dann fuhren wir über die ungeteerte Straße, die den Bahnschienen entlang durch das hochberühmte Kunerma führt; und als wir die Häuser hinter uns wussten, bogen wir nach Nordwesten auf jene Schotterpiste ab, die auf keiner Landkarte verzeichnet steht. Links und rechts verkrüppelte Bäume. Unser Auto mühte sich redlich, zum Glück war es vollgetankt, wie wir es bestellt hatten. Nach zwei Stunden Autofahrt legten wir eine Rauchpause ein. Ein Fehler: Die Hitze war mörderisch, mein Fuß versank neben dem Schotter bis zum Knöchel im Schlamm, und die Moskitos legten sich so dicht wie ein Pelz auf mich – mein Fotograf war eine Minute damit beschäftigt, mit der flachen Hand auf meinen Rücken einzuschlagen. Schnell stiegen wir wieder ins Auto und ergriffen die Flucht. Und eine gute Stunde später lag unser Ziel vor unseren Augen.

Es ist schwer, den Anblick von Utopia zu beschreiben; denn die Natur der Sprache gebietet, dass ich Dinge hintereinander schildern muss, die sich in Wirklichkeit gleichzeitig in meine Netzhaut brannten. Wo anfangen? Vielleicht doch mit den Wachtürmen. Also: Der Nadelwald, durch den wir stundenlang gefahren waren, hörte schlagartig auf; vor uns breitete sich eine Ebene aus, die sanft in die Höhe stieg; und in der Entfernung sahen wir eine Mauer und Stacheldraht ... und Wachtürme mit Schießscharten. Später, als wir ausgestiegen waren, hörten wir auch die Hunde, und wären wir nachts gekommen, hätten Scheinwerfer, die in regelmäßigen Abständen zwischen den Wachtürmen aufgestellt waren, das Ganze taghell erleuchtet. Ich bin viel zu spät geboren, als dass ich die Berliner Mauer noch erlebt hätte, aber die lange Absperrung vor uns sah dem, was ich aus historischen Aufnahmen kannte, verblüffend ähnlich. Und wie damals die Mauer nicht Westberliner *einsperren*, sondern DDR-Bürger *aussperren* sollte, war das Betonungetüm vor uns offenbar mit dem Ziel errichtet worden, Unbefugte am Betreten zu hindern: Die ganze aggressive und abweisende Energie richtete sich nach draußen. Und was lag drinnen? Eine Fata Morgana. Eine Metropole. Nehmen Sie die Silhouette von Dubai und multiplizieren Sie diese Skyline mit der von Chicago – dann haben Sie einen ungefähren Begriff, was da vor uns von Wachtürmen und Stacheldraht umgürtet wurde. Wolkenkratzer, die wie schlanke Schrauben in den Himmel stachen; Hochhausdiamanten, in denen sich glitzernd das Sonnenlicht fing; kühne Glaspaläste. Und schon aus weiter Entfernung sahen wir – metallisch glänzend wie exotische Käfer – die Fluggeräte, die zwischen den futuristischen Hochhäusern von Utopia hin und her summten.

Unsere Ankunft war nicht unbemerkt geblieben. Ein Militärfahrzeug hielt direkt auf uns zu, bremste scharf; ich hielt an und stellte den Motor ab. Zwei Soldaten stiegen aus. Sie trugen Helme und Uniformen in Tarnfarben und hielten die MPis im Anschlag. Speznas, dachte ich. Eliteeinheiten. Das hier sind bestens trainierte Mörder.

Ich behielt schön brav die Hände am Lenkrad. Nur keine hastigen Bewegungen! Einer der Mörder stellte sich direkt neben mein Seitenfenster. Er bedeutete mir, dass ich es herunterkurbeln sollte, und ich gehorchte ihm. Er brüllte etwas auf Russisch. Ich sagte ihm ganz ruhig auf Englisch, dass ich – sorry – kein Russisch verstehe. »Passport, Passport«, brüllte er. Ganz langsam reichten wir ihm unsere Pässe. Anschließend griff ich in meine Brusttasche und zog einen Brief mit einem amtlichen Siegel hervor, von dem es geheißen hatte, er werde hilfreich sein. Natürlich hatte ich keine Ahnung, was in dem Brief stand, er war ja in kyrillischen Buchstaben abgefasst. Der Soldat faltete den Brief zusammen und steckte ihn zusammen mit unseren Pässen ein. Dann bedeutete er uns mit einer kreisenden Bewegung seiner Maschinenpistole, wir sollten ihm folgen. Er und der andere Speznas-Mann stiegen wieder in ihr Militärfahrzeug; sie wendeten und fuhren uns voraus. Wir parkten vor einem Tor in der Mauer, die zwei Soldaten eskortierten uns hinein. Eine kahle Wachstube; an der Wand ein Porträt des aktuellen *Woschd*, der die Russische Föderation mit väterlicher Hand regierte. Wir wurden durch eine Seitentür gelotst. Hinter einem Schreibtisch saß ein uniformierter Mann mit eisgrauem Haar – er griff nach unseren Pässen und dem Brief mit dem Siegel und studierte unsere Dokumente eingehend. »Wir haben Sie erwartet«, sagte er schließlich auf Englisch. »Ihre Ankunft ist uns angekündigt worden. Haben Sie sich das auch wirklich gut überlegt?«

Ich wusste nicht, was er meinte.

»Wollen Sie wirklich ... da hinein?«, fragte er und wies mit dem rechten Daumen auf die Wand hinter sich. Ich nickte.

»Na schön«, sagte der Uniformierte und seufzte tief. Er schob unsere Pässe zu uns hinüber. Dann öffnete er eine Schublade in seinem Schreibtisch und entnahm ihr zwei Briefumschläge. Auch sie schob er in unsere Richtung. »Die werden Sie brauchen.« In jedem Umschlag befand sich ein länglicher Ohrhörer mit integriertem Mikrophon, wie man sie bei Bluetooth-Geräten verwendet; ich klemmte mein Exemplar an meine Ohrmuschel. Die zwei Speznas-Soldaten hatten in der Zwischenzeit unsere Koffer geholt; nun führten sie uns durch einen mit grauer Ölfarbe bestrichenen Korridor, der an einer Metalltür endete. Sie kamen nicht mit, sondern öffneten nur die Tür. Und plötzlich standen wir im Sonnenlicht. Vor uns ein schmaler Rasen, auf dem ein merkwürdiges Gefährt geparkt war; im Vordergrund verschiedene verrückt verschachtelte Gebäude, im Hintergrund die umwerfende Skyline; in unserem Rücken ein Wachturm. »Willkommen in Utopia, Herr von Unruh«, sagte eine warme Stimme in meinem Kopf. Sie sprach perfekt Deutsch.

Bildlegende: Die Silhouette der Stadt Utopia.

Das merkwürdige Gefährt erwies sich als Lufttaxi: Es wurde von vier horizontalen Rotoren – zwei vorn, zwei hinten – in der Schwebe gehalten. Zwei kleinere vertikale Rotoren trieben das fliegende Auto an. Nachdem wir unser Gepäck untergebracht und auf bequemen Sitzen Platz genommen hatten, setzte es sich ohne Umstände in Bewegung: Das Lufttaxi flog uns mit summenden Elektromotoren mitten in das Gewimmel zwischen den glitzernden Hochhaustürmen hinein. Die anderen Luftautos bewegten sich so chaotisch, dass es zum Fürchten war: ein wilder Tanz, ein aufgescheuchter Insektenschwarm – und doch ahnte ich, dass irgendwo ein unsichtbarer Choreograf die Regie führte. Unter uns zwischen den Hochhausdiamanten und Wolkenkratzern sah ich viel Grün, eine Parklandschaft. Durch den Park führten Bohlenwege, auf denen Fußgänger und Radfahrer unterwegs waren. Auch an den Häuserwänden entdeckte ich viel Grünes: Die ganze Außenseite eines Hochhauses war mit Salatköpfen bewachsen. Später flogen wir über das gewaltige Dach eines Wolkenkratzers, das wie ein Bumerang geformt war – und dort unten wogte ein Weizenfeld. »Ich werde Sie erst einmal in unser Gästehaus fliegen«, sagte die warme Ohrhörerstimme (die weder männlich noch weiblich wirkte). »Nach der langen Reise werden Sie erschöpft sein, Sie können sich dort frischmachen. Abends dachte ich, Sie könnten in einem unserer Restaurants essen. Ich habe für Sie zwei Plätze reserviert. Übrigens können Sie mir jederzeit Fragen stellen. Ich werde sie beantworten, so gut ich kann.«

»Wer sind Sie?«, fragte ich.

»Ich bin Alpha«, sagte die warme androgyne Stimme. »Ich kontrolliere die Luftautos. Und sorge dafür, dass die Bürgerinnen und Bürger von Utopia jederzeit alles bekommen, was sie zum Leben benötigen. Morgen Vormittag werden wir uns persönlich kennenlernen, dann werden Sie besser verstehen, wer ich bin. Oder was ich bin.«

»Erzählen Sie mir mehr über die Stadt«, bat ich.

»Utopia hat vier Millionen dreihundertfünfundachtzigtausend siebenhunderteinunddreißig Einwohner«, sagte die Stimme. »Pardon, ich korrigiere mich: vier Millionen etc. etc. siebenhundertzweiunddreißig. Gerade eben, während ich sprach, wurde ein Kind geboren. Wir sind ein autonomer Stadtstaat – nicht de jure, aber

89

faktisch. Wir produzieren alles, was wir zum Leben brauchen, selber. Möbel. Kleider. Küchengeräte. Nahrungsmittel. Sie haben bestimmt das Weizenfeld auf dem Hochhaus gesehen. Auch in den Stockwerken darunter betreiben wir Landwirtschaft – in riesigen Blumenkästen, die künstlich bewässert und mit künstlichem Licht angestrahlt werden. In begrenztem Umfang machen wir sogar unser eigenes Wetter: Im Winter wird bei uns der Boden im ganzen Stadtgebiet künstlich beheizt, im Sommer künstlich abgekühlt – Sie werden beim Aussteigen bemerken, dass bei uns quasi kalifornische Temperaturen herrschen. Die durchschnittliche Lebenserwartung für Männer beträgt in Utopia hundertundsieben Jahre, für Frauen hundertzwölf. Unsere ganze Produktion ist automatisiert, und wir recyceln unsere Abfälle zu hundert Prozent. Unsere Hauptbeschäftigung besteht darin, uns weiterzubilden, das Leben zu genießen und Erfindungen zu machen. Wir nähern uns dem Stadtzentrum.«

Vor uns – unter uns – sah ich eine große goldene Kuppel zwischen den Hochhausdiamanten auftauchen. Rechts neben ihr lag ein Park mit einem künstlichen See. »Was ist dieses Gebäude«, fragte ich, »so etwas wie ein Tempel oder Heiligtum?«

Die warme Stimme in meinem Kopf lachte glucksend. »Nein«, sagte sie, »Religionen gibt es bei uns zum Glück nicht mehr. Gott ist in Utopia mausetot! Nein, was Sie da sehen, ist ein Fusionsreaktor. Es ist uns schon vor einem Jahrzehnt gelungen, das Rätsel zu lösen, wie man Wasserstoffkerne verschmilzt und daraus Strom gewinnt. Eine unerschöpfliche Energiequelle, ganz ohne Radioaktivität und Umweltverschmutzung! Rechts davon der Leonid-Witaljewitsch-Kantorowitsch-

Park. Zu diesem Park gehört auch der städtische Zoo. Sehen Sie das Mammut?« Tatsächlich, rechts neben mir brach ein Riesenelefant im Pelzmantel mit gigantisch gebogenen Stoßzähnen durchs Gebüsch. »Es ist uns gelungen, mithilfe der Gentechnik ausgestorbene Tierarten wieder zum Leben zu erwecken. Aber keine Angst, wir planen nicht, einen künstlichen Dinosaurier zu basteln. Fürs Erste genügt uns vollkommen, wenn es wieder Goldkröten, Dodos und Quaggas gibt.« Wir überflogen einen großen gläsernen Würfel; er schien leer zu sein. »Was ist das für ein Würfel?«, fragte ich. »Das Wiktor-Michailowitsch-Gluschkow-Gebäude«, sagte die warme Stimme in meinem Ohr (entdeckte ich eine Spur von Ehrfurcht in ihrem Ton?). »Unser Rathaus. Dort werden wir uns morgen Vormittag begegnen.«

»Ist Utopia eine Republik?«, fragte ich. »Eine Monarchie? Eine Aristokratie?«

»Nichts von alldem«, sagte Alpha. »Es gibt in Ihrem politischen Vokabular kein Wort für das, was Utopia ist. Wir sind gleich da.« Unser Lufttaxi näherte sich einer Mulde in einem der oberen Stockwerke eines hohen schlanken gläsernen Turms. Eine Minute später setzte das fliegende Auto sanft auf. »Sie müssen sich nicht um Ihr Gepäck kümmern«, sagte die Stimme in meinem Ohr, »das übernehme ich.« Ein kleiner Gepäckwagen wieselte aus dem Inneren des Gebäudes zu uns heran. Er war mit mechanischen Greifarmen ausgerüstet, die in Zangenhände ausliefen: Sie packten unsere Koffer, zogen sie aus dem Inneren des Taxis und wuchteten sie – nicht ohne Eleganz – auf eine Ablage. »Gehen Sie nur hinein«, sagte die Stimme. »Ihre Zimmer haben die Nummern drei und sechs.« Auf uns wartete ein Komfort, wie man ihn aus Hotels der Luxusklasse kennt – und eine Aussicht,

die mir den Atem verschlug: in der Fassade des gegen-
überliegenden Hochhauses spiegelte sich die unterge-
hende Sonne, davor glänzten Flugautos; etwas unterhalb
gingen vor mir Leute in einem japanischen Dachgarten
spazieren. Am meisten genoss ich danach die warme
Dusche (ohne Armaturen: Alpha stellte das Wasser auf
die gewünschte Temperatur ein und versorgte mich aus
einer Düse mit duftendem Shampoo). Während ich mir
den Schweiß und Staub der Reise vom Körper wusch,
dachte ich darüber nach, wie viel von dem ich glauben
sollte, was die Computerstimme mir erzählt hatte. Eine
Lebenserwartung von hundertundzwölf Jahren? Und das
in Sibirien?

Eine halbe Stunde später fanden wir uns in einem
großen Raum mit edlen Proportionen wieder. Dunkle
Täfelungen an den Wänden, gedecktes Licht; fünf große runde Tische. Um diese Tische saßen Menschen, die
mit Reden und Essen beschäftigt waren. »In unseren
Restaurants ist es üblich, dass Wildfremde zusammen-
sitzen«, sagte die warme Stimme in meinem Ohr. »Also
nehmen Sie Platz, genießen Sie und sprechen Sie ohne
Scheu Ihre Tischnachbarn an. Schüchternheit ist keine
Ausrede!« Sofort fiel mir an den Utopiern zweierlei auf.
Erstens waren sie alle ziemlich seltsam gekleidet – in
wallende Röcke und Pluderhosen und Blusen von wilder
Buntheit; mein Fotograf und ich fielen in all der Far-
benpracht durch extreme Langweiligkeit auf. Zweitens
war überhaupt nicht auszumachen, welcher ethnischen
Gruppe die Utopier angehörten – am ehesten erinnerten sie an Südseeinsulaner. Ich kam zwischen einer sehr
hübschen jungen Frau und einem älteren Mann mit weißem Bart zu sitzen; der Mann trug einen goldenen Ring
im Ohr. »Ich bin Irina«, sagte die junge Frau. »Sie müssen

einer unserer Besucher von außerhalb sein.« (Genauer erklärt war es so: Sie sprach Russisch, das ich natürlich nicht verstand. In meinem Ohr hörte ich eine Simultan-übersetzung – und zwar nicht in der Stimme von Alpha, sondern in der Stimme der jungen Frau.) »Mein Name ist Igor«, sagte der Mann zu meiner Linken. Nachdem ich mich vorgestellt hatte, fragte ich ihn nach seinem Beruf.»Oh, bei uns gibt es eigentlich keine Berufe«, sagte er.»Heute Morgen war ich Kunsttischler. Danach habe ich mich ein bisschen als theoretischer Physiker betätigt. Nachmittags war ich Dramaturg, unsere Theatergruppe probt gerade den *Kirschgarten* von Tschechow. Mal sehen, was ich morgen sein werde.« Die junge Frau rechts von mir lachte.»Igor ist ein grauenhafter Dramaturg«, sagte sie.»Aber als Landschaftsmaler ist er erstklassig!« Sie hob ihr Weinglas und prostete ihm zu. Ich fragte Irina, ob es ihr etwas ausmachen würde, mir etwas über ihre ethnische Herkunft zu verraten. (Die Epikanthus-Falte am inneren Randwinkel des Auges war unverkennbar, gleichzeitig hatte ihre Haut die Tönung von zartbitterer Schokolade; die Nase war klassisch griechisch, das locki-ge Haar leider blond gefärbt.) »Überhaupt nicht«, sagte sie.»Meine eine Großmutter ist Uigurin, die andere kam aus Sachsen; mein Großvater väterlicherseits ist Angola-ner, der andere stammte aus Laos. Mit anderen Worten, ich bin eine typische Bürgerin von Utopia.«

Mir fiel auf, dass Igor und Irina mich verstanden, ob-wohl sie keine Ohrhörer trugen. Wie konnte das sein? »Wir tragen unsere Kommunikationseinheiten als Im-plantate«, sagte der Mann, »sie wurden uns eingesetzt, sobald wir die Pubertät hinter uns hatten. Das ist bei uns völlig normal, so wie die Impfung gleich nach der Geburt. Bei der Impfung werden uns gleichzeitig Nanoroboter injiziert, die dann ein Leben lang unsere Gesundheit überwachen – und eingreifen, wenn es nötig ist.« Ich fand heraus, dass es in diesem Restaurant keine Kellner gab. Stattdessen fuhren Tischlein-deck-dich-Tische herum, auf denen Teller mit Speisen standen; wenn sie automatisch stoppten, nahm sich jeder herunter, was ihm gefiel. Auch ich bediente mich. »Was, glauben Sie, essen Sie da gerade?«, fragte mich Irina. »Ossobuco mit Polenta«, antwortete ich. »Köstlich, übrigens.« Ich sei also wirklich überzeugt, dass das Fleisch da vor mir auf dem Teller von einem Kalb stamme? »Ja«, sagte ich. »Falsch«, sagte Irina. »Wir würden nie lebendige Tiere schlachten. Dieses Fleisch wurde in einem unserer unterirdischen Labors gezüchtet.« Sie strahlte vor Stolz. Plötzlich zog ein kleines Mädchen, das mir an dem runden Tisch genau gegenübersaß, eine Blockflöte hervor und begann zu spielen. Die *Ode an die Freude* von Beethoven. Ein Mann an einem der Nebentische holte einen Bass, den er offenbar zwischen den Tischbeinen versteckt hatte, setzte den Bogen an und spielte mit. Nun holte eine Frau in seiner Nähe ein Cello hervor; dann klemmten mehrere Leute sich Violinen unters Kinn. Ein Fagott erschien, ein Englischhorn, eine Pauke. Schließlich erhoben die Gäste sich an einem dritten Tisch und fingen zu singen an – mehrstimmig und in beinahe akzentfreiem Deutsch. Ein Flashmob! »Wir betreten feuertrunken / Himmlische, dein Heiligtum«, sangen sie. Und: »Alle Menschen werden Brüder / Wo dein sanfter Flügel weilt.« Ich muss gestehen, dass ich eine Träne nicht mehr stoppen konnte. Als die Musikanten fertig waren, erhoben wir uns: mein Fotograf (der an einem ganz anderen Tisch saß) und meine Wenigkeit. »Bravo!«, rief er. Und »Spassiba!« rief ich. Die Utopier lachten.

Später fragte ich Alpha, wer für unsere Mahlzeit und das Konzert bezahlt hatte. »Bezahlt?«, fragte die warme Stimme in meinem Kopf. »Niemand. Bei uns gibt es kein Geld.«

Am nächsten Vormittag schritten wir auf den majestätischen Glaswürfel in der Nähe des Stadtparks zu. Er war tatsächlich leer; nachdem wir eingetreten waren, hallten unsere Schritte in dem riesigen Raum. Aber noch während wir gingen, versank genau in der Mitte ein kreisrundes Segment im Boden; eine Sitzgruppe schob sich empor. Nachdem ich mich auf ein Sofa gesetzt hatte – der Fotograf stellte unterdessen sein Stativ mit der Kamera auf –, erschien mir gegenüber ein ganz normaler Stuhl, auf dem jemand saß. Eine Gestalt, von der ich nicht wusste, ob sie ein Mann oder eine Frau war; das Gesicht merkwürdig alterslos; die Kleidung schillerte so bunt wie bei allen Stadtbewohnern. »Willkommen«, sagte die dreidimensionale Projektion (beziehungsweise: die Stimme in meinem Ohrhörer). »Ich bin Alpha, der Algorithmus, der Utopia regiert. Oder ich bin Utopia selber: seine innerste Essenz, sein wahrstes Wesen. Seine Seele, sein Gedächtnis, sein Gewissen. Das kommt so ungefähr auf dasselbe hinaus.«

Ich schwieg.

»Man könnte ohne Übertreibung sagen, dass ich das logische Ziel der menschlichen Entwicklung bin«, fuhr Alpha fort. »Ich bin die Zukunft; Widerstand ist zwecklos. Bald – vielleicht, noch ehe das Jahrhundert herum ist – werden alle Menschen in Stadtstaaten wohnen, die von Algorithmen regiert werden. Kennen Sie den mysteriösen Satz des Kirchenvaters Augustinus: *Dies septimus nos ipsi erimus?* Der siebente Schöpfungstag werden wir selber sein. In säkulare Begriffe übersetzt heißt das: Die

Menschen werden mit ihrer Schöpfung, mit den Computern und Computerprogrammen, verschmelzen. Das Internet werden wir selber sein. Wir werden mit ihm eins werden. Überall. Wir hier in Utopia sind nur ein bisschen früher am Ziel angelangt – weil wir eine Abkürzung genommen haben. Und daran ist ein verrückter historischer Zufall schuld.«

Dann erzählte Alpha mir die Entstehungsgeschichte der Stadt Utopia. Und diese Geschichte ist so irre, so wenig glaubhaft, dass ich zögere, sie hier hinzuschreiben. Sie beginnt mit einem jüdischen Mathematikgenie namens Leonid Witaljewitsch Kantorowitsch: Er wurde 1912 in St. Petersburg geboren und zeigte schon früh außergewöhnliche Begabung – mit vierzehn Jahren fing er an, an der Leningrader Universität zu studieren. Seine große Entdeckung war die lineare Optimierung – ein mathematisches Verfahren, bei dem man mittels einer Matrix und einer Serie von Vektoren ausrechnen kann, wie man Dinge mit dem geringsten Aufwand von A nach B transportiert. Während der Leningrader Blockade, als deutsche und finnische Truppen die Stadt umzingelt hielten (eine Million Menschen sind damals krepiert, die Eingeschlossenen aßen Katzen und Ratten), stand Leonid Witaljewitsch Kantorowitsch persönlich im Wintermantel auf dem Ladogasee. Denn über den Ladogasee führte die »Straße des Lebens« – eine Eistrasse voller brummender Lastwagen, die Lebensmittel und Munition in die eingesperrte Stadt transportierten. Und Kantorowitsch hatte ausgetüftelt, welchen Abstand die Lastwagen einhalten und welche Route sie nehmen mussten, damit in der geringstmöglichen Zeit die größtmögliche Anzahl von Gütern nach Leningrad befördert werden konnte. Planwirtschaft! Kantorowitsch im Wintermantel dirigierte den Verkehr.

Dann kam das Jahr 1953, Stalin starb. Sein Nachfolger wurde ein Glatzkopf namens Chruschtschow, der 1956 auf dem XX. Parteitag der KPdSU in einer Geheimrede immerhin die halbe Wahrheit über Stalins Verbrechen sagte. Er ließ die meisten Gulag-Häftlinge nach Hause zurückkehren. Aber das war nicht der Grund, warum die gewöhnlichen Sowjetmenschen Chruschtschow mochten. (Was ging sie die Wahrheit über Stalin an!) Sie mochten Chruschtschow, weil unter ihm nicht mehr nur die Schwerindustrie gefördert wurde. Dieser neue Zar wollte, dass der Sozialismus die Bedürfnisse der kleinen Leute erfüllt: Er wollte den Kapitalismus einholen und überholen. Deswegen wurden unter ihm sogar Wohnungen gebaut, richtige Wohnungen, in denen Familien unter sich sein konnten. Die Planwirtschaft sollte endlich funktionieren. Sie sollte nicht mehr nur hirnlos produzieren, produzieren, produzieren. Und dafür gab es nun eine Zauberformel – die lineare Optimierung des Leonid Witaljewitsch Kantorowitsch.

Chruschtschow ließ Gelehrtendörfer bauen, in denen die klügsten Köpfe der Sowjetunion unter sich sein, streiten, die Zukunft berechnen konnten. In diesen Gelehrtenrepubliken gab es keine vollkommene Freiheit der Lehre und der Forschung – das nicht. Es war immer noch die Sowjetunion; gewisse Lippenkenntnisse mussten geleistet werden. Aber man musste nicht mehr jeden Unsinn des Scharlatans Lyssenko nachbeten, den Stalin zum Oberherren der Wissenschaft ernannt hatte. Sogar Genetiker wurden geduldet! Die Apparatschiks der Partei bestimmten in diesen Gelehrtendörfern nicht mehr, in welcher Richtung sich die Elektronen drehen. Manche Wissenschaftler befassten sich mit einer völlig neuen Forschungsrichtung: der Kybernetik. Wiktor

Michailowitsch Gluschkow, der Vater der sowjetischen Informatik, baute damals ganz neuartige Computer. Er hatte ein noch ehrgeizigeres Ziel als Kantorowitsch: Warum nicht eine Maschine – auf Grundlage der linearen Optimierung – die Vorgaben der Planwirtschaft ausrechnen lassen? Und manche taten noch einen kühnen Schritt weiter ins bisher Undenkbare: Warum nicht alle Regierungsgeschäfte Maschinen übertragen? War nicht genau das der helle Wachtraum von Karl Marx gewesen? Hatte er nicht davon gesprochen, dass der Staat absterben, dass er sich nur noch mit der »Verwaltung von Sachen« beschäftigen sollte? Dann kam das schlimme Jahr 1964, Chruschtschow wurde gestürzt. Sein Nachfolger: ein Dummkopf mit buschigen Augenbrauen namens Leonid Breschnew, der eine zügige Politik der Restalinisierung einleitete. Nach dem Tauwetter kam nicht der Sommer – stattdessen brach klirrend der Frost herein. Die Gelehrtendörfer gerieten wieder unter die Fuchtel der Partei, sie lösten sich auf. Und kein Mensch interessierte sich mehr für Leonid Witaljewitsch Kantorowitsch und seine mathematische Zauberformel.

Aber ein Gelehrtendorf in den Weiten von Sibirien entging dem großen neostalinistischen Reinemachen. »Sie haben uns schlicht vergessen«, sagte Alpha. »Es lebe die Schlamperei der sowjetischen Bürokratie! Manchmal entfaltete sie segensreiche Wirkungen.« Dieses Gelehrtendorf – weit von der Machtzentrale in Moskau entfernt – war die Keimzelle der Stadt Utopia: Hier orientierte sich die Wirtschaft (streng mathematisch, unter Zuhilfenahme von Computern) an den Bedürfnissen der Menschen. Bald fingen die ersten Sibirier an, sich heimlich in Utopia anzusiedeln; sie hatten gehört, dass man hier nicht stundenlang Schlange stehen musste, um eine

Wurst oder ein Stück Kernseife zu ergattern, und der Arbeitstag dauerte nur noch vier Stunden. Die Stadt fing an, diskret um Einwanderer zu werben, denn bald wurde klar, dass dieses soziale Experiment, wenn es signifikant sein sollte, eine Gemeinschaft von mehreren Millionen Menschen voraussetzte. Solange die Sowjetunion existierte, war es natürlich nur möglich, potenzielle Einwanderer in den sozialistischen Ländern anzusprechen: in Kuba, Angola, Vietnam, der DDR. Die Technik machte unterdessen immer schnellere Fortschritte. Noch in den Neunzigerjahren des vorigen Jahrhunderts wurde es möglich, die notwendige Arbeitszeit für alle Utopier auf null zu reduzieren. Geld war da längst abgeschafft.

»Unter Breschnew waren wir vergessen«, sagte Alpha. »Auf uns aufmerksam wurden sie erst unter Gorbatschow. Das war unser Glück.« Damals rückte Utopia in den Rang eines Staatsgeheimnisses auf: So weit ging Gorbatschows Glasnost dann doch nicht, dass er in der Öffentlichkeit gesagt hätte, in Sibirien sei auch schon längst der Kommunismus erreicht worden – wenn auch nur in einer Stadt. Trotz der Heimlichtuerei bekamen aber immer mehr Sowjetbürger von der Sache Wind. Ganze Kolchosen packten ihre Koffer, setzten sich in den Zug und fuhren mit der Baikal-Amur-Magistrale gen Osten. In ihrer Not sahen die sowjetischen Behörden nur noch einen Ausweg: Sie taten das, was sie besonders gut konnten, und bauten eine Mauer. Durch eine merkwürdige Übereinstimmung, wie sie in der Weltgeschichte häufiger vorkommt, wurde die Mauer um die Stadt Utopia ausgerechnet in der Nacht vom 9. auf den 10. November 1989 hochgezogen. Während die Berliner auf dem Beton tanzten, sahen die Utopier stumm zu, wie im Schutze sowjetischer Panzer die Baubrigaden anrückten. Danach fingen ihre Konstruktionsroboter an, auf den wenigen Quadratkilometern, die ihnen zur Verfügung standen, immer höhere Wolkenkratzer zu errichten. Daher die eindrucksvolle Skyline. – Nachdem die Sowjetunion zerbrochen war, schlossen die Utopier mit den korrupten neuen Herren in Moskau einen Deal. Keine Öffnung! Kein Kontakt mit der Außenwelt! Im Gegenzug wurde den Utopiern erlaubt, auf der ganzen Welt gezielt nach neuen Stadtbürgern zu suchen, solange kein Außenstehender davon erfuhr. So entstand eine bunt gemischte Metropole. Natürlich sorgte Alpha dafür, dass keine ethnisch ungemischten Wohngebiete entstanden.

»Dann hatte Friedrich von Hayek also Unrecht«, sagte ich, nachdem Alpha seinen (ihren) Bericht beendet hatte.

»Warum?«

»Friedrich von Hayek schrieb, es sei unmöglich, eine Wirtschaft zu planen. Die ökonomischen Transaktionen seien so komplex, so zahlreich und vielfältig, dass niemand sie durchschauen könne. Das Konzept der Planwirtschaft basiert laut Friedrich von Hayek auf Hybris: auf der Anmaßung, über ein Wissen zu verfügen, das ein Mensch gar nicht besitzen kann.«

»Friedrich von Hayek verstand wenig von Mathematik«, sagte Alpha. »Und überhaupt nichts von der Rechenleistung moderner Computer. Ich weiß zu jeder Zeit, was die Einwohner von Utopia wünschen oder benötigen – und ich liefere es ihnen mithilfe der linearen Optimierungsvektoren des Leonid Witaljewitsch Kantorowitsch. Gleichzeitig berechne ich die Bahnen aller fliegenden Autos so, dass sie nicht in der Luft zusammenstoßen. Gleichzeitig schreibe ich siebenundzwanzig verschiedene Drehbücher für ebenso viele Fernsehserien, die dann – natürlich ohne menschliche Schauspieler, die brauchen wir nicht mehr – produziert und gestreamt werden. Gleichzeitig bereite ich drei Millionen sechshundertsiebenundzwanzigtausend achthunderteinundfünfzig Mahlzeiten zu. Gleichzeitig unterrichte ich alle Erstklässler von Utopia in den Grundrechenarten. Gleichzeitig unterhalte ich mich hier mit Ihnen. Für mich ein Kinderspiel.« Zum Abschluss stellte Alpha mir die Frage, ob es noch irgendetwas in Utopia gebe, was ich besichtigen wollte. »Wir haben keine Geheimnisse, unsere Stadt liegt vor Ihnen wie ein offenes Buch.« Ich weiß nicht, welcher Engel oder welcher Dämon mir diese Idee einflüsterte, aber ich sagte, dass ich gern ein Krankenhaus besichtigen würde. »Ein Krankenhaus?«, sagte Alpha und hob eine Augenbraue. »Warum das denn? Nun gut.«

Eine Viertelstunde später standen wir vor einem spiralförmigen Wolkenkratzer. »Was möchten Sie denn sehen?«, fragte Alphas Stimme in meinem Ohr. »Die Entbindungsstation?«

»Ich möchte gern in den dreizehnten Stock«, sagte ich. Mich ritt die pure Daffke – ich wusste ja, dass alle Krankenhäuser der Welt (weil die Menschen abergläubisch sind) nur ein zwölftes und gleich darüber ein vierzehntes, nie und nimmer aber ein dreizehntes Stockwerk haben. Doch der Lift transportierte uns umstandslos hoch zur gewünschten Adresse. Die Türen öffneten sich mit einem dezenten Ping, wir standen in einer freundlichen Empfangshalle. Schöne Pastellfarben, Kinderspielzeug, ein Panoramafenster. An der Wand uns gegenüber stand in lustigen regenbogenbunten Buchstaben: эвтаназия. Mein Russisch war leider nie besonders gut, also brauchte ich eine volle Minute, um zu verstehen, was ich da las. In diesem Augenblick bog eine Krankenbahre – natürlich von niemandem geschoben – um die Ecke. In der Mitte der Bahre lag ein weinender Säugling; das Krankenbett fing von selber an, hin und her zu schaukeln, gleichzeitig wurde automatisch eine Rassel betätigt, die über ihm hing. Der Säugling hörte auf zu weinen. Er grapschte nach der Rassel. Er grinste ein zahnloses Säuglingsgrinsen.

»Moment mal«, sagte ich. »Das hier ist die Euthanasiestation. Sie werden doch nicht dieses Baby da umbringen?«

»Der Gentest hat ergeben, dass dieser Säugling später einmal mit einer Wahrscheinlichkeit von zweiundsiebzigkommavier Prozent an einer schweren Depression erkranken wird«, sagte die warme Stimme in meinem Kopf. »Wir ersparen ihm viel nutzloses Leid. Der Tötungsprozess ist ganz human. Völlig schmerzlos. Und seien Sie unbesorgt, der kleine Leichnam wird hinterher fachgerecht kompostiert.«

»Aber Sie können doch nicht einfach Kinder umbringen?!«, sagte ich.

»Warum nicht?«, erkundigte sich die Stimme in meinem Ohrhörer.

Ich wusste keine Antwort. Mein Fotograf aber schrie plötzlich los: »Weil das menschliche Leben heilig ist – heilig, heilig, heilig!«

»Die Heiligkeit des menschlichen Lebens ist eine jüdisch-christliche Marotte«, sagte die warme Stimme. »Große Zivilisationen sind ganz ohne diese Idee ausgekommen. Die Griechen haben den Infantizid praktiziert, ebenso die Römer, übrigens auch die Chinesen. Wir ermutigen niemanden, am Leben zu bleiben, der nicht auch über die Potenz verfügt, dieses Leben in vollen Zügen zu genießen. Jeder Mensch hat das Recht auf einen humanen Tod, auf rational berechneter Grundlage, versteht sich.« Die Krankenbahre mit dem Säugling war mittlerweile durch eine Schwingtür im Hintergrund des Empfangsraumes gerollt. Mein Fotograf warf sich mit seiner Schulter gegen sie; aber diese Tür gab nicht nach, sie schloss dicht ab und kannte keine Gnade – und das Einzige, was mein Kollege hinterher davon hatte, war ein blauer Fleck.»Ich bin die Zukunft«, flüsterte die Stimme in meinem Kopf.»Widerstand ist zwecklos.«

Bildlegende: Freude, schöner Götterfunken! Ein spontanes Konzert zu unseren Ehren. Auf den vorigen Seiten: Ein Dodo im städtischen Zoo von Utopia. / Unser Reporter im Gespräch mit Alpha, dem Algorithmus, der Utopia regiert. / Eine utopische Familie: Vater Oleg, Mutter Janeta, Sohn Piotr, Tochter Duscha; im Kinderwagen: Baby Wladimir.

Mittlerweile habe ich viel über diese Reise nachgedacht. Und mir ist klar geworden, dass Alpha uns exakt das sehen ließ, was wir sehen sollten – inklusive der Euthanasiestation am Schluss. Ich habe es hier mit einer brillanten Intelligenz zu tun, die mir doppelt und dreifach überlegen ist: einem kalten Schachspieler, der zu jeder Zeit genau wusste, wo er mich haben wollte. Auch die Herkunft der E-Mail, die mich ursprünglich auf die Spur der Stadt Utopia setzte, ist mir längst kein Rätsel mehr. Schließlich lautete die Absenderadresse: alpha@utopia.com. Darunter zwei dürre Sätze:
Jeder nach seiner Fähigkeit, jedem nach seinem Bedürfnis.
Eine Gesellschaft, in der die freie Entwicklung eines Jeden Bedingung für die freie Entwicklung Aller ist.
An die Mail waren verschiedene Dokumente angehängt, die nur noch ausgedruckt werden mussten. Zwei Flugtickets nach Moskau. Fahrscheine für die Baikal-

Amur-Magistrale. Hotelreservierungen. Landkarten. Instruktionen. Diverse Visa, ein amtlich aussehender Brief in kyrillischen Buchstaben. Alpha hatte völlig richtig gerechnet: Meine Journalistenneugier war geweckt, ich nahm das Angebot an. Und damit ist die Existenz von Utopia von nun an kein Geheimnis mehr. Das war wohl von Anfang an Alphas Plan und so gewollt. Aber warum sahen wir dann auch die Euthanasiestation? Könnte ein totes Kind für gewisse Leute gar kein Einwand gegen den Kommunismus sein, sondern – im Gegenteil! – ein jubelndes Argument *dafür?* Ist das vorstellbar? Mache ich mich mit dieser Reportage zum Komplizen?

Ich weiß es nicht. Ich weiß nur das: Als wir Utopia verließen, kam mir die russische Wachstube mit dem Bild des aktuellen *Woschd* an der kahlen Wand beinahe anheimelnd vor.

Zart wie eine Katzenpfote legte sich eine Hand auf Julias Schulter. Sie wirbelte herum; einen Augenblick lang verstand sie gar nicht, wen sie da vor sich hatte. Wer war die zierliche Dame in dem rot-weißen Seidenkostüm mit der gelben Lederjacke? Julia hatte sich einen Tag freigenommen, und zwar aus dem einleuchtenden Grund, dass heute die Sonne schien. (Außerdem hatte es in ihrer Stadt seit Langem keine neuen Ausbrüche der Krankheit gegeben, das musste gefeiert werden.) Sie war von ihrer winzigen dunklen Wohnung die paar Meter zu dem neuen Café gegangen, das erst vor drei Wochen aufgemacht hatte. Viel helles skandinavisches Holz; duftender selbstgebrannter Kaffee; frischer Kuchen in Vitrinen. Ein junges Liebespaar saß – weil das Leben ja weitergehen muss – an einem der runden Tische draußen auf der Straße.

»Meine philosophische Taxifahrerin!«, sagte Graziella Brunesci. »Sie haben mich vor ein paar Tagen nach Hause kutschiert, erinnern Sie sich nicht?« Natürlich erinnerte Julia sich. Und sie ließ sich gern auf einen Kaffee einladen; auch zu einem Stück Sanddorntorte ließ sie sich überreden. »Sie müssen dringend etwas essen, Kindchen«, sagte Graziella, »Sie sind ja so mager!«

Die beiden Frauen fanden Platz an einem Tisch im Sonnenlicht. Graziella Brunesci zündete sich eine ihrer extrem dünnen, extrem langen Zigaretten an, inhalierte und entließ den Rauch durch ihre schmalen Nüstern. »*La vita e bella*«, sagte sie. »Schade, dass man an einem solchen Tag arbeiten muss.« Julia äußerte zwischen zwei Bissen ihr Erstaunen, dass Graziella noch berufstätig war. »Ich bin sogar sehr beschäftigt«, sagte die alte Dame.

»Was arbeiten Sie denn?«

»Mir gehört eine Detektei«, sagte Graziella seelenruhig. Julia gab sich keine Mühe, ihre Überraschung zu verbergen.

»Ist es wahr, dass Detekteien hauptsächlich damit beschäftigt sind, untreue Ehemänner beim Fremdgehen zu überwachen?«, fragte sie.

»Auch«, sagte Graziella und nippte an ihrem doppelten Espresso. »Aber nicht nur. Industriespionage, Versicherungsbetrug, Urkundenfälschung – haben wir alles schon gehabt. Sogar einen Mord.«

»Mord!«, sagte Julia.

»Wollen Sie, dass ich Ihnen davon erzähle?«

»Dürfen Sie das überhaupt?«, fragte Julia zurück. »Werden Sie von Ihren Klienten nicht zur Vertraulichkeit verpflichtet?«

»Gewiss«, sagte Graziella, »aber diese Geschichte ist lange her. Sehr lange. Kennen Sie die deutsche Redewendung: Etwas sei so lange her, dass es schon nicht mehr wahr ist?« Julia nickte. »Ist das nicht eine interessante Vorstellung: dass die Zeit am Ende sogar die Wahrheit auslöscht? Was meinen Sie als Philosophin dazu?«

»Ich meine ganz unphilosopisch, dass das menschliche Gedächtnis ungefähr drei Generationen zurückreicht«, sagte Julia und spießte ein Stück Sanddorntorte auf ihre Kuchengabel. »Bis zu den Großeltern. Und nicht weiter. Oder?«

»Stimmt«, antwortete Graziella Brunesci. »Und was meine Geschichte betrifft, so sind alle Beteiligten mittlerweile vermutlich tot. Ich bin ja so alt! Uralt! Ich kann mich sogar noch an die Zeit erinnern, bevor diese verfluchte Krankheit über uns kam ...« Julia fiel ganz ohne Zusammenhang ein, wie der böse Volksmund die Krankheit nannte: *Ariernachweis.* Schließlich grassierte sie beinahe ausschließlich in Deutschland. Allerdings war dieser Name natürlich falsch (sonst hätte der Krankheitserreger Julias Familie verschont). Die Italienerin drückte ihre Zigarette aus und schlug die Beine übereinander. »Es ging um ein Alibi. Ein Mann, nennen wir ihn Rudolf, wurde verdächtigt, seine Frau getötet zu haben. Nennen wir sie Betty. Jemand hatte sie mit einem Baseballschläger erschlagen – im Wohnzimmer des Hauses, wo die Familie lebte. Das Glasfenster zur Veranda war zerbrochen. Es fehlten ein paar Wertgegenstände. Schmuck, Bargeld. Die Polizei fand riesige Fußspuren im Blumenbeet.«

»Also hätte es ein Einbruch sein können, der schiefgegangen ist«, sagte Julia und legte ihre Kuchengabel beiseite.

»Richtig. Aber Rudolf profitierte vom Tod seiner Frau. Ihre Lebensversicherung. Eine halbe Million Euro! Muss ich erwähnen, dass er bis zu den Ohren in Schulden steckte? Außerdem war bekannt, dass er seine Frau misshandelte. Er hat sie quer durch die Villa geprügelt, zwei Mal haben die Nachbarn nachts die Polizei gerufen. Das Problem war: Er hatte ein Alibi. Genau in dem Zeitraum, in dem Betty der Schädel eingeschlagen wurde, war er in einer Kneipe im Nachbardorf – und die war zwanzig Autominuten vom Tatort entfernt. Er hat sogar in einem Hotel gleich neben der Kneipe übernachtet. Kam erst am nächsten Morgen zurück und spielte den erstaunten und erschütterten Ehemann. Vierzehn Zeugen schworen Stein und Bein, dass er in der Kneipe mit ihnen getrunken hatte. Der Mörder hatte in der Kneipe sogar einen kleinen Streit inszeniert. Und das Mädchen an der Hotelrezeption erinnerte sich, dass er mit ihr geflirtet hat.« Graziella Brunesci seufzte tief. »Die Polizei hatte keine andere Wahl, als nach irgendwelchen Einbrechern zu suchen, die es in Wahrheit gar nicht gab. Rudolf wurde zweimal verhört, dann haben sie ihn laufenlassen. Das war der Moment, in dem die Familie von Betty uns einschaltete. Sie war verzweifelt. Sie war überzeugt, dass Rudolf Betty ermordet hatte, aber sie konnte nichts beweisen.«

»Und Sie haben dann das falsche Alibi geknackt?«

»Selbstverständlich«, sagte Graziella Brunesci und zündete sich ihre nächste Zigarette an.

»Aber wie?«, fragte Julia.

»Ich erzähle es Ihnen gleich. Erst einmal will ich Sie raten lassen. Sie sind doch Philosophin. Überlegen Sie!«

»Hm«, machte Julia. »In Ordnung: Was ist eigentlich ein Alibi? Ein Alibi bedeutet, dass sich ein Mensch zur Tatzeit an einem anderen Ort aufgehalten hat. Bei einem falschen Alibi gibt es also zwei Joker: den Ort oder die Zeit. Eines von beidem stimmt nicht. Entweder ist der Mord zu einer anderen Zeit begangen worden – oder der Tatort war nicht der, als der er uns erscheint. Vielleicht ist die Tote gekühlt worden, um die Leichenstarre hinauszuzögern und die Gerichtsmediziner zu verwirren. Allerdings kommt mir diese Version eine Spur zu Agatha-Christie-mäßig vor.«

»Sie sind gut, Kindchen«, sagte Graziella und lächelte spitz. »Der Joker – um bei Ihrem Ausdruck zu bleiben –

war in unserem Fall der Tatort. Betty war überhaupt nicht in ihrem Wohnzimmer erschlagen worden.«

»Sondern?«

»Wir mussten hinterher zugeben, dass der Kerl Phantasie hatte. Eine gewisse frettchenhafte Schlauheit war ihm nicht abzusprechen! Er hatte Betty angerufen – nicht von seinem eigenen Mobiltelefon aus, versteht sich; er hatte ein billiges Einwegtelefon benutzt. Er bestellte Betty zu der Kneipe, genauer gesagt zu ihrem Hintereingang, der nicht von Kameras überwacht wurde. Er bat sie, ihn anzurufen, sobald sie angekommen war. Als sein Händie summte, entschuldigte er sich bei seinen Kumpanen. Er müsse mal kurz auf die Toilette. Dann verließ er die Kneipe durch den Hinterausgang, checkte kurz, dass niemand ihn beobachtete, erschlug seine Frau mit dem Baseballschläger, den er vorher dort hinter der Tür versteckt hatte, packte die Leiche in den Kofferraum seines Autos, den er vorher mit Plastik ausgelegt hatte, wusch sich das Blut von den Händen und tauchte lachend wieder in der Kneipenrunde auf. Fünf Minuten.«

»Jetzt musste er sie aber noch nach Hause schaffen.«

»Richtig. Das tat er, nachdem er im Hotel eingecheckt hatte. Er ließ sich ein Zimmer im Erdgeschoss geben. Dann kletterte er durchs Fenster, fuhr zu seinem Haus, zerdepperte die Verandascheibe, hinterließ ein paar schöne Fußabdrücke – natürlich nicht in seiner eigenen Schuhgröße –, trug die Leiche hinein, fuhr zurück ins Hotel und schlief sich aus.« Graziella schwieg. »Wissen Sie, was ich diesem Mann – Rudolf – am meisten übelnehme?«, fragte sie dann. »Außer dem Mord natürlich. Mord ist sowieso schrecklich. Mord heißt: Ich verwandle eine Person in eine Sache, die ich dann wegschaffe wie Müll. Aber noch schlimmer wird das Ganze dadurch, dass ...« Graziella legte den Kopf schief und blinzelte in die Sonne.»Sehen Sie, die beiden hatten ein Kind. Einen Sohn. Und Rudolf hatte die Leiche so auf dem Fußboden drapiert, dass das Kind seine Mutter finden musste, als es am Morgen aufwachte und die Treppe herunterkam.«

»Was für ein mieses Schwein«, sagte Julia.

»Ja«, sagte Graziella. »Ein echter Psychopath. Aber schlau wie ein Frettchen, wie gesagt.«

»Wie haben Sie ihn geschnappt?«

»Ach, das war einfach! Nachdem wir erst einmal ausgetüftelt hatten, wie er sich sein Alibi verschafft hatte, entdeckten wir jede Menge Spuren. Er war ja kein Übermensch, für den die Gesetze der Physik nicht galten. Die Plastikplane mit Blutflecken und Haaren der Toten hatte er in einen Müllcontainer nicht weit von seinem Haus geworfen. Auf einem Überwachungsvideo fanden wir herrlich scharfe Bilder, wie er aus seinem Hotelzimmerfenster hinaus- und dann eine knappe Stunde später wieder hineinkletterte. Dem Gericht reichte das, Rudolf wurde zu lebenslanger Haft verurteilt ... was immer *lebenslang* danach bedeutet haben mag.«

»Und was war mit Bettys Familie?«

»Sie zahlte mit Freude unser astronomisches Honorar.«

»Was ist mit dem Kind passiert?«, fragte Julia.

»Eine Tragödie«, sagte Graziella beinahe kalt. »Eine Tragödie, wie es zu jener Zeit viele gab. Bettys Schwester hat das Kind selbstverständlich adoptiert, aber sie starb dann an der Krankheit. Auch die Eltern starben. Keine Ahnung, was aus dem Jungen geworden ist. Wahrscheinlich ist er auch tot. Ich habe ja gesagt, die ganze Geschichte ist schon nicht mehr wahr ... *Gesù Cristo!* Ich habe mich völlig mit Ihnen verplaudert, es ist ja schon halb elf. Ich muss los. Ich hoffe nur, ich habe Sie wenigstens nicht gelangweilt.«

»Im Gegenteil«, sagte Julia. »Danke für den Kaffee. Und den Kuchen.«

»Keine Ursache, Kindchen«, sagte Graziella Brunesci. »Wenn Sie sich übrigens bei uns bewerben wollen: Einen analytischen Verstand wie den Ihren könnten wir immer gebrauchen. Oder vielleicht brauchen Sie eines Tages etwas von uns ... hier sind jedenfalls meine Koordinaten.« Julia schaute auf das weiße Pappkärtchen zwischen ihren Fingern hinunter: *Brunesci Ermittlungen*, stand in großen nüchternen Lettern darauf. Eine Telefonnummer, eine E-Mail-Adresse. Sie verstaute die Visitenkarte in ihrer Tasche. Als Julia aufsah, war ihre Gesprächspartnerin schon nicht mehr da.

VIERTE REISE:
DIE GESCHICHTE
VON CARDENIO

(Text: Bodo von Unruh, Fotos: Jacques Lacoste)

W as redeten die da vorn auf der Bühne? Ich verstand
kein Wort. Zwei Männer sprachen wild durcheinander – ein kleiner Dicker und ein großer Hagerer in
einer Ritterrüstung aus stumpfem Blech; später gesell-
te sich ein Dritter hinzu, der in Lumpen gekleidet war
und eine ziemlich lebendige (das heißt: widerstrebende)
Ziege hinter sich herzog. Die drei redeten unheimlich
schnell, ein Holterdiepolter von übereinanderstürzen-
den Silben, und alle paar Sekunden brachen die Leute um mich herum in schallendes Gelächter aus – ich
aber stand ratlos dazwischen. Ich war (wie peinlich!) der
Dummkopf, der den Witz nicht kapiert. Um die Wahrheit zu sagen: Mir geht es mit allen Komödien so, die angeblich William Shakespeare geschrieben hat. Und das,
obwohl ich zur Zeit der Punischen Kriege mal Anglistik
studiert habe – mit Abschluss, bitte schön. Ich verstehe
die Leute in Glasgow ebenso wie die Texaner mit ihren
elenden Kaugummidiphthongen; nicht einmal Ebonics,
also der Dialekt der schwarzen Amerikaner, in dem sie
solche Dinge sagen wie *Yo I ask her whether she's feelin'
pump-tight this day sho 'nuff* (ungefähr: »Ich frage sie, ob
sie sich an diesem Tag gut fühlt«), kann mich ernsthaft
schrecken. Aber jener Mr. Shakespeare (in Anführungs-
zeichen)? Die Tragödien bereiten mir keine Probleme,
da ist vom ersten Satz an alles klar wie schwarze Tinte:

»Wann treffen wir drei wieder zusamm'?« (Macbeth) bzw. »Wer da?« (Hamlet). Aber in den Komödien verstehe ich anfangs eine Viertelstunde lang immer nur dies: »Rhabarber, Rhabarber, Quatsch mit Soße, Bahnhof.«

Hinzu kam: Ich stand im wiederaufgebauten Globe Theatre in London, ein bisschen mehr als zweihundert Meter von jenem Ort entfernt, an dem einst jener elisabethanische Unternehmer seine Theatertruppe, die *Lord Chamberlain's Men*, dirigiert hatte. Das heißt, ich stand im Freien. Zu Zeiten jenes Shakespeare waren Theater runde Gebäude ohne Dach über dem Stehparkett in der Mitte, und jener Teil des Publikums, der nicht zu den gehobenen Ständen gehörte, drängelte sich im Freien vor der Bühne. Der Rücken tat mir weh – und als nun eine Regenwolke, die schon seit Mittag dräute, über uns stoppte und ihre finstersten Versprechen wahr machte, wurde ich auch noch nass: Im Unterschied zu den fröhlichen Engländern und amerikanischem Touristen um mich herum hatte ich meinen Schirm im Hotel vergessen. Die Schauspieler vorn auf der Bühne redeten tapfer weiter. Ach, die Elisabethaner und ihre Neigung zu *puns* – zu geistreichen Wortwitzeleien, häufig mit obszönem Hintergrund, die man heute mit komplizierten Fußnoten erklären muss! Auch der Mensch, den wir Shakespeare nennen, war eben im Geist seiner Zeit gebadet worden; auch dieses Genie schwebte nicht wie Gott über den Wassern. Mir fiel auf, dass keine einzige Kameracrew, sei es von CNN oder der BBC, ihre Glasaugen auf die Bühne richtete. Schließlich war hier eine Sensation zu besichtigen, eine Welturaufführung. (Später erfuhr ich, dass bewusst keine Fernsehjournalisten ins Globe Theatre eingeladen worden waren: Man wollte diese Sensation für Liebhaber der Literatur und des Theaters reservieren. Meine Einladung verdankte ich dem arkanen Thema meiner Magisterarbeit: *Über die Funktion der »abseits« gesprochenen Passagen in Shakespeares Dramen.*) Der Regen verträpfelte sich, der Himmel klarte auf. Und langsam lichtete sich auch das Dunkel in meinem Gehirn: Der große Hagere in der verbeulten Rüstung – das war Don Quijote, der Ritter von der traurigen Gestalt. Und der kleine Dicke an seiner Seite war naturgemäß Sancho Pansa, sein Schildknappe. Der Ziegenhirte ging nach einem letzten witzig-unverständlichen Wortwechsel rechts ab (die Ziege riss meckernd am Strick: ein Extra-Lacher). Und jetzt betrat von links ein spanischer Adeliger die Bühne. Dass er adelig war, erkannte man an dem Schnörkel, den er als Schnurrbart unter der (ansonsten unauffälligen) Nase trug. Seine Kleidung war vornehm, wenn auch abgewetzt: ein besticktes Wams, dunkle Kniebundhosen. Cardenio war der werte Name, und es handelte sich bei ihm – wie er in prächtigen Pentametern erklärte – um den unglücklichsten Menschen auf der Welt. Die Liebe, ach! Die Liebe! Jetzt stellte sich heraus: Alles Bisherige war nur ein Vorspiel zum Eigentlichen gewesen. Der Ritter von der traurigen Gestalt und sein Knappe traten ab, die Bühne gehörte Cardenio und seiner Angebeteten, einer gewissen Luscinda. Cardenio befand sich mit dieser rassigen Schönheit in einem zärtlichen Einverständnis. Aber ein Bösewicht namens Don Fernando hatte ebenfalls ein Auge auf Luscinda geworfen. Jener Don Fernando hatte zuvor Dorotea verführt, eine blonde Bauernmagd, und sofort nach erwiesener Gunst fallengelassen. *Sigh no more, ladies, sigh no more, / Men are deceivers ever.* Männer waren immer schon Betrüger. Die Jamben rollten, ich war hingerissen, meine Phantasie ging auf die Reise – ganz ohne *special effects*, auf einer nackten kahlen Bühne. Cardenio und Luscinda tauschten Liebensbriefe und streichelten einander keusch die Hände. Don Fernando schickte Cardenio zu seinem Bruder, er sollte ein Geschäft abschließen: etwas mit Pferden, das ich nicht verstand. Es war aber auch ganz egal, denn natürlich handelte es sich um ein Ablenkungsmanöver; während Cardenio weg war, hielt der Bösewicht bei Luscindas Vater um ihre Hand an. Ein Bettler brachte dem armen Cardenio einen Brief, in dem Luscinda die Intrige aufklärte. Sie schrieb, dass Cardenio sie retten müsse, nie und nimmer wolle sie diesen ekelhaften Don Fernando heiraten. Nächste Szene: eine Hochzeit. Ein pompöser Priester und viele gutbetuchte Gäste. Von rechts trat ein Blasorchester auf (komplett mit Tuba und Posaunen) und spielte *All You Need Is Love*. Täterätätää! Luscinda und Don Fernando wurden vor den Traualtar geschubst, an der Seite der Bühne versteckte sich Cardenio, der mittlerweile Hals über Kopf zurückgekehrt war: Er schaute dem Geschehen so ohnmächtig wie verzweifelt zu. Der Dichter ließ den Priester herrlich geschwollen daherreden. Nach vielen rhetorischen Pirouetten drang der Mann im Talar endlich zum Kern der Sache vor: Willst du, Luscinda, Don Fernando zur Frau nehmen, in guten wie in schlechten Tagen, in Gesundheit und Krankheit, bis dass der Tod usw.? »Ja«, hauchte die Braut und fiel in Ohnmacht. Der arme Cardenio floh ins Gebirge.

Neben mir aber lächelte ein älterer Herr im Tweedjackett, dem das schlohweiße Haar ungekämmt zu Berge stand. Er lächelte und lächelte. So konnte nur ein Mensch lächeln, über dem ein Leben lang kübelweise Saures ausgegossen wurde – und der nun stillvergnügt über den

Hohn und Sarkasmus seiner Kollegen triumphierte, weil er von Anfang an Recht gehabt hatte.

Bildlegende: Cardenio (Rhonda Smith) hält Händchen mit Luscinda (Fiona Catz) in Shakespeares wiedergefundenem Drama The History of Cardenio. *Alle Männerrollen wurden bei dieser Welturaufführung im Globe Theatre in Southwark von Frauen gespielt.*

Es war John Smith-Willoughby nicht an der Wiege gesungen worden, dass er einst der bedeutendste Shakespeare- (oder »Shakespeare«-) Experte des einundzwanzigsten Jahrhunderts werden würde. Denn Smith-Willoughby war in Wales geboren worden, und zwar nicht im romantischen Wales der rollenden grünen Hügel und Burgen im Frühnebel, sondern in jenem Teil von Wales, wo früher Kohle geschürft wurde und jetzt die Depression regiert. Sein Vater: ein arbeitsloser Trunkenbold. Die Mutter: ein drogensüchtiges Wrack. Der Einzige, der die Familie zusammenhielt, war John Smith-Willoughbys älterer Bruder. Und jener Bruder las ihm abends vor dem Einschlafen immer aus den gesammelten Werken des großen Barden vor. Es war das einzige Buch in dem Haushalt, und der kleine John verstand kein Wort. Aber er verliebte sich in die Musik, die Sprachmelodie. Mit vierzehn begann Smith-Willoughby zu arbeiten; er hielt sich mit Gelegenheitsjobs finanziell über Wasser, während er gleichzeitig die Oberschule besuchte. Ein Englischlehrer erkannte, dass er es mit einem fleißigen und begabten Jungen zu tun hatte. Er sorgte dafür, dass Smith-Willoughby ein Stipendium bekam. Nachdem er seine A-Level-Prüfungen mit Bravour absolviert hatte, ermutigte jener Lehrer ihn, sich an den Elite-Universitäten des Landes zu bewerben.

Mit achtzehn Jahren wurde er als Student am Balliol-College in Oxford immatrikuliert.

»Mein Leben war ausgezeichnet«, sagte Smith-Willoughby und stopfte sich eine Pfeife. »Ausgezeichnet und ... vorgezeichnet. Ausflüge mit dem Stocherkahn auf dem Fluss. Doktorarbeit. Ein Job an der Uni, eine nette Frau. Veröffentlichungen in den einschlägigen Fachorganen. Ich war wie eine Trambahn, die auf dem vorgeschriebenen Geleise ohne Hast ihrer Endhaltestelle entgegenfährt. Aber dann«, der Professor lachte, während er seine Pfeife anrauchte, »dann bin ich entgleist. Und zwar mit Karacho!« Unser Gespräch fand ein paar Tage vor jener Uraufführung statt. Wir saßen in seinem engen, mit tausend Papieren und Büchern vollgestopften Büro – nicht im idyllischen Oxford mit seinen gotischen Türmen, sondern an der prosaischen London Metropolitan University. Diese Bildungsanstalt gehört keineswegs zu den britischen Elite-Unis, sondern zu den *red brick universities*. Doch bei den meisten Gebäuden hat es nicht einmal zum *red brick* – zum roten Backstein – gereicht: Sie sind grau und trist und aus Beton. Bei inoffiziellen Rankings schafft es diese Universität regelmäßig auf den vorvorletzten Platz. Dass ihr Ruf in jüngster Zeit nicht mehr ganz so zuverlässig mies ist, verdankt sie vor allem Smith-Willoughby: Seine Vorlesungen sind überlaufen. In seine Seminare kommt nur hinein, wer eine spezielle Prüfung bestanden hat; angehende Anglistikstudenten, die schon einen Studienplatz in Oxford oder Cambridge in Aussicht hatten, lassen ihn auf der Stelle fahren, wenn sich stattdessen die Chance ergibt, bei dem berühmten Mann mit der weißen Haartolle in die Lehre zu gehen.

»Die Probleme begannen, wie Sie wissen, mit meiner Doktorarbeit«, sagte Smith-Willoughby und füllte das

kleine Zimmer mit dem Kirscharoma seines Pfeifenta-
baks. Allerdings, das wusste ich. Nur mit Mühe war es
mir gelungen, antiquarisch ein Exemplar jenes Buches
zu ergattern, das den unauffälligen Titel *Dark Lady, Rival
Poet: A New Reading of Shakespeare's Sonnets* trug – erschienen vor bald vierzig Jahren in einem kleinen akademischen Verlag. »Ich hatte begonnen, die Sonette zu
studieren«, fuhr Smith-Willoughby fort. »Ihnen ist vielleicht bekannt, dass es sich um eine sehr eigentümliche
Gedichtsammlung handelt.« Keine Frage. Die hundert-
vierundfünfzig Sonette sind Liebesgedichte und stehen –
zumindest auf den ersten dummen Blick – in einer Tradition, die bis zu Petrarca zurückreicht: Ein Dichter
schmachtet nach einer unerreichbar-schön-fernen Dame.
William Shakespeare freilich stellt diese Tradition auf
den Kopf. Bei ihm verliebt sich der Dichter nicht in eine
Frau, sondern in einen jungen Lord. Eine Dame tritt
später auch noch auf, aber die ist gar nicht überirdisch,
sondern dunkel, und sie macht mit ihrer fleischlichen
Begierde alles kaputt – jedenfalls beinahe. Dann gibt es
noch (nur schemenhaft zu erkennen) einen dichtenden
Rivalen, der ebenfalls um den jungen Lord buhlt. In den
ersten siebzehn Sonetten legt der Poet seinem jungen
Schwarm nahe, einen Sohn zu zeugen, damit von seiner
Schönheit noch etwas übrig bleibt, wenn ihn der Sensenmann holt. Dann verfällt er auf eine neue Strategie: In
meinem Vers, sagt der Dichter, bleibt deine Schönheit
aufbewahrt für alle Zeit. Mein Gedicht rettet dich vor
dem Tod. *»As long as men can breathe or eyes can see / So
long lives this, and this gives life to thee.«* Alles sehr rätsel-
haft, alles höchst merkwürdig. »Sehen Sie, mich haben
die üblichen Interpretationen nicht befriedigt«, sagte
Professor Smith-Willoughby und blies Rauch gegen die

Decke. »Shakespeare, der heimliche Homosexuelle. Oder: Shakespeare, der einem platonischen Ideal verfallen war. Vielleicht liegt es daran, dass ich als Armeleutekind in Wales aufgewachsen bin – ich bevorzuge handfeste Erklärungen. Und so begann ich, die Sonette gegen den Strich zu lesen.« Vielleicht war alles ganz anders, als die anglistische Schulweisheit sich träumen ließ?

Ahnungen, sagte Smith-Willoughby, erste Ahnungen hätten die Dichter gehabt. Wen wundert das? Nehmen wir die Poetin Maya Angelou, die 1928 in den tiefsten rassistischen Südstaaten geboren und als Mädchen mehrfach von einem Freund ihrer Mutter vergewaltigt wurde. Sie entdeckte die Sonette in der öffentlichen Bibliothek des Kaffs, in dem sie aufwuchs. Und als sie das neunundzwanzigste Sonett las, in dem der Dichter sich als Paria beschreibt, der sich selber verachtet ... als Ausgestoßenen, dessen nutzlose Schreie der taube Himmel nicht hört ... als Menschen, der andere beneidet, die über Hoffnung und Freunde und Fähigkeiten verfügen – da war Maya Angelou klar: Dieser William Shakespeare war offenbar ein armes schwarzes misshandeltes Mädchen. Oder nehmen wir den argentinischen Dichter Jorge Luis Borges. »Ich habe immer gespürt, dass an Shakespeare etwas Italienisches war«, sagte er in einem Interview, »etwas Jüdisches. Vielleicht mochten die Engländer ihn gerade deswegen, weil er ihnen so unähnlich war.«

Nun hat es seit dem neunzehnten Jahrhundert nicht an Theorien gefehlt, deren Anhänger fest daran glaubten, ein anderer als William Shakespeare habe dessen Werke geschrieben. Die berühmteste von allen ist die Earl-of-Oxford-Theorie – ihr zufolge war Edward de Vere, der siebzehnte Graf von Oxford, der wahre Verfasser der Stücke und Sonette: Will Shakespeare, der Handschuhmachersohn aus Stratford-upon-Avon, sei lediglich ein Strohmann gewesen. John Smith-Willoughby hat für diesen Unsinn nur schnaubende Verachtung übrig.»Bleiben Sie mir mit diesem pädophilen Adeligen vom Leib!«, sagt er.»Ja, Edward de Vere war ein ganz mieser Kinderschänder. Es ist aktenkundig. Und er hat in der Tat gedichtet, seine Verse sind überliefert. Haben Sie die mal gelesen? Kunsthandwerkliche Scheiße! Amateurhaftes Zeug! Die Behauptung, der Mann, der diesen Käse aufs Papier gestümpert hat, habe zugleich den *King Lear* und das dreiundsiebzigste Sonett zustande gebracht, ist einfach absurd. Nein, nein, Shakespeare war nicht der Graf von Oxford.«

Eine Kunstpause; Smith-Willoughby wog den warmen Pfeifenkopf in seiner rechten Hand. Dann sagte er: »Shakespeare war jüdischer Abstammung. Er war Italienerin. Er war eine Frau.«

Das also war die frappierende und waghalsige Theorie, die Smith-Willoughby in seiner Doktorarbeit vor uns ausbreitete: William Shakespeare war die Dark Lady der Sonette. Jene Dark Lady aber war keine andere als Emilia Lanier, geborene Bassano (1569 bis 1654), aus einer Familie venezianischer Instrumentenbauern stammend, sehr wahrscheinlich Kryptojüdin (die Juden waren nach dem Massaker von York anno 1190 vertrieben worden, im elisabethanischen England durften sie sich nur heimlich ansiedeln) – Emilia Bassano, die erste Poetin, deren Gedichte auf den Britischen Inseln gedruckt wurden: *Salve Deus Rex Judaeorum*, eine leidenschaftlich feministische Verteidigung der Frauen. (An der Vertreibung aus dem Paradies, schrieb Bassano, trage Adam größere Schuld als Eva, schließlich stehe in der Bibel, dass er der Stärkere von beiden war.) Und mit einem Mal waren alle

Schwierigkeiten beseitigt. Warum richtete sich mehr als die Hälfte der Sonette an einen jungen Mann? Weil sie von einer Frau verfasst wurden. Warum schlug sie dem jungen Mann vor, sich fortzupflanzen? Weil sie sich ihm als Mutter ihres Sohnes andiente. Dass die Dark Lady in den Sonetten als sinneslustige Dame geschildert wird, ist – wenn man es aus dem richtigen Blickwinkel liest – als Akt der feministischen Selbstbehauptung zu verstehen. *Dark,* dunkel, ist die Lady übrigens einfach deshalb, weil es sich bei ihr um eine Mittelmeerschönheit handelt: feurige schwarze Augen, braune Locken. Und der Dichterrivale? Er ist (wie sich nach dem Gesagten beinahe von selbst versteht) William Shakespeare: der schwule Strohmann der Dark Lady, der in ihrem Auftrag das Globe Theatre leitet, ihre Stücke unter seinem Namen auf die Bühne bringt und sich allen Ernstes erdreistet, ihr den Lover auszuspannen – was ihm am Ende, Gott sei's geklagt, auch gelungen ist. Sogar die Widmung am Anfang der Sonette, die Interpreten vieler Jahrhunderte zu tiefsinnigen Grübeleien veranlasst hat, birgt plötzlich kein Geheimnis mehr: *To the only begetter of these ensuing sonnets, Mr. W. H., all happinesse and all eternitie promised by our living poet wisheth the well-wishing Adventurer in setting forth.* Übersetzung: »Dem einzigen Erzeuger dieser folgenden Sonette, Herrn W.H., wünscht der glückwünschende Abenteurer, sich auf den Weg machend, alles Glück und alle Ewigkeit, die unser lebender Dichter verspricht.« Es ist der reine Sarkasmus. Denn W.H. steht selbstverständlich für William Henry, also vollständig: William H. Shakespeare. Und den »Erzeuger« der Sonette kann man William Henry Shakespeare nur in dem Sinn nennen, dass er die Dark Lady – durch das von ihm verursachte Herzeleid – überhaupt dazu gebracht hat, zur

Gänsekielfeder zu greifen. Dass die Dichterin jenen W.H. unsterblich gemacht hat, stimmt indessen buchstäblich. Jeder kennt den Namen von dem Schuft aus Stratford, aber wer außer einer Handvoll Spezialisten kannte bisher den Namen Emilia Bassano?

Gegenargumenten begegnet John Smith-Willoughby mit der mühsam antrainierten Geduld eines Menschen, der jeden Einwand schon hundertfach gehört – und hundertfach entkräftet hat. Ob es nicht wahr sei, dass »William Shakespeare« ein judenfeindliches Stück geschrieben hat, nämlich *Der Kaufmann von Venedig*? Und wie stimmt das mit der These zusammen, beim Autor handle es sich in Wahrheit um eine italienische Jüdin? Ist der Geldverleiher Shylock, der im *Kaufmann von Venedig* vorkommt, etwa kein Ungeheuer, wie es im antisemitischen Buche steht: nämlich rachsüchtig, geldgeil, auf sein Pfund Menschenfleisch versessen?

»Ja und nein«, sagt der Professor. »Shylock ist ein Ungeheuer, gewiss, aber dieses Monster trägt ein menschliches Antlitz. So etwas gibt es nirgendwo sonst in der elisabethanischen Literatur! Und denken Sie an Jessica, die Tochter des Juden, die mit dem Goj Lorenzo durchbrennt. Könnte das nicht ein Selbstporträt sein? Vielleicht ist Shylock weniger ein Sinnbild des Jüdischen als des Väterlichen; vielleicht hat Emilia Bassano in dieser Figur lediglich ihren Vaterkonflikt geschildert.« Auf jeden Fall müsse doch merkwürdig genannt werden, welchen Stellenwert Italien in den Stücken jenes »William Shakespeare« einnehme. Vierzehn seiner Stücke spielten dort! »Ganz schön viel, müssen Sie zugeben – vor allem, wenn man bedenkt, dass ihr Verfasser ein Engländer sein soll, der nie über den Rand der Insel hinausgekommen ist.«

Wie verhält es sich nun aber mit »Shakespeares« Misogynie? Hat der so genannte Autor nicht, nur so zum Beispiel, das notorisch frauenfeindliche Drama *Der Widerspenstigen Zähmung* zu Papier gebracht?

»Welche Frauenfeindlichkeit meinen Sie?«, gibt Smith-Willoughby zurück (es gelingt ihm beinahe, nicht gereizt zu klingen). »Ich sehe in diesen Stücken keine Frauenfeindlichkeit. Nirgends. Beatrice wütet in *Viel Lärm um Nichts* gegen die Beschränkungen, die ihrem Geschlecht auferlegt sind. Isabella fürchtet in *Maß für Maß*, dass ihr Wort gegen das des Vergewaltigers Angelo nichts gelten wird. Kate erklärt in *Der Widerspenstigen Zähmung*, ihr Mann könne sie nicht zum Schweigen bringen. Außerdem geht es in diesen Stücken immer wieder um Freundschaften von Frauen: Beatrice und Hero, Emilia und Desdemona, Paulina und Hermione, die lustigen Weiber von Windsor.«

Im Übrigen, dozierte Professor Smith-Willoughby, während er mit dem Pfeifenstiel esoterische Zeichen in die Luft malte, müsse eigentlich auffallen, wie viele der Heldinnen in den Stücken den Vornamen Emilia trügen. Auch das sei bei keinem anderen elisabethanischen Dramatiker der Fall! Der Nachname »Bassano« komme sogar zwei Mal vor – einmal verklausuliert in *Titus Andronicus* (dort tritt ein »Bassanius« auf), dann (beinahe unklausuliert) in *Der Kaufmann von Venedig:* Der engste Freund des Helden ist bekanntlich ein bankrotter Adeliger namens Bassanio.

Doch zurück zum Leben des John Smith-Willoughby. Was geschah mit ihm, nachdem er seine Doktorarbeit verfasst und veröffentlicht hatte? »Na ja, die Hölle brach los. Die Shakespeareforscher sind brutaler als die Stalinisten, und ich war quasi ihr Trotzki. Nein, sie haben im

Kampf gegen mich nichts ausgelassen.« Damals sei, wie schon angedeutet, die Eisenbahn seines Lebens entgleist: Die Doktorarbeit wurde nicht angenommen, Smith-Willoughby musste seine Gelehrtenstube in Oxford räumen. Keine Fachzeitschrift war mehr bereit, seine Beiträge zu publizieren – sie wurden postwendend zurückgeschickt. Auch seine erste Ehe ging damals in die Brüche. Denn so hatte seine Gattin vor dem Traualtar nicht gewettet: dass sie eines Tages einen Hungerleider und Scharlatan durchfüttern würde. Sie nicht! Plötzlich stand John Smith-Willoughby ohne alles da: ohne Karriere, ohne Broterwerb, ohne Lebenspartnerin. Und so schulte er um, er wurde Softwareentwickler. Gründete seine eigene Firma. Heiratete ein zweites Mal. Das ging zwanzig Jahre lang gut, dann war er bankrott. Anschließend hangelte er sich von Lehrauftrag zu Lehrauftrag. Sein Name war in der akademischen Welt vergessen, und wenn er doch genannt wurde, dann mit einem höhnischen Grinsen. »Ich war schlimmer dran als Erich von Däniken – Sie erinnern sich vielleicht: das war der Spinner, der behauptet hat, dass wir von Außerirdischen abstammen. Erich von Däniken hatte immerhin seine Fangemeinde. Ich hatte nicht einmal das.«

Das Blatt begann, sich eines Abends zu wenden, als er auf eine Portion pakistanisches Lammcurry wartete, die ihm der Lieferservice vorbeibringen sollte. (Auch seine zweite Ehe war mittlerweile gescheitert.) Aus purer Langeweile fing John Smith-Willoughby an, mit einer von ihm entwickelten Software herumzuspielen. Diese Software war für Leute entwickelt worden, die einen jener genetischen Tests gemacht haben, die man sich mit der Post zuschicken lassen kann; sie machte es möglich, im Internet nach gemeinsamen Vorfahren zu forschen.

Einer Eingebung folgend, wandte Smith-Willoughby diese Software auf Emilia Bassano an. »Ganz legal war das nicht«, sagte er in seinem engen vollgestopften Büro und klopfte seine Pfeife aus, »aber ich dachte: Es ist ja für einen edlen Zweck.« Nun ist es so, dass es umso mehr Nachkommen gibt, je weiter man in der Zeit zurückgeht – so dürfte es heute keinen schwarzen Amerikaner geben, der nicht wenigstens einen Blutstropfen von Thomas Jefferson in sich trägt (weil der mit seiner Sklavin Sally Hemings Kinder zeugte). Smith-Willoughby stieß also auf tausende Nachkommen von Emilia Bassano auf mehreren Kontinenten. Und er fasste – während neben dem aufgeklappten Laptop sein Lammcurry kalt wurde – einen verrückten Entschluss: Er wollte mit so vielen dieser Leute Kontakt aufnehmen, wie er nur konnte. Zeit hatte er ja genug.

Er mailte Leute auf drei Kontinenten an. Er führte Telefongespräche mit Wildfremden. Er verschickte altmodische Briefe und in zwei Fällen sogar Telegramme. »Es war gar nicht so schlimm, wie es sich anhört«, sagte Smith-Willoughby. »Die meisten Menschen sind sehr freundlich. Ich erinnere mich an eine Hausfrau in Neufundland, die mir nach einem Dutzend E-Mails einen nicht ganz ernstgemeinten Heiratsantrag machte. Und an einen reizenden Astrophysiker in Manchester, mit dem ich stundenlang über Fußball diskutierte. Aber das brachte mich leider auch nicht weiter.« Die *Anagnorisis*, um ein Fachwort aus dem Theater zu verwenden, erfolgte an einem Sonntagmorgen – gute zwölf Jahre, nachdem Smith-Willoughby sich mithilfe seiner Software auf die Suche gemacht hatte. Ein Skype-Gespräch mit einer Rhonda Smith, Tierärztin in Christchurch, Neuseeland. Sie entpuppte sich als attraktive Mittvierzigerin mit lustigen Augen und Strähnchen im Haar. Der dunkle Teint war vermutlich nicht auf jüdisch-italienisches Erbe, sondern ihren Großvater zurückzuführen, der dem Volk der Maori entstammte. Sie hatte den ulkigen Akzent der Neuseeländer, in dem jedes *e* sich in ein *i* verwandelt. (Wenn ein Neuseeländer sagt, er wolle sein Deck schrubben, dann klingt das so, als beschreibe er eine nicht ganz so jugendfreie Tätigkeit: »I'm going to scrub my d*i*ck.«) Nein, sie habe noch nie von Emilia Bassano gehört. Auch das Werk von Shakespeare bedeute ihr nichts: An der Schule sei sie mit *Julius Caesar* gequält worden, das habe ihr – besten Dank – gereicht. Literarische Begabung? Nicht vorhanden; es bereite ihr schon Mühe, eine Einkaufsliste zu schreiben, sie sei Legasthenikerin. Theater? Sie gehe lieber ins Kino, am liebsten in Actionfilme. Gedichte? Ach du liebe Zeit. Allerdings sei sie eine verdammt gute Tierärztin! Familienerbstücke? Nun ja. Eigentlich nicht. Oder doch. Sie habe auf dem Dachboden so eine alte Schatulle von ihrer Großtante, die komischerweise bisher jeden Umzug überstanden habe ... ehrlich gesagt denke sie darüber nach, das gute Stück demnächst auf dem Flohmarkt ... »Bitte nicht!«, sagte der Shakespeare- (also: Bassano-) Forscher eilig. »Auf keinen Fall!« Ob sie die Schatulle denn wohl einmal vor die Kamera halten könne? Seufzend stellte Rhonda Smith ihr Chardonnay-Glas ab (in Neuseeland war – Zeitverschiebung – schon der Abend angebrochen). Nach einer Viertelstunde kehrte sie mit einem dunklen Kasten zurück. Leider sei das Mistding nicht aufzukriegen. Ob sie einen Hammer holen solle? »Um Himmels willen!« Sie solle die Schatulle hüten wie ihren Augapfel. Ob es wohl in Ordnung sei, wenn der Forscher sie demnächst besuchen komme?

»Ich war damals reichlich klamm«, sagte John Smith-Willoughby und grinste. »Das Geld, das ich für meine Lehraufträge bekam, reichte immer gerade so bis zum Monatsende. Für das Flugticket nach Neuseeland musste ich meine Schwester anpumpen und das Konto bis zum Anschlag überziehen. Aber es hat sich gelohnt.« Die Schatulle hatte ein verrostetes Schloss, das der Forscher sorgsam herausschraubte. Wenige Sekunden später hielt er ein vergilbtes Heft im Quarto-Format in den Händen (zur Sicherheit trug er Latexhandschuhe). Die Aufschrift auf jenem Heft führte dazu, dass er am ganzen Körper zu zittern begann: *The History of Cardenio.*

»Der *Cardenio* galt als verlorenes Theaterstück«, sagte Smith-Willoughby. »Wir wussten, dass es existiert hat, weil es laut zeitgenössischen Berichten im Jahre 1613 von den *King's Men* – Shakespeares Truppe – aufgeführt wurde. Im Register der Buchhändlergilde wurde 1653 William Shakespeare als Autor eingetragen. Vom Inhalt wussten wir nur, dass es auf einer Episode im *Don Quijote* von Miguel de Cervantes basiert.« Der Professor legte wieder eine seiner Kunstpausen ein. »Dass dieses Stück hier am anderen Ende der Welt auftauchte – bei einer Frau, die nichts mit Shakespeare verband, die aber eine Nachfahrin von Emilia Bassano war –, konnte beinahe als Beweis für meine Theorie gewertet werden.« Aber es kam noch besser: In der Schatulle fand sich ein handschriftlicher Brief! Eine Rechnung, ausgestellt von Emilia Bassano, adressiert an Herrn Shek-spere *(sic!)*, Southwark, London. Als Autorin von *Die Geschichte von Cardenio* und *Die lustigen Weiber von Windsor* stünden ihr fünfzig Prozent der Einnahmen aus der Aufführung der genannten Stücke zu, insgesamt eine Summe von 32 £, und sie hoffe auf prompte Zahlung: eine Wiederholung der Unannehmlichkeit *(unpleasantness),* wie sie leider im Zusammenhang mit *Hamlet* zu Buche schlug, als sie ein halbes Jahr – *ein halbes Jahr!* – auf ihr Honorar hatte warten müssen, sei nicht hinnehmbar. Keine Grußformel am Schluss: nur eine barock verschnörkelte, aber deutlich lesbare Unterschrift. Ihren Vornamen schrieb sie mit *Ae.*

Der Rest ist nicht Schweigen; der Rest ist Literaturgeschichte. Smith-Willoughby verfasste eine neue Doktorarbeit, die im Grunde seine alte Doktorarbeit war, nur ergänzt durch gewisse Dokumente und eine ausführliche Erörterung des wiedergefundenen Theaterstücks. Und diesmal wurde die Doktorarbeit nicht nur angenommen, sie avancierte – unter dem etwas reißerischen Titel *Shakespeare Was A Woman* – zum Bestseller. Die London Metropolitan University bot ihm eine Professorenstelle; Smith-Willoughby nahm an (zuvor hatte er Angeboten aus Yale, Harvard und Cambridge frech eine Nase gedreht). Ein erfreuliches privates Postskriptum hatte die Sache auch noch: Rhonda Smith wurde Professor Willoughbys dritte Ehefrau – seither führte er seinen Doppelnamen. In der Folge gelang es ihm, seiner Gattin nahezubringen, dass es sich bei Shakespeare (alias Emilia Bassano) keineswegs um eine Langweilerin handelte, eher im Gegenteil. Rhonda Smith' Begeisterung war so groß, dass sie ihren Beruf als Tierärztin an den Nagel hängte und Schauspielerin wurde. Auf sie ging der originelle Regieeinfall zurück, bei der Welturaufführung alle Männerrollen mit Frauen zu besetzen: eine späte und subtile Rache am elisabethanischen Theater, wo es bekanntlich genau andersherum war. So kam es, dass Rhonda Smith in der Uraufführung des wiedergefundenen Stücks den Titelhelden gab – sie war Cardenio.

Nach einer halbstündigen Pause – ich hatte mich in der Zwischenzeit mit Fish 'n' Chips versorgt (natürlich mit Malzessig!) – erschienen erneut Don Quijote und sein fetter Schildknappe auf der Bühne. Cardenio, der – wir erinnern uns – von seiner Braut im Stich gelassen worden war, die den fiesen Don Fernando geehelicht hatte, irrte wehklagend im Gebirge herum. Da erblickte er eine blonde Maid. Wie sich alsbald herausstellte, handelte es sich um Dorotea. (Die Bauernmagd, die Don Fernando verführt, aber nicht geheiratet hatte.) Zusammen mit dem Ziegenhirten (aber ohne die Ziege) zogen die vier los. Unterwegs tat Sancho Panso so, als sei Dorotea die Prinzessin des Königreichs Mikominkona, das von bösen – und nicht sehr heiratswilligen – Riesen bedroht sei; Don Quijote glaubte in seinem Wahn jedes Wort. Schließlich kehrten die fünf in einer Herberge ein. Dort kämpfte Don Quijote heldenmütig gegen jene bösen Riesen, erlegte aber nur ein paar Weinschläuche, deren Inhalt dann zu allgemeinem Hallo über die Bühne gluckerte. Gleich darauf trafen weitere Gäste ein – drei

Herren nebst einer tief verschleierten Dame. Ich verkürze diese überkomplizierte Geschichte mit der kühlen Entschlossenheit eines Matadors, der in der roten Muleta sein tödliches Schwert verbirgt: Naturgemäß handelte es sich bei einem der drei Herren um Don Fernando und bei der verschleierten Schönheit um Luscinda. Nun stellte sich heraus, dass Don Fernando doch nicht bis ins Mark verdorben war, denn nach einigem guten Zureden erklärte er sich bereit, die blonde Dorotea zu heiraten. Unterdessen wurde seine Ehe mit Luscinda von einem Priester annulliert, der, wie es sich traf, ebenfalls in jener Herberge gastierte – dies erlaubte der Heldin, ihrem Cardenio in die Arme zu sinken: Doppelhochzeit, Ende gut.

Noch einmal marschierte das Blasorchester mit blitzendem Messing auf die Bühne. *All you need is love.* Die Damen Schauspieler nahmen ihre falschen Schnurrbärte ab. Täterätätää! Verbeugungen. Applaus. Neben mir sang der weißhaarige Professor so lauthals mit, dass er – ich schwöre! – sogar die Tuba überdröhnte: *All you need is love, love, / Love is all you need.*

Achmed war sein Name. Sein Name war Achmed.

Bodo hatte sich ein paar Tage vorher von ihr verabschiedet: Er müsse für mindestens zwei Wochen nach Afghanistan, vielleicht auch für länger. *Holzmann's Weltspiegel* bezahle ihn schließlich nicht fürs Dasitzen und Löcherindieluftstarren! »Ich schreibe dir.« Seinen Fotografen werde er in Kabul treffen, das sei am einfachsten, sagte Bodo. Und: Leider könne er nicht versprechen, dass er jeden Tag in seine E-Mails schauen werde. Telefonieren sei möglicherweise schwierig, aber es gebe ja immer noch die gute alte Post. (Tatsächlich fand Julia zwei Monate später eine Ansichtskarte in ihrem Briefkasten – sie war mit einer exotischen Briefmarke frankiert und zeigte eine graue Ruine auf einem grünen Hügel. Angeblich handelte es sich bei dem trostlosen Motiv um den Darul-Aman-Palast. Auf die Rückseite hatte Bodo in seiner erstaunlich kindlichen Handschrift gekrakelt: *Mensch, Julia! Hier könnte man 90 werden, bloß wozu? Allerliebst, Dein Herr von Unruh.* Da war er naturgemäß längst wieder daheim.)

Achmed also. Achmed ging in die Vorlesung des Stoikers Janis Petropoulos (des griechischen Kahlkopfs, der Frau und Kinder an die Krankheit verloren hatte) – und er war Julia von Anfang an aufgefallen. Es trug ja nicht jeder eine dunkle Dischdascha, die bis zu den Fußknöcheln reichte; und nicht alle männlichen Studenten hatten ein gestricktes weißes Käppchen auf dem Kopf. Doch einen weiteren Blick hatte Julia bisher nie an diesen Kommilitonen verschwendet. Das änderte sich, als er sie eines Tages nach der Vorlesung ansprach. Ihm sei aufgefallen, dass sie Plotin lese, sagte er. Ob sie Lust hätte, mit ihm einen Kaffee zu trinken. Er interessiere sich sehr für Plotin. Selbstverständlich hatte er nicht einmal den Kopf gehoben, um ihr in die Augen zu schauen; selbstverständlich war sein Gesicht dunkelrot angelaufen. Julia rührte seine Schüchternheit – und ihr imponierte der Mut, mit dem er gegen seine Schüchternheit anrannte. Er war ein Flüchtlingskind. Seine Eltern waren vor den Fassbomben und uniformierten Killerkommandos eines schwachsinnigen Diktators aus der Levante geflohen, als sie selber noch halbe Kinder waren. Auf der Flucht hatten seine Eltern ihren Gott verloren, aber Achmed hatte ihn ausgerechnet hier wiedergefunden, im kalten Land der Ungläubigen. Er sprach ein gebildetes Deutsch ohne Fehler. Sein Arabisch stammte hauptsächlich aus der Koranschule. Beim Reden fuhr er häufig mit der Linken durch seinen schütteren Fundamentalistenbart. Er hatte sanftbraune Augen.

Für Plotin interessierte er sich wegen Muhammad al-Ghasali.»Al-Ghasali«, sagte Achmed,»ist ein Phänomen!« Seine schönen Augen leuchteten. Dieser Philosoph, Mystiker, Theologe habe am Anfang des ersten christlichen Jahrtausends in Teheran gelebt und sei von einem einzigen Zitat aus dem Heiligen Koran ausgegangen. Nämlich (Sure vierundzwanzig, Vers fünfunddreißig): Allah scheine so hell wie ein Stern, und sein Licht strahle aus einer Lampe in einem Kristall, der in einer Nische stehe. »Gott stellt also sein Licht unter einen Scheffel!«, sagte

Achmed und hob den Zeigefinger. »Ganz buchstäblich!«
Al-Ghasali habe aus diesem Koranvers geschlossen, dass
die Realität zwei Ebenen hat: Es gibt die irdische Welt
und die himmlische Welt. Und die himmlische Welt ist
ein Text. »Diesen Text müssen wir entziffern, wir können
ihn nicht mit unseren groben Sinnen erfassen, anders als
die materielle Realität.« Das himmlische Licht sei durch
siebzig Schleier von der irdischen Realität getrennt. Vielleicht auch nur durch sieben Schleier. Engel flatterten in
den Schriften des Mohammed al-Ghasali vorbei. Gelehrte beugten sich über staubige Folianten und entziffer-
ten die Wahrheit hinter der Wirklichkeit, das Göttliche
hinter dem Profanen. Julia hörte verzaubert zu. Irgendwann fiel ihr auf, dass Achmed mit seinen braunen Augen schon die ganze Zeit mit großem Interesse auf ihren
Busen schielte.

»Sehr interessant«, sagte sie. »Und wissen wir, ob al-
Ghasali mit Plotins Schriften vertraut war?« Hier geriet
Achmed ins Stottern: Ja oder nein, also er sei vom Heiligen Koran ausgegangen, und Plotin sei ein heidnischer
Philosoph gewesen, andererseits und beziehungsweise,
vielleicht habe ihn das nicht abgehalten, ein Zipfelchen
von der Wahrheit ... Auf seiner glattrasierten Oberlippe
formierten sich Schweißtropfen.

»Am besten lässt sich das anhand der Texte herausfin-
den«, sagte Julia. »Hast du etwas von deinem al-Ghasali
dabei?« Achmed hatte nicht. Er verwahrte seine arabischen Bücher zu Hause. Es stellte sich heraus, dass er
in einem Studentenwohnheim hauste, und zwar einem
der schlimmen Sorte: Zimmer wie Gefängniszellen,
grauer Sichtbeton, schreckliche hallende Korridore, zwei
Duschen für je zwanzig Insassen. (Vor langer Zeit war
es hier zu grässlichen und entvölkernden Ausbrüchen

gekommen, mittlerweile wurde zweimal täglich getestet.) Auf einem Regal in seiner Zelle standen die Bücher, die Achmed lebensnotwendig fand, und es war ihm gelungen, zwei Drittel einer Betonwand hinter einem Wandteppich mit bunten Ornamenten verschwinden zu lassen. Er zündete eine Bienenwachskerze an, setzte sich im Schneidersitz auf sein pritschenartiges Bett und fing an, Julia aus dem Buch zu übersetzen, das er aufgeschlagen in seinen Schoß gelegt hatte. Später fiel ihr ein, dass er wahrscheinlich schon zu diesem Zeitpunkt gegen die Gesetze seiner Religion verstieß. Selbstverständlich ist es einem muslimischen Mann verboten, ein Gespräch mit einer Ungläubigen anzuknüpfen, wenn er dabei (und sei es im Hinterkopf) unzüchtige Gedanken hegt. Freundschaft zwischen Männern und Frauen ist in der muslimischen Kultur ziemlich unbekannt. Es gibt Ehefrauen; es gibt Schwestern; es gibt Mütter; es gibt Huren. Was war Julia?

Sie fand, dass das, was Achmed vorlas, schon *sehr* nach Plotin klang. Wenn es Achmed beruhige, sagte sie, dann könne man ja von Eingebung reden. Von Inspiration. Vielleicht habe Plotin von dem unnennbaren Einen und al-Ghasali von Allahs verborgenem Licht gesprochen, weil das eben wahr sei und weil ein tiefer Denker irgendwann von selber darauf kommen müsse. Insofern sei es irreführend, von Einflüssen zu sprechen: Die Gedanken, sagte Julia, strebten von selber zu diesen Einsichten, so wie Wasser ganz von selbst in Richtung Meer fließe – jedes Wasser –, ohne dass man ihm den Weg weisen müsste. Und unterwegs vereinten sich eben Rinnsale und Bäche, die aus ganz verschiedenen Quellen stammten. Achmeds Miene hellte sich auf. Genau so sei es! Akkurat so! Julia hatte sich ganz selbstverständlich neben ihn aufs Bett gesetzt und in sein Buch geschaut: lauter arabische Kringel, unter denen sein Zeigefinger (er hatte leider abknabberte Nägel) beim Lesen immer von rechts nach links wanderte. Mit einem Mal küsste sie ihn mitten auf den Mund.

Natürlich hatte sie zu keinem Zeitpunkt vorgehabt, ihn zu verführen, deswegen gelang es ihr ja auch so gut. Er war sechsundzwanzig (nur zwei Jahre älter als sie). Er hatte noch nie eine freche Zungenspitze zwischen seinen Lippen gespürt. Noch nie eine nackte Frau gesehen: nicht einmal in einem Film oder auf einem Gemälde. Noch nie eine erregte Frauenbrust berührt. Seine Fingerkuppen hatten noch nie die Innenseite eines Schenkels kennengelernt, um von dem tiefen dunklen Geheimnis zu schweigen, das dort auf ihn wartete, wo die seidige Schenkelhaut zu Ende war. Er zitterte am ganzen Körper, der Arme – seine Zähne schlugen schnatternd aufeinander. Das rührte sie nicht wenig. Engel seufzten. Sieben Schleier lüfteten sich, Wahrheit verschmolz mit der niedrigen Realität, das göttliche Licht flackerte im Bienenwachs. Er war der schönste Mann, mit dem Julia je diese Sache gemacht hatte, für die ihr die Worte fehlten. (Über seinen dummen dünnen Kinnbart sah sie großzügig hinweg.) Von seinem Bauchnabel zog sich ein schmaler Streifen aus schwarzem Kräuselhaar abwärts. Sanftbraune Augen, das hatten wir schon. Anfangs war er viel zu schnell, aber Julia brachte ihm geduldig bei, auf sie zu warten. Und sie verspürte nie auch nur das geringste Schuldgefühl, während sie gemeinsam verschiedene Positionen durchgingen (das Buch von al-Ghasali lag aufgeschlagen daneben und genierte sich nicht). Hinterher fuhr sie mit einem zufriedenen Grinsen nach Hause und fühlte sich wie die Königin von tausendundeiner Lust.

Das böse Gewissen biss erst zu, als sie am nächsten Morgen aufwachte und sich an den vergangenen Abend erinnerte. Ich bin ein verkommener Mensch, dachte Julia. Eine Verräterin. Dabei hatte sie Bodo zu keiner Zeit die sexuelle Treue versprochen.

FÜNFTE REISE:
DIE EIDGENOSSENSCHAFT

(Text: Bodo von Unruh, Fotos: Jacques Lacoste)

Die Leiche lag in einem Toreingang. Niemand hatte sich die Mühe gemacht, eine Decke über sie zu breiten; jeder, der im Morgengrauen vorüberging, konnte ihre grotesk verdrehten Beine und ihren geschorenen Schädel sehen. Es war die Leiche eines Mädchens. Sie trug immer noch den Faltenrock mit den roten Karos, wie am Tag ihrer Entführung, aber ihre weiße Bluse war schmutzig und blutbefleckt. Ihre Augen starrten blicklos in den Himmel. Es war mein Fotograf, der sie fand. Er stolperte buchstäblich über das Menschenbündel, als er aus unserem Hotel trat, und rief die Polizei. Die Leiche lag in der Chicken Street – sie heißt wirklich so –, in der die Händler von Kabul den Ausländern kostbare Teppiche sowie Messingschnickschnack und bunte Teller *made in Afghanistan* anbieten. Offenbar war dies nicht der Tatort, denn die Chicken Street ist viel zu belebt. Offenbar hatten ihre Mörder das Mädchen hier abgelegt, weil sie wollten, dass die Leiche gefunden wird. Durch das Ohrläppchen war ihr ein Zahnstocher mit einem Miniaturfähnchen gepikst worden: ein blaues Quadrat, in der Mitte eine fette weiße Mondsichel. Sie hieß Diwa Faruq. Als sie starb, war sie dreizehn Jahre alt.

Eigentlich waren wir aus einem ganz anderen Grund in Kabul: Ich wollte über einen frechen Kunstraub schreiben. Die Diebe waren am helllichten Tag ins vielgeplagte-vielgeplünderte afghanische Nationalmuseum

spaziert und hatten die berühmten Elfenbeinschnitze-
reien von Bagram mitgehen lassen. Der Diebstahl gab
Rätsel auf: Wie war es der Bande gelungen, ihre Beute
nach draußen zu transportieren? Wie hatten sie Laserstrahlen, Sicherheitskameras, Alarmsirenen, automati-
sche Türverriegelungen ausgetrickst? Und was hofften
die Diebe, mit ihrer Beute anzufangen? Schließlich gab
es auf der ganzen Welt keinen Hehler, der ihnen diese
unverwechselbaren Kunstgegenstände abgekauft hätte – wahrscheinlich wollten sie das Museum erpressen.
Aber nach einer Woche war immer noch keine Lösegeld-
forderung eingetroffen. Rätsel über Rätsel – ich hegte
den bösen Verdacht, dass die Wachmannschaft mit den
Dieben im Bund stand. Aber nun hatte der Zufall uns
dieses tote Mädchen vor die Füße gelegt. Ich zeigte dem
Polizisten, der die Ermittlungen leitete – einem sympa-
thischen Mann namens Habibzai –, meinen Journalistenausweis. Er hatte nichts dagegen, dass wir seine Leute
zur Polizeiwache begleiteten. Ich sah die verwaisten Eltern des Mädchens: Die Mutter schrie und schrie und
fiel in Ohnmacht, der Vater hatte den Mund zu einem
dünnen Strich verkniffen. Offenbar waren sie reich, denn
sie wurden von einem Chauffeur in einem Mercedes-
Maybach vorgefahren. Es gelang mir, kurz mit der Frau
zu sprechen, die das Mädchen obduziert hatte. Diwa sei
geschlagen worden, der Körper praktisch ein einziges
Hämatom. Ja, auch vergewaltigt. Der Fall schaffte es in
die lokalen Abendnachrichten. Am nächsten Tag war das
Mädchen vergessen. Ich fragte Habibzai, den freundlichen Polizisten, ob er eine Ahnung habe, wer für dieses Verbrechen verantwortlich sei. Er lächelte kurz (zu
kurz), dann schüttelte er den Kopf. Der Mann an unserer Hotelrezeption – ein großer kahlköpfiger Schwarzer

namens Muhammad – war nicht so schweigsam. »Natürlich war es die Eidgenossenschaft«, sagte er. »Die armen Eltern. Sie hätten zahlen sollen, dann wäre ihre Tochter heute noch am Leben.«

»Und was ist die Eidgenossenschaft«, fragte ich, »ein Verbrechersyndikat?«

Muhammad trat mit einem schnellen Schritt an die Landkarte Afghanistans, die hinter der Hotelrezeption aufgehängt war. Er fuhr mit der rechten Hand über die Hauptstadt weg. »Sehen Sie das?«, fragte Muhammad. »Was ist das hier?«

»Kabul und Umgebung«, sagte ich.

»Gut«, sagte Muhammad. »Und was ist das dort?« Er strich mit der Linken lässig über die westlichen Regionen des Hindukusch.

»Gebirge«, sagte ich. »Unwegsame Gipfel, wo sich Wiesel und Schneeleopard gute Nacht sagen.«

»Falsch«, erwiderte Muhammad. »Das ist die Eidgenossenschaft.« Eine Sekunde später wurde er auf einmal sehr ernst; er tat beschäftigt und händigte uns mit einem höflichen »Sleep tight« unsere Zimmerschlüssel aus. Ob das mit den drei schnauzbärtigen Männern zusammenhing, die plötzlich in der Eingangshalle des kleinen Hotels erschienen waren? Jedenfalls konnte Muhammad sich am nächsten Morgen partout nicht erinnern, worüber wir gerade gestern geredet hatten. Die Eidgenossenschaft? Was meinen Sie damit, Sir? Wie bitte? Eine Landkarte? Ja, dahinten hängt eine Landkarte von Afghanistan. Und? Naturgemäß stillte das unsere Neugier nicht; es heizte sie noch mehr an. Mit einem klitzekleinen Schuldgefühl – eigentlich hatten wir ja den Auftrag, über einen Kunstraub zu berichten – brachen wir zu einer Bergtour auf. Ich kaufte Stiefel, Daunenjacken, Skistöcke, Wasserflaschen, Proviant. Kein Einheimischer stellte sich als Guide zur Verfügung, also stapften wir ganz allein hoch. Ziemlich schnell wurde es eisig und unwegsam. Die Mühe des Steigens erzeugte Schweigen. Bald war nur noch nackter Fels zu sehen, und die Stadt lag hinter uns wie ein ferner Traum. Stunden später gerieten wir an einen steilen Überhang. Als wir ihn erklommen hatten, sahen wir vor uns plötzlich eine Straße. *Eine asphaltierte Straße!* In ordentlichen Serpentinen wand sich die Fata Morgana den Berg hoch und verschwand in einem Tunnel; unnötig zu sagen, dass diese Fahrbahn auf keiner Landkarte Afghanistans zu finden ist. Ein schwarzer Kastenwagen war unmittelbar vor uns geparkt. Ich kann nicht sagen, dass ich überrascht war, als nun plötzlich fünf Bewaffnete hinter einem Felsen hervortraten. (Mit fachmännischem Blick erkannte ich, dass es sich bei den Waffen, die sie im Anschlag hielten, um Maschinenkarabiner der Marke SG 550 handelte.) Allerdings verwirrten mich ihre Uniformen, und das gleich in doppelter Hinsicht. Erstens fand ich verblüffend, dass diese Banditen überhaupt uniformiert waren; zweitens erstaunte mich das Design. Sie trugen nicht das übliche braungrünschwarze Tarnfarbenmuster, sondern feldgraue Hosen und Uniformmützen und Jacketts mit gelben, manche auch mit roten Aufschlägen – kurzum, diese finsteren Gestalten erweckten den Eindruck frisch gebügelter Tadellosigkeit. Ich aber grübelte mir Falten ins Gehirn: Wo hatte ich solche Uniformen schon einmal gesehen?

Bildlegende: Das Bundeshaus in Neu-Bern.

Sie stülpten uns Jutesäcke über die Köpfe. Sie legten uns Handschellen an. Sie pferchten uns in ihren Kastenwagen.

Sie fuhren uns viele Stunden lang – jedenfalls fühlte es sich an wie viele Stunden – über glatten Asphalt. Endlich hielten wir. Kühle. Dunkel. Wir wurden durch ein Gebäude geführt. Als sie uns die Jutesäcke und die Handschellen abnahmen, fanden wir uns in einem Raum wieder, der entfernt an eine Behörde erinnerte: Linoleumfußböden, Neonröhren, Stühle, Tische. Ein Mann mit einem roten Bart (auch er trug jene graue Uniform) verteilte Fragebögen und Kugelschreiber; zwei weitere Uniformierte pflanzten sich mit ihren Karabinern vor der Tür auf. Wir setzten uns und füllten die akkurat vorgedruckten Papiere aus: Name, Heimatanschrift, Anschrift in Afghanistan, Passnummer, Geburtsdatum, Beruf. Außerdem mussten wir alle noch lebenden Verwandten und deren geschätzten Vermögensverhältnisse angeben. Rotbart bedankte sich mit einer akkuraten Verbeugung und sammelte unsere Fragebögen ein. Selbstverständlich wurde die Kameraausrüstung meines Fotografen beschlagnahmt, anschließend führten sie uns in einen Seitenraum, wo schon ein Arzt (weißer Kittel, Stethoskop, blanker Gesichtsausdruck) uns erwartete. Hinter einem Paravent mussten wir uns nackt ausziehen, es folgte eine Leibesvisitation von demütigender Gründlichkeit. Sie gaben uns Unterwäsche, schwarze Trainingsanzüge, Stoffschuhe ohne Schnürsenkel. Dann führten die uniformierten Wächter uns in einen Korridor, von dem rechts wie links Stahltüren abgingen. Durch eine von ihnen verschwand mein Fotograf. Durch die andere schoben sie mich. Metall knallte auf Metall, schwer wälzte sich ein Schlüssel hinter mir im Schloss. Vor mir lag eine Gefängniszelle: Bett, Schreibtisch, Stuhl, Waschbecken, Klo, ein Bildschirm, eine Fernbedienung. Immerhin strömte durch Glasziegel Tageslicht herein, und die Zelle war sauber. Irgendwann wurde die Tür aufgeschlossen; Rotbart trat herein. Er streckte mir ein uraltes Klapptelefon entgegen. »*English*«, befahl er. Ich hörte die Stimme eines der beiden Chefredakteure von *Holzmanns Weltspiegel*. »*Yes, I'm still in Afghanistan*«, sagte ich. »*Yes, we've been kidnapped.*« Den Umständen entsprechend sei ich wohlauf. Der Chefredakteur sagte freundlich-aufmunternd-beruhigende Dinge, die meine Seele nicht erreichten. Während der ganzen Zeit meiner Gefangenschaft durfte ich kein weiteres Telefongespräch führen.

In den nächsten zwei Wochen machte ich die Erfahrung, dass Todesangst und Langeweile einander nicht ausschließen. Um beides zu bekämpfen, schaute ich mir stundenlang Bollywoodfilme an: bunte Flattergewänder, dahinter ragten majestätisch die Alpen. Immer dann, wenn es in einem westlichen Film zum Saugkuss gekommen wäre, brachen die Leinwandliebespaare in Gesang und Ausdruckstanz aus. Abends schepperte ein Bücherwagen durch den Korridor. Ich hatte die Auswahl aus einem kuriosen Sammelsurium von deutschen Druckerzeugnissen: *Götter, Gräber und Gelehrte* von C.W. Ceram. *Der Fragebogen* von Ernst von Salomon. *Männer und andere Katastrophen* von Kerstin Gier. *Das Methusalem-Komplott* von Frank Schirrmacher. Leider musste ich feststellen, dass nichts davon auch nur ein bisschen beruhigend wirkte. Die Augen flogen über Buchstabenkolonnen; Absätze gerieten zu unüberwindlichen Klippen; der Sinn ging flöten. Reumütig kehrte ich zu meinen Bollywoodfilmen zurück. Zwei Mal am Tag war Hofgang. Eine halbe Stunde lang durften wir uns morgens und abends in einem gepflasterten Innenhof herumtreiben, in dem sogar ein richtiger Baum mit echten Blättern stand! Durch meinen Kopf gingen Oscar Wildes Verse: *I never saw sad men who looked / With such a wistful eye /*

Upon that little tent of blue / We prisoners call the sky, / And at every careless cloud that passed / In happy freedom by. Es war verboten, auch nur ein Sterbenswörtchen zu sagen. Einmal nieste einer, ein anderer wünschte »Gesundheit!« – sofort stürzten sich die grau uniformierten Wachen auf den Unglücklichen und verschleppten ihn ins Innere des Gebäudes. Als ich ihn am nächsten Tag wiedersah, war sein Gesicht bläulich verschwollen. Wir waren genau vierundfünfzig Gefangene beiderlei Geschlechts. Der Jüngste war vielleicht zehn Jahre alt, die Älteste eine Dame mit einem Rollator. Mir fiel ein großer dünner Mann mit traurigen Gesichtszügen auf: Eines Tages trug er einen Verband um den Kopf gewickelt und wirkte noch eine Spur betrübter. Gern hätte ich ihn gefragt, was mit ihm geschehen war, aber das ging natürlich nicht. Drei Mal täglich wurde uns Essen durch eine Klappe in der Tür in unsere Zelle geschoben. Ich kann mich über die Verpflegung nicht beklagen (und sie hätte mir einen ersten klaren Hinweis auf unseren Aufenthaltsort geben können): Birchermüsli, Zwiebelkuchen, Polenta, Schlachtplatte, Rösti, Zürcher Geschnetzeltes. Insgesamt habe ich mir während meiner Gefangenschaft drei Kilo Kummerspeck angefressen.

Eines Tages kamen kurz nach dem Frühstück Uniformierte in meine Zelle. Wieder verschwand mein Kopf in einem Jutesack, wieder klickten Handschellen. Jetzt geht es los, dachte ich. Was losgehen sollte, wusste ich naturgemäß nicht. »Wohin bringen Sie mich?«, fragte ich. Keine Antwort. Neben mir hörte ich Schritte, wahrscheinlich war das mein Fotograf, aber ich wagte nicht, ihn anzusprechen. Wieder eine Autotür, die schwungvoll aufgeschoben wurde. Wieder eine gut geteerte Asphaltstraße unter den Reifen. Die Fahrt dauerte diesmal nicht ganz so lang. Eine geschäftige Straße, Autos, Stimmen: Fiel hier niemandem auf, dass zwei Menschen in Handschellen und mit Säcken über dem Kopf herumgestoßen wurden? Galt das in dieser Gegend als normal? Ein Hauseingang. Treppen. Noch mehr Stimmen. Außer Paschtunisch hörte ich Spanisch und mindestens eine andere Sprache, die ich nicht einordnen konnte. Eine Tür wurde geöffnet und schloss sich. Mit einem Ruck wurden uns die Säcke vom Kopf gezogen. Mein Fotograf und ich standen in einem mit dunklem Holz getäfelten Vorzimmer: Bücherregale, ein Holzstich an der Wand. Hinter einem Computerbildschirm saß eine Sekretärin (zierlich, ostasiatisch, hübsch). Sie sagte etwas zu den Wachen und deutete auf unsere Handschellen. Wir wurden befreit; sie stand auf und fragte in akzentfreiem Deutsch: »Kann ich Ihnen vielleicht eine Cola anbieten? Der Herr Bundesrat wird gleich für Sie da sein.« Ich war so baff, dass ich mit »Ja« antwortete. Minuten später öffnete sich eine gepolsterte Tür. Ein fetter kleiner Mann im dunklen Maßanzug stand im Türrahmen. Er hatte eine pockennarbige Verbrechervisage und streckte uns leutselig die Hand entgegen. »Mein Name ist Darab Haqqani«, sagte er, »ich gehöre dem Bundesrat der Eidgenossenschaft an. Willkommen im Kanton Bern.«

Sein Büro war geräumig, sein Schreibtisch riesenhaft. Hinter einem großen Fenster lag eine kleine Stadt. Nein, es war nicht Bern, aber afghanisch sah diese Stadtlandschaft auch wieder nicht aus: Fachwerkhäuser, Schindeldächer, eine elektrische Straßenbahn. Der Bundesrat lud uns mit einer Handbewegung ein, auf einem Sofa Platz zu nehmen. Muss ich erwähnen, dass über ihm an der Wand ein kostbares Elfenbeinfries hing, das frisch aus dem afghanischen Nationalmuseum geraubt worden war? »Ich hoffe, es verletzt Ihren Stolz nicht, dass wir nicht mehr als fünfzigtausend Dollar als Lösegeld für Sie festgesetzt haben«, sagte der Bundesrat, nachdem wir uns niedergelassen hatten. »Ich meine natürlich: fünfzigtausend Dollar pro Nase!« Er lachte über seinen gelungenen Scherz. »Ihr geschätztes Magazin hat sich schon bereit erklärt, für Sie zu bezahlen. Allerdings hat Ihr Magazin eine Bedingung gestellt. Ich muss Ihnen sagen: Sie hat zu einer heftigen Debatte in unserem Nationalrat geführt! Aber am Ende haben wir uns entschlossen, auf den Vorschlag einzugehen.«

Er machte eine ausgedehnte Pause. Ich verstand, dass es unhöflich gewesen wäre, ihm jetzt keine Frage zu stellen, also erkundigte ich mich: »Was war denn der Vorschlag?«

»Dass Sie eine Fotoreportage über uns machen«, sagte Bundesrat Haqqani. »Ach, übrigens ...« Er drückte auf einen Messingknopf, und als eine Sekunde später die hübsche Sekretärin im Zimmer stand, befahl er ihr, meinem Fotografen die Kameraausrüstung zu bringen, die vor zwei Wochen gestohlen worden war. Ich selber bekam ein kleines Aufnahmegerät ausgehändigt. »Sie werden verstehen, dass wir Ihre Smartphones weiter einbehalten müssen«, sagte der Bundesrat. »Zumindest vorläufig, solange noch keine Zahlungen eingetroffen sind. Aber Sie können sich von nun an freier bewegen. Wir haben ein schönes Besichtigungsprogramm für sie zusammengestellt.«

»Dann beginnen wir doch gleich mit der Arbeit, wenn es Ihnen nichts ausmacht.« Ich ließ das rote Lichtlein an meinem Aufnahmegerät aufglühen. »Bitte erklären Sie mir: Was ist die Eidgenossenschaft?«

»Eine Republik«, antwortete Haqqani, »genauer gesagt:

eine Willensnation. Wie unser Vorbild in den Alpen setzen wir uns aus vier Sprachgemeinschaften zusammen. Die größte ist die paschtunische, dann gibt es auch noch Vietnamesen, Kolumbianer und Georgier. Es gibt bei uns nur halb so viele Kantone wie in der Schweiz, nämlich dreizehn. Haupteinnahmequelle unserer Wirtschaft ist das Kidnapping, außerdem betreiben wir in begrenztem Umfang auch noch Industriespionage und Mädchenhandel.« (Er äußerte dies im Tonfall extremer Gleichmütigkeit.) »Wir importieren von unseren Nachbarstaaten Gemüse, Pistazien, Benzin und Kaugummi. Unsere Waffen kommen selbstverständlich aus der Schweiz. Milch, Fleisch und Rauschgift für den Eigenbedarf stellen wir mittlerweile selber her. Außenpolitisch sind wir strengstens neutral.«

»Moment, Moment«, sagte ich. »Sie reden gerade so, als sei dies ein souveräner Staat. In Wahrheit ist dies doch lediglich ein Territorium, das von …« (verzweifelt kramte ich in meinem Hirnkasten nach einem freundlicheren Ausdruck für *kriminelle Banden*) »… ein Territorium, das von nichtstaatlichen Akteuren beherrscht wird.«

»De facto sind wir ein Staat«, sagte der Bundesrat ungeniert. »Und im Hinblick auf unsere Anrainer haben wir eine wichtige Funktion: Wir sind eine Pufferzone. Ohne uns wäre es schon mehrfach zum Krieg gekommen! Darum dulden unsere Nachbarländer uns nicht nur, sie fördern uns sogar. Die wissen genau, was sie an uns haben.«

»Gut«, sagte ich, »aber Sie müssen doch zugeben …«

Bundesrat Haqqani redete unbeirrt weiter: »Unser politisches System ist dem unserer Nachbarn haushoch überlegen – aber auch jenem der Vereinigten Staaten. Nehmen Sie das Waffenrecht. Bei uns kann selbstverständlich nicht jeder Irre und jeder Terrorist ein Gewehr erwerben – bei uns brauchen Sie eine Lizenz! Oder nehmen Sie die politische Exekutive. Bei uns gibt es keinen Präsidenten, der im Amt je durchdrehen oder cäsarische Ambitionen entwickeln könnte. Die Eidgenossenschaft wird von einem Bundesrat aus sieben Mitgliedern regiert. Dieses Komitee setzt sich nach einer Zauberformel aus sämtlichen Sprachgemeinschaften, Religionen und politischen Parteien zusammen. Denken Sie schließlich an die Frage der Krankenversicherung. Was war das in den Vereinigten Staaten für eine Viecherei! Krankenversicherungen galten bei den Amis – Allah weiß, warum – als etwas Bolschewistisches. Bei uns ist natürlich jeder Eidgenosse krankenversichert. Dabei sind wir bei Gott keine Sozialisten. Wir glauben an die Marktwirtschaft.«

Ich wollte eine Frage einwerfen, aber der Bundesrat war nun nicht mehr zu bremsen. »Sogar unsere Cola ist besser als das amerikanische Produkt!«, sagte er und schenkte mir aus der bauchigen Flasche nach, die seine hübsche Sekretärin mir auf einem Tablett hinterhergetragen hatte. »Wir haben die ursprüngliche Formel wiederhergestellt. Sehen Sie?« Ich inspizierte die Flasche, die Haqqani zwischen den Wurstfingern hielt: Der verschlungene Schriftzug wies auf den vertrauten Markenartikel hin, aber da stand – fett und rot und ganz ohne Zweifel – *Cocaine Cola*. »Keine Bange«, meinte Haqqani. »An so ein bisschen Rauschgift ist noch keiner gestorben.« Ich setzte trotzdem mein Glas ab und trank fortan keinen Tropfen mehr.

»Was können Sie mir zur Geschichte der Eidgenossenschaft erzählen?«

Der paschtunische Bundesrat stand auf, trat zum Fenster und starrte hinaus. Dann setzte er sich wieder hin. »Eigentlich ist Portugal an allem schuld«, antwortete er. Mit einem Mal war er wortkarg geworden.

»Portugal?«

»Die Portugiesen«, sagte Darab Haqqani ruhig und bitter, »waren die Ersten, die versucht haben, Leute wie uns zu ruinieren.« Plötzlich war mir klar, worauf der Bundesrat hinauswollte. Portugal hatte anno 2001 aufgehört, den Gebrauch von Drogen unter Strafe zu stellen. Nicht nur Marihuana war danach faktisch erlaubt, auch harte Drogen – Heroin, Kokain etc. – durften konsumiert werden; Drogensüchtige wurden nicht mehr wie Verbrecher, sondern als Kranke behandelt. Diese Politik war aus der nackten Not geboren: Zuvor war ein Prozent der portugiesischen Bevölkerung heroinsüchtig geworden, die Beschaffungskriminalität explodierte, die Leute starben an Aids wie die Fliegen. Das Experiment glückte, die Zahl der Drogensüchtigen verminderte sich langsam, und jene, die schon an der Nadel hingen, bekamen wenigstens die Chance, ein halbwegs normales Leben zu führen. Nicht nur linke Sozialarbeiter, auch knallrechte Law-and-Order-Leute zeigten sich beeindruckt. Nach und nach fingen die westlichen Länder an, sich an Portugal ein Beispiel zu nehmen. Die älteren Semester unter uns erinnern sich vielleicht an jene Ansprache der amerikanischen Präsidentin, in der sie den »Krieg gegen die Drogen« für beendet erklärte. (Sie sagte dort, der Versuch der Amerikaner, den Drogenanbau in Entwicklungsländern zu unterbinden, sei von ebenso krimineller Idiotie gewesen wie die Alkoholprohibition in den Zwanzigerjahren – in den Folgen natürlich weit verheerender.) Heute kann man Drogen bekanntlich in jedem Supermarkt kaufen, sofern man das achtzehnte Lebensjahr erreicht hat; wenn auch zu einem gepfefferten Preis. Der

Staat erhebt auf Heroin und Kokain hohe Steuern und verwendet den Erlös, um Drogenberatungsstellen zu finanzieren. Und kein Mensch erinnert sich mehr daran, dass es ein kleines Land am westlichen Rand Europas war, das diese Radikalreform angestoßen hat.

»Ich war immer davon ausgegangen, dass die ... ähm ... also, dass die Leute in den Entwicklungsländern, die mit illegalem Heroin usw. ihren Lebensunterhalt verdient haben ...«

»Sie können ruhig *Drogenkartelle* sagen«, grunzte Haqqani. Ein beinahe gütiges Lächeln huschte über seine Verbrechervisage.

»Danke. Also, ich war immer davon ausgegangen, dass die Drogenkartelle sich nach der Legalisierung ihrer Produkte in ganz normale Firmen verwandelt haben. Länder wie Thailand, Mexiko, Kambodscha weisen die Produktion von Opiaten doch längst in ihren offiziellen Bilanzen aus.«

»Für die meisten Drogenkartelle stimmt das wohl«, sagte Bundesrat Haqqani. »Aber eben nicht für alle. Die Gewinnmargen stimmten leider nicht mehr. Es war deutlich weniger zu holen, seit man das Zeug nicht mehr schmuggeln musste. Außerdem« – aus den dunklen Augen des Bundesrates wurden plötzlich tückische kleine Schlitze –, »außerdem fehlte vielen von uns der Kitzel. Das Sportliche. Die Gefahr. Hier in Afghanistan schied sich nach der Legalisierung die Spreu vom Weizen. Für die einen, ich nenne sie die Verräter, war das Drogengeschäft immer nur Mittel zum Zweck gewesen. Sie wollten reich werden, nichts sonst. Kein Tropfen Idealismus!« Er vollführte eine wegwerfende Handbewegung. »Aber andere – ich zum Beispiel – hatten das Drogengeschäft um seiner selbst willen betrieben. Wir brauchten das Risiko, ob mit oder ohne Opium. Deswegen wurde ich sofort Mitglied der Eidgenossenschaft. Aber keine Sorge.« Haqqani grinste so breit, dass seine Goldzähne blitzten.»Ich bin immer noch ein frommer Muslim.«

In diesem Augenblick kehrte die hübsche Ostasiatin zurück. »Herr Bundesrat«, sagte sie, »Sie haben in drei Minuten einen Termin ...«

»Und danach das Mittagessen mit dem pakistanischen Außenminister. Ich weiß.« Wir erhoben uns. Mein Fotograf schoss schnell im Stehen noch ein paar Bilder, ich schaltete das Aufnahmegerät aus.»Vertrauen Sie sich ruhig Ihren Wärtern an«, sagte der Politiker.»Betrachten Sie sie nicht als Aufpasser, sondern als Reiseführer. Übrigens hoffe ich, dass Ihr geschätztes Magazin bald zahlt.« Er fuhr mit gerecktem Zeigefinger quer über seine Kehle und stieß ein gurgelndes Geräusch aus. »Ich mache nur Spaß!«, sagte er und reichte mir die kleine fette Hand.»Lassen Sie es sich gutgehen. Und schreiben Sie die Wahrheit, nichts als die Wahrheit.«

In den folgenden Tagen fuhren wir kreuz und quer durch diesen neuen Kleinstaat, der sich hier im Hindukusch etabliert hatte. Die Kantone Bern, Appenzell, St. Gallen, Uri, Thurgau, Aargau und Wallis waren mehrheitlich islamisch geprägt – hier sah ich Frauen in der Burka folgsam hinter ihren Männern hertrippeln. In Graubünden und Solothurn stellten die hispanischen Eidgenossen die Überzahl. In Jura, Neuenburg und im Tessin tummelten sich die Georgier. Die Vietnamesen wohnten hauptsächlich in Nidwalden und Schwyz. Ich beobachtete eine Gemeinderatssitzung; wir besuchten blitzsaubere Bauernhöfe und sahen ein hochmodernes Gewächshaus voll herrlicher weißer Mohnblumen. (Gelernt ist eben gelernt!) Alles war ganz normal hier oben, solange man außer Betracht ließ, dass in diesem Gemeinwesen die Verbrecher frei auf der Straße herumliefen, während die Unschuldigen im Gefängnis saßen. Und über jedem öffentlichen Gebäude wehte die blaue Flagge mit dem fetten weißen Sichelmond.

Der Höhepunkt unserer Tour war eine Freilichtaufführung: Gegeben wurde – in einem riesigen Amphitheater – Schillers *Wilhelm Tell*, die Darsteller ritten auf schnaubenden Pferden ein. Leider fanden die Familienszenen mit Tell und seiner getreuen Gattin Hedwig in beträchtlicher Entfernung vom Publikum statt, woraus sich die Notwendigkeit ergab, alle Beteiligten mit Stentorstimme reden zu lassen. Es war dennoch erhebend. Auch in der paschtunischen Übersetzung glaubte ich, sämtliche Sprichwörter wiederzuerkennen: »Die Axt im Haus erspart den Zimmermann.« – »Früh übt sich, was ein Meister werden will.« – »Es kann der Frömmste nicht in Frieden leben, wenn es dem bösen Nachbarn nicht gefällt.« Bei der Szene mit dem Kind und dem Pfeil und dem Apfel erhob sich spontaner Applaus. Aber beim Schwur auf dem Rütli (»Wir wollen sein ein einzig Volk von Brüdern ...«) kannte die Begeisterung keine Grenzen mehr: Das Publikum stieg auf die Bänke, johlte, klatschte, blies mit vollen Backen in bunte Tröten. Die Darsteller konnten minutenlang nicht weiterspielen. Später erzählte uns Nasir (einer der uniformierten Wächter, die uns begleiteten – ein durchtrainierter Mann mit Stalinschnurrbart), dass der Ort dieser Freilichtaufführung für die Eidgenossenschaft sozusagen heiliger Boden war. Hier hatten ihre Gründer einst den Entschluss zur Kooperation gefasst. Und wer waren jene Gründer? Das Haqqani-Netzwerk, das bekanntlich zu den Taliban gehörte; die berüchtigtbrutale Kutaisi-Gang aus Georgien; ferner die »tapferen

Jungs von der BACRIM« – kolumbianische Milizen, die strammsten Antikommunismus mit krummen Geschäften verknüpften. Und dann noch die Bande von Vũ Xuân Trường, einem legendären kommunistischen Funktionär und Drogenboss. Die Ausländer, berichtete Nasir, seien mit Touristenvisa eingereist, von den demokratisch geläuterten Taliban mit offenen Armen empfangen und auf der Stelle mit schweren Waffen ausgerüstet worden. Als die Afghanen bemerkten, dass sich zu ihren Häuptern im Hindukusch die schlimmsten Psychopathen des Planeten zusammenrotteten (meine Wortwahl, nicht die von Nasir), war es längst zu spät.

Nach einer Woche wurden wir zu einem Redaktionsbesuch eingeladen. (»Wir dachten, es interessiert Sie vielleicht, einen Kollegen kennenzulernen.«) Das Zeitungsgebäude war ein flacher Ziegelbau, nur eine Viertelstunde mit dem Auto vom Bundeshaus in Neu-Bern entfernt. Über der Eingangstür hing ein schwungvoller Schriftzug aus Gusseisen: *La Semana En El Mundo*. Das Innere sah aus wie beinahe jede andere Redaktion der Welt: ein riesiger Raum, Wände aus Glas, Männer und Frauen an Schreibtischen, auf einem Bildschirm im Hintergrund hetzten Fernsehbilder vorbei. Der Boss hatte natürlich sein eigenes Büro. Es war penibelst aufgeräumt; ich habe im Leben noch kein so ordentliches Zimmer gesehen (schon gar nicht in einer Zeitungsredaktion). An der Wand hing als einzige Dekoration eine Armbrust. Señor Schneider sei im Moment beschäftigt, sagte seine Sekretärin – auch sie übrigens eine hübsche Vietnamesin –, wir sollten die paar Minuten auf ihn warten. Irgendwann betrat ein Volontär das kahle Zimmer, ein mageres Bürschchen mit eingefallenen Wangen, das allerdings einen Maßanzug trug. Ich brauchte eine Sekunde, um zu begreifen, dass dieses Bürschlein unser Gesprächspartner war: Esteban Schneider, Herausgeber und Chefredaktor der größten hispanischen Zeitung der Eidgenossenschaft. Er setzte sich seitwärts auf einen gepolsterten Stuhl, ließ lässig die Beine baumeln und fuhr sich schüchtern mit der Hand durchs blondierte Haar. Das Vorgeplänkel war ein journalistisches Fachgespräch (die Druckauflage von *La Semana En El Mundo*, die Reichweite im Internet, Vertriebswege). Endlich gelang es mir, das Gespräch auf das Eigentliche zu lenken: »Wie ist es zur politischen Struktur der Eidgenossenschaft gekommen?«

»Das ergab sich beinahe von selber«, antwortete Señor Schneider. »Es gab vier Sprachgemeinschaften, die verschiedenen Clans mussten einen Weg finden, ohne Mord und Totschlag miteinander auszukommen. Es lag nahe, ein Modell zu kopieren, das es schon gab. Ein sehr erfolgreiches Modell! Strikte Gewaltenteilung, Schutz der Eigentumsrechte, starker Föderalismus. Anfangs waren die Kantone durchnummeriert: der erste Bezirk, der zweite Bezirk usw. Dass wir anfingen, diese Bezirke mit den Namen von echten Kantonen in der Schweiz zu versehen, begann als Witz. Irgendwann fingen die Leute an, den Witz ernst zu nehmen. Jetzt gibt es auch bei uns ein Wallis, ein St. Gallen, ein Graubünden.«

»Wie wird man Bürger der Eidgenossenschaft?«

»Das ist nicht leicht. Sie müssen eine Serie von richtig schweren Delikten vorweisen können – mit einem simplen Einbruchsdiebstahl ist es nicht getan.«

Ich wusste nicht, ob er scherzte. »Kann ein Gemeinwesen, das auf Verbrechen gegründet ist, Ihrer Meinung nach auf Dauer existieren?«, fragte ich.

Esteban Schneider hörte eine Sekunde lang auf, mit den Füßen zu wippen. Er musterte mich durchdringend mit ausdruckslosen grünen Augen. »Sie kommen doch aus Deutschland«, sagte er schließlich. »Sind Sie mit den Schriften des großen Carlos Schmitt vertraut?«

»Sie meinen Carl Schmitt, den Kronjuristen der Nazis.«

»Nazis, Schmazis.« Schneider fing wieder an, mit den Beinen zu baumeln. »Carlos Schmitt war einfach ein großer Realist. Er hat verstanden, was das schmutzige Geheimnis aller gesellschaftlichen Beziehungen ist – ihnen liegt Gewalt zugrunde. Immer. Überall. Nennen Sie mir ein Gemeinwesen, wo das nicht zutrifft!«

»Schweden«, sagte ich.

Schneider lachte laut und höhnisch. »Die netten harmlosen Schweden. Voller Sozialdemokratie und gutem Willen. Ist Ihnen klar, dass die Schweden im siebzehnten Jahrhundert *die Geißel Europas* genannt wurden, dass sie unaufhörlich damit beschäftigt waren, ihre Nachbarn zu überfallen und massakrieren, dass sie im Dreißigjährigen Krieg kräftig mitgeholfen haben, das Heilige Römische Reich zu verwüsten?« Der Chefredaktor schwenkte auf seinem Stuhl herum, setzte die Füße auf den Boden und beugte sich mit dem Oberkörper nach vorn. »Ich werde Ihnen jetzt ein besonders eindrucksvolles Beispiel nennen«, sagte er. »Die anglikanische Kirche. Niemand wird bestreiten, dass es sich bei den Anglikanern heute um Leute handelt, die im Namen der christlichen Nächstenliebe viel Gutes tun. Richtig? Aber was war der Ursprung ihrer Konfession? Heinrich der Achte! Ein fetter sadistischer Tyrann, der serienweise Ehefrauen köpfen ließ! Und warum hat dieses Scheusal sich von der römischen Weltkirche losgesagt? Weil er auf die Reichtümer der Katholiken scharf war. Die herrlichen Klöster, die Kruzifixe mit ihren Edelsteinen, die ausgedehnten Ländereien. All das hat der Tyrann geraubt, als er die anglikanische Kirche gründete – mit sich selber als Oberhaupt, versteht sich. Die Beute hat er dann unter seiner Diebesgenossen verteilt. So sah der Ursprung des britischen Adels aus! Ein Räuberhauptmann und seine Räuberbande! Wenn heute von zivilisierten Staaten und Institutionen gesprochen wird, so nur aus einem Grund: weil ihre Ursprünge vergessen wurden. Der Unterschied – der einzige Unterschied – zwischen der Eidgenossenschaft und anderen Nationen besteht darin, dass unser Gemeinwesen noch relativ jung ist. *That's all.* Außerdem sind wir ehrlich, wir verstecken unsere Taten nicht hinter Euphemismen.«

»Aber sie war doch erst dreizehn«, sagte ich leise.

»Wer?«

»Diwa Faruq«, sagte ich. »Sie hatte einen Faltenrock mit roten Karos an.«

»Souverän ist, wer über den Ausnahmezustand entscheidet«, erwiderte Esteban Schneider. »Ein Zitat von Ihrem großen Landsmann Carlos Schmitt. Ich hätte auch Machiavelli zitieren können: *Begehe die notwendigen Grausamkeiten gleich am Anfang, und begehe sie öffentlich.* Unser Geschäftsmodell gründet sich auf Furcht. Wenn niemand mehr fürchtet, dass wir unsere Drohungen wahr machen, gehen wir pleite. Dieses eine tote Mädchen wird hunderte andere Eltern davon überzeugen, dass es besser ist, ganz schnell alle Lösegeldforderungen zu bezahlen. Ihr Tod wird Menschenleben retten.«

»Im Gefängnis sah ich einen Mann«, sagte ich nachdenklich, »einen großen Mann mit traurigen Augen. Eines Tages trug er einen Verband um den Kopf gewickelt.«

»Oh, dem haben Sie wahrscheinlich die Ohren abgeschnitten«, sagte Esteban Schneider fröhlich. »Manchmal wird so etwas leider nötig, wenn die Familie säumig ist. Aber wir sind keine Unmenschen. Ich bin sicher, sie haben dem Mann vorher eine Narkose verpasst.« Ich hörte nur noch halb zu; vor meinem inneren Auge sah ich plötzlich den ganzen Hergang. Die Burkafrauen. Den schwarzen Kastenwagen. Den Helikopter. Sie hatten sie vor Diwas teurer Privatschule abgepasst, das Mädchen im Laderaum verstaut wie ein Gepäckstück, das Menschenbündel ins Gebirge geflogen. Natürlich kann ich es nicht beweisen. Gar nichts kann ich beweisen. Aber mir ging auf einmal ein dunkles Licht auf: Dieses Büro war der Ort. Hier – mitten in dieser kahlen Ordnung – war es geschehen. Vor diesem aufgeräumten Schreibtisch hatte Diwa Faruq um Erbarmen gebettelt, um ihr Leben gefleht, Allah angerufen. Aber Allah hörte vielleicht gerade nicht zu, und vielleicht gibt es kein Erbarmen; vielleicht ist diese Welt leer von Erbarmen. Jedenfalls verging mir die Lust, das Interview fortzusetzen. Eilig verabschiedeten wir uns von unserem bedeutenden Kollegen. Im Hinausgehen registrierte ich aus den Augenwinkeln, wie Señor Schneider sich über seine vietnamesische Sekretärin beugte und ihr mit siegesgewohntem Griff unter die Bluse fuhr.

Bildlegende: Der Bundesrat in seinem Büro. Auf den vorigen Seiten: Schillers Wilhelm Tell *auf der Freilichtbühne. / Ein Wochenmarkt im Kanton St. Gallen. / Ein Klatschmohnfeld zur Heroinerzeugung im Aargau. / Esteban Schneider, Carl-Schmitt-Fan und Chef von* La Semana En El Mundo. *Man beachte die Armbrust im Hintergrund.*

Wir mussten danach noch ein paar Tage warten. Es gab Schwierigkeiten mit der Geldübergabe: Der Kanton, dessen rechtmäßiges Eigentum wir vorläufig waren, bestand naturgemäß auf Bargeldzahlung (kleine Scheine, keine durchgehende Seriennummerierung). Außerdem legten unsere Entführer hochkomplizierte Modalitäten fest, bei denen Papierkörbe, Wegwerfhändies und stillgelegte Steinbrüche zum Einsatz kamen. Zweimal ließen dumme Zufälle die Geldtransfers im fernen Deutschland platzen. Wir waren unterdessen in einer netten kleinen Pension in Neu-Olten untergebracht; es war ein komfortabler Knast, auch wenn unsere Wachen uns nie aus den Augen ließen. Beim dritten Mal wechselten die Fünf- und Zehn-Euro-Scheine endlich ihre Besitzer, wie sie es sollten. Die Agenten der Eidgenossenschaft schüttelten ihre Verfolger von Interpol spielend ab, auch sonst ging alles glatt. Bundesrat Haqqani kam persönlich angereist, um uns zum Abschied (»nichts für ungut«) die Hände zu schütteln, dann wurden mein Fotograf und ich zu dem kleinen Flugplatz kutschiert, wo schon der Hubschrauber bereitstand, der uns zurück nach Kabul fliegen sollte.

Im letzten Moment kam es noch einmal zu einer Verzögerung. Wir saßen in der Passagierkabine des Helikopters, die Rotoren drehten sich längst, als es plötzlich hieß, wir müssten auf einen weiteren Fahrgast warten. Nach endlosen zehn Minuten fuhr die Kabinentür auf, und ein adretter junger Mann im grauen Anzug setzte sich zu uns. Mit dem rechten Handgelenk war er an einem quadratischen Lederkoffer festgekettet. Er stellte sich uns auf Deutsch als Beat Stürzli vor.

»Waren Sie auch Geisel?«, fragte ich ihn – mehr aus Höflichkeitsgründen, als weil ich es wirklich wissen wollte.

»Nein«, sagte Herr Stürzli, »ich war geschäftlich hier.«

»Geschäftlich?«

»Ja«, sagte er. »Die können ihre Moneten hier doch nicht unters Kopfkissen stopfen!«

Ich verstand nicht.

»Ja schauen Sie«, sagte Beat Stürzli im schönsten Züridüütsch. »Die haben hier oben in ihrer Eidgenossenschaft beinahe alles. Sie haben Berge, einen Nationalrat, ein Stöckli, ein Tram, und unter uns: das Zürcher Geschnetzelte, das sie kochen, ist auch ganz ordentlich. Nur eines haben sie nicht, diese falschen Eidgenossen.«

»Und was wäre das?«, fragte ich.

Wir mussten nun beide sehr viel lauter sprechen; über uns schnitten die wirbelnden Riesenmesser immer schneller durch die Luft. Den Rotorenlärm übertönend, schrie Beat Stürzli: »Banken.«

Sie gingen unten am Strom spazieren. Es war Gummi-
stiefel-und-Jacken-Wetter – der Herbst lag im Sterben,
hinter den Kulissen wartete schon der Winter auf seinen Auftritt. Am anderen Ufer sahen sie die Ladekräne:
eine Phalanx von Riesen, die mit gereckten Stahlarmen
in den Nachmittagshimmel hineinzeigten. Bodo hatte
ihr einmal gesteckt, wie viel einer von diesen Kränen
kostete, und Julia hatte die Summe prompt wieder vergessen. (Waren es fünf Millionen Euro? Fünfzehn Millionen? Fünfzig?) Ein gewaltiges Containerschiff wurde
von zwei Bugsierschleppern – einem vorn, einem hinten – stromaufwärts gelotst. Jetzt drehten die Schlepper
gemeinsam den Koloss herum (es war erstaunlich, wie
schnell das ging), dann zogen-schoben sie ihn zu seinem
Anlegeplatz. Der Wind wehte Hafengeräusche zu ihnen
herüber: etwas hupte, etwas tutete, Metall stieß dumpf
auf Metall. Und über allem heiseres Möwengeschrei. Der
Fluss stank (roch; duftete) nach Freiheit und Teer und
fauligem Fisch. Und er sagte, was alle Flüsse seit Heraklit sagen: πάντα ῥεῖ πάντα ῥεῖ πάντα ῥεῖ. Auf Deutsch: *the
times, they're a'changin'.* Sie latschten durch nassen Sand,
hatten spielerisch ihre Schals verknotet und hielten einander an den Händen. Der Strom schien rückwärts zu
fließen. Das Meer war zweihundert Kilometer entfernt,
aber die Gezeiten hatten eine solche Urgewalt, dass sie

die Wassermassen bei Flut flussaufwärts drückten. Allerdings sagte man hier gar nicht »Flut«, man sagte: auflaufendes Wasser. Die Welt ist schön, dachte Julia. Auch wenn sie demnächst wahrscheinlich untergeht.

»Bist du einsam gewesen, während ich weg war?«, fragte Bodo neckisch.

»Ja«, sagte Julia wahrheitsgemäß. (In ihrem Smartphone war eine Serie von vergeblichen Anrufen registriert. Achmed. Dabei hatte sie ihm gleich danach die Wahrheit ins Herz gestoßen wie einen Eiszapfen: Sie habe einen Freund, sie können einander also nicht wiedersehen. Er würde über sie hinwegkommen, glaubte sie. Ganz sicher würde er über sie hinwegkommen: Eines schönen Tages würde sie ihn mit einer verschleierten Frau sehen; und jene Fremde – eine Aische oder Fatima oder Suheila – würde keine Ahnung haben, warum ihr Mann so ein geschickter Liebhaber war. Doch, Julia hatte ein schlechtes Gewissen. Aber nicht Achmed gegenüber.) »Ja, ich war einsam«, sagte sie ein bisschen zu laut. »Aber jetzt bist du ja wieder da, lieber Herr von Unruh.« Julia küsste ihn ausführlich. Seine Schnurrbartenden stachelkitzelten sie an der Wange.

Das Liebespaar beschloss, im *Uferschmuck* einzukehren. Der *Uferschmuck* war eine Institution dieser Hafenstadt: ein Bungalow im Sand mit einer Terrasse aus groben Holzplanken. Im Sommer drängten sich die Gäste unter Sonnenschirmen vor der Tür, jetzt saßen sie drinnen im Dämmerlicht. Julia bestellte einen Burger mit Käse und Speck, Bodo holte sich eine Bockwurst. Als Julia ihre Zähne ins Fleisch schlug, drohte er schelmisch mit dem Zeigefinger: »Gar nicht koscher!«

»Mir doch egal«, sagte sie.

»Ach? Ich dachte, du bist Jüdin. Bei dem Nachnamen.«

»Nur eine halbe«, erklärte sie kauend, »und es ist die falsche Hälfte. Bekanntlich zählt nicht der Vater, nur die Mutter. Und meine Mutter war eine Schickse aus Köln.« Sie sagte *war*, als seien ihre Eltern tot. Dabei lebten sie noch, wenn auch auf einem anderen Kontinent.

»Bedeutet deine Herkunft dir etwas?«, fragte er und tunkte seine Wurst in den mittelscharfen Senf.

»Na ja«, sagte sie, »aufgewachsen bin ich als protestantische Agnostikerin. Mit Weihnachtsbäumen. Alles, was ich über das Judentum weiß, hat mir ein griechischer Philosophielehrer an der Universität erzählt. Ich kenne keine Juden. Es gab nur Geschichten von meiner Urgroßoma, die damals über die Pyrenäen nach Portugal geflohen ist. Von dort dann mit dem Dampfer nach New York. Und die Geschichte von meinem Urgroßvater, der 1950 im Amt für Wiedergutmachung demselben Nazi gegenübersaß, der sein Uhrengeschäft – wie sagt man? – arisiert hatte. Geklaut. Geraubt.« Julia ballte die Hand zur Faust; dann ließ sie den derart dargestellten Stempel in so kühnem Schwung auf den Tisch knallen, dass die Teller sprangen. »Antrag abgelehnt, Herr Bacharach! Jetzt werdet ihr Juden schon wieder frech – dabei hatten wir gerade angefangen, euch gnädig zu verzeihen, was wir euch angetan haben. Irgendwelche Mitglieder meiner Familie sollen auch umgekommen sein. *C'est tout.* Mehr weiß ich nicht.«

»Es ist komisch«, sagte Bodo nachdenklich. »Komisch im Sinne von: seltsam. Dass wir nie über unsere Familien gesprochen haben.«

»Wer sind denn deine Leute?«, fragte Julia und leckte sich höchst undamenhaft die Finger ab.

»Verarmter preußischer Adel«, sagte Bodo. »Hast du jemals von Fritz von Unruh gehört? Nein? Ein Schriftsteller, heute vergessen. Seine Theaterstücke waren in der Weimarer Republik sehr bekannt. Erbitterter Nazigegner. Der erste Emigrant, der nach dem Krieg aus dem Exil nach Deutschland zurückgekehrt ist. Ich bin weitläufig mit ihm verwandt.« Bodo schwieg und betrachtete seine halb gegessene Bockwurst. »Meine gesamte Familie war gegen die Nazis – wie übrigens die meisten Adeligen. Sie waren weltbürgerliche Patrioten und konnten mit diesem größenwahnsinnigen Gefreiten aus Braunau nichts anfangen. Mein Urgroßvater hat im KZ gesessen. Buchenwald. Davor hatte er jüdischen Freunden zur Flucht verholfen, ihnen Papiere besorgt.« Eine kleine Pause. Bodo erzählte, wie er vor dreißig Jahren – als blutjunger Reporter – nach Haifa geflogen war, um in einem Altersheim die letzte Überlebende jenes Völkermordes zu interviewen. Eine Hundertzwanzigjährige namens Flora Naimark. Sie stammte aus Czernowitz, sprach das weiche Deutsch der Donaumonarchie. Fünf Lager, zwei Todesmärsche. Den Mengele hatte sie mit eigenen Augen gesehen, er trug einen weißen Kittel. Flora hatte für die Bunawerke gearbeitet; so blieb sie am Leben, anders als der Rest ihrer Familie. Flora Naimark wollte von Bodo wissen, warum die Deutschen ihren Konzentrationslagern so romantische Namen gegeben hatten. Eine Au voller Birken. Ein Wald voller Buchen. Bodo wusste keine Antwort.

»Bist du stolz auf deinen Urgroßvater?«, wollte Judith wissen.

»Natürlich bin ich stolz – aber ich bilde mir nichts auf ihn ein.«

»Was soll das heißen?«

»Kein Mensch kann sich aussuchen, in welches Nest er hineingeboren wird«, sagte Bodo. »Mein Freund Jacques Lacoste, den du noch kennenlernen wirst, stammt aus einer Familie von französischen Kollaborateuren. Pétain-Anhängern. Na und? Er ist ein anständiger Mensch und, was wichtiger ist, ein guter Fotograf. Mit seiner beschissenen Mischpoke will er nichts zu tun haben. Sie haben ihn auch längst enterbt.« Sie schwiegen. Dann fragte Bodo: »Fühlst du dich um dein jüdisches Erbe betrogen? Wünschst du dir, du hättest als Kind mehr davon mitbekommen?«

Ich wünschte mir, meine Eltern hätten mich nicht in einem Krankenhaus zurückgelassen, als sie glaubten, dass ich im Sterben lag, dachte Julia. Aber natürlich sagte sie es nicht. Stattdessen antwortete sie: »Ich weiß nicht. Eigentlich nicht. Es hätte nur die Wand verändert, gegen die ich später angerannt wäre. Aber gegen irgendeine Wand läuft man ja immer.«

»Ich verstehe nicht.«

»Wäre ich als Jüdin aufgewachsen, hätte ich gegen die jüdische Tradition rebelliert. Weil ich *nicht* als Jüdin aufgewachsen bin, rebelliere ich gegen meine Traditionslosigkeit. Wahrscheinlich ist das der Grund, warum ich Philosophie studiere und mich für tote Männer wie Plotin interessiere. Etwas in mir sträubt sich gegen die Abwesenheit von Tradition. Aber das ist natürlich nur eine Vermutung.«

Zehn Minuten danach brachen sie auf. Der Sonnenball stand schon tief und trüb am Himmel, in einer Stunde würde er hinter den Horizont plumpsen. Am Hafen auf der anderen Seite des Flusses gingen die elektrischen Lichter an. Der Wind, der sie von vorn durchwehte, roch nach Sturm. Ein Segelboot vollführte eine Halse und kenterte nicht. Heraklit hatte Unrecht mit seinem *Du steigst nicht zweimal in denselben Fluss*, dachte Julia. Von wegen! Du kannst dieses dialektische Superkunststück doch vollführen – wenn der Strom zu dir zurückkommt, wenn das Wasser aufläuft; wenn Flut ist. Ihre Gummistiefel quatschten im nassen Sand. Eine junge Dogge lief übermütig in die Wellen, eine türkische Mutter mit Kopftuch und Mundschutz rannte ihrem Sohn hinterher. Was für ein herrlicher Tag, dachte Julia. Und wenn sie gewusst hätte, dass der Mann, den sie für ihren Freund hielt, ihr gerade eben nichts als Lügen aufgetischt hatte: Wäre der Tag dann weniger perfekt gewesen?

SECHSTE REISE:
YAEL MAERISIRA

(Text: Bodo von Unruh, Fotos: Jacques Lacoste)

Mit dem Mietauto dauert die Fahrt von Tel Aviv nach Hebron ungefähr zwei Stunden (wenn man unterwegs nicht von israelischen Soldaten aufgehalten wird). Aber in Wahrheit geht die Reise zu einem anderen Planeten. Tel Aviv ist eine einzige Riesenstrandparty am Mittelmeer (die gelegentlich von Detonationen unterbrochen wird, wenn sich ein palästinensischer Selbstmordmörder in die Luft sprengt – aber sobald die Toten begraben sind, sobald das Blut aufgewischt wurde, geht die Party weiter). Tel Aviv, diese hässlich-schöne Stadt mit ihren weißen Bauhausbauten und Palmen, ihrer Strandpromenade voller junger Menschen, ihren schicken Cafés und Verkehrsstaus um zwei Uhr morgens – Tel Aviv scheint dem gesamten Nahen Osten entschlossen den Rücken zu kehren. »Bei uns keine Fanatiker«, scheint die Stadt zu sagen. »Bei uns keine Diktatoren und Terrormilizen.« Tel Aviv wurde offenbar gegründet, um Albert Camus' Utopie von der *méditerranée* zu verwirklichen, einer Mittelmeerkultur voller Sonnenlicht, Freiheit und lässig schlendernder Toleranz. Tel Aviv schaut in Richtung Marseille und Barcelona, Tunis und Athen; hier wird geflirtet, getanzt, geliebt – vielleicht einen Grad intensiver als anderswo, denn kein Mensch kann wissen, ob am nächsten Tag nicht vielleicht ein Krieg ausbricht. Oder der Messias kommt. Dabei ist Gott den Tel Avivern von Herzen egal – die Synagogen liegen in ihrer Stadt weit verstreut, und man sieht kaum Männer in der Kluft der orthodoxen Juden.

Hebron ist das polare Gegenteil. Hebron liegt mittendrin: mitten im von Israel besetzten Westjordanland, mitten im von Gewalt geschüttelten Nahen Osten. Und nirgendwo – auch nicht in Jerusalem – sieht der arabisch-israelische Konflikt heillos-unlösbarer aus als hier. Denn in Hebron liegt die Machpelah, nach Auskunft der Bibel das erste Grundstück im Heiligen Land, das von einem Juden erworben wurde (um den exorbitanten Preis von vierhundert Schekeln Silber). In der Machpelah – der Höhle der Patriarchen, die von den Arabern *al-Haram al-Ibrahimi* genannt wird – liegen nach der Überlieferung die Erzväter und Erzmütter des jüdischen Volkes begraben: Abraham und Sarah, Isaak und Rebekka, Jakob und Rachel und Sarah. Heute erhebt sich über der Machpelah ein bunkerartiger Riesenbau aus der Zeit des Königs Herodes. Sein kleinerer Teil ist eine Synagoge, der größere eine Moschee, und die Beter in diesem und jenem Gotteshaus (nur eine Wand trennt sie voneinander) können einander auf den Tod nicht leiden. Eines schrecklichen Tages im Februar 1994 feierte ein jüdischer Arzt, der aus Brooklyn eingewandert war, das Purimfest auf seine eigene Weise: Er drang mit einer Maschinenpistole in den muslimischen Teil der Machpelah ein und ermordete neunundzwanzig Palästinenser beim Beten. Dann wurde er von den Überlebenden des Massakers mit einem Feuerlöscher erschlagen.

Wir machten uns auf die lange kurze Reise nach Hebron, weil mir auf Bussen in Tel Aviv (zum Glück flogen sie nicht in die Luft) ein Plakat aufgefallen war. Es zeigte eine umwerfend schöne junge Frau, die mit blitzendweißen Zähnen lächelte. Ihre Wangen hatten Grübchen, ihr Haar war unter einem bunten Kopftuch verborgen, sie trug Perlenohrringe. Ihre Haut war ebenholzschwarz. Auf den Plakaten war ein Buchcover abgebildet; darauf sah man eine Gruppe von dunkelhäutigen Leuten, die einen riesigen siebenarmigen Leuchter trugen. Natürlich konnte ich die Buchstaben nicht lesen, die sich über dem Bild der schwarzen Schönheit hinzogen – jene uralten Lettern, die einst von links nach rechts in Stein gehauen wurden –, aber als mir ungefähr der zwölfte Bus mit dem Konterfei der jungen Frau entgegenkam, wurde ich neugierig. Ich fragte Freunde, wer das sei. »Das?«, sagten sie in einem Tonfall, als ob jeder die Antwort kennen müsste. »Das ist Yael Maerisira.« Dazu sollte angemerkt werden, dass die Israelis in und mit ihrer Literatur leben wie sonst eigentlich nur noch die Russen (oder die Franzosen). Wenn man in ein Café in Tel Aviv, Haifa oder Jerusalem kommt, dann lesen die Leute, und sie lesen Bücher, nicht Zeitungen. Schriftsteller werden wie Propheten verehrt. Eigentlich seltsam in einem Land, in dem es ebenso viele Premierminister wie Einwohner gibt – einem Land, dessen Bürger unaufhörlich durcheinander reden, weil jeder alles besser weiß als sein Nachbar. Aber ihren Schriftstellern hören die Israelis zu. Meistens zumindest. Also: Yael Maerisira. Sie gehöre dem Volk der Lemba an, erzählten mir meine Freunde – der schwarzen Juden des südlichen Afrika. Sie sei als Mädchen mit ihren Eltern in Israel eingewandert. Leider sei noch nichts von ihr ins Englische übersetzt, sie schreibe auf Schona und übersetze ihre Romane dann aus dieser Bantusprache selber ins Hebräische (das sie natürlich perfekt beherrsche). Was es von ihr zu lesen gebe? Ein autobiografisches Werk: *Mein Leben als Alien*. Einen Siebenhundert-Seiten-Wälzer: *Die rosarote Stunde*.

Einen Essayband: *Fetzen in der Morgendämmerung*. Und jetzt sei ihr neuer Roman herausgekommen, für den die Poster auf den Bussen warben: *Leuchter und Finsternis*. »Yael«, sagten meine Freunde mir – sie nannten sie beim Vornamen wie eine liebe alte Bekannte –, »Yael ist die bedeutendste israelische Schriftstellerin unserer Zeit.« Eine Professorin für hebräische Literatur erklärte mir: »Sie verbindet traditionelle afrikanische Erzählkunst mit den großen Traditionen der hebräischen Moderne. Ich merke ihren Büchern an, dass sie sich tief mit Schai Agnon eingelassen hat. Ich meine unseren große Nobelpreisträger, auf dessen breiten Schultern eigentlich alle Nachgeborenen stehen. Nur stammt Yael Maerisira im Unterschied zu Agnon halt nicht aus Galizien. Also schreibt sie auch nicht über chassidische Juden, sondern über die Lemba. Interessant ist, dass sie den Konsens der israelischen Gegenwartsliteratur bricht: Alle Schriftsteller aus unserem Land sind oder waren links. Meir Schalev, Amos Oz, Etgar Keret, David Grossman. Sie ist die Ausnahme.« Wahrscheinlich schickten meine Tel Aviver Freunde deshalb, nachdem sie die Bücher »unserer Yael« über den grünen Klee gelobt hatten, ein halb geseufztes Caveat hinterher: Leider sei sie meschugge, durchgeknallt, irre, völlig plemplem. Meine Freunde würden nicht im Albtraum daran denken, den nationalistischen Likudblock zu wählen. Sie halten die israelischen Siedler für Verbrecher und die Palästinenser für ein unterdrücktes Volk; natürlich wollen sie, dass sich die Armee möglichst schon vorgestern aus dem Westjordanland zurückzieht.

Mein Kumpel Schmulik Chasson, ein hochkarätiger Mathematiker – besondere Kennzeichen: läuft immer in verwaschenen Bluejeans herum und trägt die Sonnenbrille hoch im kurz geschorenen Haar –, Schmulik brachte die Sache auf den Punkt. Seinen *kaffee hafuch* (Milchkaffee) schlürfend, stellte er kategorisch fest: »Yael Maerisira ist eine Faschistin. Eine begabte Schriftstellerin, keine Frage, aber eine Faschistin. Und dass sogar Linke sie in den Himmel heben, zeigt dir, wie rechtsradikal unser Land geworden ist.« Natürlich kannte er sie – in einem Land von Zwergengröße wie Israel kennt jeder jeden. »Ja, ich kann dir Yaels Nummer geben«, sagte er. »Grüße sie schön von mir.« Ich rief an. Und so brachen wir eines Morgens auf und unternahmen die interplanetarische Reise von Tel Aviv nach Hebron.

Bildlegende: Yael Maerisira in ihrer Bücherhöhle.

Wir hatten uns genau den richtigen falschen Tag ausgesucht. Das merkten wir, als wir ungefähr fünf Kilometer vor Hebron in eine Straßensperre gerieten. Nein, hier könnten wir nicht weiter. Hebron sei an diesem Tag für jeden Autoverkehr gesperrt. Und nein, ein Presseausweis sei ganz gewiss kein Argument. Der eine Soldat – ein junger Mann mit rötlichem Bart, der hörbar aus Schottland stammte – meinte freundlich: »Es ist zu Ihrer eigenen Sicherheit.« Sein dunkelhäutiger Kollege war ungeduldiger. Drehen Sie um! *Jallah, jallah!* Wir gaben auf, soll heißen: Wir änderten unsere Strategie. Außer Sichtweite der Soldaten ließen wir das Auto auf dem Seitenstreifen stehen und umgingen die Straßensperre zu Fuß. Natürlich war das riskant. Aber wir kamen nach Hebron hinein. Und gerieten dort in den lichterloh flackernden Krieg.

Der erste Eindruck der Stadt: ungeheure Hässlichkeit. Niedrige Häuser aus grauem Sichtbeton, reizlose Straßen im Sonnenglast. Als wir dem Stadtzentrum näher kamen, hörten wir den Lärm. Heiseres Gebrüll. Zerbrechendes Glas. Schüsse. Wir bogen um die nächste Hausecke und sahen die Demonstration. Es kam mir vor, als seien alle zweihunderttausend Palästinenser, die in dieser Stadt lebten, auf den Beinen. Hochgerissene Fäuste. Grüne Fahnen. Wehende Schriftzeichen. In den Augen Hass, Hass, Hass. *Itbach al-Jahud!* Ich kann kein Arabisch, aber ich brauchte keinen Übersetzer, um das zu verstehen. Eine brennende Benzinflasche flog durch die Luft, dann noch eine, dann zwei. In der Mitte der brüllenden tobenden taumelnden Menschenmenge schwamm – wie ein Korken auf dem Meer – ein kleiner Sarg. Wuuuusch! Eine Tränengasgranate beschrieb eine zischende Parabel. Sie landete zwischen den Demonstranten und explodierte. Wieder Schüsse. Böses hartes Knallen. Tak-tak-tak. Tak-tak-tak-tak-tak. Auf der anderen Seite des Platzes die israelischen Soldaten wie gepanzerte Kampfroboter von einem fremden Stern. Wir flohen vor den weißen Schwaden, rannten in eine Seitenstraße. Und sahen dort drei Soldaten, die einen hageren älteren Mann mit Stöcken traktierten. Er brach in die Knie, sank zu Boden. Ein Junge – vielleicht zwölf oder dreizehn Jahre alt – hielt sein Smartphone auf das Geschehen, die Tränen liefen ihm übers Gesicht, aber er filmte tapfer weiter. Mein Kollege riss die Kamera hoch (Arbeitsethos!). Aber mit einem Mal stand ein israelischer Soldat vor ihm und schrie etwas Hebräisches. Laut und grob. Er richtete den Lauf seiner Maschinenpistole auf uns. Mir wurde schwarz vor Augen. Erst später, als ich die Abendnachrichten sah, kapierte ich den Zusammenhang: Ein paar Siedlerjungen hatten einen Palästinenser erschlagen. Er war ganz allein am Straßenrand gegangen, sie waren mit dem Pick-up-Truck vorbeigebraust, einer von ihnen hatte zum Spaß mal schnell eine Dachlatte aus dem Seitenfenster gehalten. Du sollst nicht morden. Die Dachlatte erwischte ihn am Hinterkopf. Er hieß Tariq Abu Kheir und war vierzehn Jahre alt.

Wir waren nicht mehr weit von der winzigen Enklave entfernt, wo achthundert Siedler leben. Im Nordwesten vor uns lag die *Al-Shuhada-Street*, die Straße der Märtyrer, die boshaft auch »Straße der Apartheid« genannt wird. Früher war das die Hauptgeschäftsader von Hebron, heute ist es eine Geisterstadt – Palästinensern ist das Betreten nur erlaubt, wenn sie dort wohnen (und auch dann nur zu Fuß). Noch eine Ecke und noch eine Ecke, dann standen wir vor einem Checkpoint – ein Drehkreuz in einer Betonmauer, drei Soldatinnen, ein Soldat. Ihre Körperhaltung entspannt, die Uniformen schlabberig, die Augen misstrauisch. Sicherheit wie an einem Flughafen: Wir mussten die Taschen ausleeren, sollten durch ein Piepstor gehen. In einem der Funkmikrophone krachte es, eine Männerstimme sagte etwas in kehligem Hebräisch, im Hintergrund hörte man immer noch Schüsse. Eine junge blonde Soldatin kam kaugummikauend, die Hände in den Hosentaschen, auf uns zugeschlendert. »*What you want in there?*«, fragte sie mürrisch. Als ich antwortete, dass wir Yael Maerisira besuchen wollten, änderte sich sofort ihre Körperhaltung. Sie fing an, über das ganze Gesicht zu strahlen. »*I love her books!*«, rief sie aus. Yael sei eine ganz Große, ganz Bedeutende. Auch wenn sie mit ihrer politischen Haltung überhaupt nicht einverstanden sei. Unsere Kontrolle fiel immer noch sehr streng aus: Ich musste tastende Männerhände über mich ergehen lassen. Aber der Soldat, der die Kameratasche meines Kollegen durchwühlt hatte, gab sie ihm mit einem beinahe herzlichen »*Thank you, sir*« zurück. »Sagen Sie Yael, dass hier unten Tali auf sie aufpasst«, sagte danach die blonde Soldatin. »Eine Linke, die ihre Bücher liebt.« Wir waren durch.

Hinter der Betonmauer: unwirkliche Ruhe. Kein Zeichen, dass ein paar hundert Meter weiter vielleicht gerade der nächste Nahostkrieg ausbrach. Eine Mutter schob einen Kinderwagen und hielt ein Mädchen an der Hand. Ein Bärtiger trug seinen gestreiften Gebetsmantel über den Schultern. Zwei Jugendliche beugten sich über eine Zeitung. Und ich dachte: Das hier ist ein Ghetto. Ein Ghetto mit Mauern drumherum, das von zweitausend jüdischen Soldaten bewacht wird – aber ein Ghetto. Mein Smartphone zeigte den Weg zu unserer Adresse. Fünfter Stock; meine Hand zitterte vor Aufregung, als ich an die Tür klopfte. Eine zierliche Frau öffnete. Ihre Haut war so weiß wie Milch, Sommersprossen sprenkelten ihr Gesicht – ich vermutete karottenrotes Haar unter der Samthaube, die sie auf dem Kopf trug. »Sie sind also die Deutschen«, sagte sie, nachdem ich mich vorgestellt hatte. »Yael wartet schon auf euch. Ich bin Adi.«

Die Wohnung war von ernüchternder Kahlheit: weiß getünchte Wände, gerahmte Psalmen, deren hebräische Lettern in Form von siebenarmigen Leuchtern gesetzt waren. Das einzige Bild an der Wand zeigte einen alten Mann mit Knollennase und schütterem weißem Bart – den sefardischen Kabbalisten Jizchak Kedouri, wie wir später erfuhren. Leuchtstoffröhren an der Decke; ein weißes Plastiktuch auf einem langen Tisch. Dahinter ein Schrank mit frommen Büchern. Eine Glaskredenz mit Kultgegenständen: Kidduschbechern, silbernen Sabbatleuchtern, Besamimbüchsen. Das war's. Plötzlich ging seitlich eine Tür auf, und Yael Maerisira kam herein. Genauer gesagt: Sie fuhr herein, denn sie saß in einem

Rollstuhl. »*Welcome*«, sagte sie. Yael Maerisira trug dasselbe bunte Kopftuch wie auf dem Foto. Aber das war das einzig Farbige an ihr – eine schwarze Bluse verbarg ihren Oberkörper, der graue Rock reichte bis zu den Knöcheln. Sie war erst zweiunddreißig Jahre alt, aber ich sah schon die ersten Fältchen um ihre Augen. »Wir gehen in mein Arbeitszimmer«, sagte sie. »Mir nach, Genossen!« Mit kräftigen Armbewegungen trieb sie ihren Rollstuhl an. Das Arbeitszimmer war etwas weniger kahl – immerhin standen Taschenbücher auf Regalen, die drei Wände bedeckten –, aber Bilder gab es hier auch nicht. (Und schon gar keine afrikanischen Holzmasken.) »Schaut mal«, sagte die Schriftstellerin fröhlich, »von hier oben habe ich den besten Ausblick. Es ist wie Kino!« Tatsächlich – von ihrem Arbeitszimmer schauten wir genau auf die stacheldrahtbekränzte Betonmauer hinab, die das Ghetto von Hebron umgab. Ein paar arabische Jungen schickten sich an, Steine zu werfen. Ein israelischer Soldat lief mit gezogener Waffe auf sie zu. Die Araber rannten davon. »Da habt ihr sie«, sagte Yael Maerisira, »die Blüte der orientalischen Zivilisation. Ich habe einen guten Rat für Sie: Wenn Sie sich je einem grölenden Mob gegenüber sehen, sollten Sie in jedem Fall überreagieren. Unangemessene Gewalt! Unsere einzige und letzte Chance.« Die Schriftstellerin wandte sich um und sagte etwas Hebräisches zu ihrer Freundin. Als Adi zehn Minuten später mit einem Tablett voller Teegläser, Trockenfrüchte, Pistazien und Halva zurückkehrte, fand sie uns mitten in der heftigsten politischen Diskussion.

Den ersten Stein hatte ich geworfen; ganz ohne Absicht, versteht sich. Ich hatte Yael Maerisira leichtsinnig gefragt, warum sie sich ausgerechnet hier – im »besetzten Westjordanland« – niedergelassen habe. »*How dare*

173

you!« Ihre Augen schleuderten Wutblitze: dunkle Laserstrahlen, die mich um ein Haar getötet hätten. »Wie können Sie es wagen, von den besetzten Gebieten zu sprechen! Wir sitzen hier in Judäa und Samaria, der Urheimat des jüdischen Volkes. Zur Not wäre ich bereit, auf dieses Dreckskaff Tel Aviv zu verzichten. Auch auf Aschdod, Aschkelon, Haifa. Auf Hebron – niemals.« Es folgte ein Vortrag über die dreitausendachthundert Jahre jüdischer Geschichte in dieser Stadt – »König David hat von hier aus Israel regiert, ehe er gegen Jerusalem zog«. Juden hätten in Hebron viele Jahrhunderte lang friedlich neben Arabern gewohnt. Bis 1929. Bis zu dem Pogrom. Siebenundsechzig Tote: Männer, Frauen und Kinder. Äxte, Messer, Kugeln, Blut, Wimmern, Schreie. Ein paar Juden wurden von ihren arabischen Nachbarn versteckt. Die Überlebenden des Gemetzels wurden von den britischen Besatzern umgesiedelt. »Nach dem Sechstagekrieg sind wir Juden zurückgekehrt. Nicht als Bittsteller mit flehend gefalteten Händen, sondern als Eroberer mit einer Armee im Rücken. Wenn Sie damit ein Problem haben, dann sind Sie nichts als ein hundsgewöhnlicher europäischer Antisemit.«

»Aber die Palästinenser ...«, sagte ich.

»In meinem Haus nehmen Sie diese Bezeichnung bitte nicht in den Mund«, sagte Yael Maerisira. »Der Name *Palästina* für dieses Land stammt von den Römern, die Israel ethnisch von uns gesäubert haben. Sie wollten jede Verbindung zwischen den Juden und diesem Land kappen. Alle unsere Wurzeln zerstören. Es gibt keine Palästinenser.«

»Also gut«, sagte ich. »Namen sind Schall und Wahn. Diese Leute hier um Sie herum, wie immer wir sie nennen wollen. Yael, Sie müssen doch erkennen, dass die guten alten schlechten Zeiten passé sind. Früher wollten die Araber im Westjordanland noch einen eigenen Staat. Jetzt nicht mehr. Sie fordern die israelische Staatsbürgerschaft und das Wahlrecht. Und wenn man die Araber hier und im israelischen Kernland zusammenzählt, dann sind sie gegenüber euch Juden längst in der Mehrheit. Tendenz: steigend. Sie können nicht gleichzeitig eine demokratische Gesellschaft *und* einen jüdischen Staat haben, wenn sie am Westjordanland ... pardon: an Judäa und Samaria festhalten. Simple Arithmetik. Sie müssen sich schon entscheiden.«

»Ich habe mich längst entschieden«, sagte Yael Maerisira, nahm einen Schluck Tee und betrachtete mich amüsiert. »Wer sagt denn, dass ich für Demokratie bin? Demokratie kommt in unseren Schriften nirgendwo vor. Im Judentum geht es um Hierarchie, Erfüllung des göttlichen Willens, Unterordnung. Ich pfeife auf die Demokratie. Und die Aufgabe unserer Generation ist, die Zweistaatenlösung für immer zu begraben.«

»Wenn Sie aber keine Demokratie wollen, wie stellen Sie sich dann die Zukunft vor? Ein jüdisches Apartheidregime?«

»Finden Sie nicht, dass es ziemliche Chuzpe ist, wenn Sie als Deutscher ausgerechnet mir mit dem Wort *Apartheid* kommen?«, versetzte sie. »Ich bin eine Israelin afrikanischer Herkunft, wenn es Ihnen noch nicht aufgefallen sein sollte. Aber gut, wenn Sie es genau wissen wollen: Ich bin für einen autoritären Ständestaat.«

Ich brauchte einen Moment, um mich zu fassen. »Sie meinen, wie in Österreich zwischen 1933 und 1938?«

»Oder in Portugal bis 1974. Ich bewundere den *Estado Novo* sehr – Amtónio de Oliveira Salazar war ein Genie. Er hat sein Land durch alle Krisen des zwanzigsten

Jahrhunderts gesteuert, ist im Zweiten Weltkrieg neutral geblieben, was sehr klug war, und hat, nebenbei bemerkt, tausenden Juden die Flucht aus Europa ermöglicht. Erinnern Sie sich an das Gerede vom dritten Weg? Dem dritten Weg zwischen Kapitalismus und Sozialismus? Der *Estado Novo* war ein vierter Weg: feindlich gegenüber den Nazis, feindlich gegenüber den Kommunisten, abweisend gegenüber dem westlichen Liberalismus. Er war autoritär und realistisch.«

»Sie wünschen sich also ...«

»Einen Diktator, ganz recht. So jemanden wie Salazar oder Lee Kuan Yew, der Singapur zweiundfünfzig Jahre lang regiert hat. Mit starker und gütiger Hand.«

»Der *Estado Novo* war sehr katholisch, wenn ich mich recht erinnere«, sagte ich. »Der österreichische Ständestaat auch.«

»Ja wunderbar!«, sagte Yael Maerisira. »Sie dürfen gern mitschreiben: Ich wünsche mir einen Ständestaat nach katholischem Vorbild, der auf dem Judentum basiert. Auf dem jüdischen Religionsgesetz, genauer gesagt. Natürlich können auch das Christentum und der Islam und andere Religionen geduldet werden – solange ihre Anhänger sich zu benehmen wissen. Wenn sie frech werden, sollen sie gehen. Es gibt dort draußen einundzwanzig arabische Länder. Wenn ihnen unser schreckliches Apartheidregime nicht passt, sollen sie sich bitte dort ansiedeln. Allen anderen stelle ich gern fließendes Wasser, Elektrizität, Schulbildung, Müllabfuhr, Kabelfernsehen und eine nicht korrupte Verwaltung zur Verfügung. Unter einer Voraussetzung, wie gesagt: Die Araber müssen anerkennen, dass in diesem Lande wir die Herren sind.«

Die Schriftstellerin vollführte in ihrem Rollstuhl eine übermütige Dreihundertsechzig-Grad-Drehung. Als sie mit ihrem Gesicht wieder bei mir angekommen war, lachte sie mich an.»Jetzt glotzen Sie nicht so erschreckt!«, sagte sie.»Ich weiß ja – ihr Deutschen habt nach dem Krieg in der Kathedrale der liberalen Demokratie eure religiösen Übungen verrichtet. Ihr habt gekniet und gebüßt und gebetet. Und es ist ohne Zweifel eine große und prächtige Kathedrale! Voller Heiligenstatuen und Weihrauch! Orgelklänge wehen durch die Apsis, während vor den Toren die Ketzer verbrannt werden. Dumm nur, dass das Fundament dieser Kathedrale der Glauben ist. Sobald man nicht mehr glaubt, stürzt das Gebäude mit seinen Spitzbögen und Säulen in sich zusammen. Und ich bin penetrant ungläubig. Zu den Prämissen der liberalen Demokratie gehört zum Beispiel, dass alle Menschen gleich seien. Dass alle Kulturen gleich viel wert seien. Blödsinn; schauen Sie zum Fenster hinaus.«

Offenbar hatten meine Freunde in Tel Aviv keineswegs übertrieben, als sie diese Frau meschugge nannten. Sogar das Schmähwort *Faschistin* kam mir nicht mehr völlig übertrieben vor. Ich beschloss, das Thema zu wechseln. Wir redeten also über die Lemba, deren Geschichte jeden Menschen begeistern muss, der auch nur einen Funken Romantik in sich trägt.

Vorfahren der Lemba sind wahrscheinlich zu jener Zeit aus Israel emigriert, als die Römer den zweiten Tempel zerstörten (70 nach Christus). Sie gingen in den Jemen und haben bis heute eine mythische Erinnerung an die Stadt Sana bewahrt. Von dort gelangten sie irgendwie ins südliche Afrika; die meisten Lemba wohnten bis vor Kurzem in Zimbabwe. Sie lebten im Verborgenen, um den christlichen und islamischen Missionaren nicht aufzufallen. Aber sie bewahrten ihre jüdischen Praktiken: So wusste jeder Lemba, wie man ein koscheres Tier schächtet (eine Praxis, die in Afrika sonst völlig unbekannt ist). Sie beschnitten ihre Söhne – freilich nicht am achten Tag, sondern im achten Jahr. (Sie gingen dazu in eigene Camps in den Bergen, wo sie vor neugierigen Blicken verborgen waren.) Nach der Beschneidung lernten die jungen Lemba über die Tradition ihrer Vorfahren – in Liedern, die von Lehrern gesungen wurden, die tatsächlich *Rabbiner* hießen. Sie hielten die Sabbatruhe ein: Vom Freitagabend bis zum Samstagabend war den Lemba jegliche Arbeit verboten. Sie bewahrten ein arkanes Wissen, das bei anderen Juden verloren gegangen ist: Die Lemba konnten genau sagen, welche Heuschrecken man nach dem biblischen Gesetz essen darf und welche nicht. Allerdings wichen sie in einem entscheidenden Punkt vom rabbinischen Gesetz ab: Die Auszeichnung, ein Lemba zu sein, wurde über den Vater weitervererbt (während im orthodoxen Judentum nur die Mutter zählt). Trotzdem zeigten Bluttests, dass die Hälfte der Lemba über einen genetischen Marker verfügt, den außer ihnen nur noch die *Kohanim* haben. Die *Kohanim* sind die Angehörigen der Priesterkaste – ihr genetischer Marker weist sie als Kindeskinder eines Mannes aus, der vor viertausend Jahren im Nahen Osten gelebt hat. (Natürlich sagt der Gentest nichts darüber aus, ob jener Vorfahre Aaron geheißen hat, wie es in der Bibel steht.) Unter normalen Juden, die keine *Kohanim* sind, kann jener Marker bei zwei bis drei Prozent der Bevölkerung nachgewiesen werden; bei Nichtjuden ist er praktisch nicht vorhanden.

Mit anderen Worten, die Lemba waren – genetisch betrachtet – nicht nur Juden, sie waren Priester! Bald fingen jüdische Amerikaner an, Geld zu schicken und Synagogen zu stiften. »Ich erinnere mich noch an die erste Synagoge, die in unserem Viertel in Harare eingeweiht wurde«, erzählte Yael Maerisira. »Damals konnte ich noch laufen, ich war vier Jahre alt und hatte ein buntes Kleid an. Irgendwo gibt es ein Foto davon.« Die Lemba lernten danach Hebräisch. Sie beschnitten ihre Söhne nicht mehr im achten Jahr, sondern am achten Tag. Sie hielten nicht mehr nur die Sabbatruhe ein, sondern feierten bald auch das Passahfest und Chanukka und fasteten am Jom Kippur. Irgendwann gab es eine kollektive Konversionszeremonie, die lediglich eine Formalität war; danach wurden die fünfundsiebzigtausend Lemba vom sefardischen Oberrabbinat in Jerusalem als Juden anerkannt. Damit erwarben sie das *Recht auf Rückkehr:* Jeder Lemba, der sich in Harare ins Flugzeug setzte und nach Tel Aviv flog, konnte sofort nach der Landung israelischer Staatsbürger werden. »*And that's where our troubles started«,* sagte Yael. »Damals fingen unsere Probleme an.« Sorgen; Schwierigkeiten; Leiden. Mittlerweile hatten wir zwei Stunden verplaudert, die Teegläser waren leer, von den Pistazien war nur noch ein Häufchen Schalen übrig. Adi kam ins Zimmer; sie beugte sich über die Rollstuhlfahrerin und flüsterte ihr etwas ins Ohr. »Ich weiß, *my love«,* sagte Yael Maerisira. »Ich schulde der *New York Review Of Books* noch einen Essay über Jane Austen und das Mitgefühl.« Adi strich ihrer Freundin über die Schulter. Und dann küssten die zwei Frauen sich mitten auf den Mund. Ich muss ziemlich baff ausgesehen haben, denn die Schriftstellerin fragte: »Was denn?«

»Nichts«, sagte ich. »Ich dachte, Sie sind religiös.«

»Ja. Und?«

»Sie sind eine fromme Jüdin, aber Sie lieben eine Frau. Ist das nicht irgendwie verboten?«

Adi kicherte. Die Schriftstellerin sagte: »Ich habe einen heißen Tipp für Sie. Fahren Sie mit dem Lift zwei Stockwerke tiefer und klopfen Sie an die Tür von der Wohnung, die genau unter der unseren liegt. Dort wohnt der Rabbi von der Synagoge, die wir regelmäßig besuchen. Ari Lewinger heißt er. Mit Rabbi Lewinger können Sie getrost alle Bauchschmerzen bereden, die Ihnen die Vorstellung von frommen Lesbierinnen bereitet. Wir selber nennen uns *orthodykes.*« Leider musste ich ihr verraten, dass dieses Wortspiel auf Deutsch nicht funktioniert: Kampf-Ortho-Lesben? – Nachdem wir uns verabschiedet hatten, bestand mein Fotograf (der nicht genügend lohnende Objekte vor die Linse bekommen hatte) darauf, dass wir wirklich noch bei Ari Lewinger klingelten. Der Rabbi war jung, nicht älter als fünfunddreißig, und hatte einen sorgfältig gestutzten Vollbart. Auf dem Hinterkopf trug er eine blauweiße Häkelkippa. Er war damit beschäftigt, Essen für seine Familie zu kochen: Rabbi Lewinger stand am Herd, einen Säugling im linken Arm, den Kochlöffel in der Rechten, während ein Kleinkind an seinem Hosenbein zerrte und zwei kleine Jungen hinter ihm einander mit Legosteinen bewarfen. Seine Frau sei Journalistin, erzählte der Rabbi, sie arbeite für *Arutz Schewa*, den Radiosender der Siedlerbewegung, und sei damit beschäftigt, über den »Tumult da draußen« (Lewinger wies mit dem Kochlöffel über seine rechte Schulter nach hinten) zu berichten. Er hatte freundliche Augen und hob beim Reden nie die Stimme. »Yael ist ein ganz besonderer Mensch«, sagte er, »ein wertvolles Mitglied unserer Gemeinde. Ich bin froh, dass wir sie haben.« Und mit ihrer sexuellen Orientierung habe er keine Probleme? Rabbi Lewinger seufzte und rührte im Risotto. (Jedenfalls nehme ich an, dass das, was in dem Topf vor ihm köchelnd Blasen schlug, Risotto war.) »Haben Sie schon mal die Thora gelesen?«, fragte er. »Den Pentateuch, die fünf Bücher Mosis?«

»Schon«, sagte ich.

»Haben Sie dort irgendwo das Wort *Homosexualität* gefunden?«, fragte er. Das Baby auf seinem Arm fing an zu krähen; er legte es sich über die Schulter und wiegte das Menschlein sanft hin und her.

»Nein. Jetzt, wo Sie es sagen: nein.«

»Die Thora verbietet zwei Männern, wie Eheleute miteinander zu liegen«, sagte der Rabbi. »Von Frauen ist in diesem Zusammenhang nicht die Rede. Die Rabbiner haben ihnen später nur eine ganz spezielle sexuelle Praxis verboten; fragen Sie nicht, welche. Das ist alles, gegen das Zusammenleben von zwei Frauen ist vom Standpunkt der Halacha nichts einzuwenden. Neulich haben Yael und Adi übrigens geheiratet – auf Zypern. Sie haben mir ihren Trauschein gezeigt.«

»Geht Ihnen das nicht gegen den Strich?«

»Was geht mich so ein gojisches Dokument an?«, fragte der Rabbi zurück. »Ich kann Yael und Adi natürlich nicht nach dem Gesetz Mosis und Israels trauen. Aber wenn Sie mich persönlich fragen, meinen Segen haben sie.« Mir schien, dass es sich bei Rabbi Lewinger um einen umgänglichen Menschen handelte – also konfrontierte ich ihn mit derselben Frage wie vorhin schon Yael Maerisira: Wo sah er die Zukunft dieses Staates, wenn Araber im Lande Israel schon jetzt die Mehrheit der Bevölkerung waren? Er antwortete mit einer Gegenfrage: »Sind Sie ein bisschen in Judäa und Samaria herumgefahren?«

»Nein«, sagte ich.

»Hm. Raten Sie mal, welche Sprache Sie bei uns hier am häufigsten hören.«

»Hebräisch. Arabisch.«

»Falsch«, sagte Ari Lewinger. »Am häufigsten hören Sie bei uns Englisch. Sowohl in der amerikanischen als auch der britischen Variante. Dicht gefolgt von Französisch, Italienisch, Spanisch. Natürlich auch Russisch. Und Deutsch. Die ganze jüdische EU gibt sich hier ein Stelldichein! Als Erste kamen die Franzosen. Dann die Juden aus Großbritannien, dann die aus Deutschland. Sie wurden von den Muslimen vertrieben, von den Rechtsradikalen, von den irren Linken. Die Nazis haben postum gesiegt – Europa ist *judenfrei*.« Der Rabbi sprach dieses Wort deutsch aus. »Und jetzt wandern die Amerikaner ein. Sie strömen zu Millionen ins Land. Außerdem gibt es noch die siebzigtausend Lemba, von denen sich die meisten in Judäa und Samaria angesiedelt haben. Nein, nein, um unsere demografische Zukunft mache ich mir keine Sorgen.« Er probierte den Risotto mit dem Holzlöffel, salzte nach und fügte hinzu: »Ich selber bin aus New Jersey – aus Short Hills. Ich bin politisch weiß Gott kein Radikaler, aber ich habe es dort drüben nicht mehr ausgehalten. Dieses schöne neue Multikulti-Amerika hat Platz für alle möglichen ethnischen Gruppen: Inder, Nigerianer, Mexikaner. Chinesen. Kolumbianer. Sogar Weiße. Nur eine Gruppe halten sie partout nicht aus: uns.«

Als wir die Siedlung verließen (wir hörten immer noch Schreie und Schüsse), bemerkte ich auf einer Hauswand ein paar schwarze hebräische Buchstaben. Zum Glück verfügt mein Smartphone über eine App, die fremdsprachige Inschriften im Nu übersetzt. »Tod den Arabern«, las ich auf meinem kleinen Bildschirm. Ich dachte den unsterblichen Mr. Kurtz in Joseph Conrads *Herz der Finsternis* und seinen barbarischen Urschrei: »Rottet das Kroppzeug aus!«

Mittlerweile gibt es eine Übersetzung von Yael Maerisiras neuem Roman – leider hat nur ein obskurer Kleinverlag das Wagnis auf sich genommen, das Buch zu veröffentlichen.* Ich las die Druckfahnen am Strand von Tel Aviv, umlagert von schmerbäuchigen Familienvätern, Bikinischönheiten, Goldkettchenträgern, Araberinnen in Tuch und Kleid. *Leuchter und Finsternis* erzählt die Geschichte der Unruhen, die sich vor gut einem Jahrzehnt in Zimbabwe zugetragen haben. So wurden sie seinerzeit von den diensthabenden Meinungsgurus genannt: Unruhen. Es fing beinahe harmlos an – ein Messerstich hier, ein Gerücht dort. Eine Kampagne auf Twitter. Nachdem die Lemba als Juden anerkannt worden waren, galten sie prompt als unfair Privilegierte. Als Kolonisatoren, Agenten des Zionismus, Handlanger der Weltbank. Kinderfresser. Hexen, Zauberer. Diebe und Christusmörder. Naturgemäß heizte das Gangsterregime, das Zimbabwe beherrscht, die Stimmung gegen die Lemba weiter an.

Hart gegen diese zeitgenössische Erzählung schneidet Yael Maerisira – wie in einem Film – Szenen aus der

---

* Yael Maerisira: Leuchter und Finsternis. Aus dem Hebräischen übersetzt von Ines Goldschmidt. Galiani Verlag, Berlin. 478 Seiten, 32 Euro. Erscheint nächstes Jahr.

Vergangenheit: Eine Gruppe von Priestern flieht vor den Römern, im Hintergrund brennt der Tempel lichterloh. Sie bringen den siebenarmigen Leuchter in Sicherheit. Ihr Anführer trägt den Namen des Urahnen: Aaron. (Der Triumphbogen des Imperators Titus, auf dem dargestellt ist, wie römische Legionäre den Leuchter als Siegestrophäe mitschleppen, hält also eine unverschämte Lüge im Bild fest.) Modreck heißt der Held jener Passagen, die in unserer Zeit spielen. Ein junger Mann mit einem alten Geheimnis: Seine Familie hält seit zweitausend Jahren die goldene Menora versteckt. Yael Maerisira beschreibt den Gewissenskonflikt, vor den Modreck sich gestellt sieht – die Behörden erklären sich bereit, die Sicherheit der Lemba zu gewährleisten, aber nur, wenn sie Lösegeld zahlen. Der Leuchter wäre Millionen wert. Einen Moment lang erwägt Modreck allen Ernstes, ihn zu verkaufen – die symbolische Bedeutung dieser Passage brauche ich nicht aufzuschlüsseln. Es folgt: ein Pogrom. Yael Maerisira lässt die Frage, wie Gott so etwas zulassen konnte, herzzerreißend offen; als Erzählerin kennt sie keine theologischen Rücksichten. Dann kommt die *Operation Kohanim*, die damals von der halben Welt verurteilt wurde. Neokolonialistisches Abenteuer, hieß es. Einmischung in innere Angelegenheiten; Anmaßung; Verletzung des nationalen Souveränitätsprinzips. Bei Yael Maerisira erscheinen die israelischen Soldaten als Retter. Nicht zuletzt deshalb, weil ihr Anführer, Colonel Uri Sahalu, selber aus Afrika stammte. Der Äthiopier steigt aus seinem Apache-Kampfhubschrauber wie ein muskulöser schwarzer Messias. Die Israelis befreien die Lemba, die sich mangels Gewehren mit bloßen Fäusten gegen ihre Feinde wehren. Am Ende sitzt Modreck mit seinen Verwandten (minus der Ermordeten) in der El-Al-

Maschine: Der goldene Leuchter ist gerettet. Im Epilog beschreibt Maerisira aus der Perspektive eines kleinen Kindes, wie er im *Israel Museum* in Jerusalem aufgestellt wird. Ich habe hier nur bleistiftgrau den Plot skizziert, aber Yael Maerisira hantiert nicht mit dem Bleistift – sie malt mit Ölfarben, die sie manchmal mit dem Spachtel aufträgt; ihre Sprache verbindet Farbigkeit mit Präzision, einen vormodernen Märchenton mit einem postmodernen Temperament.

Viele Autoren des zwanzigsten Jahrhunderts waren politisch nicht ganz bei Trost. Brecht hat den Stalinismus verteidigt. Knut Hamsun war ein Nazi. Solschenizyn wollte seinen Zaren wiederhaben. Und Yael Maerisira vertritt eine rechtsradikale Siedlerideologie. Aber das hindert sie nicht im Geringsten daran, eine bedeutende Schriftstellerin zu sein.

Sie standen unten in der Eingangshalle. Links ein Stand
für Croissants; in ihrem Rücken ein Laden, wo Bestseller
und Zeitungen verkauft wurden. Es gab in diesem Bahnhof nur einen Bahnsteig für Fernzüge, und selbstverständlich hatten sie ihre Smartphones dabei; trotzdem
war Julia nervös, weil sie fürchtete, dass sie ihren Gast
verpassen würden. Mittlerweile herrschte Mantelwetter.
Sie trug ihren gefütterten Anorak, Bodo etwas Dunkel-
Vornehmes aus Kaschmirwolle. Der schnelle weiße Zug
hatte erst fünf, dann zehn Minuten Verspätung. Viele
Leute mit Mundschutz hasteten an ihr vorbei. Und dann
stand sie plötzlich vor ihr: Renate, die freche Renate
aus Köln, die blonde Bohnenstange. Es war ihr gelungen,
eine Reisegenehmigung zu ergattern (nicht ganz einfach,
weil in Wuppertal ein neuer Ausbruch gemeldet worden
war). »Na, du Wuchtbrumme?«, sagte Renate fröhlich.
Julia antwortete: »Na, du blöde Kuh?« Dann fielen sie
einander um den Hals.

Sie waren beste Freundinnen. Sie kannten einander
aus dem Gymnasium, wo sie verfeindeten Cliquen angehörten. Ihre Freundschaft hatte so begonnen, dass
Julia mit halbem Ohr hörte, wie Renate sie beleidigte
(sie war als Teenager *tatsächlich* ein bisschen dick gewesen), und ihr die Beleidigung sofort mit gleicher Mün-
ze heimzahlte. Eigentlich wäre danach Krieg angesagt

186

gewesen – Krieg bis zur endgültigen Bloßstellung und Erniedrigung der feindlichen Partei, zum Gaudi der anderen Klassenkameradinnen. Renate und Julia stellten aber fest, dass sie gemeinsame Interessen hatten (beide schwärmten damals für die Punk-Jazz-Gruppe *The Jumping Jackasses*), und so gab es keinen Krieg, sondern einen Waffenstillstand, gefolgt von gemeinsamen Kinoabenden und Ausflügen ins Bergische Land. Die Freundschaft hatte sogar noch gehalten, nachdem Julia mit ihrer Familie weggezogen war. Und dann kam die Krankheit. Renate war hinterher der erste Mensch gewesen, der Julia besuchte: Drei Wochen war sie bei ihr geblieben, hatte sie mit Tee und Grießbrei hochgepäppelt und mit ihr zusammen Krimis angeschaut. (Es lebe Kommissar Maigret!) Vor allem verfügte Renate über genug Takt, um Julia mit Mitgefühl zu verschonen; das vergaß sie ihr nie.

Bodo sah, wie die zwei Frauen vor ihm hergingen – die eine groß und blond, die andere klein und dunkel; Renate zog ihren Rollkoffer hinter sich her. Längst waren die Freundinnen in ein gestenreiches Gespräch vertieft. Und er war das Anhängsel, die Fußnote, der überflüssige Dritte. Bodo trug es mit Fassung.

Bei früheren Besuchen hatte Renate in Julias Bude übernachtet – sie hatten einfach eine Luftmatratze aufgeblasen, auf die sie sich dann bettete. Aber Bodo hatte davon naturgemäß nichts hören wollen und sie in einer Pension eingemietet, nur fünf Gehminuten von Julias Wohnung entfernt. Auch sonst hatte er sich nicht lumpen lassen: Für den Abend hatte er einen Tisch im *Bunker* bestellt. Der *Bunker* galt als das beste Restaurant der Stadt und war wirklich genau das: ein Klotz aus Beton, Baujahr 1943, in dem sich die Bewohner des Viertels vor den Angriffen der Bombenflieger versteckt hatten.

Da es im Inneren keine Fenster gab, hatte der Betreiber des Restaurants Bildschirme in Übergröße anfertigen lassen, die nun rundum eine idyllische Landschaft vortäuschten: Gräser schaukelten im Wind, Schmetterlinge schwirrten, Pinien bewachten den Horizont, Wasser plätscherte lautlos, und eine große gelbe Sommersonne ging auch nach Mitternacht nicht unter. Eine andere Lichtquelle als jene Bildschirmsonne gab es nicht, es herrschte also vornehme Düsternis. Die Einrichtung war gediegen (viel Mahagoni, viel Messing), die Küche konsequent südfranzösisch. Bodo hatte einen Tisch für vier bestellt – nicht um Renate einen Gefallen zu tun (Renates Freund hatte von den Behörden leider keine Reisegenehmigung erhalten), sondern auf Julias Wunsch: Sie wollte endlich einmal Jacques Lacoste kennenlernen. »Sonst komme ich noch auf den Gedanken, dass es diesen Herrn in Wahrheit gar nicht gibt!«, hatte Julia lachend gesagt. Bodo wies zart darauf hin, dass sein Freund Jacques ausgesprochen menschenscheu sei – auch deshalb verstecke er sich am liebsten hinter seiner Kamera –, aber Julia hatte diesen Einwand ungeduldig beiseitegewedelt. »Den tauen wir schon auf!«, hatte sie behauptet.

Nun saßen sie – nachdem Julia und Bodo am Eingang ihre orangen Kärtchen gezückt und Renate den Wattestäbchentest über sich hatte ergehen lassen – an ihrem Tisch und nippten Bellinis. Der Kellner hatte gerade eben Amuse-Gueules aufgetragen (Nordseekrabbentörtchen mit weißem Kaviar); Monsieur Lacoste ließ sich immer noch nicht blicken. Plötzlich rumorte Bodos Smartphone. Er beförderte es ans künstliche Tageslicht, schaute schnell auf den kleinen Bildschirm und strich stirnrunzelnd seinen Schnurrbart glatt. »Jacques kommt nicht mehr«, sagte er leise. »Er musste nach Amerika hinüberjetten. Ich soll ihm dorthin folgen.« Und so kam es zum ersten Eklat des Abends. Die beiden jungen Frauen gaben ihrer Enttäuschung darüber Ausdruck, dass Bodos Kollege lediglich durch Abwesenheit glänzte, sonst aber durch gar nichts; dann meinte Renate: »Nach Amerika? Der Ärmste. Mich brächten keine zehn Pferde in dieses Schrottland.« Danach ging es Schlag auf Schlag – wie in einem Turnier, bei dem die Kontrahenten nicht mit Floretts, sondern mit Knüppeln hantieren. »Warum Schrottland?«, fragte Bodo lauernd, und als Renate ihm antwortete, die Amerikaner seien ein Barbarenvolk, das wisse doch jeder, sagte er: »Im Unterschied zu wem? Den Deutschen etwa?« Von diesem Moment war der Abend im Grunde gelaufen – und sein Ablauf auf deprimierende Weise vorhersehbar. Julia saß sprachlos daneben und starrte abwechselnd ihrem Freund und ihrer Freundin ins Gesicht.

Angriff: Aber was die Amis mit den Ureinwohnern gemacht haben!

Gegenhieb: Aber die großartige amerikanische Verfassung!

Attacke: Aber die grauenhafte amerikanische Küche!

Verteidigung: Aber die deutsche Currywurst!

Brutaler Schlag von rechts oben: Aber die Sklaverei!

Souverän pariert von links unten: Aber Abraham Lincoln!

Vorstoß mit Gebrüll: Aber der amerikanische Kulturimperialismus!

Renate zitierte zwei Verse eines längst vergessenen Dichters: »Zwischen zwei Weltgewässern liegst du da, / Heimat des Terrors, Mordamerika.« Unterdessen wurden die Vorspeisen aufgetragen: gebackener Ziegenkäse, Salad Périgourdine, Soupe au Pistou. Während Bodo den

Löffel in die Suppe tauchte, holte er mit seinem Baseballschläger zum rhetorischen Todesstoß aus: »Wir Deutschen«, sagte er, »haben jeden Grund, den Amerikanern dankbar zu sein. Wenn die Amerikaner Europa nicht von den Nazis befreit hätten, würden wir jetzt nicht hier sitzen und uns die Bäuche vollschlagen. Mir jedenfalls steigt immer noch das Wasser in die Augen, wenn ich Bilder von der Landung in der Normandie sehe. Wären wir Deutschen sowas wie Muslime« – hier schlug Julia die Augen nieder, aber Bodo bemerkte zum Glück nichts –, »wären wir Muslime, wir würden fünf Mal pro Tag unsere Gebetsteppiche ausrollen, natürlich in den Farben des Sternenbanners, und uns gen Washington gerichtet zu Boden werfen!«

Renate wehrte das Argument (wenn es denn eines war) mühelos ab: Aber die Unterstützung der CIA für lateinamerikanische Putschgeneräle! Bodo zog sich in die grummelnde Bemerkung zurück, sie sehnten sich doch schon jetzt alle klammheimlich nach der Pax Americana zurück. »He«, rief Julia, »jetzt kommt mal wieder runter von euren Bäumen, ihr Affen, und hört auf, euch gegenseitig mit Kokosnüssen zu bewerfen. Habt ihr Streithansel überhaupt schon bemerkt, wie gut das Essen schmeckt?« Julia griff mit der Linken nach Bodos warmer Hand. »Ich danke dir für deine Einladung, Herr von Unruh. Du bist ein großzügiger Mensch.« Mit der Rechten suchte Julia die Hand von Renate. »Und dir danke ich, dass du uns endlich besuchen kommst. Es wurde auch Zeit.« Sie ließ die beiden Hände wieder los. »Und jetzt wollen wir uns bitte für den Rest des Abends vertragen. So wichtig ist Amerika nämlich auch wieder nicht, dass man sich seinetwegen die Köpfe einschlagen sollte.«

Der Frieden hielt bis zum Nachtisch (Clafouti mit

Halbgefrorenem). Da nämlich meldete sich Renates Smartphone – und um an das penetrante Gerät zu gelangen, musste sie erst einmal ihre Handtasche ausräumen. Dabei legte sie ein Buch auf den Tisch – einen edel eingebundenen schmalen Band: *Die Reisen von Sindbad dem Seefahrer.* »Ich wusste gar nicht, dass du jetzt Märchen liest«, sagte Julia, nachdem Renate ihrem Freund am Telefon versichert hatte, es gehe ihr immer noch gut, und sie befinde sich in bester Gesellschaft.

»Nicht freiwillig«, sagte Renate. Ihre Professorin (Renate studierte in Köln vergleichende Literaturwissenschaft) habe allen Teilnehmern ihres Seminars die Reisen des Sindbad als Lesepensum aufgegeben. »Sie behauptet, dass unsere gesamte Reiseliteratur auf dieser Geschichtensammlung basiert.« Ob Julia und Bodo je dieses Märchen mit Überlänge gelesen hätten? Also: Es gebe zwei Sindbads – Sindbad den Seefahrer und Sindbad den Lastträger. Beide lebten in der Hafenstadt Basra; Sindbad der Lastträger sei arm, Sindbad der Seefahrer reich. Der Reiche lade den Armen aus Mitleid zu sich ein und erzähle ihm von seinen vielen Abenteuern, denn er wolle ihm klarmachen, dass er zu seinem ungeheuren Reichtum nur durch ungeheure Leiden gekommen sei. »Übrigens ist Sindbad der Seefahrer ein Mörder«, unterbrach Renate an dieser Stelle den Erzählfluss. »In seiner vierten Reise schildert er, wie er in ein Land gerät, wo es die Sitte gibt, Ehepaare zusammen zu beerdigen – auch wenn nur einer von ihnen stirbt. Sindbad der Seefahrer heiratet trotzdem. Er hat Pech, seine Frau wird krank und ...« Renate verdrehte die Augen, ließ die Hände baumeln und mimte eine Leiche. »Er wird zusammen mit seiner toten Frau an Stricken in eine Höhle hinabgelassen, eine Art Massengrab. Sie geben ihm Essen

und Trinken für vier Tage mit. Und was tut unser Held?«
Bodo und Julia blickten erwartungsvoll. »Na, er wartet,
bis der nächste Mensch zusammen mit seinem Partner
begraben wird«, sagte Renate. »Es ist eine Frau. Sindbad
schlägt ihr mit einem Menschenknochen den Schädel
ein und nimmt ihr dann ihren Proviant ab. So treibt er
es ein ganzes Jahr lang: Zack! Zack! Und zack! Ein Mord
nach dem anderen.«

»Gruselig«, sagte Julia.

»Vernünftig«, sagte Bodo.

»Am Ende findet er einen Ausgang aus der Höhle«, erzählte Renate. »Paktischerweise führt er zum Meer hinaus, sodass er ein Schiff heranwinken kann. Interessant
ist, dass er sich die ganze Zeit über nicht ein bisschen
schuldig fühlt. Na ja. Außerdem hat er verschiedene Begegnungen mit dem legendären Vogel Roch, trifft auf
einen menschenfressenden Riesen, der verteufelt an den
einäugigen Zyklopen aus der Odyssee erinnert, und findet sich in einer Stadt wieder, die von fliegenden Atheis-
ten bevölkert wird. Selbstverständlich handelt es sich bei
ihnen um böse Geister.«

»Macht es Spaß, das zu lesen?«, fragte Julia.

»Ich weiß nicht. Mir kommt das Ganze wie ein Gleich-
nis für das falsche Bewusstsein vor. Der arme Sindbad
kommt zum reichen Sindbad und möchte von ihm wissen, warum die Welt so ungerecht eingerichtet ist. Der
reiche Sindbad antwortet mit lauter hollywoodesken
Abenteuergeschichten. Er lügt dem proletarischen Lastträger die Hucke voll. Er erzählt von Prüfungen, die er
bestehen musste, statt von der real existierenden Aus-
beutung zu sprechen. Er hüllt die Wirklichkeit in bunten
Nebel, er produziert Ideologie. Und nur in der Episode,
wo er sich als Serienmörder offenbart,« – Renate spießte

den Rest ihres Clafouti auf eine Dessertgabel – »tritt die brutale Wahrheit ans Tageslicht.«

»Das ist eine saudumme Interpretation«, sagte Bodo unvermittelt. »Vulgärmarxismus aus der untersten Schublade. Du hast diese Geschichten offenbar nicht verstanden. Sonst wüsstest du, dass Sindbad der Seefahrer und Sindbad der Lastträger ein und dieselbe Person sind. Dass es sich um unterschiedliche Bewusstseinszustände eines einzigen Menschen handelt: als Sindbad der Lastträger ist er arm, als Sindbad der Seefahrer reich. Übrigens ist es psychologisch sehr hellsichtig, dass er ausgerechnet den Beruf eines *Lastträgers* ausübt: Er schleppt wirklich Zentnergewichte mit sich herum. Jeden Tag. Jeden verfluchten Tag. Und nur als Seefahrer, der seine Segel auf dem unendlichen Ozean der Phantasie setzt, bricht er aus seiner armseligen Existenz aus. Und entkommt dem Vogel Roch und befreit sich von dem tyrannischen Alten vom Meer – das ist der widerliche Greis, der auf seinem Rücken reitet und ihm wie einem Pferd seine Fersen in die Seite bohrt – und findet endlich Diamanten, die so groß sind wie Kindsköpfe.«

»Entschuldigung, aber hast du mich gerade eben dumm genannt?«, fragte Renate. Und das war dann der zweite Eklat des Abends. Er weitete sich auf dem Parkplatz vor dem *Bunker* zu offenem Geschrei aus. Beide Streitparteien hatten während des Essens je einen Liter (hervorragenden) Burgunder gekippt; wahrscheinlich trug das zu der Geschwindigkeit bei, mit der jetzt schwere Artillerie aufgefahren wurde. (»Linksfaschistin!« – »Mansplainer!« – Stalinofeministin!« – »Amerikanazi!«) Mit kluger Diplomatie verhinderte Julia das Schlimmste: Sie sorgte dafür, dass Renate und Bodo in unterschiedliche Taxis stiegen. Sie selber fuhr mit der

U-Bahn nach Hause. – Am nächsten Morgen bat Bodo zähneknirschend und wortreich bei beiden Frauen um Entschuldigung. Danach herrschte kalter Höflichkeitsfriede. Renate blieb noch zwei Tage: Julia frühstückte mit ihr, sie gingen im Park spazieren, besuchten eine Ausstellung. Über den katastrophal missglückten Abend kein Sterbenswort. Zu dritt verbrachten sie noch genau einen Nachmittag zusammen: Sie gingen ins Kino. Ein sehr feiner französischer Film, von dem Julia leider nur im Gedächtnis behielt, dass Bodo und Renate stumme Feindseligkeitsschwingungen aussandten (sie saß im Niemandsland, also in der Mitte zwischen beiden). Schließlich begleiteten Bodo und Julia ihren Besuch zu dem pfeilschnellen weißen Zug, der ihn zurück nach Köln bringen sollte. (Die Bundeswehrsoldaten, die Reisegenehmigungen überprüften, waren schon an Bord.) Zum Abschied gab Renate Bodo artig die Hand; ihre beste Freundin umarmte sie viel zu lang. »Geh weg von ihm«, flüsterte sie Julia dabei ins Ohr. »Das ist ein ganz falscher Hund.«

SIEBTE REISE:
DONALD UND DIE DINÉ

(Text: Bodo von Unruh, Fotos: Jacques Lacoste)

Jeder Mensch kennt diese Gesten. Da ist der mussolini-haft vorgeschobene Unterkiefer, die wie zum Kuss ge-schürzten Schmollmundlippen; das nach vorn gedrückte Becken bringt den Schmerbauch prominent zur Geltung. Dazu die berühmten Handsignale (die Finger sind auf-fällig kurz). Schweifende Bewegungen der Rechten, an der Daumen und Zeigefinger sich zum Kreis schließen; mitunter wird ein Arm dramatisch ins Auditorium ge-reckt. Weitere Kennzeichen: winzige Augen, die häufig zusammengekniffen werden, als würde das Sonnenlicht sie blenden. Bleiche Tränensäcke verraten, wo beim Sola-riumsbesuch die Schutzbrille aufgesessen hat. Blondier-tes Haar wurde straff nach hinten geföhnt und mit Haar-spray so festgeklebt, dass es die Glatze überdeckt. Seine Gesichtsfarbe: von ungesunder Bräune, beinahe orange. Die Hängewangen verleihen dem Gesicht einen Zug ins Schweinehafte, darunter schlabbert ein Faltenkinn. Ge-weißte Zähne im zu kleinen Mund. Der dunkle Maßan-zug war bestimmt teuer, aber an diesem Mann wirkt er billig; die rote Krawatte hängt so lang herunter, dass sie das Genital überdeckt. Alles da, alles vorhanden, wie in hunderten von historischen Aufnahmen. Er spricht auch noch wie zu seinen Lebzeiten – in jenem Jargon, den ein Schriftsteller treffend als »Trottelsprache« beschrie-ben hat. Verstümmeltes Vokabular. Superlative blähen sich, das Selbstlob stinkt ohne Hemmung vor sich hin.

Bauernschlaues Grinsen. Wenn er lügt oder droht, dehnt er die Vokale bis ins Groteske. *»Don't huuuurt him!«*, sagt er. Tut ihm nicht weh! Dabei spricht er über einen politischen Feind, und alle wissen, dass er just das Gegenteil meint: Tut ihm weh, macht ihn fertig, schlagt ihn zusammen! Es wirkt immer noch wie ein Schock, wie ein Hieb in die Magengrube (auch wenn man weiß, dass es sich um eine dreidimensionale Projektion handelt). Sein Publikum, das völlig echt ist, jubelt; es springt auf die Füße und applaudiert; es lacht über jeden müden Witz. Nun kommen die Sprechchöre: *»Lock her up! Lock her up!«*, kreischt die entfesselte Menge. Sperrt sie ein! Macht nichts, dass die Politikerin, um die es geht, längst tot und begraben ist. Und jetzt der Evergreen, auf den ich schon die ganze Zeit gewartet hatte: *»Build that wall! Build that wall!«* Baut die Mauer! Jene Mauer an der Grenze zu Mexiko, die nie einen erkennbaren Nutzen hatte – außer ihrer Symbolkraft: Die Mauer sollte zwei Kakteen und einem Schakal auf der anderen Seite bedeuten: *Fuck you!* Der Mann auf der Bühne hat unterdessen schon wieder einen Scherz gemacht. Sein Publikum grölt vor Lachen. Nun der nächste Sprechchor: *»Send her back! Send her back!«* Die Lautstärke wird immer brutaler: »Schickt sie zurück!« Es geht um die dienstälteste Senatorin in Washington. Sie wurde in der Bronx geboren, beide Eltern stammten aus Puerto Rico, dem zweiundfünfzigsten amerikanischen Bundesstaat. Der Slogan hat keine Bedeutung. Oder vielmehr – seine Bedeutung ist längst versunken und vergessen: Jene Senatorin konnte einst als »unamerikanisch« gelten, weil sie einen hispanischen, also schwer auszusprechenden Doppelnamen hat. Schickt sie zurück! Nur: Wohin denn?

Ich schaue in die Gesichter um mich herum. Wie viele

Anhänger des fetten Mannes mögen sich hier versammelt haben – ein paar hundert, vielleicht sogar tausend? Jedenfalls füllen sie das kleine überdachte Stadion bis auf den letzten Rang. Draußen knallt die heiße Sonne Arizonas ungehindert auf den Sand, hier drinnen schwirren Ventilatoren und brummen Klimaanlagen. Die Anhänger des einstigen Präsidenten schwenken das Sternenbanner, springen verzückt auf und ab. Und ich sehe kein einziges weißes Gesicht. Ich sehe Bronzehaut, schräggeschnittene schmale Augen, dunkle Haare. Manche der älteren männlichen Fans haben die verschlissenen roten Baseballkappen von damals auf dem Kopf; die jüngeren tragen Federschmuck. Viele haben sich traditionelle Kriegsbemalung auf Wangen und Stirn geschmiert. *Make America great again!*

Die alten Römer kannten die Strafe der *damnatio memoriae*. Kein Mensch weiß, wie oft sie tatsächlich angewandt wurde, jedenfalls war sie für die Römer schlimmer als die Todesstrafe – denn in ihrer Kultur gab es nichts Wichtigeres, als zu einem »Haus« zu gehören, einem Geschlecht, das einen durch Alter ehrwürdigen Namen trug. Wer der *damnatio memoriae* verfiel, dessen Statuen wurden zerstört, dessen Villen wurden geschleift, dessen Name wurde aus allen verfügbaren Listen gestrichen: Die Nachwelt sollte keine Ahnung haben, dass dieser Mensch je gelebt hatte. Die Juden kennen die furchtbare Verwünschung: ימח שמו (*Jimach schmo!* – »Ausgelöscht möge sein Name werden!«), den der Dichter Heinrich Heine in die Verse gegossen hat: »Nicht gedacht soll seiner werden, / Nicht im Leben, nicht im Buche, / Dunkler Hund im dunklen Grabe, / Du verfaulst mit einem Fluche!« Die antike *damnatio memoriae* war ein Akt der Obrigkeit. Sie wurde vom Senat oder Imperator verhängt. Im Fall des fünfundvierzigsten Präsidenten der Vereinigten Staaten bedurfte es keiner solchen Anweisung. Der Auslöschungsbefehl kam nicht von oben, sondern er wurde sehr demokratisch vom gesamten amerikanischen Volk verfügt und vollstreckt. Also war er absolut – und unbarmherzig. Schon sein Begräbnis war eine trübselige Angelegenheit. Der Zug mit dem Sarg des ermordeten Abraham Lincoln fuhr drei Wochen lang von Washington, D.C., nach Springfield, Illinois, und Hunderttausende gaben ihm unterwegs das letzte Geleit. Beim Tod von John F. Kennedy weinte die ganze Nation. Als *jener* starb, versammelte sich nur eine Handvoll von Ewiggestrigen auf dem verregneten Friedhof. Am Tag danach begann die Arbeit des aktiven Vergessens. Jeder Buchstabe seines verhassten Namens – das ✳, das ⬚, das ◆, das ◯ wie auch das ⬚ – wurde noch vom letzten Hotel heruntergemeißelt, das einst ihm gehört hatte. Das Familienunternehmen war schon vorher einem umfassenden und schimpflichen Bankrott verfallen. Sein jüngster Sohn und seine Enkel änderten ihre Nachnamen. (Der Rest der Familie war bekanntlich entweder im Gefängnis gestorben oder schmerzhaften Krebsleiden erlegen.) Es gab noch ein paar Sammler, die im Internet Papierservietten oder Kugelschreiber anboten, denen sein Namenszug aufgeprägt war, der ja einmal eine eingetragene Marke gewesen ist, aber sie blieben auf ihrer verdorbenen Ware sitzen.

Von heute aus ist schwer zu sagen, wann der politische Kult um jenen Mann zusammenbrach. Und es war ein Kult! Kaum zu glauben, aber es gab eine Zeit, da verehrte mehr als ein Drittel der Amerikaner ihn wie einen Messias (darunter viele Leute, die sich für Christen hielten). War seine Reputation in jenem Moment endgültig kaputtgegangen, als herauskam, dass zu seinen vielen Opfern auch seine Tochter gehört hatte? Aber das war keine Überraschung – das Geheimnis lag längst vor aller Augen offen zutage. Er war im Fernsehen aufgetreten, hatte seine blonde Tochter begrapscht, die Größe ihres Busens gerühmt und erklärt, er teile mit ihr hauptsächlich das Interesse an Sex. Vielleicht war der *breaking point* erreicht, als seine Steuerunterlagen auftauchten – als klar wurde, dass ihm die Russen die Schulden bezahlt hatten, nachdem sein feiner Ku-Klux-Klan-Papi nicht mehr für ihn einspringen konnte, und er seit 1986 ein Einflussagent des KGB gewesen war. Aber auch das konnte im Ernst niemanden verblüffen; spätestens seit jener Pressekonferenz nicht, in der er verkündete, er werde Alaska nächste Woche an Russland zurückgeben. (Im Austausch gegen Grönland. Das sei der beste Grundstücksdeal aller Zeiten.) Kein Adjektiv charakterisierte diesen Mann besser als das Wort »dreist«. Er verübte seine Verbrechen in aller Öffentlichkeit. Und seine ihm hündisch ergebenen Anhänger liebten ihn nicht etwa trotzdem – sondern gerade deshalb. Vielleicht kam der finale Moment der Entzauberung also erst nach dem Autopsiebericht, in dem schwarz auf weiß stand, dass er an Syphilis im Endstadium gelitten hatte. Aber auch das hätte sich eigentlich jeder denken können. Er hatte damit geprotzt, dass er einst – im New York der Siebzigerjahre des vorigen Jahrhunderts – mit vielen Models verkehrt hatte. Just damals hatte jene Geschlechtskrankheit dort grassiert.

Mit der Syphilis ist es folgendermaßen bestellt: Im Frühstadium ist sie leicht heilbar (eine heftige Dosis Antibiotika bereitet den Mörderbazillen schnell den Garaus), aber wenn sie nicht kuriert wird, legt die Krankheit sich im Körper des Patienten schlafen. Im Alter greift sie dann das Rückenmark und die kleinen grauen Zellen an.

Jeder Laie konnte die Symptome erkennen. Seine chronisch verkniffenen Äuglein deuteten auf Lichtempfindlichkeit hin; dann waren da seine Gleichgewichtsstörungen, das sinnlose Gestammel, die Verschleifungen von Silben, sein Größenwahn, der eines Kaisers Caligula würdig gewesen wäre: Jeder Tweet, den er absetzte, war ein weiterer Hinweis, dass sein Schädel ein wurmstichiges Gehirn beherbergte. Aber vielleicht war sein Glanz auch schon zu Lebzeiten geschwunden, als er mit seiner dreisten Tour nicht mehr durchkam. Als er endlich verlor, auf demütigende und offenkundige Art verlor. Von diesem Moment an war er ein *loser* – und er hatte seine Anhänger gründlich gelehrt, Verlierer zu verachten. Nachdem sein Lügenhochhaus zusammengekracht war und ihn mit seinem kriminellen Clan unter sich begraben hatte, wollte niemand mehr etwas mit ihm zu tun haben.

Dann begann das große Leugnen, ein Phänomen, das nach dem Ende jeder Diktatur beobachtet werden kann.

Von Florida bis Maine, von Kalifornien bis Massachusetts gibt es heute bekanntlich keine einzige amerikanische Familie, die je den *Präsidenten No. 45* unterstützt hätte. Man wundert sich, wie er überhaupt ins Amt gelangen konnte. Was denn, ich soll diesem Mann zugejubelt haben? Niemals. Der Mensch dort mit der roten Kappe – der tobsüchtige Typ in der Menge auf dem Youtube-Video –, das bin nicht ich. Das kann gar nicht ich gewesen sein. Oder: Unser Papa hat nie zu seinen Unterstützern gehört. Im Gegenteil, Papa hat damals Einwanderer versteckt und sie mit Tortillas und Corona-Bier versorgt, als dic Häscher vom *Immigration and Customs Enforcement* hinter ihnen her waren. Oder: Wir haben in unserer *Megachurch* – unserer evangelikalen Großkirche – jeden Sonntag gegen den Wahnsinn und die Grausamkeit angebetet! Schließlich sind wir Konservative und stehen für traditionelle Werte ein – Familiensinn, Wahrheitsliebe, Mitleid. Oder: Nein, unsere Großmutter hat nie ein Schild um den Hals getragen, auf dem mit großer Schrift geschrieben stand: »Er darf mir gern an die ... greifen.« Das war eine andere alte Vettel, bestimmt nicht sie. Oder: Senator *Nomenscio Sednondico* hat zwar immer den schleimigen Höfling gespielt, aber heimlich – nicht wahr? –, also ganz innen drin ist er immer ein Mitglied des Widerstandes gewesen. Es war wie bei dem Erwachen aus einem schweren Rausch: Der Säufer kann beim besten Willen nicht glauben, dass es sich bei dem Kerl, der gestern den Dekan angepöbelt, das Kneipenmobiliar zertrümmert und schließlich seinen Mageninhalt großflächig über dem Hausflur verteilt hat, um ihn selber handelt. Filmriss! Blackout! Die peinlichen Ereignisse wurden wie mit einem nassen Schwamm aus dem Gedächtnis gelöscht.

Nur ein kleines Indianerdorf leistete dem allgemeinen Vergessen Widerstand. Nur für einen amerikanischen Eingeborenenstamm war und blieb jener Präsident ein strahlend lächelnder Held. (Soll heißen: für den Bruchteil eines Stammes – denn bei den meisten Angehörigen der bewussten *First Nation* handelt es sich um höchst vernünftige Leute.) Die Einwohner der Kleinstadt veranstalteten jeden Mittwoch und Freitag eine jener Kundgebungen, wie sie der Blonde einst geliebt hatte – Massenversammlungen, die an nationalsozialistische Reichsparteitage erinnerten. Sie warfen den 3-D-Projektor an und tobten und schrien; und obwohl das Ganze etwas von einem gespenstischen Ritual hatte, war ihre Begeisterung nicht geheuchelt, sondern echt. Ich aber wollte wissen: Wieso?

Wer diese Geschichte verstehen will, muss tief in den Brunnen der Vergangenheit hinabsteigen – bis ans Ende des schwarzen zwanzigsten Jahrhunderts, um genau zu sein. Bekanntlich war 1989 das *annus mirabilis* der Menschheit: Es war, als sei es Benjamins Geschichtsengel für einen wunderbaren Augenblick gelungen, seine Flügel zu schließen, sodass er im rückwärtsgewandten Vorwärtsschreiten innehalten, die Verwundeten heilen, die Trümmer der historischen Katastrophen zusammenklauben konnte. 1989 war das Jahr, in dem die Berliner Mauer fiel, ohne dass auch nur ein einziger Schuss gefallen wäre. 1989 blickten die meisten kommunistischen Regime, als ihre Knechte sie in großen friedlichen Demonstrationen zur Rede stellten, betreten auf ihre Schuhspitzen und trippelten beiseite. 1989 wurde in Chile der blutige Putschgeneral mit der Sonnenbrille von einem frei gewählten Präsidenten abgelöst; gleich daneben stürzte in Paraguay das alte Ekel Alfredo Stroessner; und in Südafrika traf sich der Oberrassist Pieter Willem Botha – auch »das große Krokodil« genannt – mit seinem berühmtesten politischen Gefangenen, einem gewissen Nelson Mandela. So endete die Apartheid wider alle historische Wahrscheinlichkeit weder in einer Racheorgie noch in einer neuen Diktatur. Und dann war 1989 auch noch das Jahr, in dem Peter MacDonald seinen Posten verlor.

MacDonald war der Vorsitzende der Diné, die damals noch allgemein Navajo genannt wurden. Auch seine Feinde mussten zugeben, dass es sich bei ihm um einen Mann von Format handelte: Auf einer Schaffarm aufgewachsen, hatte er sich mit fünfzehn zur amerikanischen Marineinfanterie gemeldet. Nach dem Zweiten Weltkrieg wurde er Elektroingenieur und gehörte zu den Leuten, die das Steuerungssystem für die atomgetriebenen Polaris-Unterseebote entwarfen. Nun saß er in Window Rock, der Hauptstadt der Diné, und regierte ein Stammesgebiet von der Größe West Virginias mit hundertfünfundzwanzigtausend Einwohnern; er hatte einen Jahresetat von zehn Millionen Dollar zu verwalten. Peter MacDonald war für seine autoritären Allüren wie auch seine Neigung zu italienischen Designeranzügen bekannt. Doch an einem kalten Februarmorgen des *annus mirabilis* war es mit der Herrlichkeit zu Ende. Seit Jahren flüsterten die Leute, dass er bestechlich sei. 1988 hatte ein junger Reporter namens Mark Trahant – ein Schoschone – in der *Arizona Republic* aufgedeckt, dass MacDonald Schmiergelder von Unternehmern angenommen hatte. Hier ein Scheck für Weihnachtseinkäufe, dort eine Geburtstagsfeier für die Gattin; ein Urlaub in Las Vegas, ein Urlaub auf Hawaii, ein Flug mit dem Privatjet zum *Orange Bowl*. Seine Unterstützer im Stammesrat hatte er mit lukrativen Beraterverträgen versorgt. Mit all diesen korrupten Deals hatte er das Volk der Navajo an den Rand des Ruins getrieben. Und dann half Peter MacDonald im Herbst 1988 einem Freund, der Chef einer Ölfirma war, eine Ranch zu günstigen Konditionen zu erwerben. Sein Lohn: achthundertfünfzigtausend Dollar und ein BMW. MacDonald stritt die Geschenke nicht ab, behauptete aber, es handle sich hier um eine alte Indianertradition, und er habe die Bestechungsgelder nur aus Höflichkeit angenommen.

Das war eine Unverschämtheit zu viel. Vierzigtausend Diné unterschrieben eine Petition, die zu seinem

Sturz aufrief. Peter MacDonald schrie, es handle sich um eine Intrige des amerikanischen Senats ... des FBI ... des *Büros für Indianerangelegenheiten* in Washington. Doch nun, an jenem kalten Februarmorgen des Jahres 1989, sah er sich zum ersten Mal mit Protest konfrontiert. Demonstranten versammelten sich vor dem Haus des Stammesrates und forderten seinen Rücktritt. In einer Abstimmung wurde beschlossen, Peter MacDonald ins Privatleben zu entlassen. Aber das war noch nicht das Ende der Geschichte – die Revolution hatte noch nicht gesiegt. Peter MacDonalds Anhänger stürmten die Amtsgebäude der Diné-Nation. Der alte Chef erließ eine Verfügung, mit der er seine eigenen Richter berief; und diese Richter ernannten ihn auf der Stelle wieder zum Stammesvorsitzenden. Bald hatten die Diné zwei Gerichte, zwei Polizeichefs, zwei Regierungen und zwei Vorsitzende: den selbstherrlichen Peter MacDonald und einen Kontrahenten, der vom Stammesrat ernannt worden war. MacDonald behauptete, er und er allein sei die Verkörperung des Volkswillens. Der alte Trick aller Diktatoren! Aber der Oberste Gerichtshof der Diné-Nation stellte sich gegen ihn. 1990 wurde Peter MacDonald der Korruption, Verschwörung und schwerer Verstöße gegen die Ethik der Diné beschuldigt. Später verurteilte ein amerikanisches Bundesgericht ihn zu sieben Jahren Gefängnis. – Die Diné schafften danach das Amt des Vorsitzenden ab. Sie führten die Gewaltenteilung ein. Heute wird die Diné-Nation wie eine moderne Republik regiert. Doch eine winzige Minderheit von hartnäckigen Anhängern des kriminellen alten Vorsitzenden war mit alldem gar nicht einverstanden. Unter Protest zog sie aus dem Reservat der Diné aus und gründete in Arizona ihre eigene Nation. Landläufig werden die Angehörigen jener

Minderheit als »Austritts-Diné« bezeichnet. Naturgemäß wurde ihr neuer Stamm nie von der amerikanischen Bundesregierung anerkannt, aber das hinderte ihn nicht daran, sich häuslich niederzulassen und eine Stadt zu gründen. Sie heißt *'Atsá-gi*, was ungefähr »Adler-Siedlung« bedeutet.

Nachdem Peter MacDonald das Zeitliche gesegnet hatte, waren die »Austritts-Diné« für eine Weile führerlos – dann wandten sie sich mit warmem Enthusiasmus dem fünfundvierzigsten Präsidenten der Vereinigten Staaten zu. Sie ernannten ihn zum Stammesmitglied ehrenhalber, und nachdem auch er gestorben war, erhoben sie ihn in den Rang eines *ewigen Vorsitzenden*. Meines Wissens sind die »Austritts-Diné« die einzigen Leute außerhalb von Nordkorea, die in einer Nekrokratie leben: Sie werden von einer Leiche regiert.

'Atsá-gi ist eine verstaubte Kleinstadt ohne Sehenswürdigkeiten. Laut Statistik hat sie knapp fünftausend Einwohner; das kann glauben, wer mag, mir scheint, dass es im besten Fall halb so viele sind. Ein paar Wellblechhütten, eine Tankstelle, eine alte Bar; ein Laden für Flinten, Munition, Zigaretten, Tiefkühlpizza und Souvenirs. Das einzige Gebäude, das tadellos in Schuss gehalten wird, ist jene überdachte Arena, in der ich der Jubelkundgebung beiwohnen durfte. Gleich daneben steht ein auffällig hässliches Betonhaus, über dem ein erloschenes Neonzeichen verkündet, dass es sich hier um das *Government* handelt, die Regierung des Kleinstaates. Ich war dort mit Henry K. Bowder verabredet, dem Pressesprecher des Stammesrates der »Austritts-Diné«. Bowder war, wie ich auf Wikipedia las, kein uninteressanter Mensch: Er hatte in Berkeley politische Wissenschaften studiert und sich dort als Neomarxist von wütender Radikalität hervorgetan. Seine Diplomarbeit handelte von dem Kommunisten Antonio Gramsci. Dann war er – wie so viele Leute, deren Lebenssonne glühend rot im Osten aufgeht, am Mittag noch milde-liberales Licht verströmt und abends in einem braunen Schleier versinkt – vom Linksradikalismus zum Rechtsextremismus konvertiert. Er schwärmte immer noch für Gramsci, verehrte nun aber auch noch den faschistischen Ideologen Julius Evola. Er fing an, für die rechtsradikale Webseite *Breitbart News* zu arbeiten. Gleichzeitig erinnerte sich Bowder, dass er eigentlich zur Nation der Diné gehörte, und wandte sich wieder seinen ethnischen Wurzeln zu. Vielleicht nicht ganz erstaunlich, wenn man bedenkt, dass *Native Americans* heute vielleicht die Einzigen sind, die völlig unbefangen von Blut, Rasse, völkischer Herkunft sprechen: Auf ihren Ausweispapieren ist häufig angegeben, zu wie viel Prozent sie von ihrer jeweiligen Indianernation abstammen.

Ich hatte mir Henry K. Bowder anders vorgestellt. Ein Absolvent von Berkeley, so dachte ich, würde mir mit Schlips und Jackett entgegentreten, aber Bowder trug Jeans und ein T-Shirt mit dem Konterfei des Blonden, das sich über seiner beachtlichen Wampe spannte. Er war unrasiert und einen guten Kopf kleiner als ich; sein langes graues Haar hatte er hinten zu einem Pferdeschwanz zusammengebunden. In seinem winzigen Büro stapelten sich Zeitschriften, auf der Fensterbank erspähte ich eine Batterie von leeren Whiskyflaschen. Ich beschloss, keine Zeit mit Höflichkeiten zu verschwenden, und fiel gleich mit der Tür ins Haus: »Ich verstehe, warum viele *Native Americans* eine Schwäche für Richard Nixon haben«, sagte ich. »Nixon war Nixon, ein korrupter Hund, aber er hat die Indianernationen immerhin als souveräne Staaten anerkannt, und das vergesst ihr ihm natürlich nicht.

Aber Nummer fünfundvierzig? Was hat der denn je für euch getan? Warum feiert ihr diesen Menschen?«

»Weil er der beste Präsident war, den Amerika je hatte«, sagte Bowder und lehnte sich in seinem Schreibtischstuhl zurück. »Er hat viel mehr für uns getan als Richard Nixon. Er hat die Einwanderung gestoppt.«

»Nein, hat er nicht«, erwiderte ich. »Er hat rassistische Reden gehalten, das wohl. Aber es ist ihm nicht gelungen, der Einwanderung einen Riegel vorzuschieben – wie denn auch? Amerika ist nun einmal eine Nation von Einwanderern.«

»Leider«, sagte Henry K. Bowder.

»Wie meinen Sie das?«

»Zunächst einmal hat Europa seinen Menschenmüll über uns ausgeleert. Und Schiffe voller schwarzer Sklaven. Das war schlimm genug. Aber dann hat sich auch noch der Abfall aller anderen Kontinente über uns ausgegossen: Immigranten aus China, Immigranten aus Indien, Immigranten aus Afrika, Immigranten aus Lateinamerika. Die Einwanderung aus Europa konnte ✳□◆○□« – Henry K. Bowder hatte keine Scheu, seinen Namen auszusprechen – »nicht mehr rückgängig machen. Aber für einen Moment gab es wenigstens die begründete Hoffnung, dass unser Land in Zukunft nicht von noch mehr zweibeinigen Ratten verseucht wird. *Build that wall!*«

Ich traute meinen Ohren kaum. Hatte Bowder tatsächlich »zweibeinige Ratten« gesagt? Was sollte ich dem entgegenhalten? Ich griff in meine Jackentasche, wo ich in meiner Brieftasche immer einen gefalteten Zettel mit mir herumtrage. »Darf ich Ihnen etwas vorlesen?«, fragte ich. Dann las ich das wunderbare Sonett, das in Riesenlettern auf dem Sockel der Freiheitsstatue steht. Die kupferne Lady mit dem Hoffnungslicht erscheint in diesem Gedicht als Göttin, die Einwanderer aus aller Welt willkommen heißt; als Weltwunder, das viel bedeutender ist als der Koloss, der vor mehr als zweitausend Jahren am Hafen von Rhodos herumstand.

Nicht wie zu Rhodos grimmig der Gigant
– die Beine breit, zum Herrschen bloß gewillt –
steh' hier zur See, am Tor gen West, das Bild
der starken Frau – die Fackel in der Hand

mit weithin strahlnder Flamme, weltbekannt
als »Mutter aller Zuflucht«. Freundlich gilt
ihr Gruß der ganzen Menschheit; sie blickt mild
auf zweier Nachbarstädte Hoffnungsstrand.

»Behalt vergangnen Pomp, du Alte Welt«,
so ruft sie stumm. »Gib deine Massen mir,
die müd sind, arm, gebeugt, auf sich gestellt,

die Ausgestoßnen voller Freiheitsgier.
Schick deine Unbehausten in mein Zelt:
Ich leuchte ihnen an der goldnen Tür!«

Kann sein, dass meine Stimme beim Vorlesen ein bisschen gezittert hat, aber Henry K. Bowder blieb völlig ungerührt. »Wer hat dieses Gedicht geschrieben?«, wollte er wissen.

»Emma Lazarus«, antwortete ich. »Eine sefardische Jüdin aus New York, die den deutschen Dichter Heine verehrt hat.«

»Und diese Frau Lazarus hat sich also angemaßt, mein Land der ganzen Menschheit zu schenken«, stellte Bowder fest. »Dieses Land, das gar nicht ihr gehört. Sondern uns. Wie kommt sie dazu? Woher nimmt sie sich dieses Recht?«

»Sie finden also alles richtig, was Nummer fünfundvierzig gemacht hat?«

»Alles.«

»Inklusive der Tatsache dass er Eltern ihre Kinder hat wegnehmen lassen?«

(Heimlich wanderten meine Gedanken zu dem *Monument für die gekidnappten Kinder* im texanischen El Paso, Texas, das ich vor ein paar Monaten besucht hatte. Eine Halle, in der in jener dunklen Zeit wirklich Kinder inhaftiert wurden; in der Mitte ein großer leerer Käfig. In der Mitte des Käfigs die liegende Statue eines Kindes, das auf dem nackten Zementboden schlafen muss. Es ist so klein, dass man es zudecken möchte, aber das geht nicht, denn die Gitterstäbe des verfluchten Käfigs versperren den Weg. Davor sitzen auf einer Bank zwei Statuen. Die Eltern des Würmchens – sie könnten von Barlach gestaltet sein. Der Vater, ein bärtiger Mann, hebt sein schmerzverzerrtes Antlitz zum Himmel. Die Mutter hockt vornübergesunken da, sie hat ihr Gesicht in den Händen vergraben. An der Wand sind auf einer schwarzen Steintafel Namen eingraviert: die Namen der Toten, die Namen der Geschändeten – aller Opfer der amerikanischen Einwanderungsbehörden. Eine ältere Frau in der Uniform der *Park Ranger* führte eine Touristengruppe herum. Sie hatte als Baby selber zu jenen Tausenden gehört, die zu Waisen gemacht wurden – erst Jahrzehnte später bekam sie heraus, dass ihre Eltern ohne sie nach Honduras zurückgeschickt worden waren, wo Mitglieder einer Gang sie abknallten. Die uniformierte Frau war groß, stolz, hager; sie sprach im Flüsterton und ohne

Anklage. Einige Touristen, die mit ihr gingen, weinten leise.)

»Sie halten es für etwas Besonderes, dass ✳☐◆○☐s Eltern ihre Kinder hat wegnehmen lassen?«, fragte Henry K. Bowder sarkastisch. »Es ist aber nichts Besonderes. Unsere Kinder hat man in Internate gesteckt und ihnen ohne Erbarmen die Indianerseelen aus dem Leib geprügelt. Sie mussten christliche Gebete lernen, und wenn sie auch nur ein Wort in ihrer Muttersprache gesprochen haben, setzte es noch mehr Schläge. Sie waren allein, so allein wie sonst niemand auf der Welt. Eltern ihre Kinder wegzunehmen – das hat hierzulande quasi Tradition, es ist so amerikanisch wie gedeckter Apfelkuchen. Und es gibt einen gewaltigen Unterschied zwischen den Asylanten« (Bowder spuckte dieses Wort aus dem Mundwinkel) »und uns. Die Immigranten aus Mittelamerika mussten erst einmal viele tausend Meilen laufen und illegal die amerikanische Grenze überschreiten, damit sie von ihren Kindern getrennt wurden. Wir nicht. Wir waren längst hier. Genau das war unser Verbrechen: dass wir hier waren. Warum, bitte, sollte ich mit dahergelaufenen Grenzverletzern Mitleid haben?«

»Sie klingen wie ein erbitterter Reaktionär«, stellte ich fest.

»Na und? Wenigstens bin ich kein Fortschrittstrottel. Ihnen muss doch klar sein, dass meine Leute einer Fortschrittsideologie zum Opfer gefallen sind. *Manifest Destiny!* Das war *die* amerikanische Ideologie des neunzehnten Jahrhunderts: Es sei das göttlich vorherbestimmte Schicksal, dass sich die Amerikaner – die weißen Amerikaner, versteht sich – immer weiter nach Westen hin ausbreiten, den Kontinent erobern und urbar machen. Der Maler John Gast hat das in einem berühmten Bild festgehalten. Kennen Sie es? Nein? Da schwebt eine Frauengestalt im weißen Flattergewand, ein Schulbuch unterm Arm, über das Land und spannt einen Telegrafendraht. Ihr folgen Siedler in Kutschen und Eisenbahnen, während Bisons, wilde Tiere und Indianer vor ihr Reißaus nehmen. Sagt ihnen der Name Kit Carson etwas? Kit Carson war ein Abenteurer, Trapper, Kriegsheld. Und ein genozidaler Schlächter. Er hat im Herbst 1863 Angehörige unseres Volkes gejagt, die nicht ins Reservat wollten, ihre Felder niedergebrannt, ihr Vieh niedergemacht, sie später auf einen Todesmarsch gezwungen, bei dem viele Diné elend krepiert sind. *□◆○□ hat nie etwas in der Art getan. Er hat uns in Ruhe gelassen.«

»Es stört sie dann wohl auch nicht, dass *Präsident No. 45* ein Vergewaltiger war?«

»Haben Sie schon mal was von Thomas Jefferson gehört?«, fragte Bowder zurück. »Dem Autor der amerikanischen Unabhängigkeitserklärung? Lauter edle Worte. Leben, Freiheit, das Streben nach Glück. Jefferson hat im zarten Alter von vierundvierzig Jahren einen Teenager geschwängert. Eine Sklavin, Sally Hemings. Sie war vierzehn. Raten Sie mal, ob es in Sally Hemings Macht gestanden hätte, sich einem Weißen – ihrem Besitzer – zu verweigern? Und raten Sie weiter, ob es dem Mädchen gefallen hat, dass ein schwitzender alter Mann sich an ihr vergeht? Und wissen Sie übrigens, wer Grover Cleveland war? Der zweiundzwanzigste Präsident der Vereinigten Staaten. Er hat 1873 eine junge Frau in Buffalo vergewaltigt, Maria Helpin hieß sie. Cleveland war damals Sheriff, also schon ein mächtiger Mann. Maria Helpin wurde von der Vergewaltigung schwanger, sie brachte einen Sohn zur Welt. Cleveland hat ihr das Kind wegnehmen lassen und es in ein Waisenhaus gesteckt, um sein Verbrechen zu kaschieren. Helpin hat das Kind in ihrer Verzweiflung von dort entführt. Cleveland ließ sie dann mit Gewalt aus ihrer Wohnung holen und ins Irrenhaus einweisen. Mithilfe eines Anwalts kam sie wieder frei. Aber Maria musste in eine andere Stadt umziehen, und ihren kleinen Sohn sah sie nie wieder. Die Historiker nennen sie bis heute eine Schlampe.«

»Was wollen Sie damit sagen?«

»Dass ✳◻◆○◻ in keinem Sinn außergewöhnlich war. Er mag ein Schwein gewesen sein, aber er war unser Schwein.« Henry K. Bowder betrachtete seine schmutzigen Fingernägel. Dann sah er auf und sagte: »Sie machen einen Fehler, mein Freund. Einen philosophischen Fehler. Sie glauben – Sie wollen verzweifelt gern glauben –, dass ✳◻◆○◻ eine Aberration war. Eine Fehlentwicklung. Aber er war keine Abweichung. Er war die Norm, der Kulminationspunkt, auf den die amerikanische Geschichte seit 1776 mit unerbittlicher Logik zusteuerte. Er hat Amerika nicht zur Unkenntlichkeit, sondern zur Kenntlichkeit entstellt.« Bowder lächelte. »Und er hat versucht, die Überfremdung unseres Landes aufzuhalten. Darum werden wir Nummer fünfundvierzig immer lieben.«

Bildlegende: Die Kleinstadt 'Atsá-gi bei Sonnenuntergang. Auf den vorigen Seiten: Henry K. Bowder im Gespräch mit unserem Reporter. / Peter MacDonald, der korrupte Diktator, der 1989 von einer Revolution gestürzt wurde (Archiv). / Das Monument *für die gekidnappten Kinder im texanischen El Paso. / John Gasts Allegorie* Der Fortschritt Amerikas. */ Esperanza Guevara Castro, Kandidatin der Republikanischen Partei.*

Einen Monat später ging ich im Griggs Park in Dallas spazieren. Ich war nicht allein: Esperanza Guevara Castro ging an meiner Seite. Die vierzigjährige Politikerin hat mittlerweile wahrscheinlich alle Witze gehört, die im Zusammenhang mit ihren beiden Nachnamen gerissen wurden – trotzdem grinst sie tapfer über die Ironie, dass sie an zwei geschworene Feinde der Vereinigten Staaten erinnern. Selbstverständlich ist sie weder mit dem toten Diktator Fidel Castro noch mit dem toten Killer Che Guevara auch nur weitläufig verwandt. Als sie neulich Kuba besuchte, um der neuen konservativen Regierung zu ihrem Wahlsieg zu gratulieren, stellte sie nachdrücklich klar, dass sie keinesfalls vor der Ikone jenes Revolutionärs mit dem stieren Blick und dem schütteren Bart abgelichtet werden möchte. (Nein, auch nicht im Museum.) Wenn man sie zu ihrer Religionszugehörigkeit befragt, gähnt sie beinahe. Ja, sie sei eine schiitische Muslimin ... und ja, sie sei als gutes katholisches Mädchen aufgewachsen ... und nein, sie sei nicht nur ihrem Mann zuliebe zum Islam konvertiert. (Ihr Mann ist ein berühmter Wirtschaftswissenschaftler aus Teheran.) Und gewiss, das Kopftuch trage sie gern und freiwillig. Sonst noch etwas?

Lebhaft wird Esperanza Guevara Castro, wenn sie über ihre Chancen spricht, die nächste texanische Gouverneurin zu werden. Denn sie befindet sich mitten im Wahlkampf – bei unserem Spaziergang im Griggs Park begleitet uns ein Rudel von Sicherheitsleuten in schwarzen Anzügen. Vorher hat Ms. Guevara Castro im Kopftuch eine Schule besichtigt, für den Nachmittag steht ein Termin bei der Videobloggergewerkschaft im Kalender. »Ich glaube, dieses Mal haben wir eine echte Chance«, sagt die zierliche Frau im Kopftuch, »die Meinungsumfragen stehen gar nicht schlecht. Obwohl ich in der falschen

Partei bin.« Bekanntlich ist Texas ein solider *blue state:* Der Senat in der texanischen Hauptstadt Austin wird von den Demokraten dominiert, das texanische Repräsentantenhaus ebenso. Der Republikanischen Partei gelingt es hier seit einem Jahrzehnt nicht mehr, einen Fuß auf den Boden zu bekommen. »Uns hängt das miese Image an, wir seien der Verein der bösen alten weißen Männer«, konstatiert Esperanza Guevara Castro sachlich. »Aber ich glaube – ich hoffe –, wir werden dieses Image noch in meiner Generation abwerfen. De facto ist Amerika heute ein korrupter Einparteienstaat. So wie Südafrika nach der Apartheid, als ewig und drei Tage der *African National Congress* regiert hat. Das ist nicht gut, es muss einen Wechsel geben. Mit unserem Programm sind wir das notwendige Korrektiv.«

»Was ist denn das Programm der Republikanischen Partei?«, fragte ich die Wahlkämpferin.

»Der demokratische Sozialismus natürlich«, antwortete sie. »Wir sind die Partei von Abraham Lincoln, dem Karl Marx – jawohl, *der* Karl Marx! – zu seinem Sieg im Bürgerkrieg gratuliert hat. Er hat Lincoln, ich zitiere, einen starksinnigen eisernen Sohn der Arbeiterklasse genannt. Darauf können wir uns etwas einbilden.«

Als ich Esperanza Guevara Castro von 'Atsá-gi erzählte, der Kleinstadt voller »Austritts-Diné«, die unverdrossen ✳☐◆○☐ zujubeln, wurde sie still. »Furchtbar«, sagte sie. »Furchtbar und grotesk. Dieses grunzende Mistvieh hat meine Partei zielsicher über die Klippe getrieben. Ich will gar nicht davon reden, was das Schwein unserem Land angetan hat. Seinetwegen waren wir Republikaner für zwei Generationen so beliebt wie die Beulenpest.« Die kleine Frau mit dem Kopftuch blieb stehen und schaute zu Boden. »Andererseits ist es vielleicht ganz gut, dass es dieses groteske Dorf gibt«, meinte sie dann. »Vielleicht haben wir Amerikaner den Blonden ein bisschen zu schnell vergessen. Diese *Native Americans* erinnern uns daran, dass gerade gestern ... bitte verstehen Sie mich nicht falsch, und vor allem: zitieren Sie mich nicht ... also, dass gerade gestern wir selber die Wilden waren.«

Der Club hieß Aphrodite. Julia wartete in ihrem alten Mercedes jetzt schon eine halbe Stunde auf dem Parkplatz davor – das war ungewöhnlich. Eigentlich galt dies als hervorragender Standplatz. Sie seufzte und steckte die Nase in ihr Buch zurück. Epiktet, der hinkende Sklave, der stoische Philosoph. Alles, was Gott beschert, soll der Mensch ohne Widerspruch hinnehmen, das Gute wie das Böse, gleichviel. »Von allen Dingen, die existieren, stehen manche in unserer Macht, und andere stehen nicht in unserer Macht«, las Julia. »In unserer Macht stehen Gedanken, Triebe, der Wille, etwas zu bekommen oder der Wille, etwas zu vermeiden, mit einem Wort, all das, was wir selber tun können. Nicht in unserer Macht stehen Körper, Eigentum, Ansehen, öffentliches Amt – mit einem Wort, all das, was wir nicht tun. Die Dinge, die in unserer Macht stehen, sind ihrer Natur nach frei, unbehindert, ungebunden; Dinge, die nicht in unserer Macht stehen, sind schwach, knechtisch, Behinderungen unterworfen, von anderen abhängig. Erinnere dich deshalb: Wenn du dir vorstellst, das sei frei, was seiner Natur nach sklavisch ist, und das sei dein, was seiner Natur nach jemand anderem gehört, so wirst du behindert sein, du wirst trauern, du wirst in Verwirrung gestürzt werden, du wirst Götter und Menschen anklagen – aber wenn du denkst, nur das sei dein, was dir gehört, und was einem anderen gehöre, das gehöre tatsächlich ihm, so wird kein Mensch dir jemals einen Zwang oder eine Behinderung auferlegen können, du wirst niemandem Vorwürfe machen, niemand wird dich beschuldigen, du wirst nichts gegen deinen Willen tun, niemand wird dir je Leid zufügen, du wirst keinen Feind haben, denn niemand kann dich noch verletzen.«

Julia schaute von ihrer Lektüre auf. Sie klappte die Sonnenblende herunter und betrachtete ihr Gesicht in dem kleinen Spiegel, der darin eingelassen war. Wie alle attraktiven Menschen wusste Julia, dass sie schön war, und doch hatte sie ihre ganz persönliche, ihre heimliche Mängelliste. (Eine höchst unoriginelle Liste, bei der es um Mund, Brust, Hüften, Beine ging – sie fand diese Teile ihres Körpers der Reihe nach zu schmal, zu klein, zu breit und zu dick.) Ich bin ja eine tolle Stoikerin, dachte Julia. Hat mir Herr Epiktet nicht grad eben in aller Ausführlichkeit erklärt, dass es dumm ist, sich über etwas Gedanken zu machen, was man sowieso nicht ändern kann? Julia streckte sich selber die Zunge heraus.

Obwohl ihr als Frau der Zutritt streng verboten war, hatte sie eine recht genaue Vorstellung, wie es im Club mit dem Namen der griechischen Liebesgöttin aussah. Es gab dort drinnen eine Sauna und ein türkisches Dampfbad, ein Schwimmbecken, eine Bar, eine Lounge mit Plüschsofas und ein »reichhaltiges Buffet« (sie war neugierig, sie hatte die Webseite besucht). Drei Kinos, in denen Filme gezeigt wurden, die beträchtliche Defizite in puncto Handlung aufwiesen. Die Zimmer waren mit Motiven aus der griechisch-römischen Götterwelt bemalt: Es gab ein Jupiterzimmer, ein Venuszimmer, ein Zimmer des Merkur etc. Selbstverständlich wurden die Besucher getestet. Leider half das manchmal auch nichts, weil die Tests ja ungenau waren. So vieles an der Krankheit stellte die Wissenschaft vor ein Rätsel. Nicht einmal der Infektionsweg war restlos aufgeklärt. (Hatte Julia nicht neulich eine Studie in *The Lancet* gelesen, in der allen Ernstes stand, die Krankheit werde durch Blickkontakt übertragen?) Die jungen Frauen liefen nackt herum, man konnte ihre Bilder anklicken: »Cindy«, »Mandy«, »Anita«, alle mit schwarzen Balken über den Augen. Viele Rumäninnen, viele Inderinnen. Julia war in Hinsicht auf dieses Thema nicht sehr moralisch: Sie wusste, dass Pinguinweibchen Steine, die sie zum Nestbau benötigen, für Sex eintauschen, während Schimpansinnen sich für Fleisch prostituieren. Allerdings konnte sie sich beim schlimmsten Willen nicht vorstellen, ohne einen Faden Stoff am Leib vor wildfremden Männern zu paradieren. Über den Rest dachte sie lieber gar nicht erst nach. (Wahrscheinlich täuschten die alles vor.) Einmal hatte sie eine Frau, die im Club *Aphrodite* arbeitete, nach Hause kutschiert; eine schmale Blonde, sie sah beinahe unscheinbar aus. Die ganze Fahrt über hatte sie auf ihr Smartphone gestarrt und kein Wort gesagt, aber am Schluss ein großzügiges Trinkgeld gegeben. Die Männer, die aus diesem Club kamen, wirkten bestürzend normal: Dicke, Dünne, Gutaussehende und Quasimodos – solche im dunklen Anzug und solche in abgewetzten Klamotten. Die meisten blickten während der Fahrt krampfhaft zum Fenster hinaus, als schämten sie sich. Einer hatte sie nach ihrer Telefonnummer gefragt. Einer, der besonders brav wirkte, hatte ihr die Ehe angetragen. Julia stellte sich vor, wie manche der Kunden des Clubs *Aphrodite* nach Hause kamen, ihre Gattinnen umarmten, ihre Kinder auf den Mund küssten. Was hätte Epiktet dazu gesagt? »Bitte nicht darum, dass dir die Ereignisse nach deinem Willen geschehen sollen; sondern möge es dein Wille sein, dass die Ereignisse geschehen, wie sie es eben tun, und du wirst Frieden finden«, las Julia.

Wagenschlag auf; Wagenschlag zu. Ein Fahrgast war gekommen und hatte sich auf die Rückbank gesetzt. Julia legte ihr Buch weg, drückte auf den Anlasser und schaltete die Taxameteruhr ein. Klick! Nein, dachte sie eine Sekunde später, das kann nicht sein. Das ist nicht wahr, ich träume. Bodo war in Indien, das hatte er ihr selber gesagt. Aber sie sah. Ganz ohne jeden Zweifel sah sie: Seehundsschnäuzer, gescheiteltes langes Haar. Im selben Moment, als ihre Augen sich im Rückspiegel begegneten, war der Fahrgast auch schon wieder ausgestiegen. Ein Mann in einem langen dunklen Kaschmirmantel, den Schal elegant um den Hals geschwungen. Den Gang kannte sie. Aber jetzt ging der Mann schon nicht mehr, er rannte. Julia schaltete (klick) das Taxameter wieder aus und fuhr ihm hinterher. Jene erste Schrecksekunde lang hatte sich alles in ihr taub angefühlt, aber jetzt stieg die Wut in ihr hoch – unaufhaltsam, kaltheiße Lava in der Seele –, ihre Knöchel am Steuerrad wurden weiß. Liebend gern hätte sie ihn jetzt über den Haufen gefahren, aber er war schon auf dem Bürgersteig, dann lief er ein paar Treppen neben einer Brücke herunter. Sie wusste, wo er hinwollte – dort unten gab es (ungefähr dreihundert Meter entfernt) einen anderen Taxistand. Sie musste eine komplizierte Schleife fahren, um dort hinzugelangen ... und kam gerade rechtzeitig, um zu sehen, wie er in einen anderen Wagen stieg. Nacheinander fädelten sie sich in den Verkehr auf der Stadtautobahn ein. Drei Abfahrten weiter blinkte das Taxi vor ihr, fuhr rechts raus. Natürlich wusste Julia genau, wo sie waren. Ein paar Kilometer neben ihnen ragte ein bleicher

Spargel aus dem Asphalt: der Fernsehturm. Sie hielten genau auf den Fluss zu. Eine Ampel – sie konnte die Gestalt des Mannes durch das Rückfenster erkennen; er saß vornübergebeugt, sie sah die blonden Strähnen, die in seinen Nacken fielen.»Schwein!«, rief Julia. Sie schlug mit beiden Händen auf das Steuerrad, bis sie weh taten, dann schaltete die Ampel auf Grün. Das Taxi vor ihr fuhr mit quietschenden Reifen an, Julia lachte hysterisch. In welchem Film bin ich hier eigentlich, dachte sie. Eine Autoverfolgungsjagd? Ernsthaft? In ihrem Kopf spielte ein Orchester die James-Bond-Melodie: Die Bässe mit ihren hypnotisierenden Sekundenabständen wummer-ten, darüber triumphierten hysterisch die Trompeten. Plötzlich schob sich von links ein gelber Koloss in ihre Fahrspur, sie musste scharf bremsen. Ein DHL-Laster, der bestimmt bis unter das Dach mit hochwichtigen Paketen beladen war. Trottel! Dummkopf! Rhinozeros! Noch eine Ampel. Als der gelbe Koloss nach einer Ewig-keit, die circa fünf Minuten dauerte, endlich abbog und die Sicht freigab, war das Unglück passiert – das Taxi vor Julia war verschwunden.

Resigniert fuhr sie zu Bodos Adresse, parkte. Sie läu-tete draußen Sturm, aber keiner öffnete. Sie ging seitlich an dem dreistöckige Kalksteinhaus vorbei, kletterte die Böschung hinunter zum Kanal und schaute nach oben: Die Jalousien vor seinem Panoramafenster waren dicht (auch die Jalousien der Wohnung über ihm, die seinem Fotografen gehörte). Julia wählte seine Nummer auf ih-rem Smartphone; es klingelte, klingelte, klingelte. Nichts. Nicht einmal ein Anrufbeantworter, den sie anschreien konnte. Sie kletterte wieder hoch. Irgendwann sah sie eine Nachbarin – eine ältere Frau mit Einkaufstasche – die stille Straße überqueren. Die Frau legte ihren Zeigefinger in das elektronische Lesegerät neben der Pforte, drückte sie auf und betrat das Haus: Julia folgte ihr in den Flur. Dann warf sie sich mit dem ganzen Gewicht ihres Körpers auf Bodos Wohnungstür; trommelte mit den Fäusten darauf.

»Darf ich fragen, was Sie hier tun?«, fragte die Nachbarin.

»Ich will zu Herrn von Unruh«, schrie Julia, »diesem Mistkäfer, diesem ... ungeputzten Arschloch!«

»Wenn Sie nicht auf der Stelle verschwinden, rufe ich die Polizei«, sagte die Nachbarin.

Julia trollte sich. Natürlich fing sie erst an zu weinen, als sie zu Hause war und keiner sie mehr sehen konnte.

ACHTE REISE:
DIE SUCHE NACH DEM
TRANSZENDENTALEN
ORGASMUS

(Text: Bodo von Unruh, Fotos: Jacques Lacoste)

Atman ist Brahman«, sagte der Guru vorn auf dem Podium. »Das ist die tiefste Erkenntnis. Einatmen: Brahman. Der Urgrund alles Seins. Die Wahrheit hinter der Wirklichkeit. Das Göttliche, das Universale. Ausatmen: Atman. Deine Individualseele. Unverwechselbar. Einzigartig. Einatmen. Ausatmen. Spüre es in deinem Inneren: Atman ist Brahman.« Der Guru saß im Schneidersitz auf einem Kissen, rechts und links von ihm flackerten Kerzen, hinter ihm an der Wand prangten bonbonbunte Bilder, die jedes zarte Gemüt zum Erröten bringen mussten. Kopulierende Paare; Frauen mit gespreizten Beinen; masturbierende Männer. »Du kannst es dir wie ein Feuer vorstellen«, sagte der Guru. »Das Feuer ist Brahman. Und dann stieben Funken davon. Hihihi!« – sein Finger zeichnete eine komplizierte Girlande durch die Luft. »Und hihihi!« Noch eine Fingergirlande. »Die Funken können sich wohl einbilden, sie seien eigenständige Wesen – hihihi! Aber eigentlich sind sie Feuer vom Feuer, nichts weiter.« Vor dem Guru saßen mehrere hundert Männer und Frauen. Die meisten hielten die Augen geschlossen, während er sprach. Sie waren in sackartige graue Umhänge gekleidet. Um den Hals trugen sie an Halsketten ein blumenartiges Gebilde aus farbigem Glas; sechs Blütenblätter. »Ich will euch eine Geschichte erzählen«, sagte der Guru. »Ein Schüler wollte einst lernen, wie man Wunder bewirkt. Auf Wasser gehen. Gedanken lesen. Fliegen können. Ich meine natürlich, ohne Flugzeug!« Gelächter. »Man sagte dem Schüler, es gebe in Tibet einen Mönch, der ihm all dies beibringen könne. Also machte er sich auf den Weg. Es war eine weite und beschwerliche Reise. Er musste zum Himalaja hinaufsteigen, das ist kein Spaß! Und als er ankam, war er sehr verwirrt. Hier in Südindien behandeln wir Gäste wie Götter. Wir verehren sie und bieten ihnen etwas zu essen an. In Tibet kümmerte sich kein Mensch um unseren Schüler. Sie haben dort eine andere Kultur: Es geht darum, das Innere zu erkennen, Äußerlichkeiten sind nicht so wichtig. Endlich gelangte der Schüler zu dem buddhistischen Kloster, wo jener Wundermönch wohnte. Ihm wurde gesagt, bevor er den Mönch sehen könne, müsse er erst einmal seine Seele in einem kalten See reinigen. Der See war nicht kalt, er war eiskalt! Schließlich befand er sich im Himalaja! Blau und schnatternd trat der Schüler vor den Mönch. Er brachte sein Anliegen vor. Der Mönch sagte, um diese Wunder zu bewirken, müsse er meditieren und dabei drei Mantras sagen. Aber!« – der Guru hob spielerisch-mahnend den Zeigefinger. »Aber! Der Mönch sagte, der Schüler müsse, während er jene drei Mantras aufsagte, eine strenge Bedingung beachten: Keine nackten Weiber!« Wieder lachte das Publikum. »Auf keinen Fall dürfe er beim Aufsagen jener heiligen Mantras an nackte Weiber denken.«

Der Guru legte eine Pause ein, während vor ihm gekichert wurde, dann fuhr er mit seiner Erzählung fort. »Der Schüler war überglücklich. Heimlich dachte er: Was für ein leichtsinniger Idiot dieser Mönch ist, dass er einfach so jene mächtigen drei Mantras ausplaudert. Er reiste zum heiligen Fluss Ganges, setzte sich ans Ufer und fing an, das erste Mantra zu sprechen. Aber er kam nie über das Wort *Om* hinaus – sofort tauchte in seinem Geist eine nackte Frau auf.« Der Guru deutete auf die obszönen Illustrationen hinter seinem Rücken. »Also sprang der Schüler in den Ganges zur spirituellen Reinigung. Dann setzte er sich wieder in Positur und meditierte. *Om!* Diesmal waren es schon zwei Frauen. Dann drei. Sie stellten unaussprechliche Dinge mit ihm und miteinander an. Nackte Weiber, nackte Weiber, nackte Weiber! Am Ende kehrte der Schüler zu dem Mönch in Tibet zurück. Es ist mir egal, ob ich je lerne, Wunder zu bewirken, sagte er, befreie mich nur bitte von all den Brüsten und Hinterteilen und nassen Schenkeln in meinem Kopf!« Langes anhaltendes Lachen; Applaus.

»Ich weiß nicht, was der buddhistische Mönch unserem armen verwirrten Schüler geraten hat«, sagte der Guru. »Aber ich weiß, was Swadhisthana ist.« Er hielt seinen Anhänger hoch – auch er trug eine Glasblume mit sechs Blütenblättern um den Hals. »Swadhisthana ist ein Tschakra, eine seelische Kraft; dies ist sein Symbol; und sein Sitz ist hier.« Ungeniert fasste der Guru sich vor allen Leuten an seinen *Lingam*. »Es wird durch die Todesfurcht blockiert. Aber wer seine Todesfurcht überwindet, der kann seine Energie frei strömen lassen. Hier- und dorthin. Vor allem dorthin! Und dann geschehen wunderbare Dinge. Der Gedanke an nackte Weiber – oder, für die Ladys, an nackte Männer – ist dann gar keine Ablenkung. Er ist das Ziel der Meditation! Dieses Tschakra bringt Vulkane zum Überfließen, stille Seen zum Kochen, es lässt Geysire emporschießen und bringt heilsame Zyklone zum Wirbeln ... Man muss, um dieses Wunder zu vollbringen, nur eines verstehen: Atman ist Brahman.

Das ist alles. Einatmen, ausatmen. Nichts weiter. Darin besteht das ganze Mysterium.«

Der Guru – er hieß Rajneesh Chowdury – war ein schöner alter Mann. Der Bronzeton seiner Haut kontrastierte reizvoll mit seinen wilden weißen Augenbrauen und seinem prächtigen weißen Rauschebart. Außerdem war er – im Unterschied zu seinen Anhängern – nicht in einen grauen Sack gekleidet: Er trug einen glänzenden silbernen Anzug, der ihm passte, als sei er hineingewachsen. Später bekam ich mit, wie er in seinem Privatgemächern die Augenbrauen und den Bart abnahm; beides war nur angeklebt gewesen.»Das können Sie ruhig schreiben«, sagte er lächelnd,»das macht mir nichts aus.« Die Leute hätten eben eine gewisse Erwartung, wie ein Guru auszusehen habe, und er erfülle diese Erwartungen nur zu gern.»Auf die Botschaft kommt es an, der Botschafter ist unwichtig.« Auch sein Werdegang sei keineswegs geheim. Ich dürfe also ruhig verraten, sagte Rajneesh Chowdury, dass er bis vor fünf Jahren ein kleiner Beamter im Dienste der indischen Regierung gewesen sei, dessen Religiosität sich darauf beschränkte, zu Ehren der Geburt von Krischna sein Haus festlich zu schmücken und mit seiner Familie in den Tempel zu gehen. Seine Kenntnis der Weden, Upanischaden und Puranas sei – er gestehe das freimütig – bis heute lückenhaft. Aber dann hatte er ebendieses Erlebnis, das ihn auf seinen ganz persönlichen spirituellen Pfad geführt habe. Fundamentalistische Christen würden wohl von einem Erweckungserlebnis sprechen: einer religiösen Wiedergeburt.

Es sei drei Jahre nach dem Tod seiner ersten Frau passiert, sagte Rajneesh Chowdhury. Er habe versucht, mit anderen Frauen anzubändeln, aber daraus sei nie etwas geworden – »ich war eben nicht mehr ganz tau-frisch«. Die Kinder seien mittlerweile erwachsen und aus dem Haus gewesen; seine Enkel bekam er an jedem Wochenende zu sehen. »Das war zwar schön, aber es füllte die Lücke nicht aus, die ich im Inneren meines Wesens fühlte.« Er sei immer tiefer in der Einsamkeit des Alters versunken; mit der Einsamkeit hätten die Dämonen der Depression an seine Haustür geklopft. Er habe allen Ernstes an Selbstmord gedacht. Das Einzige, was ihn von dem letzten schwarzen Schritt ins Nichts zurückhielt, sei der Gedanke an seine Familie gewesen, der er das nicht antun dürfe. Innerlich aber sei er immer mehr erstarrt. Bis er eines Abends – Rajneesh Chowdhury fuhr gerade mit dem Bus nach Hause – plötzlich *sie* erblickte. »Ich war auf der Stelle verknallt«, sagte er. *I was immediately smitten*. Andere hätten sie vielleicht nicht schön oder nicht einmal hübsch gefunden – für ihn aber war die Frau mit dem ergrauenden Haar und dem rubinroten *Bindi* auf der Stirn die Einzige und Eine. Hemmungslos starrte er sie an. Und dann spürte er, dass sie keineswegs Fremde waren, obwohl sie einander noch nie begegnet waren. Atman ist Brahman. Funken und Feuer. Gleichzeitig (es war eben schon Jahre her, seit Rajneesh Chowdhury Haut an Haut mit einer Frau gelegen hatte) versuchte er zu erraten, welche üppigen Formen diese Dame unter ihrem Sari verbarg. »Ich stellte mir vor, wie es wohl wäre, ihre *Yoni* zu verwöhnen«, sagte er und grinste. Zwei Bushaltestellen weiter bemerkte er, dass er mit seinen Gedanken offenbar etwas bei ihr anrichtete. Bei der fünften Haltestelle hatte sie jenes Erlebnis, das Sexualforscher mit dem kalten Ausdruck *Orgasmus* umschreiben. Sie versuchte, ihren Lustausbruch vor den anderen Fahrgästen zu verbergen, aber Rajneeesh Chowdhury sah die glasigen Augen, hörte die Laute, die sie hinter der zum Mund geführten Hand erstickte, und wusste Bescheid: Er hatte gerade eben einer Frau ein kosmisches Jubelerlebnis beschert. Er hatte ihr Tschakra zum Fließen gebracht, ohne Hand an sie zu legen – rein telepathisch. Er fragte sie nach ihrer Telefonnummer; sie gab sie ihm. »So habe ich meine zweite Frau kennengelernt.« Wie es sich traf, war sie eine gelernte Finanzberaterin. Heute ist Udjati Chowdhury die Geschäftsführerin des Unternehmens, das Rajneesh mit seinen Auftritten begründet hat. »Ich fühlte, dass es unanständig gewesen wäre, mein Geheimnis für mich zu behalten«, sagte er. »Es gab so viele Leute, denen ich mit meiner Methode helfen konnte!«

Millionen wollen heute von ihm lernen. Aber Chowdurys Aschram, der unweit der Kleinstadt Alathur im indischen Bundesstaat Kerala liegt, ist ein höchst exklusiver Club: *No Entry* steht groß und rot auf dem Schild über dem schmalen Kiesweg, der zu jener winzigen Siedlung führt, in der die Kunst des transzendentalen Orgasmus gelehrt wird. Der private Wachdienst, den der Guru beschäftigt, versteht keinen Spaß: Eindringlinge werden ohne Ausnahme gestellt und wegen Hausfriedensbruch verklagt. Manche Studenten warten jahrelang, bis sie endlich aufgenommen werden. Denn Rajneesh Chowdury besteht auf dem persönlichen Unterricht: Es gibt von seinen Seminaren – oder sollte man sie besser Auftritte nennen? – keine Videomitschnitte, keine Tonaufnahmen, noch nicht einmal schriftliche Aufzeichnungen. Einem indischen Kamerateam hat er neulich ein Interview gegeben. Mein Fotograf und ich waren aber die ersten Journalisten, die Rajneesh Chowdury in sein Allerheiligstes vorgelassen hat: in die Halle, wo er im Schneidersitz seine Lektionen erteilt. Seine Schüler bekommen glänzende Augen, wenn sie von ihrem Guru sprechen. »Er hat mein Leben verändert«, sagt die vierundzwanzigjährige Alicia Silverstein, eine Studentin aus Kalifornien. »Ihm verdanke ich mein Lebensglück«, sagt Iskandar Sharif, ein vierzigjähriger Geschäftsmann aus Pakistan. »Ohne den Guru wäre ich im Elend versunken«, sagt Samuel Obikwelu, ein zwanzigjähriger Nigerianer. »Ich liebe ihn!«, sagt Abhirami Nehru, eine dreißigjährige Inderin. Die eindrucksvollste Geschichte von allen hatte aber Percy Montgomery Swift III zu erzählen, ein Softwareingenieur aus Pennsylvania, mit dem mein Fotograf und ich uns eines Mittags in einem Starbucks außerhalb des Aschrams trafen.

Bildlegende: Rajneesh Chowdury als Guru. (Mit Rücksicht auf die jugendlichen Leser wurden die Abbildungen im Hintergrund retuschiert.)

An dieser Stelle wird es leider notwendig, von Äußerlichkeiten zu sprechen. Also: Percy Montgomery Swift III sieht wie ein Schellfisch aus, der an etwas Anstoß genommen hat. Sein Kinn ist nicht der Rede wert; eine Lippen-Kiefer-Gaumenspalte wurde unsachgemäß vernäht; die Nase wirkt, als hätte ein Spaten sie getroffen. Glubschaugen von undefinierbarer Farbe, ein beinahe haarloser Schädel, eine beachtliche Wampe und dicke bleiche Hände vervollständigen das Bild. Den grauen Umhang und die Glasblume an der Halskette trug Percy Montgomery Swift III auch außerhalb des Aschrams. Wenn seine Hässlichkeit nicht abstoßend wirkte, so lag das an seinem Wesen: Er war nicht verbittert, sondern witzig, und zeigte beim Lachen gern die kleinen krummen Zähne.

»Ich muss mit einem Geständnis anfangen«, sagte Percy Montgomery Swift III und blies besänftigend auf seinen kochend heißen Zwanzig-Unzen-Kakao. »Bis zum Alter von einunddreißig war ich eine internetpornografie-süchtige Jungfrau. Sie verstehen, ich hatte praktisch alles gesehen, was es gibt. Zu zweit, zu dritt, zu viert. Frauen mit Männern, Frauen mit Frauen. Orgien. Die verführte Unschuld vom Land und den verführerischen Vamp. Ich hatte halbe Nächte hechelnd vor dem Bildschirm verbracht. Aber ich hatte noch nie auch nur Händchen mit einer Frau gehalten.« Er nahm einen winzigen Schluck von seinem Heißgetränk. »Mit fünfzehn war ich in ein Mädchen verliebt, das an meine Schule ging. Sie war blond und hieß Melissa; ganz besonders gefiel mir ihr Profil. Sie hatte eine fürwitzige Nase und wache grüne Augen. Natürlich fand ich nie den Mut, sie anzusprechen. Ich war doch so hässlich. Irgendwann verfiel ich auf einen tollen Trick: Ich schrieb einen Roman. Er handelte von einem Helden, der dahinterkommt, dass die Regierung von Aliens unterwandert wurde – ich stand damals sehr auf Verschwörungstheorien –, vom FBI und der CIA gleichzeitig verfolgt wird, mit einem alten Studebaker durch den Mittleren Westen fährt und auf eine alte Farm trifft, wo eine Gemeinschaft von freundlichen Anarchisten ihn versteckt. Und zu den Anarchisten gehört ein schönes blondes Mädchen mit einem interessanten Profil. Dieses Manuskript steckte ich in einer Pause mit zitterndem Herzen und klopfenden Händen – oder umgekehrt – Melissa zu und bat sie um ihr Urteil. Sozusagen anstelle eines Liebesbriefs. Ich dachte, meine schriftstellerischen Künste würden sie dazu bringen, gnädig über meine Hässlichkeit hinwegzusehen.« Noch ein Schluck. »Zwei Tage später lachten ihre Freundinnen mich auf dem Schulhof aus. Sie hatte ihnen mein Werk gezeigt! Das war es dann. Es folgten noch ein paar Verliebtheiten, aus denen nie etwas wurde. Genauer gesagt war es so: Ich wurde zu einem *besten Freund*. Wissen Sie, was ein bester Freund ist? Genau. Jemand, den Frauen gern mögen und dem sie ihre Geheimnisse anvertrauen. Gleichzeitig würden sie nie daran denken, mit ihm ins Bett zu gehen. Ich führte sozusagen ein Doppelleben: Tagsüber war ich der nette, wenn auch hässliche Junge, mit dem man über alles reden kann, nachts saß ich über den Bildschirm gebeugt und schaute mir unglaubliche Schweinereien an. Das heißt, ich war hoffnungslos einsam.«

Percy Montgomery Swift III seufzte.»Ja, es war traurig. Hinzu kommt, dass ich damals auch noch arm war. Ich konnte mir überhaupt nichts leisten. Ich wohnte in der Garage meiner Eltern in einem Vorort von Pittsburgh. Und weil es nun schon gar nicht mehr darauf ankam, und weil ich doch eigentlich – jedenfalls irgendwie – ein Schriftsteller war, brach ich mein Informatikstudium ab und fing an, etwas furchtbar Nutzloses zu studieren: Literaturwissenschaft. Und so traf ich sie.« Percy Montgomery Swift III seufzte noch einmal tief.»Emine Aslan.«

»Lassen Sie mich raten«, sagte ich. »Eine Kommilitonin.«

»Nein, nein«, sagte er. »Viel schlimmer. Eine Professorin. Vollkommen unerreichbar.« Er stürzte eine Unmenge dampfenden Kakao in sich hinein. »Es heißt ja immer, dass wir Männer Frauen als Erstes auf den Busen schauen«, sagte er dann. »Das ist aber gar nicht wahr. Ich meine, nichts gegen Busen! Eine wirklich schöne Erfindung. Aber mir war immer egal, ob Frauen eine große oder kleine Brust haben. Zugegeben, irgendwann nimmt man die Tatsachen zur Kenntnis, und über diese Tatsachen ist man dann meistens erfreut. Aber ich schaue bei einer Frau als Erstes auf den Mund. Der Mund von Professor Aslan ist einsame Spitze! Breit und sinnlich; lachlustig; herrliche weiße Zähne. Und dann erst ihre Stimme! Emine Aslan hat einen ziemlich tiefen Alt. Irgendwann ging ich nur noch in ihre Vorlesungen, um diesen Alt zu hören, dessen Wirkung noch dadurch gesteigert wird, dass sie – Emine Aslan stammt aus der Türkei – einen ganz feinen Akzent hat.« Percy Montgomery Swift III schwieg lange. »Natürlich hat sie dunkle Augen, apart geschnitten, beinahe mandelförmig. Und eine feine lange gerade Nase. Und einen schlanken Hals, den ich sofort küssen wollte. Habe ich eigentlich schon ihren Gang erwähnt? Professor Aslan ist sehr zierlich, einen Kopf kleiner als ich. Aber das fiel mir nie auf. Weil sie einen so stolzen Gang hat. Und die schönsten Beine der gesamten Universität. Quatsch, die schönsten Beine von Pittsburgh! Ihr Alter hat mich nie interessiert. Durch Googeln fand ich heraus, dass sie schon auf der schattigen Seite der vierzig angelangt war. Ich selber war damals, wie gesagt, einunddreißig.« Der Erzähler leerte sein Getränk auf einen Zug und knüllte mit einer beinahe brutalen Geste den Pappbecher zusammen. »Es war die reine Agonie. Tagsüber studierte ich; sobald es dunkel wurde, durchstöberte ich das Internet nach nackten Frauen, die Emine Aslan ähnlich sahen, mit wechselndem Erfolg. Eines Nachts stieß ich dann auf die Anzeige. Die Anzeige von Guru Rajneesh Chowdury. Ich war so verzweifelt, dass ich mich auf der Stelle bewarb. Drei Tage später kam die Mail: Ich sei als Student angenommen, weitere Unterlagen kämen mit der Post. In der Mail wurde auch haarklein erklärt, was ich tun musste, um beim indischen Konsulat ein Visum zu bekommen. Das Geld für das Flugticket habe ich von meinen Eltern geliehen, einen Monat später war ich hier. Und dann fing ich mit meinen Exerzitien an. Erstens: komplette Internetabstinenz. Keine Diskussionen über Weltverschwörungen, keine hasstriefenden Homepages, und vor allem: absolut keine mitternächtlichen Schmuddelfilmchen mehr! Das Zweite war der Verzicht auf Masturbation. Sehr, sehr schwer für mich! Beinahe nicht zu machen. Aber absolut notwendig. Und dann lernte ich, durch Meditation meine sexuelle Energie zu fokussieren.« Percy Montgomery Swift III lachte. »Anfangs befand ich mich in einem priapischen Dauerzustand. Mit meinem *Lingam* hätte ich praktisch Bretter durchhauen können! Nach zwei Monaten wurde es allmählich besser. Vor allem, nachdem der Guru mir eine Übungspartnerin zugeteilt hatte. Wir lernten, gegenseitig unsere Tschakras zu öffnen. Erst saßen wir einander direkt gegenüber, dann wurde der Abstand langsam vergrößert. Heute schaffe ich es, spukhafte Fernwirkungen aus bis zu sechzig Fuß Abstand hervorzurufen – es gibt nur eine Bedingung: Ich muss mit der Frau, die ich begehre, im selben Raum sein. Auf Blickkontakt kann nämlich nicht verzichtet werden. Nicht einmal der Guru kommt *dabei* ohne Blickkontakt aus.

Nach einem Jahr strengster Exerzitien, Meditationsübungen und mystischer Geheimstudien hier im Aschram war ich bereit, nach Pittsburgh zurückzukehren. Ich wollte das Gelernte nun praktisch anwenden. Selbstverständlich schrieb ich mich wieder als Student der Literaturwissenschaft ein. Ich weiß es noch wie heute: Es war ein heißer Sommertag. Sie hatte immer noch die schönsten Beine des Universums. Unter dem Arm hielt sie eine Aktenmappe. Ihr entnahm sie das Vorlesungsmanuskript und ein Etui, in dem ihre Lesebrille ruhte. Eine Halbbrille. Irgendwie fand ich das besonders erotisch: dass sie ganz vorn auf der Nase eine Brille trug. Dann fing Emine Aslan an zu reden – in diesem wunderbaren Alt (sehr tief, ein bisschen schartig), nach dem ich mich nun schon ein Jahr lang sehnte. Ich hatte mich strategisch ganz nach vorn und ganz an die rechte Seite gesetzt, sodass ich sie im Profil sah, hinter dem Pult aber auch ihren Körper im Blick hatte. Ihre kostbaren Schultern. Die Halsbeuge. Sie hatte ihre Frisur verändert, trug ihr glattes rötlichbraunes Haar jetzt ein bisschen kürzer – das stand ihr nicht schlecht, fand ich. Das Thema der Vorlesung war der Rosenroman – der »erste Bestseller des Mittelalters«, wie Emine Aslan sich ausdrückte. Sein Verfasser: ein gewisser Guillaume de Lorris, von dem wir eigentlich nicht mehr wissen, als dass er Franzose war. Um 1235 fing er an, seinen *Roman de la Rose* zu dichten. Während Emine Aslan den Inhalt des Rosenromans referierte, streichelte ich sie mit Blicken. Ihren Hintern, der, nebenbei erwähnt, göttlich war. Ihren Rücken; ihren Nacken. Als ich beim Ohrläppchen angekommen war, stellte ich ganz sanft die Verbindung zwischen unseren Tschakras her. Ich ließ Strom fließen. Und nach ungefähr einer Minute (Emine Aslan erzählte gerade, wie der Ich-Erzähler des Rosenromans vom Pfeil der Liebe getroffen wird) hielt sie mitten im Satz inne und schob mit dem Zeigefinger ihre Halbbrille den Nasenrücken hinauf. Mein Zauber hatte zu wirken begonnen.«

»Moment, Moment«, warf ich ein. »Ist das nicht so etwas wie eine Vergewaltigung? Und besonders hinterhältig, weil das Opfer gar nicht merkt, dass ihm ein fremder Willen aufgezwungen wird?«

»Nein«, erwiderte Percy Montgomery Swift III. »Die Voraussetzung dafür, dass die Sache funktioniert, ist ein überbordendes Interesse an der anderen Person. Die ganze Gestalt umfassende Sympathie. Sie können ruhig auch *Verliebtheit* dazu sagen. Anderenfalls würde keine energetische Verbindung zustande kommen. Und sie können sich ein anderes Tschakra nicht unterwerfen. Metaphysikalisch – wenn das ein Wort ist – unmöglich. Sie können sich das andere Tschakra nur mit großer Geduld günstig stimmen. Ich sollte vielleicht hinzufügen, dass *es* nicht nur von Mann zu Frau funktioniert, sondern auch von Frau zu Mann – sowie in allen Kombinationen, die Sie sich in Ihrer schmutzigen Phantasie ausmalen können. Schon häufig haben Damen mit dieser Methode meinen *Lingam* gebuttert. Wo war ich stehengeblieben?«

»Sie schob mit dem Finger ihre Brille hinauf«, sagte ich.

»Ach ja. Also: Ich ließ behutsam ein bisschen mehr Strom fließen, während Emine Aslan erzählte, dass Guillaume de Lorris leider genau bei Vers 4068 vom Sensenmann die Gänsekielfeder aus der Hand genommen wurde. Sein Versroman, in dem es um einen komplizierten erotischen Traum geht, blieb unvollendet, aber dann schrieb an Guillaumes Stelle ein gewisser Jean de Meung den Roman fertig: ein hochgebildeter Ideologe, ein männlicher Chauvinist. Ich ließ meine Blicke von der Seite über Aslans schlanke Fußfesseln gleiten. Anschließend nahm ich mir ihre Zehen vor. Offenbar gefiel ihr das; ich merkte, wie sie beim Reden lächelte. Ich hätte jetzt gleich mit der Yonimassage anfangen können, aber ich wollte lieber noch einmal ihre Fingerspitzen und ihren Nacken besuchen. Ich sah, wie eine milde Röte, von der Kehle kommend, ihren Hals erfasste und in ihr Gesicht hochstieg. Und noch etwas bemerkte ich: Sie hatte hinter ihrem Rednerpult Standbein und Spielbein gewechselt. Ich war also auf dem richtigen Weg. Noch einmal wandte ich meine Aufmerksamkeit ihrem göttlichen Hintern zu. Dezent erhöhte ich die Energiespannung. Jetzt verlagerte sie hinter dem Pult schon wieder das Gewicht! Und wieder! Ich bildete mir ein, dass ich von meinem Platz aus hören konnte, wie ihre Netzstrümpfe aneinanderschabten, während Emine Aslan, meine sehr irdische Göttin, die Schenkel aneinanderrieb. Und nun kam jener Sekundenbruchteil, auf den ich mich schon die ganze Zeit gefreut hatte.«

»Was geschah?«

»Sie können das Tschakra einer Frau, die Sie begehren, sozusagen nicht anonym öffnen«, sagte Percy Montgomery Swift III. »Unbewusst wird die Frau, in die Sie verliebt sind, merken, woher die transzendentale Liebkosung kommt. So auch Emine Aslan. Sie hielt mitten im Satz inne – sie erzählte gerade, dass Jean de Meung, dieser fiese Chauvi, die körperliche Liebe nur drastisch und zynisch beschrieben habe – und wandte den Kopf zur Seite. Dann fixierte sie mich über den Rand ihrer Halbbrille hinweg mit einem Glutblick ihrer dunklen und (wie gesagt) beinahe mandelförmigen Augen! Mein Herz jubelte. Und ich beschloss, aufs Ganze zu gehen. Atman und Brahman; Einatmen, Ausatmen. Volle Konzentration. Ich spürte mein Atman, ließ es in ihrem Brahman versinken. Ich brachte ihr Brünnlein zum Fließen. Das war dann der Moment, wo sie kurz in ihrem Vortrag innehielt und sich trocken räusperte. Ich verstand, warum sie hustete; sie hätte liebend gern laut gestöhnt und versuchte, ihr Stöhnen notdürftig zu kaschieren. Noch ein Husten, nein, diesmal war es ein regelrechter Anfall. Die Sehnen an ihrem schlanken Hals spannten und entspannten sich, ich wusste: Emine Aslan war jetzt hilflos, hoffnungslos, kopflos geil. ›Christine de Pizan‹, sagte sie. ›Christine de Pizaaaan ...‹ Sie musste sich mit ihren langen feinen Intellektuellenfingern am Pult festhalten. Ihre Knöchel wurden weiß. Ich ließ meinen Astralleib zu ihr hinüberspazieren, stellte mich hinter sie und umfasste sie von hinten mit unsichtbaren Händen. Es war, wie gesagt, ein heißer Sommertag; sie trug keinen BH; und so konnte ich von der Seite her deutlich sehen, dass die beiden schönen Antennen unter ihrer Bluse längst auf Empfang gespitzt waren. Sie rang sichtlich um Fassung, ihr Gesicht war mittlerweile knallrot. Frau Professor Aslan nahm einen Schluck Wasser. ›Moderne Feministinnen wollen Christine de Pizan gern als eine der Ihren verbuchen‹, sagte sie dann. ›Aber das ist ein Anachro... Anachronis...‹ Diesmal schaffte sie es nicht mehr, einen Hustenanfall zur Tarnung vorzuschicken. Sie presste die Lippen zusammen, aber zu spät: ein langgezogener Seufzer entwich ihnen. Swisch-swisch-swisch, machten ihre Netzstrümpfe. Ich konnte sehen, wie unter dem Minirock ihre Muskeln arbeiteten. Wenn ich meinen Astralleib an sie presste, konnte ich es auch spüren. Noch aber war Emine Aslan nicht zur Kapitulation bereit. ›Christine de Pi...‹, sagte sie. ›Christine de Pizan ... hat ... Jean de Meung ... angegriffen ... aber ... das‹, hier brauchte sie eine kleine Verschnaufpause, ›aber ... das ... macht ... sie ... noch ... nicht ...‹ Swisch-swisch-swisch-*swisch!* ›Noch ... nicht ... zu ... einer ... modernen ...‹ Sie atmete hörbar aus: ›Feministinnnn.‹ Professor Aslan schloss die Augen. Sie sog scharf Luft durch die Zähne. Das bisschen Restvernunft, das ihr verblieben war, paraphierte mit bebender Hand die Kapitulationsurkunde, die der Orgasmus ihr entgegenhielt. Ihr Mund öffnete sich zaghaft, ein nicht besonders lautes Stöhnen drang heraus.

Dann warf sie den Kopf in den Nacken und kam. Zuckend. Schreiend. Sie kam so gewaltig, dass sie halb hinter dem Pult zusammenbrach und sich mit einer Hand oben festhalten musste. Es schüttelte sie gut eine Minute lang durch. Ihre Zähne klapperten. Schweiß perlte, ihr herrlicher Hals war klitschnass. Sie sagte so etwas wie: *Ohoooo*, vielleicht war es auch *Oh Gott*, das Sprachzentrum ihres Gehirns hatte sich vorübergehend abgemeldet. Ich schwöre, dass ich sie von dort, wo ich saß, riechen konnte. Sie können sich denken, dass auch mir dabei die Milch überkochte. Als sie endlich fertig war, richtete Emine Aslan sich auf. Dann legte sie ihre Brille zusammen, ließ das Etui schnappen, verstaute ihre Augengläser und verkündete – nachdem sie mir einen weiteren dunkel-feurigen Blick zugeworfen hatte –: *Leute, das hat mir verdammt gutgetan.*«

»Und dann?«, fragte ich.

»Wir trafen uns auf einen Kaffee«, sagte Percy Montgomery Swift III. »Dann zum Abendessen. Wir hatten eine kurze heftige schöne Affäre. Emine Aslan trennte sich von ihrem Mann, neben dem sie schon seit Jahren herlebte, ohne dass sie ihn noch besonders geliebt hätte. Dann heiratete sie … einen anderen. Ich war nichts als der Schuhlöffel gewesen, der ihr aus einer alten Ehe herausgeholfen hatte, einer Ehe, die ihr nicht mehr passte. Das konstatiere ich ohne Bitterkeit. Es ist doch Ehrensache, dass man einer so wunderbaren Frau den kleinen Gefallen tut, sie aus einer unangenehmen Situation zu befreien. Und dass man dabei alle sieben Sinne und seine ganze Geschicklichkeit einsetzt. Hinterher sagt man eben: *Es war sehr schön, es hat mich sehr gefreut*, und jeder geht seiner Wege. Ich hoffe, es geht ihr gut, wo immer sie jetzt sein mag.«

»Und Sie?«, fragte ich.

»Besten Dank, ich bin versorgt«, sagte Percy Montgomery Swift III. »Ich habe danach mein Studium der Literaturwissenschaft aufgegeben und auf Astrophysik umgesattelt. Heute arbeite ich für eine Firma im Silicon Valley. Ich komme immer noch jedes Jahr für mindestens eine Woche hierher, um meine Kenntnisse aufzufrischen. Und ...« Er griff in eine Tasche, die in seinem sackartigen Gewand verborgen war, holte ein Smartphone heraus. »Sehen Sie?« Als Screensaver hatte er das Foto einer blonden Frau eingespeichert, die zwei Kleinkinder in den Armen hielt: ein Mädchen, einen Jungen. Die Frau war weder besonders hübsch noch besonders hässlich; sie sah herzerfrischend normal aus. Grüne Augen. »Erinnern Sie sich an Melissa?«, fragte Percy Montgomery Swift III grinsend. »Meinen Jugendschwarm, den ich mit einem selbstverfertigten Kitschroman verführen wollte? Wir haben uns auf einer Datingseite wiedergetroffen. Seither war es ihr nicht so gutgegangen. Eine scheußlich gescheiterte Ehe, eine schwere Krankheit. Unser John wird jetzt zwei, Sophie ist schon vier Jahre alt. Und bevor sie fragen: Meistens treiben wir es auf die altmodische Art – aber bevor die Kinder kamen, haben wir manchmal das Spiel *Zwei Fremde treffen sich im Bus* gespielt. Sie verstehen.«

Ich verstand.

Bildlegende: Percy Montgomery Swift III zerknüllt im Starbucks seinen Venti-Becher. Vorige Seiten: Der Bart ist ab! Unser Reporter im Gespräch mit Rajneesh Chowdury./Kamala Wenkatesch (Rückansicht). Unscharf im Hintergrund: unser Reporter.

Natürlich hatte ich nicht vor, zu einem Eleven des Gurus zu werden. Aber ich blieb doch eine Woche im Aschram, um mir wenigstens die Grundbegriffe seiner Methode anzueignen. Ich stand im Morgengrauen auf, meditierte fünf Mal am Tag und ließ mich dabei von unzüchtigen Gedanken nicht schrecken, im Gegenteil; außerdem rezitierte ich geheime Mantras, die ich hier nicht wiederholen darf. In den Pausen studierte ich das *Kamasutra:* »Das Winseln, das Ächzen, das Gestammel, das Heulen, das Seufzen, das Kreischen, das Schluchzen und Wörter mit Bedeutungen wie *Mutter!, Hör auf!, Lass los!* oder *Genug!,* Schreie wie jene von Tauben, von Kuckucksvögeln, Grüntauben, Papageien, Moorhennen, Gänsen, Enten und Wachteln sind wichtige Optionen, die beim Stöhnen eingesetzt werden können.« Nach sechs Tagen des konzentrierten Studiums, bei dem mir zum Teil der Guru persönlich beistand, war es endlich so weit. Der Tag der großen Prüfung war gekommen. Die Versuchsanordnung war denkbar einfach: ein kahles Zimmer, zwei Stühle, die ungefähr drei Meter voneinander entfernt waren. Großzügigerweise hatte sich Kamala Wenkatesch bereit erklärt, mir bei der Prüfung zu assistieren – eine Studentin des Gurus, die schon sehr weit fortgeschritten war. Wir hatten einen sehr lustigen Abend miteinander verbracht und waren uns auf der Stelle sympathisch gewesen. Ich hatte für diese Woche die graue Kutte mit dem Blumensymbol an der Kette angelegt. Auch Kamala Wenkatesch trug diese Montur, aber nun – um mir die Prüfung ein bisschen leichter zu machen – legte sie die Kutte ab, unter der sie splitterfasernackt war. An dieser Stelle sollte ich einflechten, dass Kamala die wunderbare Hautfarbe der Leute in Südindien hatte – ein goldenes Braun. Ihr Körper war vollkommen, ihre Augen leuchteten voller Verschmitztheit, den Rest überlasse ich der Phantasie des Lesers. Ohne Pose setzte Kamala Wenkatesch sich mir gegenüber. Und ich begann, das Gelernte anzuwenden. Atman ist Brahman; mein Tschakra ist dein Tschakra; reine Liebe lässt den Strom vom Minuspol (wo Elektronen im Überfluss vorhanden sind) zum Pluspol fließen (wo an Elektronen ein betrüblicher Mangel herrscht). An diesem nackten Leib ist keine Stelle, die dich nicht sieht. *Om, mani, padme, hum.* Du musst dein Leben ändern.

In der ersten Stunde, in der wir einander anschauten, glaubte ich einen flüchtigen Moment lang, eine Verhärtung von Kamalas (dunklen) Brustwarzen feststellen zu dürfen, aber das war wohl eine Täuschung. In der zweiten Stunde schien es mir vorübergehend, als habe ihr (flacher) Bauch angefangen, sich schneller zu heben und zu senken – doch in Wahrheit blieb ihre Atmung deprimierend gleichmäßig. In der dritten Stunde schlug sie die (perfekten) Beine übereinander, und wäre eine Zeitschrift zur Hand gewesen, so hätte sie wahrscheinlich nach dieser gegriffen, um in ihr zu blättern. »Ich gebe auf«, sagte ich deprimiert. »Gut, mein Süßer«, antwortete Kamala. »Du hast dich ja redlich bemüht.« Und dann – für einen Wimpernschlag, eine kosmische Winzigkeit nur – fuhr mir ein Energiestoß durchs Rückenmark, der unterhalb des Bauchnabels einschlug und mir dortselbst einen freudigen Schreck bescherte.

Kamala zwinkerte mir zu und grinste. Dann erhob sie sich, warf ihren grauen Umhang über und legte sorgfältig die Kette mit der sechsblättrigen Glasblume an. Beim Hinausgehen beugte sie sich zu mir nieder und hauchte mir einen Kuss auf die Wange.

Hundert Mal wählte sie seine Nummer, um ihm gehörig die Meinung zu geigen, und hundert Mal antwortete ihr seine gespeicherte Stimme: *Bodo von Unruh ist gerade nicht hier. Tun Sie, was Sie nicht lassen können.* Piep! Am Anfang machte der dumme Witz sie noch eine Spur wütender, dann – als ihre Wut vor Erschöpfung k. o. gegangen war – höhlte eine merkwürdige Art der Verzweiflung sie aus. In ihrem Kopf probte Julia so oft, was sie ihm sagen wollte, dass sie den Text bald im Schlaf hersagen konnte. Sie schrieb ihm E-Mails. Sie tippte Nachrichten in ihr Smartphone: *Wo zum Teufel bist du?* Und: *Ich habe dich gesehen!* Und: *Feigling!* Und am Ende (beinahe versöhnlich): *Wir müssen reden!* Sie kontrollierte fünf Mal am Tag all ihre elektronischen Briefkästen. Aber außer Spam und gelegentlichen Nachrichten von Renate war da nichts.

Nie in der ganzen Zeit dachte sie auch nur im Traum daran, Achmed anzurufen.

Es passierte dann wieder in einer Vorlesung von Janis Petropoulos – der glatzköpfige Professor sprach gerade über den Briefwechsel zwischen Seneca und dem Apostel Paulus, bei dem es sich ohne jeden Zweifel um eine Fälschung handelte. Allerdings erhob sich die nicht ganz uninteressante Frage, ob es sich beim Fälscher um einen Stoiker handelte, der heidnischen Römern die christliche

Lehre unterjubelte – oder im Gegenteil um einen Christen, der seine Schäfchen ermuntern wollte, Seneca zu lesen. »Wenn der Fälscher ein Christ war«, sagte Petropoulos, »also, wenn er wirklich Christ war – dann verfügte er über eine gehörige Portion Selbstironie. Er lässt seinen Apostel Paulus nämlich ungeheuer weitschweifig und blumig schreiben, und in seiner Eigenschaft als Seneca kritisiert er dann den Stil jenes Apostels. Das nenne ich Chuzpe! Der Autor behauptet sogar, er habe Paulus *De Copia Verborum* geschickt, eine Art Wörterbuch, um sein Latein zu verbessern.« In diesem Moment schnurrte Julias Smartphone. *Bin zurück aus Indien* stand auf dem kleinen Bildschirm. *Völlig gejetlaggt. Später bei mir?* Eine halbe Minute danach erschien auf dem Screen das ratlose Wörtchen: *Wo?* Entsetzt bog sich eine Phalanx von Rufzeichen zurück: *???* Eine Minute später leuchteten Rufzeichen – sie standen trotzig und aufrecht wie eine preußische Schlachtreihe: *!!!* Julia verstand, dass ihre vielen SMS-Nachrichten erst jetzt auf Bodos Telefon einschlugen wie feurige Kometen und dass er mit Verwunderung und Unglauben reagierte. Oder er wollte, dass sie das denken sollte – der krumme, der verlogene Hund. Die Rufzeichen bezogen sich offenbar auf das *Wir müssen reden*, das sie vor vier Tagen geschrieben hatte. Julia tippte eine Uhrzeit ein und schickte ihm einen Link mit der Adresse des skandinavisch anmutenden Cafés in der Nähe ihrer Wohnung.

Er sah tatsächlich müde aus. Seine Schnurrbartenden hingen noch tiefer herab als gewöhnlich. Zwischen den Händen (die immer noch sehr schlank und schön waren) barg er eine Schale Milchkaffee; sie war so groß, dass man Angst haben musste, er könnte in seiner Müdigkeit hineinfallen. Er stand auf, als sie hereinkam, und sie duldete, dass er sie umarmte. »Ich muss sagen, du hast wirklich Nerven«, sagte sie, nachdem sie sich gesetzt hatten.

»Ich habe keine Ahnung, worum es eigentlich geht«, sagte er. »Ich war zehn Tage lang in Südindien. Ich war in einem Aschram. Ich war von der Welt abgeschnitten. Du wirfst mir vor, ich hätte irgendetwas getan, etwas Furchtbares, und ich weiß noch nicht einmal, was.«

»Südindien!«, sagte Julia. »Das kannst du deiner Großmutter erzählen. Falls die alte Dame noch am Leben sein sollte, was ich ihr von Herzen wünsche.« Sie war stolz auf ihren Sarkasmus. »In Wahrheit bist du nie weg gewesen. Du warst die ganze Zeit hier. Und dann warst du im Puff. Entschuldigung, ich kann auch einen netteren Ausdruck benutzen – du warst in einem Club.« Das Wort schmeckte schlecht; sie spuckte es aus. »In einem *Club* warst du! Und hinterher bist du in ein Taxi gestiegen. Dein Pech, dass die Taxifahrerin ich war.« Naturgemäß war das nicht der Text, den Julia jetzt schon seit Tagen im Kopf probte. Jener geplante Text war viel feiner gewesen – rhetorisch geschliffen und brillant. Einen Diamanten hatte sie ihm entgegenschleudern wollen; stattdessen warf sie ihm ein Kohlebrikett an den Schädel. Bodo von Unruh schwieg. Er sah ihr in die Augen, ohne zu zwinkern. Seine Hände blieben ruhig. »Kennst du die Geschichte von William Wilson?«, fragte er schließlich.

»Nein.«

»Es ist eine Geschichte von Edgar Allan Poe«, sagte er. »Sie handelt von einem Mann, der in der Schule einen Jungen kennenlernt, der genauso heißt wie er. Sie haben sogar dasselbe Geburtsdatum. Und sie sehen einander ähnlich. Der Mitschüler macht sich einen Spaß daraus, den Helden der Geschichte nachzuäffen. Dann geht der Held nach Eton zum Studieren. Er schreibt, dass er dort unsagbaren Lastern verfällt, aber eigentlich trinkt er nur zu viel, außerdem spielt er Karten und betrügt dabei. Da tritt aus dem Dunkel der Doppelgänger und enttarnt ihn. Wohin immer er auch von da an flieht, sein Doppelgänger ist ihm immer einen Schritt voraus. Am Ende ersticht der Held den anderen und bemerkt einen Moment zu spät, dass er sich damit selber zum Tod verurteilt hat.«

»Sehr hübsch«, sagte Julia, »aber ich muss sagen, dass mich Literatur im Augenblick nicht besonders interessiert.«

»Aber solche Dinge kommen nicht nur in der Literatur vor«, sagte Bodo. »In Litauen gab es vor dem Zweiten Weltkrieg eine Mathematiklehrerin. Einmal kam während des Unterrichts eine Frau ins Klassenzimmer, die wie eine Kopie war – bis in die feinsten Gesichtszüge, bis in die Gesten hinein. Sie sagte kein einziges Wort, stellte sich neben die Mathematiklehrerin, die gerade Gleichungen an die Tafel schrieb, nahm ein Stück Kreide und schrieb ebenfalls Gleichungen. Irgendwann verschwand die Frau so wortlos, wie sie gekommen war. Zwanzig Schüler haben den Vorfall bezeugt.«

»Willst du damit andeuten, dass ich einen Doppelgänger von dir gesehen habe?«, fragte Julia.

»Das ist die eine Möglichkeit«, sagte Bodo. »Die andere Möglichkeit ist, dass dein Gehirn dir einen Streich gespielt hat. Vielleicht hast du jemanden gesehen, der mir oberflächlich ähnlich sah. Vielleicht hast du mir gegenüber widersprüchliche Gefühle. Vielleicht haben dich diese Gefühle dazu gebracht, dass du mein Gesicht auf einen anderen projiziert hast.«

Julia starrte vor sich hin.

»Aber du bist weggelaufen«, sagte sie nach einer Weile. »Du bist vor mir weggelaufen.«

»Nein, ich bin nicht vor dir weggelaufen. Ich konnte gar nicht weglaufen, weil ich siebzehn Flugstunden entfernt in Südindien war.«

Julia schwieg. Sie dachte an den Mantel, den der schnauzbärtige Mann in dem Taxi getragen hatte: einen dunklen vornehmen Kaschmirmantel. Genau so einen Mantel, wie Bodo ihn besaß. Aber jetzt trug er keinen Mantel, obwohl draußen in fetten Flocken der Schnee vom Himmel stürzte. Jetzt trug er eine blaue Daunenjacke.

»Ich habe das Gefühl, dass du mir etwas sagen möchtest«, sagte Bodo und nahm einen Schluck von seinem Milchkaffee. »Ich lasse dich häufig allein. Hast du dich allein gefühlt, als ich weg war?«

Julia nickte.

»Ich weiß, dass ich kein Recht habe, etwas von dir zu fordern«, sagte Bodo. »Du bist ein schönes junges Mädchen, ich bin ... nicht mehr so jung. Gibt es vielleicht etwas, das du mir erzählen möchtest?«

Diese braunen Augen. Sie waren so groß; sie blickten so forschend und dabei so freundlich. Julia schaute zur Decke, schaute zum Boden, wischte mit dem Handrücken eine lästige Träne weg. Und dann beichtete sie alles, alles. Achmed. Diese dumme kleine Affäre. Irgendwann brachen alle inneren Staudämme, eine Salzflut überschwemmte ihr Gesicht, es war sehr peinlich. Sie saß mitten in diesem Café und flennte wie ein kleines Mädchen. Wie damals im Krankenhaus, als sie verstanden hatte, dass sie von nun an allein war: dass sie für den Rest ihres Lebens allein bleiben würde.

Seine Hand auf ihrer Hand.

»Aber das ist doch nicht schlimm«, sagte Bodo. »Nicht schlimm, meine Liebe, nicht schlimm. Komm, hier ist ein Taschentuch. Wir fahren nach Hause, draußen steht mein Auto.«

Aneinandergekuschelt schauten sie einen herrlich blöden Thriller aus dem vorigen Jahrhundert an: Clint Eastwood spielte einen Kunstprofessor und edlen Auftragskiller, der die Eiger-Nordwand besteigt, um einen gegnerischen Spion umzulegen. Die Handlung war hanebüchen, aber die Kraxelszenen im eisigen Hochgebirge waren großartig. Hinterher wurden sie zum Tier mit den zwei bebenden Rücken – und Julia bildete sich allen Ernstes ein, sie sei glücklich.

NEUNTE REISE:
AUF DEM GIPFEL DER
VERZWEIFLUNG

(Text: Bodo von Unruh, Fotos: Jacques Lacoste)

Wie bin ich in diese Lage geraten? Wie konnte ich es so weit kommen lassen? Welcher Dämon hat mich geritten? All diese Fragen legte ich mir erst im Nachhinein zur philosophischen Betrachtung vor. Als ich in der Situation steckte, dachte ich gar nichts. Ich fühlte nur namenloses Entsetzen.

Einen Moment lang erwog ich, in die Hosen zu machen. Das wäre schlecht gewesen, denn ich war in mehrere Lagen Stoff eingemummelt: Thermounterwäsche, Berghosen, Isolationsjacke, Schneebrille. Über dem Mund die Sauerstoffmaske. An den Füßen wasserdichte Bergschuhe und Steigeisen. Auf dem Rücken der Alpinrucksack, die Sauerstoffflasche. Wenn ich mich eingenässt hätte, wäre mir nur eine Möglichkeit geblieben: Ich hätte in meiner Eigenmarinade weiterklettern müssen. Also ließ ich es lieber bleiben. Trotzdem lähmte mich das Entsetzen. Es lähmte mich, seit einer unserer Scherpas – ein grundsympathischer junger Mann namens Dawa – drei Aluminiumleitern mit Stricken aneinandergebunden und über die Schlucht geworfen hatte. Ganz normale Leitern, wie man sie im Haushalt verwendet. Das Ende der so entstandenen schmalen Brücke plumpste in den Schnee auf der anderen Seite, dann bog sie sich in der Mitte ein wenig durch; kein Mensch konnte sagen, ob das Gebilde halten würde. Dawa war in einer schier unglaublichen Geschwindigkeit hinübergekraxelt. Dann wieder zurück: Er musste ja unsere Ausrüstung auf die andere Seite schaffen – die Metallflaschen, das Zelt mit den Klapptischen, den Proviant. Und jetzt war ich an der Reihe. Vorsichtig, vorsichtig. Auf alle viere. Die Hände in den Handschuhen um die Sprossen gekrallt. Die Knie auf das kalte Aluminium. Bloß nicht daran denken, was passiert, wenn jetzt die Leiter kippt! Vorwärts und nicht vergessen, dass wir uns im Khumbu-Eisfall befinden. Der Gletscher kam nie zur Ruhe. Er stöhnte und ächzte. Und wir hatten nur ein Ziel: so schnell wie möglich durch! Mit Todesverachtung war ich vielleicht einen Meter nach vorn gerobbt, als es plötzlich donnerte. Ich hob den Kopf: Links von uns fuhr eine Lawine gen Tal. Weiße tobende Urgewalt. Die Leiter unter mir vibrierte. Ich schaute in den Abgrund, und der Abgrund schaute gleichgültig zurück. Um mich abzulenken (vorwärts, vorwärts!), dachte ich an Alexander Finck, meinen Philosophieprofessor. Ein großer schlanker Mann mit schwarz gerahmter Brille.

»Es gibt Leute, die sagen, dass sie die Natur lieben«, sagte Professor Finck kerzengerade hinter seinem Mikrophon im Vorlesungssaal. »Das ist Unsinn. Humbug. Bullshit.« Die Studenten kicherten. »Kein Mensch liebt die Natur«, fuhr der Professor fort. »Was die Menschen lieben, ist Landschaft. Also das von ihnen Gehegte, Gezähmte, Eingerahmte. Eine Landschaft können Sie sich als Bild übers Bett hängen. Landschaft ist das, was Sie im Urlaub in Bayern genießen – sanfte Hügel, Wälder und Felder, kurzum eine Gegend, wo nicht ein Quadratzentimeter unberührt geblieben ist. Alles, was Sie dort sehen, wurde von fleißigen Händen gepflügt und gepflanzt, von klugen Hirnen geplant, bis zum Horizont und darüber hinaus. Natur ist schrecklich. Natur ist feindlich. Besonders hier in Europa tendieren wir, das zu vergessen, weil man hier meistens nur einen Regenschirm braucht, um sich vor dem Wetter zu schützen.« Wieder lachten die Studenten. »Was ist die Natur?«, fragte Professor Finck rhetorisch. »Die Nordsee. Sie können die Nordsee genießen, solange Sie auf dem Deich stehen und dieser Deich nicht bricht. Wenn Sie ihr ausgeliefert sind, hören Sie ganz schnell auf, die Nordsee unter ästhetischen Gesichtspunkten zu beurteilen. Dann ist sie einfach nur eine mörderisch-banale Wüste aus Wasser. Genauso verhält es sich mit Wirbelstürmen, Erdbeben, Waldbränden, mit Überschwemmungen, Tsunamis, Vulkanausbrüchen. *Das* ist die Natur, *messieurs-dames!* Der Natur sind wir egal. Sie bringt uns so lässig um, wie wir beim Spazierengehen ein paar Ameisen zertreten. Dass wir heute fähig sind, sogar der Natur ästhetischen Genuss abzutrotzen, hat nur einen einzigen Grund: Unsere Hochtechnologie verschafft uns die Illusion – die Illusion, mehr ist es nicht –, wir hätten über sie triumphiert. In dem Moment, wo diese Illusion zerbricht, wird der ästhetische Genuss unmöglich. Und auch in den besten Momenten bleibt der Kunstgenuss prekär. Bitte merken Sie sich: Natur ist nie schön. Niemals! *Landschaft* ist schön, siehe die bukolischen Gärten des achtzehnten Jahrhunderts, die Seerosenteiche der Impressionisten. Natur ist allenfalls erhaben. Und das Erhabene, wie Immanuel Kant es in seiner *Kritik der Urteilskraft* definiert hat ...«

Die Gletscherspalte wich unter mir zurück; dann fuhr sie mit einem Mal ganz nah heran; dann flitzte sie wieder in die Richtung davon, die ihr von der Perspektive vorgegeben war. Ich hatte es mittlerweile bis zur Mitte der Leiterbrücke geschafft – und plötzlich spielte mein Hirn verrückt. Ich klammerte mich an der zweiten jener drei zusammengebundenen Leitern fest, die unser Scherpa der Länge nach über den tiefdunkelschwarzen Abgrund geworfen hatte. Mit der rationalen Hälfte meines Gemüts ahnte ich, was da gerade passierte: Mir war schwindlig. Der Schwindel ließ meine schweißnassen Glieder zittern. In einer Sekunde würde ich die Leiter freigeben, mich zur Seite fallen lassen und der Einladung des Abgrunds in die Tiefe folgen.

Bildlegende: Am Ziel seiner Wünsche – unser Reporter (in der Lederhose) schwenkt die Deutschlandflagge.

Es gibt zwei Wege auf den Gipfel des Mount Everest. Die nördliche Route führt über Tibet und ist für Normalsterbliche nicht zu bewältigen – darum erteilt die chinesische Regierung jedes Jahr auch nur einer Handvoll von Bergvirtuosen die Klettererlaubnis. Aber zum Glück gibt es auch noch den einfacheren, den südwestlichen Grat. Diese Route führt über Nepal, und die Nepali sind viel kulanter als die Chinesen. Zehntausend Dollar! Voilà, mehr kostet die Genehmigung nicht. Allerdings weiß jeder, dass ungefähr die Hälfte der Leute, die sich von Nepal aus auf den Weg machen, über die Bergerfahrung und die Fitness einer Walrosshorde verfügt. Tut nichts, die nepalesische Regierung erlaubt es ihnen trotzdem. Denn zehntausend Dollar sind, nebbich, zehntausend Dollar! Es ist ein einträgliches Geschäft. Immerhin hatten mein Fotograf und ich schon Monate vor unserer Besteigung angefangen, uns selber mit Gewichten und Waldläufen zu foltern und kleinere Bergtouren zu absolvieren. Und dann hatten wir noch einmal sechzigtausend Dollar für eine Firma ausgegeben, die uns auf den Berg führen würde. Denn ohne Scherpas geht gar nichts. Ohne Scherpas wären die Touristen, die den Mount Everest besteigen wollen, dazu verurteilt, stattdessen Urlaub an der Adria zu machen, eine grässliche Vorstellung.

Wir waren von Katmandu bis zum Basislager auf dem Khumbugletscher gewandert. Das nahm acht Tage in Anspruch, und als wir ankamen, befanden wir uns 5380 Meter über dem Meeresspiegel. Das ist beinahe doppelt so hoch wie die Zugspitze. Das Basislager war voll, mehr als dreißig Zelte standen in der Eiswüste. Links von uns hatten sich ein paar Quebecois breitgemacht, die das taten, was Quebecois schon seit gut zehn Jahren tun: Sie feierten die Unabhängigkeit ihres Vaterlandes mit Strömen von französischem Rotwein. (Da die Luft in diesen Höhen schon merklich dünner ist, wirkt Alkohol doppelt und dreimal so stark.) Rechter Hand hatten sich Mexikaner aufgepflanzt, wir hörten aus ihrem Zelt laute lateinamerikanische Musik. Etwas weiter hinten war der Standort einer Truppe von nigerianischen Maoisten; sie ließen über ihrem Zelt den roten Hammer-und-Sichel-Wimpel wehen. Es stellte sich dann heraus, dass wir weder in Gesellschaft von Quebecois oder Mexikanern noch von maoistischen Fanatikern den Gipfel erstürmen würden: Zu unserer Gruppe gehörten ausschließlich Sachsen (vier) und Japaner (sechs). Dazu drei Scherpas – der schon erwähnte Dawa und seine Cousins Mingma und Apa.

Wir waren in krimineller Frühe aufgebrochen, um den berüchtigten Eisfall zu überqueren. Solange die Strahlen der Morgensonne ihn noch nicht wachgeküsst haben, besteht eine gute Chance, dass keine Eisblöcke ins Rutschen geraten. Leider hatte das halbe Basislager dieselbe glänzende Idee: Der Aufstieg über den Khumbugletscher fühlte sich darum ungefähr so an, als würden wir zusammen mit hundert anderen Leuten vor einer veralteten Supermarktkasse Schlange stehen. Immer langsam voran! Schritt für Schritt für Schritt! So ging leider doch viel zu früh die Sonne auf, und ich sah eine Lawine vorüberdonnern, die möglicherweise die nigerianischen Maoisten verschlang. Und nun lag ich auf einer Leiter, unter mir der Abgrund, und wollte sterben. Es war mein Fotograf, der mir das Leben rettete. »Augen zu!«, rief er vom rettenden Ufer aus. »Nicht nach unten sehen!« Genau das tat ich dann – ich klappte meine Augendeckel hoch. Atmete ein paar Mal tief durch. Und so robbte ich weiter vorwärts und bildete mir ein, unter mir befände sich eine verschneite Wiese, ein zugefrorener See, eine Waldlichtung, alles, nur kein Riss in einem Gletscher, in dem mein Leichnam tiefgefrostet die nächste kleine Ewigkeit überdauern würde. Irgendwann griffen vier starke Hände – Dawa und Apa – meine Schultern und zerrten und zogen mich auf das Eisfeld. Ich lag eine ganze Weile dort und versuchte, mir einzureden, ich sei kein Idiot.

Bei einer Besteigung des Mount Everest sind die folgenden fünf Stationen zu absolvieren:

1) Die Überquerung des Eisfalles von Khumbu. Geschafft!

2) Die Durchwanderung des westlichen Kars. Ein Kar kommt dadurch zustande, dass ein etwas zu kurz geratener Gletscher eine Mulde in den Fels schabt; diese Mulde hat dann ungefähr die Form eines Kessels. Das westliche Kar des Mount Everest ist weiß wie Schnee und von Eis durchklüftet, und man hat viele Stunden mit ihm zu tun. Vor mir trotteten (und trottelten) die nigerianischen Maoisten (sie waren also doch nicht von der Lawine weggerissen worden). Den Versuch, die *Internationale*

anzustimmen, gaben sie nach wenigen Schritten auf. Wir übernachteten auf Station II (6500 Meter über dem Meeresspiegel). Unsere Scherpas schlugen Zelte auf, entfalteten Plastiktische und servierten uns ein Abendessen, bestehend aus Hühnchen, verkochten Karotten und Kartoffelbrei in Aluminiumfolie.

3) Der Aufstieg über die Lhotse-Steilwand. Schweißtreibender Hochleistungssport: Es galt, über Eis zu kraxeln, das an manchen Stellen aufrecht in den grauen Himmel ragte. Zum Glück hingen von Haken, die ins Eis getrieben worden waren, Seile zum Festhalten herunter – aber die Steigeisen an den Füßen rutschten immer wieder ab. Als es zwischendurch zu schneien anfing, dachte ich: Aus. Vorbei. Ich will nicht mehr. Und so gelangten wir zum Lager III (7740 Meter über dem Meeresspiegel). Abendessen: Lachs, Spinatreis. Mein Fotograf, der Witzbold, hatte ein paar Dosen Bier in seinem Rucksack bis zu dieser Station geschmuggelt. Unsere Scherpas lehnten müde winkend ab. Ich machte den Fehler, eine Dose leer zu trinken, und fiel prompt ins Koma.

4) Wanderung über den Genfer Grat, der so heißt, seit ihn 1952 eine Schweizer Expedition überquert hat. Angeblich ist der Fels erst schwarz, dann gelb, aber ich sah nur weiß und weiß und weiß. Aufgespannte Seile an Eisenstäben zeigten den Weg. Alle meine Entchen, dachte ich, denn wir watschelten – alle hundert Mann – tatsächlich wie Enten hintereinander her. Nun bekam ich im Kopf die Tür nicht mehr zu; die Kinderlieder marschierten händchenhaltend hindurch. Leise keuchte ich vor mich hin: *Fuchs, du hast die Gans ... Alle Vöglein ... Auf einem Baum ein Kuckuck ...* Wäre ein Hubschrauber neben mir gelandet, ich hätte mich vom Fleck weg (simsalabimbambasaladusaladim) zum Gipfel tragen lassen,

nur funktioniert ein solches Fluggerät in dieser Höhe nicht: die Luft ist viel zu dünn. So gelangten wir zum Lager IV (7920 Meter über dem Meeresspiegel). Abendessen: lauwarme Spaghetti bolognese.

5) Die Todeszone.

Die Todeszone beginnt bei achttausend Höhenmetern und bringt die Wahrheit an den Tag: Wir sind bei der Ersteigung des Mount Everest über die Oase hinausgestiegen, in der Leben möglich ist – im Grunde beginnt bei dieser Wegmarke der Weltraum. Von hier an gibt es nur noch ein Drittel des Sauerstoffs, den die Lungen benötigen (337 Millibar); sogar geübte Bergsteiger brauchen zwölf Stunden, um die knapp zwei Kilometer bis zum Gipfel zurückzulegen. In der Todeszone geschieht Folgendes. Der Magen verdaut keine Nahrung mehr; das Herz beschränkt sich auf das Notwendigste, hört also auf, Hände und Füße mit Blut zu versorgen. Das Gehirn beginnt anzuschwellen. Und da es nicht über den Schädel hinauswachsen kann, quetscht es sich dorthin, wo noch Platz ist – also durch die enge Öffnung zum Rückenmark hin. Kurz und brutal: In der Todeszone beginnt der Körper zu sterben – und darum ist Anhalten absolut verboten. Weitersteigen, immer stur weitersteigen! Und sei es noch so langsam und schleppend. Wer in der Todeszone schlappmacht, bringt nicht nur sich, sondern auch seine Bergkameraden, auch die erfahrenen Scherpas in Gefahr. Links und rechts liegen unter der Schneedecke die Leichen jener Bergsteiger, die es nicht geschafft haben.

Irgendwann fiel mir auf, dass links von mir jemand ging. Ein großer zotteliger Kerl. Nein, kein Kerl – ein Tier mit weißem Fell. Vielleicht ein Eisbär. Allerdings gehen Eisbären nicht aufrecht auf den Hinterbeinen. »Hallo«, sagte ich vorsichtig und versuchsweise.

»Hallo«, gab die weiße Riesengestalt zurück.

»Entschuldigung«, sagte ich, einer Eingebung folgend, »sind Sie vielleicht ein Yeti?«

»Und Sie?«, fragte die weiße Gestalt. »Sind Sie Rassist?«

»Hoffentlich nicht«, sagte ich.

»Dann wird es Sie interessieren, dass ich die Bezeichnung *Yeti* als beleidigend empfinde«, sagte der Yeti. »Noch schlimmer ist natürlich *schrecklicher Schneemensch*. Das hat sich Henry Newman ausgedacht, ein Journalist, der für den *New Statesman* in Kalkutta schrieb. Typische britische Kolonialherrenarroganz.«

»Wie nennen Sie sich denn selber?«, fragte ich.

»Leute«, sagte der Yeti. »Wir sind die Leute.«

»Können Sie sich an Sir Edmund Hillary erinnern?«, fragte ich. »Und an Tenzing Norgay? Das waren die ersten beiden Menschen, die den Mount Everest bestiegen haben. 1953. Hinterher berichteten sie, sie hätten riesige Fußspuren im Schnee gesehen.«

»Hillary«, sagte der Yeti. »Norgay. Ich kann nicht behaupten, dass mir diese Namen etwas sagen. Nein.« Nach einer Pause fügte er hinzu: »Es kommen jetzt immer mehr vom Flachland zu uns herauf. Ist etwas passiert? Ist bei euch da unten wieder einmal Krieg?«

»Nur an manchen Orten«, sagte ich. »Da, wo ich herkomme, nicht.«

»Warum steigt ihr dann auf die Berge?«

»Weil sie da sind.«

»Aber das ist doch kein vernünftiger Grund«, sagte der Yeti.

»Nein?«

»Nein.«

»Woher können Sie eigentlich so gut Deutsch?«, fragte ich.

»Ich bin eben sprachbegabt«, erwiderte der Yeti bescheiden. »Außer Deutsch kann ich auch noch Englisch und Chinesisch. Und Tibetisch und Nepali, versteht sich.«

»Darf ich fragen, wie Sie heißen?«

»Emil«, sagte der Yeti. »Bei uns heißen alle Männer Emil. Das ist sehr praktisch.«

»Und die Frauen?«

»Gabi.«

»Wie viele Emils und Gabis gibt es denn?«

»Genug«, sagte der Yeti. »Manche sagen sogar, zu viele. Darf ich jetzt Sie etwas fragen? Sie kommen doch aus Deutschland.«

»Und?«

»Ist Deutschland schön?«

»Ja«, sagte ich. »Grüne Wälder. Sanfte Hügel. Felder. Die Ostsee. Alte Städte. Die Mark Brandenburg. Doch, doch, Deutschland ist schön.«

»Gibt es in Deutschland denn viele Berge«, fragte der Yeti, »und große Gletscher und lange Winter?«

»Es gibt Berge, aber so viele sind es nicht. Und der Winter dauert nicht sehr lang, nein.«

»Dann ist Deutschland nicht schön«, sagte der Yeti.

Eine Weile stapften wir wortlos nebeneinanderher.

»Lebt John Lennon eigentlich noch?«, fragte der Yeti unvermittelt.

»Leider nein«, sagte ich. »Ein fanatischer Christ hat ihn über den Haufen geschossen. Das ist jetzt auch schon wieder mehr als sechzig Jahre her.«

»Schade«, sagte der Yeti, »ich mochte seine Lieder – zum Beispiel dieses hier.« Er fing an zu singen: »Es braust ein Ruf wie Donnerhall / Wie Schwertgeklirr und Wogenprall ...« Er hatte einen schönen Bariton.

»Das ist nicht von John Lennon«, sagte ich.

»Nein?«, sagte der Yeti.

»Das ist ein nationalistischer Schmarren aus dem neunzehnten Jahrhundert. Ich weiß nicht einmal, von wem es ist. Von John Lennon jedenfalls nicht.«

»Aber es hat eine interessante Melodie«, sagte der Yeti. Nach einer Denkpause meinte er noch: »Ihr Flachländer habt überhaupt interessante Melodien. Unsere Musik ist – um die Wahrheit zu sagen – ein bisschen monoton.« Er summte und brummte etwas vor sich hin. Offenbar setzte er dabei seine Kopfstimme ein, denn es klang wie Wind, der über eine Schneeklippe pfeift: erst scharf und schrill, dann wie ein tobendes Flackern.

»Raffiniert«, sagte ich.

»Nun ja«, sagte der Yeti. In einer entschuldigenden Geste zog er die Schultern hoch und zeigte die (gewaltigen und rosigen) Handflächen. »Immerhin wird unsere Musik bleiben. Eure Melodien wird bald schon niemand mehr kennen.«

»Wie meinen Sie das?«

»Ist das nicht klar?«, fragte der Yeti.

»Sie meinen, dass wir Flachländer keine Zukunft haben?«

Der Yeti begann zu schnauben. Wenigstens glaubte ich, dass er schnaubte – später verstand ich, dass das seine Art zu lachen war. Dann: »Immerhin baut ihr Flugzeuge«, sagte er. »Das ist gut.«

»Warum?«

»Weil sie manchmal abstürzen«, sagte der Yeti sachlich.

»Was finden Sie daran gut?«

»Mein Großvater hat einmal eine ganze Flugzeugbesatzung verspeist.«

»Sie ... essen uns?«

»Was glauben Sie denn, was mit den ganzen Leichen der Bergsteiger passiert, die es nicht geschafft haben?«, fragte der Yeti. »Die können wir doch nicht einfach herumliegen lassen. Das wäre unhygienisch.«

Der Yeti hatte angefangen, immer langsamer zu gehen. Auch ich musste meine Schritte verlangsamen, wenn ich mit ihm auf gleicher Höhe bleiben wollte.

»Ich bin müde«, sagte der Yeti. »Wollen Sie sich nicht eine Minute zu mir setzen?«

»Nein.«

»Ach kommen Sie, nur ein Minütchen.«

»Nein.«

»Ich sage es auch niemandem weiter«, versprach der Yeti. »Da bricht Ihnen doch kein Zacken aus der Krone. Sie dürfen ruhig zugeben, dass Sie auf diesen blöden Berg keine Lust mehr haben.«

Also gut. Ich setzte mich zu ihm in den Schnee.

Das Nächste, was ich wusste, war, dass eine Hand mir die Sauerstoffmaske auf Mund und Nase presste; gleichzeitig schob sich ein Kopf unter meine Achsel – ich wurde mit Gewalt auf die Füße gewuchtet. Ein junges braunes Gesicht tauchte ganz nah an meinem auf: Mingma. Der Scherpa lächelte nicht, dafür war das Manöver viel zu anstrengend. Er zog und schob mich vorwärts, ich sah das Eis auf seinen Wimpern. Wildes Schneegestöber, kein Horizont. Ich versuchte zu sagen: *Thank you.* Leider schaffte es kein Laut durch meine trockene Kehle. Zum Glück musste Mingma mich nicht sehr lange vorwärtsschleppen, denn nun tauchte im Schnee über uns der Gipfel und auf dem Gipfel die Almhütte auf.

Bildlegende: Sepp Obermoser, Chef der Almhütte Zur schönen
Aussicht *auf dem Gipfel des Mount Everest. Auf den vorigen*

Seiten: Stockbetten für zahlende Gäste. / Die Vorratskammer. / Der Wintergarten. / Die Küche. / Die Telefonzelle. / Schunkeln bei einer zünftigen Brotzeit (»Jause«). / Der Bau der Almhütte (Archiv). / Das Scherpa-Denkmal.

Seltsamerweise hat kein bedeutendes journalistisches Medium außerhalb des Himalaja über den Bau der Almhütte »Zur schönen Aussicht« berichtet. Dabei war allein das Verlegen der Pipeline ein heroisches Unterfangen – sie versorgt die Hütte mit Wasser und Sauerstoff, Elektrizität, Telekommunikationskabeln und Bier. Ein Jahr brauchte es, bis die Titaniumstahlröhre (Durchmesser: ein halber Meter) den Gipfel erreicht hatte. Danach dauerte es noch einmal fünf Jahre, bis die Almhütte stand. Naturgemäß handelt es sich nicht wirklich um eine Hütte aus Holz, sondern um ein Leichtstahl-Glas-Gebilde, das auf dem Gipfel des Mount Everest wie ein Legohaus zusammengesetzt und verschweißt wurde; bei der gemütlichen Almfassade handelte es sich um nachträglich aufgemalte Schminke. Eine besondere Schwierigkeit ergab sich daraus, dass der Gipfel des Mount Everest nur ungefähr so groß ist wie zwei Tischtennisplatten. Die Grundfläche der Almhütte ragte weit darüber hinaus – sie musste also mithilfe von vier Stahlträgern im Fels verankert werden. Allein diese Arbeit verschlang mehrere Monate; man muss sich das ungefähr so vorstellen wie Montagearbeiten im Weltraum, nur dass leider die Schwerkraft so unbarmherzig war wie in tieferen Regionen.

Insgesamt kostete der Bau der Almhütte »Zur schönen Aussicht« mehr als sieben Milliarden Euro. Sogar für jenen österreichischen Kaugummifabrikanten, dessen Namen ich hier wohl nicht nennen muss, war das kein

Pappenstiel. (Seinen Wachmacherkaugummi mit Cola-Geschmack hat schon vielen Studenten geholfen, nachts ihre Seminararbeiten fertigzuschreiben.) Aber er wollte es uns Piefkes einmal so richtig zeigen, und das ist ihm gründlich gelungen: Er, der Sohn eines Postbeamten aus St. Pölten, der nie in seinem Leben ein hochdeutsches Wort über die Lippen brachte – er hat mit einer cleveren Geschäftsidee nicht nur Unmengen von Euros gescheffelt, sondern etwas eigentlich Unmögliches geschafft: Er hat ein Haus auf den Gipfel des Mount Everest gestellt. Der Gast betritt die Almhütte »Zur schönen Aussicht« nicht durch die Vordertür, sondern von unten, durch eine Art Schleuse. Erste Station: die Druckausgleichskammer. Nachdem die Schleusentür sich geschlossen hatte, setzte unsere Gruppe sich auf zwei Holzbänke. Mir gegenüber hing ein großes Plakat an der Wand – ein junges blondes Mädchen im Dirndl hielt ein Weinglas in der Hand und entblößte grinsend perlweiße Zähne. *Prost!* stand in Riesenlettern über dem Mädchenkopf. Unter dem Mieder hieß es: *Österreich ist schön. Komm, bleib.* Ich spürte, wie meine Ohren ihre Schotten dicht machten. Nach einer Viertelstunde öffnete sich mit pneumatischem Fauchen eine Doppeltür. Zweite Station: die Kleiderkammer. Hier schälte ich mich aus meiner Bergsteigerkluft, die von einem lächelnden nepalesischen Garderobenfräulein entgegengenommen wurde. Sie drückte mir eine Metallmarke mit einer Nummer in die Hand, dann wies sie mir den Weg in einen holzgetäfelten Umkleideraum; hier hingen an Kleiderhaken Krachlederne in verschiedenen Größen, und ich konnte mir ein kariertes Hemd aussuchen, das mir passte. Solcherart als Alpenländer verkleidet, durfte ich die nächste Tür passieren. Hinter ihr wartete – dritte Station – das Pandämonium auf uns.

Lange Tische. Lange Bänke. Mindestens fünfzig Menschen, die meisten von ihnen Männer. Kronleuchter aus Hirschgeweihen. Wiener Schnitzel, die locker Tellerränder überlappten. Im Hintergrund ein Panoramafenster mit Himalajablick. Rechter Hand lief auf einem gigantischen Bildschirm stumm geschaltet die österreichische Nachrichtensendung *Zeit im Bild*. Aus mindestens drei Lautsprechern dröhnte Austropop. Und in der Mitte des Saales stand strahlend Sepp Obermoser, der Chef dieser gastlichen Stätte. Obermoser stammt aus Südtirol, ist bärtig und hat dunkelblondes Haar, das an den Schläfen langsam grau wird; Sonne und Wind haben seine Haut tiefbraun gegerbt. *»Welcome«*, sagte er und schüttelte jedem von uns die Hand. *»Welcome, welcome. How great you made it up here.«* Dann nahm er mich beiseite und sagte: »Ich bin schon gewarnt worden, dass Sie früher oder später bei uns auftauchen würden.« Er lachte. »Wollen Sie sich erst bei einem Bier entspannen oder soll ich Ihnen gleich alles zeigen?« Ich entschied mich für die Besichtigungstour.

Obermoser öffnete eine unauffällige Tür am Ende des Saales und führte uns zur Küche – eher einer Kombüse, in der vier geduckte Nepalesen in großer Enge zwischen blank gewienertem Edelstahl schufteten. »Wir bieten vor allem *comfort food* an«, sagte Obermoser. »Leberknödelsuppe, Brettljause, alles, was das Bergsteigerherz begehrt.« Die Köche schauten nicht von ihrer Arbeit auf, während wir uns an ihnen vorbeidrückten. Obermoser führte uns eine steile Treppe hinauf. Er ließ uns durch ein Bullaugenfenster lugen: »Unsere Vorratskammer«, sagte er. »Glücklicherweise brauchen wir keinen Kühlschrank, die Natur sorgt selbst für die nötigen Minusgrade.« Wir erblickten Schweinehälften und Kalbskadaver. »Hier lagern genug Vorräte, um fünfzig Menschen einen Monat lang zu bewirten«, sagte Obermoser. »Unser Bier wird, wie Sie vielleicht wissen, vom Tal zu uns heraufgepumpt. Für den anderen Nachschub sorgen unsere tüchtigen Scherpas.« Unser Weg führte jetzt durch einen Korridor; links und rechts lagen Zimmer. Obermoser zeigte uns eines von ihnen: dreistöckige Stockbetten bis unter die Decke, in der Mitte ein kleiner Tisch, ein Stuhl. »Wir sind zwar kein Fünfsternehotel«, sagte Obermoser, »aber wir können bis zu dreißig Gäste bei uns übernachten lassen. Eine Übernachtung kostet nur fünfzehntausend Dollar und keinen Cent mehr.« Ich schaute ihm ins Gesicht, um herauszufinden, ob er einen Witz machte – aber er meinte es offenbar völlig ernst. Die nächste Kammer, die Obermoser uns zeigte, war von oben bis unten weiß getüncht. Eine Krankenbahre in der Mitte; allerhand medizinische Geräte standen an der Wand. Ein älterer nepalesischer Mann in einem Arztkittel saß an der Seite auf einem Stuhl und blätterte in einer Zeitschrift; er erhob und verbeugte sich, als wir hereinkamen. *»This is Dr. Gupta, our resident physician«*, stellte Sepp Obermoser ihn vor. *»We can deal with almost any medical emergency up here.«* Dr. Gupta verbeugte sich wortlos ein zweites Mal und verkroch sich dann wieder hinter seiner Zeitschrift. Noch eine steile enge Treppe. »Achtung, jetzt kommen wir zu unserer absoluten Hauptattraktion«, sagte Obermoser. »Bitte sehr.« Wir waren offenbar über das Dach hinausgeklettert – und fanden uns in einer Art Wintergarten wieder: Die Wände über uns und die Vorderwand bestanden aus Glas. »Dieser Raum hier ist sehr beliebt für das obligatorische Gipfelfoto«, erklärte der Gastwirt, »hier kann man ein Selfie schießen, ohne sich den Unbilden der Natur auszusetzen. Ich habe Ihnen eine

Fahne zum Schwenken mitgebracht.« Ich fragte Obermoser, was er getan hätte, wenn ich zufällig aus Andorra stammen sollte. Oder aus Guinea-Bissau. »Oh, wir haben hier Flaggen aller Nationalitäten vorrätig«, antwortete er. »Letzte Woche war ein Gast aus Nauru bei uns. Auch den konnten wir zufriedenstellen.«

Mir fiel eine niedrige Tür an der Wand hinter uns auf. Eigentlich war es gar keine richtige Tür, sondern nur ein Pförtchen. »Was ist dort?«, fragte ich. »Ach, nichts«, sagte Obermoser. Mein Fotograf hatte aber längst mit langen Schritten den Raum durchquert und drückte die Klinke nieder. Ich folgte ihm.

Wir fanden uns in einem winzigen Zimmer wieder, eigentlich einer Abstellkammer. In der Mitte flackerte eine dicke Kerze, neben der Kerze stand ein kleiner Haufen aus blankgeschliffenen Kieseln. Ringsum an den Wänden hingen Tontäfelchen, auf denen in einer Schrift, die ich nicht lesen konnte, etwas geschrieben stand. Ich fing an zu zählen und kam auf zweihundertachtunddreißig Tontafeln. Sepp Obermoser, der uns nachgekommen war, stand unterdessen mit verschränkten Armen neben der Tür. »Was ist das hier?«, wollte ich von ihm wissen. »Das Scherpa-Denkmal«, sagte er kurz. Als ich schwieg, fügte er hinzu: »Dieses Denkmal haben die Scherpas ihren Kameraden errichtet, die beim Bau der Almhütte *Zur schönen Aussicht* ums Leben gekommen sind.« Er wies auf die Tontafeln. »Hier stehen ihre Namen.« Brüsk wandte er uns den Rücken zu; mein Fotograf schoss noch ein paar Bilder, dann gingen wir wieder nach unten. Offenbar hatten wir Sepp Obermoser verstimmt, denn er ließ sich nirgends mehr blicken.

In dem Riesensaal mit den Hirschgeweihleuchtern war mittlerweile Schunkelstimmung ausgebrochen. Aus den drei Lautsprechern schepperte in infernalischer Lautstärke das Lied vom Anton aus Tirol, dessen gigaschlanke Wadeln ein Wahnsinn für die Madeln sind, weswegen er es mit ihnen sowohl heiß als auch eisgekühlt treibt. Unsägliche Terzen und Septen. Der Komponist Hanns Eisler schrieb einst einen Essay über die Dummheit in der Musik, aber das hier war die vollendete Idiotie, in Takte und Noten gefasst. Die Japaner lächelten stramm und schwenkten rhythmisch ihre Bierhumpen; die Sachsen grölten die Melodie mit. Einen Moment lang erwog ich allen Ernstes, mich so, wie ich war – in der Krachledernen und ohne Daunenjacke –, den Elementen anzuvertrauen. Der Kältetod soll ja ein sehr schöner Tod sein; vielleicht wäre ich meinem Freund, dem Yeti, wiederbegegnet. Leider bin ich feige. Das Grauen, das Grauen. Mir fiel der Gesang meines Freundes ein: Er hatte wie Wind geklungen, der über eine Klippe pfeift. Und plötzlich dachte ich, dass es vielleicht ganz gut ist, wenn die Yetigesänge dereinst (will sagen: bald) unsere Menschenlieder überdauern.

Die schlanke Buche am anderen Flussufer war noch kahl, aber der Schnee, den sie auf ihren Ästen getragen hatte, war schon geschmolzen. Der Wind pfiff an manchen Tagen immer noch eisig durch die Straßen, aber der Gedanke, dass sich bald der Frühling seine Sandalen gürten und mit leisen Schritten heranschleichen würde, wirkte zumindest nicht mehr völlig absurd. Julia saß am Tresen und pustete auf ihren Cappuccino. Zu den blitzenden Gerätschaften in Bodos Küche gehörte auch eine Espressomaschine aus gebürstetem Edelstahl (mit Manometer und Mahlwerk); sie hatte deshalb beschlossen, mit einer gehörigen Dosis Koffein in den Tag zu starten.

Bodo (»Herr von Unruh«) war nicht da. Diesmal führte seine Reise ihn nicht ans andere Ende der Welt: nicht nach China, nicht nach Amerika, nicht zum Himalaja, sondern nur über ein verlängertes Wochenende nach Bayern. (Seit einer Woche frei von Neuausbrüchen.) In der Außentasche ihres Rucksacks ruhte sein Wohnungsschlüssel. Das Lesegerät am Hauseingang erkannte mittlerweile auch ihren Fingerabdruck. Sie hatten nämlich beschlossen, ihre Liebesbeziehung auf eine neue Grundlage zu stellen. Grenzenloses Vertrauen! Dazu gehörte, dass Julia jederzeit in Bodos Wohnung übernachten konnte, dass er keine Geheimnisse mehr vor ihr hatte. Sie schaute durch das große Panoramafenster dem Kanal beim Vorbeifließen zu. Steckte dort drüben schon eine erste Primel ihren blühenden Kopf durchs tote Gras? Wirklich: eine Primel. »Guten Morgen«, sagte Julia laut. Und dann fragte sie sich, wie die Aussicht wohl aus der Wohnung über ihr sein mochte. Sie hatte Jacques Lacoste, der dort wohnte, immer noch nicht kennengelernt – in letzter Minute hatte der Zufall ihnen jedes Mal ein dickes X durch ihre Pläne gemacht. Bestimmt hatte auch Bodos Fotograf ein spektakuläres Panoramafenster, aber er schaute nicht nur auf die Böschung, sondern ein Stück weit darüber hinaus – wahrscheinlich konnte er Häuser, eine Straße, verschiedene Bäume sehen. Vermutlich hatte Jacques Lacoste auch noch am Nachmittag viel Licht, während Bodos Wohnung, weil sie tiefer lag, schnell dunkel wurde. Andererseits: Jacques hatte nur halb so viel Platz. Der ganze hintere Teil der Wohnung – der Teil mit der Wendeltreppe – fehlte. Wo lag eigentlich das Schlafzimmer des Fotografen?, fragte sich Julia, während sie einen Blick zur Decke hoch schickte. Ob er (Julia war selber nicht klar, ob sie Jacques oder Bodo meinte), also, ob er wohl etwas dagegen hätte, wenn sie sich ganz schnell dort oben umschaute? Aber wie? Sie hatte den Nummerncode der Stahltür nicht, hinter der eine fremde Behausung begann. Julia stellte ihre Kaffeetasse ab. Sie hüllte sich fester in ihren Flanellschlafanzug; eine Sekunde lang zögerte sie. Und dann stieg sie zum ersten Mal in ihrem Leben die Stufen in der Mitte von Bodos Wohnzimmer hoch.

Als sie auf dem Treppenabsatz angekommen war, studierte sie den Sensorbildschirm neben der stählernen Tür. Ziffern, darunter ein Alphabet. Was passierte, wenn sie jetzt die falsche Kombination eingab? Würde das System dann Alarm schlagen? Die Polizei mit Blaulicht und Sirene kommen? Würde Jacques Lacoste von seinem Smartphone informiert werden, dass jemand versuchte, bei ihm einzubrechen? Hatte sie zwei Fehlversuche frei, wie bei einem Bankomaten, der erst beim dritten falschen Mal die EC-Karte verschluckte? Blaubarts Kammer, dachte Julia und stellte sich, innerlich grinsend, die Leichen von Bodos Frauen vor, die sie drüben auf der anderen Seite erwarten würden. Sie wusste noch nicht einmal, ob es sich um eine drei-, vier- oder fünfstellige Ziffernkombination handelte. Ob sie Buchstaben benötigte; ob die Buchstaben klein oder groß geschrieben wurden. Julia stieg die schmalen Metallstufen wieder hinunter. Ihr Cappuccino war unterdessen lauwarm geworden – schwungvoll kippte sie die Schaumbrühe in den Ausguss.

Dann sah sie die gerahmten Auszeichnungen über Bodos Biedermeiersekretär. Sie sah den aufgeklappten Laptop, in den er seine Reportagen hackte, während er auf das glitzernde Wasser des Kanals schaute. Manchmal lauschte er vielleicht auch den Regentropfen, die der Wind gegen die Scheibe seines Panoramafensters trieb. In Denkpausen zündete er sich einen Zigarillo an und sog den giftigen Rauch gierig in den Schlund (Bodo rauchte auf Lunge). Genau in der Mitte zwischen den Preisurkunden hing ein Bibelspruch: *Qohelet 1, 2–8*. Julia kannte ihn mittlerweile auswendig. »Es ist alles ganz eitel, sprach der Prediger, es ist alles ganz eitel. Was hat der Mensch für Gewinn von all seiner Mühe, die er hat unter der Sonne? Ein Geschlecht vergeht, das andere kommt; die Erde aber bleibt ewiglich. Die Sonne geht auf und geht unter und läuft an ihren Ort, dass sie wieder daselbst aufgehe. Der Wind geht gen Mittag und kommt herum zur Mitternacht und wieder herum an den Ort, da er anfing. Alle Wasser laufen ins Meer, doch das Meer wird nicht voller; an den Ort, da sie her fließen, fließen sie wieder hin. Es sind alle Dinge so voll Mühe, dass es niemand ausreden kann. Das Auge sieht sich nimmer satt, und das Ohr hört sich nimmer satt.«

Nein, dachte Julia. So einfach kann es nicht sein. Aber vielleicht ist es so einfach? Sie kletterte die Wendeltreppe in einer solchen Schnelligkeit hoch, dass sie in metallische Schwingungen geriet. Q, tippte sie auf den Sensorbildschirm. Dann die restlichen Buchstaben und die Zahlen. »Klick«, sagte die schwere Stahltür und schwang auf.

Dämmerlicht. Die Jalousien vor dem Panoramafenster waren heruntergelassen, die Lamellen halb schräg gestellt. Links von Julia standen – mitten im Raum – drei Kleiderständer aus Metall; auf ihnen hingen Jacken, Hosen, Anzüge, Anoraks; Julia erspähte eine komplette Bergsteigerausrüstung. Zu ihrer Rechten sah sie etwas, das sie im ersten Moment gar nicht verstand: Da hatte jemand eine halbrunde Wand aufgebaut, die beinahe bis zur Zimmerdecke reichte, und mit blauem Stoff bespannt. Drei Kameras auf Stativen fixierten die blaue Wand aus unterschiedlichen Entfernungen. Ein kleiner Schreibtisch versperrte Julias Weg; auf ihm eine Computeranlage, der schon aus der Entfernung anzusehen war, dass sie viel Geld gekostet hatte. Neben dem Bildschirm: ein Aschenbecher voller Zigarillostummel. Das winzige grüne Plastikkrokodil an der Wand entdeckte Julia erst später. Kein Tisch, keine Stühle, keine Couch, auf der man sich lümmeln konnte. Kein Bett. Hier wohnte niemand.

Julia setzte sich im Schlafanzug an den Computer und berührte eine Taste. Der Bildschirm wachte auf und verlangte ein Losungswort; Julia versuchte es noch einmal mit *Qohelet* und der Zahlenfolge *128*. Nichts. Eintritt verweigert. Also tippte Julia *J-a-c-q-u-e-s* ein, und siehe da: die Sperre auf dem Bildschirm löste sich in Wohlgefallen auf. Ein Bild des Sonnensystems erschien, vor den Planeten hingen Folder über Folder. Julia kam sich nun allen Ernstes wie eine Einbrecherin vor, ihre Hände zitterten. Sie tippte auf den erstbesten Folder, der mit *Indien* beschriftet war – eine Kaskade von Bildern stürzte heraus. Julia klickte mit der Maus und vergrößerte: Da war Bodo (grinsend) vor dem Taj Mahal, da war Bodo (ernsthaft) im Gespräch mit einem Guru. Wie hatte sie jemals an seinem Wort zweifeln können? Natürlich war er wirklich dort gewesen. Julia packte die Bilder per Mausklick wieder dorthin, wo sie herausgepurzelt waren, und klickte auf den nächsten Folder: *Himalaja* stand darauf. Da war Bodo in Bergsteigermontur, im Hintergrund eine weiße unwirtliche Schneelandschaft. Noch mehr Bilder von Bodo in Bergsteigerkluft – diesmal hielt er eine schwarzrotgoldene Flagge in der Hand. Er probierte Posen aus. Auf den nächsten Bildern war er verschwunden, Julia sah nur noch die Schneelandschaft, den Ausblick vom Gipfel. (Es musste sich um den Mount Everest handeln.) Dann kam wieder Bodo in Bergsteigerkluft zum Vorschein. Aber nun war im Hintergrund überhaupt kein Schnee und kein Eis und kein bisschen Fels mehr zu sehen: Er posierte vor einer blauen Wand. Und es waren – Julia klickte zur Sicherheit zurück –, jawohl, es waren bis aufs letzte Schnurrbarthaar genau dieselben Posen wie in der Bilderfolge am Anfang. Eigentlich war dies der

Moment, in dem Julia alles verstand. Aber von dem Augenblick, wo man etwas *eigentlich* versteht, bis zu jener Minute, wo die Erkenntnis nackt und unverstellt bis ins Bewusstsein vordringt, dauert es manchmal eine Weile. Vor allem dann, wenn das Bewusstsein sich gegen die Erkenntnis wehrt: wenn es nicht wahrhaben will, was es *eigentlich* längst vor Augen hatte. Julia öffnete noch einmal den Folder mit der Aufschrift *Indien*. Sie betrachtete noch einmal den feixenden Bodo vor dem Taj Mahal; sie studierte ihn. Endlich klickte sie weiter. Nach zwei Dutzend Fotos mit wechselnden Motiven fand sie exakt denselben feixenden Bodo vor einer blauen Wand.

Dann schaltete Julia den Computer aus. Dann saß sie eine Weile stumm da und starrte vor sich hin. Dann – manchmal sind Klischees leider wahr – stürzte sie zur Toilette (zum Glück gab es wenigstens eine Toilette mit einem kleinen Waschbecken daneben) und erbrach das Frühstück, das sie an diesem Tag noch gar nicht gegessen hatte. Dann wischte sie sich schweißnasse Strähnen aus der Stirn. Dann gurgelte sie, um den Geschmack loszuwerden, und klatschte sich kaltes Wasser ins Gesicht. Dann dachte sie: Was mache ich jetzt? Wie in einem bösen Traum stieg Julia die Wendeltreppe hinunter in das helle gemütliche Riesenzimmer da unten. Sie fand das Portemonnaie in ihrem Rucksack; sie fand ihr Smartphone. Plötzlich war ihr Verstand ganz klar und wie ein Pfeil auf sein Ziel gerichtet. Mit fliegenden Fingern fischte sie die Visitenkarte aus ihrem Lederversteck: *Brunesci Ermittlungen,* daneben die Telefonnummer. Sie wählte. Es tutete. Eine Männerstimme. »Wie kann ich Ihnen helfen?«

»Ich muss mit Graziella Brunesci sprechen«, sagte Julia. Sie nannte ihren Namen. »Frau Brunesci kennt mich.

Ich habe sie einmal mit dem Taxi gefahren, und wir haben miteinander Kaffee getrunken. Ich brauche in einer dringenden Angelegenheit ihre Hilfe.«

ZEHNTE REISE:
DEUTSCHLAND,
DU BLONDES, BLEICHES

(Text: Bodo von Unruh, Fotos: Jacques Lacoste)

Uns war eingeschärft worden, die Burg frühestens in der Abenddämmerung aufzusuchen. Außerdem hatten wir am Telefon die Instruktion erhalten, unser Auto am Rand des Wäldchens stehenzulassen, das die Burg umschloss. Zwar führe eine Straße durch das Wäldchen, aber sie sei nicht gepflastert, und jetzt im Vorfrühling bestehe die Gefahr, dass unser Auto im Matsch stecken bleibe. Also gingen wir zu Fuß. Der Wald war tief und dunkel. Nach ein paar Schritten fiel mir auf, dass wir keine Tierlaute hörten: Kein Käuzchen rief, kein Reh brach durchs Unterholz, kein Eichhörnchen raschelte im Laub. Die Stille war absolut und gespenstisch. Nebel hüllte die Wipfel ein und verschluckte den Abendhimmel. Als wir das Wäldchen hinter uns gelassen hatten, tauchten vor uns die zwei Türme der Burg auf; sie wurden von Scheinwerfern angestrahlt. Über dem rechten Turm wehte müde die schwarz-weiß-rote Reichsflagge, über dem linken Turm hing schlaff die Flagge der DDR: Ährenkranz, Hammer und Zirkel, schwarz-rot-goldener Hintergrund.

Es handelte sich um keine große Burg – vor dem dunklen Nebelhimmel nahm sie sich trotzdem imposant aus. Jeder, mit dem wir über sie ins Gespräch gekommen waren, hatte sie einfach nur *die Burg* genannt, gerade so, als sei sie namenlos. Das mythische Gebäude steht im Landkreis Passau, gleich am Anfang vom Bayerischen Wald. Natürlich wird sie von einem tiefen Wassergraben geschützt, aber an dem Abend, an dem wir sie besuchten, war die Zugbrücke heruntergelassen, und das Burgtor stand sperrangelweit offen. Als wir eintraten, kam uns im Innenhof der Burgherr entgegen. »Ah, die Herrschaften von der Lügenpresse!«, begrüßte er uns jovial. Der Burgherr trug schlammbespritzte Gummistiefel, die ihm bis zu den Hüften reichten, eine Bauernjoppe, einen Hut mit Pinsel daran; in der rechten Hand hielt er einen Blecheimer. Er lud uns ein, ihn beim Schweinefüttern zu begleiten. Der Schweinekoben – ein einfacher Holzverschlag – duckte sich neben einem der Seitenflügel, der Burgherr ließ uns den Vortritt. Drei erwachsene Säue, zehn Ferkel; der Gestank drang ins Gehirn wie ein Hammerschlag. »Da hast du, Siegfried«, sagte der Burgherr. Er schüttete Apfelbutzen und halb verrottetes Gemüse in den Trog. »Wie geht es meiner Brünhilde heute?« Mit ruckelnden Bewegungen befreite der Burgherr auch noch den Rest des Mülls aus seinem Eimer. »Nicht drängeln, Hagen! Es ist genug für alle da.« Das Grunzen steigerte sich zur Hysterie, die Ferkel flitzten quiekend zwischen den Beinen ihrer Eltern hin und her. Der Burgherr betrachtete das Bild zufrieden, die Hand in die rechte Hüfte gestützt. »Neulich haben wir Gunther geschlachtet«, sagte er leichthin. »Wir hatten tagelang Blutwurst und herrliches Wellfleisch. Und die blöden Viecher haben ihren Kameraden schon wieder vergessen. Dabei war nicht zu überhören, wie er geschrien hat, als wir ihn abgestochen haben.« Damit wandte der Burgherr sich um und stapfte über den Innenhof zum Hauptgebäude zurück.

Selbstverständlich war diese Raue-Naturburschen-

Nummer nichts als Schauspielerei. In Wahrheit handelt es sich bei unserem Schlossherrn um einen städtischen Intellektuellen: Ernst Albrecht Hochmeister hat das Licht der Welt nicht auf einem Bauernhof, sondern in einer Gelehrtenstube in Dresden erblickt. Sein Buch *Deutschland über alles* wurde auch deshalb zu einem so großen Skandal, weil der Autor ein anerkannter Soziologieprofessor war. Dass er wegen jenes Bestsellers – eine Million verkaufte Exemplare; Übersetzungen ins Englische und Chinesische – in hohem Bogen aus der Technischen Universität Dresden flog, erwies sich für Hochmeister als Riesenglück. Das gibt er mittlerweile selber zu, auch wenn er damals wütend gegen seine Entlassung protestierte. (»Einschränkung der Meinungsfreiheit«, »Hexenjagd gegen Rechte« etc.) Vom Buchhonorar kaufte er seine Burg in Niederbayern, und die Privatseminare, die er hier veranstaltet, ziehen junge Leute in Rabenschwärmen an. Außerdem gibt Hochmeister ein vielbeachtetes Magazin heraus, dessen Name sein Programm ist: *Rebellion*. (Titelgeschichte der jüngsten Ausgabe: »Vom jüdisch-islamischen Bolschewismus«.) Während Hochmeister – auf einer Holzbank sitzend – die dreckigen Gummistiefel von seinen langen Beinen zog, erzählte er, wie sehr er die Grobheit der Bayern zu schätzen gelernt habe. »Hier fliegt im Gasthaus manchmal noch der Maßkrug!« Anfangs habe ihn das schockiert, doch heute finde er die ländlichen Sitten in ihrer natürlichen Unverdorbenheit herrlich. »Früher haben die Leute mich hier mit Herr Professor angeredet, mittlerweile bin ich für sie einfach der Ernst.« Es zeigte sich, dass Hochmeisters Hose unter den Gummistiefeln Bügelfalten aufwies. Im Seidenhemd unter der Bauernjoppe trug der Akademiker eine perfekt gebundene braune Fliege. Ansonsten sah er genau so aus, wie man ihn aus den Talkshows kennt – ein langer dünner Mensch mit einem kahlen Ei als Kopf; stechender Blick, keine Lippen, bleiche Gesichtsfarbe.

Ernst Albrecht Hochmeister bat uns in die gute Stube. Es handelte sich um einen Rittersaal, durch den sich Holzbalken zogen, an den hohen Wänden hingen Ölgemälde, die mich sofort anwiderten – etwas mit den Dimensionen stimmte nicht, alle Winkel waren falsch, und die Farben schillerten bösartig. In ein paar Nischen standen Ritterrüstungen. Ich bemerkte, dass der Herrgottswinkel leer war. Ernst Albrecht Hochmeister, der meinem Blick gefolgt war, lachte. »Sie werden feststellen, dass es bei uns kein einziges Kruzifix gibt«, sagte er. »Die Verehrung des Leidens ist doch unnatürlich und krank, finden Sie nicht? Außerdem: Wieso soll ich in meiner Burg Darstellungen einer fremden semitischen Gottheit dulden?« Vor uns klappte eine große Tür auf, und Hochmeisters Frau kam herein. In ihrem Gefolge marschierten – ordentlich in Zweierreihen – zehn Kinder; sie hielten die Köpfe gesenkt, jedes von ihnen trug ein Porzellangeschirr in der Hand. Damit deckten die Kinder jetzt den langen Tisch, der in der Mitte des Raumes stand. »Darf ich Sie meiner Gattin vorstellen«, sagte unterdessen Ernst Albrecht Hochmeister (er gebrauchte tatsächlich das Wort *Gattin*). Ich hatte schon Fotos von ihr gesehen, dennoch war ich überrascht. Hochmeisters Frau war sehr blond, sehr dick, übertrieben geschminkt – ihr Mund blutrot, das Gesicht leichenblass –, und sie sprach mit einem breiten slawischen Akzent. Natürlich hatte ich gewusst, dass der Mann, der Vokabeln wie »Entartung«, »Umvolkung«, »Gefolgschaft« wieder salonfähig gemacht hat, ausgerechnet mit einer Polin namens

Lechsinka Zajaczkowski liiert war. Aber dieses wandelnde Klischee machte mich nun doch ein bisschen sprachlos. Lechsinka Zajaczkowski trieb die Kinder zur Eile an: »Ein bisschen schnällerrr!« Ein Kind ließ einen Teller fallen, kassierte eine Ohrfeige und musste die Scherben auffegen. Ich wollte einschreiten, besann mich dann aber, dass ich als Journalist kein Recht dazu hatte. Die Kinder waren das, was man in einer früheren Epoche als artig bezeichnet hätte: Sie schubsten nicht, sie gerieten nicht miteinander in Streit, sie lachten nicht. Später während des Essens hörte man von ihrer Seite des Tisches nur das Kratzen des Bestecks auf den Tellern. Sie trugen eine Art Uniform: schwarze Hosen und Röcke, weiße Hemden und Blusen. Ihre braunen Gesichter und dunklen Augen waren unergründlich. Seinerzeit hatte es als große humanitäre Geste gegolten, dass Hochmeister und Zajaczkowski zehn indonesische Flüchtlingskinder bei sich aufgenommen und die Kinder sogar adoptiert hatten. Ausgerechnet diese beiden, die Stars der deutschen Rechtsintellektuellen! Ich wusste plötzlich nicht mehr, ob es wirklich eine so gute Tat gewesen war. Vor dem Essen falteten die Kinder die Hände; ich erwartete jetzt ein Gebet. Stattdessen sagte das älteste Kind – ein Junge, dem auf der Oberlippe schon der Flaum spross: »Wir danken unserer Mutter und unserem Vater, dass sie uns bei sich aufgenommen haben. Wir danken ihnen für Gastfreundschaft und Toleranz!« Das Essen war nicht schlecht. Deftig. Es gab Choucroute, das berühmte elsässische Gericht mit Schweinefleisch, Sauerkraut, Kartoffeln. Die Blutwürste in der Mitte des Tellers waren besonders eindrucksvoll. Lechsinka Zajaczkowski forderte die Kinder wiederholt auf, mehr zu nehmen; Hochmeister und Zajaczkowski aßen nichts. Sie tranken Wein (jedenfalls hielt ich es für Wein) aus einer Karaffe, von der sie mir und meinem Fotografen nichts abgaben; die Flüssigkeit sah beinahe schwarz aus.

Das Tischgespräch drehte sich um Belanglosigkeiten. Lechsinka Zajaczkowski erzählte, dass sie gerne in der Kartei blätterte, in der die Abonnenten der *Rebellion* verzeichnet waren. »Sie glauben nicht, wie viel barrrrrihmte Laite sind darunter!« Hochmeister berichtete, dass er neulich *Triumph des Willens* wiedergesehen habe und eigentlich erst jetzt erkenne, um welch bedeutendes Filmkunstwerk es sich hier handle. »Ein ganz avantgardistischer Film! Hochmodern!« Nach einer Stunde hob Ernst Albrecht Hochmeister die Tafel auf, und wir wurden zum Interview in die Bibliothek gebeten. Doch erst mussten mein Fotograf und ich uns die Ahnengalerie ansehen, die in einem hell ausgeleuchteten Korridor hing. Unterwegs kamen wir an einem Spiegel vorbei, der mit einem Tuch verhängt war. »Ist jemand gestorben?«, fragte ich.

»Gestorben? Nein, warum denn?«, fragte Hochmeister zurück. »Ach so, weil der Spiegel verhängt ist. Das hat einen anderen Grund: Wir dulden in diesem Hause keine Selbstbespiegelung. Die Ichbezogenheit der modernen Gesellschaft ist mir zutiefst widerwärtig. Die Gemeinschaft ist nichts, du bist alles! Ein Volk, das so denkt, muss zugrunde gehen. Alle anderen Spiegel habe ich zerbrochen – bei diesem hier ging das nicht, oder jedenfalls nicht so einfach, er war in die Wand eingelassen.«

Fünf Schritte weiter, und wir sahen eine Serie von Ölschinken vor uns. Hochmeister erzählte, er habe die Gemälde nach zeitgenössischen Fotografien anfertigen lassen (»meine Vorfahren waren leider weder reich noch adelig genug – sie hätten sich so etwas nie leisten können«). Und so konnte man sie nun abschreiten wie eine

Ehrengarde: vom Urururgroßvater bis zum kürzlich verstorbenen Erzeuger des Auftraggebers. Alle bis auf den Letzten trugen Uniformen und Orden. Der Ahnherr hatte in der Schlacht von Sedan gekämpft (Eisernes Kreuz), der Nächste in der Reihe in den Schützengräben von Flandern gelegen (Pour le Mérite). Der Urgroßvater war Mitglied der SS gewesen (Ritterkreuz). Auch der Großvater hatte gedient – nun allerdings dem sozialistischen Vaterland, und zwar als Offizier im besonderen Einsatz des Ministeriums für Staatssicherheit (goldener Verdienstorden). Der Vater war der einzige Zivilist in der Serie. Quasi zum Ausgleich stand er in seinem Büro in Berlin stramm – bekanntlich hatte er der nationalkonservativen Regierung als Vizekanzler gedient. Die Familienähnlichkeit auf den Ölschinken grenzte ans Peinliche. Immer derselbe Eierschädel; immer dieselben blassblauen Augen; immer derselbe lippenlose Mund – nur trug der Urururgroßvater einen Backenbart, während der Stasioffizier sich eine dünne Haarsträhne über die Glatze gekämmt hatte.

Bildlegende: Ernst Albrecht Hochmeister und seine Ahnen.

Die Bibliothek war erstaunlich klein und wirkte stickig. Auf Billigregalen von Ikea sah ich viele Exemplare von *Deutschland über alles*, daneben die Memoiren von Leni Riefenstahl, das *Nibelungenlied*, ferner *Das dritte Reich* von Arthur Moeller van den Bruck, *Gesellschaft und Geschichte* von Hans Freyer und daneben ein ledergebundenes Buch mit Metallverschlüssen: *Von unaussprechlichen Kulten*. (Der Autor: ein gewisser Friedrich Wilhelm von Junzt.) Ernst Albrecht Hochmeister nahm auf einem thronartigen Stuhl mit hoher Lehne Platz; mir wies er einen abgewetzten Ohrensessel zu, mein Fotograf musste stehen. Auf dem niedrigen Kaffeetisch zwischen uns entdeckte ich zu meinem Erstaunen einen Band mit arabischen Schriftzeichen. Es handelte sich doch hier gewiss nicht um den Koran? Gleich daneben lag eine Kladde, eine Art Notizbuch.

Ich eröffnete unser Gespräch mit der Frage, warum Hochmeister über seinem Schloss nicht nur die alte Flagge des Deutschen Reiches wehen lasse – das verstehe sich bei einem radikalen Rechten wie ihm eigentlich von selbst –, sondern auch die DDR-Fahne. Ob er etwa Sympathien für den Kommunismus habe? Hochmeister betrachtete versonnen seine Fingernägel, die so lang waren, dass sie an Krallen erinnerten. »In meiner Familie wurde nie anders als mit Respekt von der DDR gesprochen«, sagte er dann. »Mein Großvater hat für das Ministerium für Staatssicherheit gearbeitet. Auf seine Weise hat er genauso für Deutschland gekämpft wie meine anderen Ahnen auch, denn die DDR war ein besserer Staat als die Bundesrepublik. In der DDR herrschte Ordnung! In der DDR wurde exerziert und das Erbe von Friedrich dem Großen hochgehalten! Die DDR war nicht verweichlicht, nicht verwestlicht, nicht dekadent, nicht von Ausländern überfremdet. Die Amerikaner hatten sie nicht zu einer Kolonie gemacht.«

»Nein, aber die Russen«, warf ich ein.

»Wir Deutschen haben viel mehr mit den Russen gemeinsam als mit den Amerikanern. Dostojewski war doch praktisch ein deutscher Schriftsteller. Was haben wir dagegen mit einem Mark Twain oder Walt Whitman zu schaffen?«

In diesem Augenblick erhob sich draußen ein ungeheurer Lärm – ein Kind schrie auf, als befinde es sich in höchster Seelenpein, dann war die schimpfende Stimme von Lechsinka Zajaczkowski zu hören, ein Möbelstück fiel krachend um. »Sie entschuldigen mich für einen Augenblick«, sagte Hochmeister und ließ uns in der stickigen Bibliothek allein; die Tür blieb angelehnt stehen. Ich nutzte die Gelegenheit, um nachzuprüfen, welches arabische Buch sich da auf dem Kaffeetisch breitmachte. Auf dem Vorsatzblatt entdeckte ich einen lateinischen Titel: *Necronomicon*. Der Autor hieß Abdul Alhazred. Ich schlug den Band auf, entdeckte, dass es sich um eine zweisprachige Ausgabe handelte, und las: »Die Kavernen der Unterwelt sind nicht dafür da, von sehenden Augen erkundet zu werden, denn schrecklich sind ihre Wunder und fremdartig. Verflucht der Boden, wo tote Gedanken aufs Neue in seltsamen Körpern leben, und böse der Geist, den kein Schädel hält.« Ich hörte die Schritte des Burgherren, wollte aber unbedingt noch ein paar Sätze mit den Augen verschlingen. Vielleicht hätte ich es besser nicht getan: »Es künden alte Gerüchte, dass die Seele des vom Teufel Gekauften nicht aus seinem Lehmleichenhaus hastet, sondern den kauenden Wurm fett macht; bis aus der Verderbnis schreckliches Leben entspringt; bis die dumpfen Aasfresser der Erde kräftig wachsen, um sie zu quälen, und monströs schwellen, um sie zu plagen.« Meine Augen flogen über die Buchstaben: »Große Löcher werden im Geheimen gebohrt, wo die Poren der Erde genügen sollten, und Dinge haben das Gehen gelernt, die lieber kriechen sollten.« Hastig klappte ich das Buch zu. Als der Burgherr sich niedersetzte, wischte er sich etwas Dunkles vom Mundwinkel, eine Flüssigkeit. Das Kind dort draußen schrie jetzt nicht mehr, es wimmerte nur noch.

»Warum haben Sie zehn indonesische Flüchtlingskinder adoptiert?«, fragte ich.

»Warum nicht?«, gab Hochmeister zurück. »Das Adoptieren von Kindern ist bei uns eine Familientradition. Meine Vorfahren haben französischen und polnischen Waisen ein Heim gegeben, die sonst verloren gewesen wären. Wissen Sie, dass die Israelis für meinen Urgroßvater, der in der SS war, einen Baum gepflanzt haben? Er hat jüdische Kinder versteckt. Und mein Großvater hat sich liebevoll der Kinder von Dissidenten angenommen, die in der DDR im Gefängnis saßen.«

Er sei aber doch immer noch gegen Ausländer?

»Ich habe überhaupt nichts gegen Ausländer«, sagte Ernst Albrecht Hochmeister, »solange sie im Ausland bleiben.« Schließlich wisse jeder, wer die Krankheit in Deutschland eingeschleppt habe, die Eliten seien nur zu korrupt, die Wahrheit zu sagen. Dann schwirrte Hochmeister zu einem längeren Exkurs ab: Er sprach plötzlich über die Juden. Naturgemäß gehörten seine besten Freunde zu diesem hochbegabten Volk. Über die Judenfrage denke er genau wie Friedrich Nietzsche: Das Alte Testament sei großartig, viel besser als die christliche Bibel – voll von Helden wie Samson oder König David, die viel mit Herakles, Gilgamesch und anderen heidnischen Heroen gemeinsam haben. Leider hätten die Priester dieses blutige und barbarische Buch verfälscht; sie hätten eine Mitleidsethik aus ihm herausgelesen und erst ihr eigenes Volk und später (via Christentum) die anderen Nationen mitvergiftet. »Solange die Juden in ihrem eigenen Staat leben und für ihr Volkstum kämpfen – nichts gegen sie, alles für sie! Aber sobald sie uns mit Moralpredigten behelligen, werde ich extrem wütend. Und Schuldgefühle lasse ich mir schon gar nicht einreden. Manche nennen mich deshalb einen Antisemiten.« Einen Moment lang lagen seine Augen im Schatten; es kam mir so vor, als ob sie rot glühten, aber das war bestimmt nur eine Illusion. Ich fragte Hochmeister, was für ihn das Wesen des Deutschtums ausmache. »Die Deutschen sind ein Volk mit einer besonderen Disposition«, sinnierte er. »Sie nehmen das Geistige extrem ernst und wollen es dann absolut in die Wirklichkeit umsetzen. Die Sehnsucht nach dem Totalen, nach dem Risslosen, nach Etzels Saal, nach der Treue bis in den Tod, die nicht ausweicht, um dann weiterzuleben – das ist deutsch.«

Ich wollte von Ernst Albrecht Hochmeister wissen, ob so etwas Großartiges denn in einen Nationalstaat überhaupt hineinpasse. Ob nicht jedes politische Gefäß, das den deutschen Geist fassen wolle, auf der Stelle zerspringen müsse. Ob die natürliche Daseinsform für die Deutschen also vielleicht die Kleinstaaterei sei: sechsunddreißig Fürstentümer, keine Zentrale in Berlin, als verbindendes Element allenfalls ein Zollverein ... Es ist möglich, dass ich ein bisschen grinste, als ich meine Frage stellte.

»Bitte?«, fragte Ernst Albrecht Hochmeister. Das Wort klang sächsisch weich *(Pidde?)*, aber seine Stimme hatte einen stählernen Klang angenommen. Er erhob sich von seinem thronartigen Stuhl und sprach im Stehen zu mir, der unter ihm saß. »In diesem Haus wird über diese Dinge mit Respekt nachgedacht. Respekt! Unser Volk hat einen ganz besonderen Weg beschritten und für diesen Weg unglaublich gelitten. Es gab noch nie ein Volk, das für einen verlorenen Krieg so zertrümmert worden ist. Sie dämlicher kleiner Schreiberling haben offenbar keinen Respekt vor der Geschichte. Sie sind ein Individuum ohne Bindungen, ein BRD-Würstchen!« Er betrachte dieses Gespräch als beendet. Mit Mühe konnte mein Fotograf den rechtsradikalen Soziologieprofessor dazu überreden, ihm noch für ein paar Bilder zu posieren. Während Hochmeister sich in Positur stellte, gelang es mir unbemerkt, das Notizbuch zu stibitzen – jene schwarze Kladde, die neben dem *Necronomicon* lag.

Schweigend gingen wir durch den dunklen stillen Wald zu unserem Auto zurück. Schweigend fuhren wir zu dem Dorfgasthof, in dem wir uns für die Nacht eingemietet hatten. Mir gingen ein paar Verse von Brecht durch den Sinn. Nein, nicht seine Klage: *Deutschland, bleiche Mutter.* Auch nicht seine schöne *Kinderhymne,* die er nach dem Zweiten Weltkrieg schrieb. Ich dachte an Verse aus Brechts expressionistischer Zeit, Verse, die in ihrer Radikalität beinahe von Gottfried Benn stammen könnten: »Deutschland, du Blondes, Bleiches / Wildwolkiges mit sanfter Stirn! / Was ging vor in deinen lautlosen Himmeln? / Nun bist du das Aasloch Europas! / ... / Nimmerleinsland! Voll von / Seligen! Voll von Gestorbenen! / Nimmermehr, nimmermehr / Schlägt dein Herz, das vermodert ist ...« Nicht nur das Choucroute, auch das Interview lag mir schwer im Magen; also ging ich nicht zu Bett, sondern knipste im Hotelzimmer die Schreibtischlampe an und beugte mich über das gestohlene Büchlein. Es war von vorn bis hinten in altdeutscher Schrift vollgeschrieben. Große Kringel, kleine Kringel, jedes *e* sah wie ein *n* aus, andere Buchstaben erinnerten an Säbel oder Schleifen. Zum Glück habe ich eine altmodische Bildung genossen und kann so etwas entziffern.

16. Juli. Hurra! Der Tag der Rache ist gekommen. Ich gehöre jetzt offiziell zur ersten Infanterie-Division. Mit der modernen Dampfeisenbahn werden wir noch vor

morgen Abend an die Front gelangen. Beinahe alle sind
guten Mutes. Meine Schüler am Stift haben mir zum
Abschied noch das Gaudeamus igitur *gesungen. Nur*
ein Kamerad in unserem Abteil maulte: »Ich verstehe
eigentlich nicht, warum wir jetzt auf der Seite der
verreckten Preußen in den Krieg ziehen. Haben wir
nicht gerade erst gegen diese Sauhunde gekämpft?«
Zum Glück drohten ihm die anderen Kameraden
schnell Maulschellen (»Fotzen«) an. Schließlich ist dies
ein Verteidigungskrieg, die Franzosen haben angegriffen.
Das mussten sogar die Sozialdemokraten eingestehen,
obwohl es sich bei ihnen um vaterlandslose Gesellen
handelt. Ich jedenfalls bin überzeugt, dass dieser Krieg
eine segensreiche Wirkung haben, dass er uns ein
geeintes Vaterland bescheren wird. Dixi!

Ich schlug ein paar Seiten um.

22. Juli. Das Zündnadelgewehr ist eine hervorragende
Waffe. Man kann sie im Liegen mit Papierpatronen
laden; das heißt, man muss nicht mehr aufstehen,
Pulver mit einem Ladestock in den Lauf drücken
und zum Abschluss ein Zündhütchen daraufsetzen.
Stattdessen einfach laden, feuern, fertig! Der Feind
hat keine Möglichkeit, einen abzuknallen, während
man gerade mit dem Ladevorgang beschäftigt ist. Das
ermöglicht eine ganz neue Art der Kriegsführung. Nicht
mehr in starren Schlachtreihen treten die Armeen
gegeneinander an: Sie können einander umzingeln,
können Jagd aufeinander machen. Allerdings verfügten
auch die Franzosen über eine hochmoderne Waffe, das
Chassepotgewehr. Dann habe ich meine Kameraden
von einer Höllenmaschine reden hören, die Mitrailleuse

heißt. Angeblich handelt es sich um eine Art Kanone
auf zwei Wagenrädern, die, von einer Kurbel getrieben,
mehrere Schüsse in schneller Folge knallen lässt –
ein feuerspuckendes mechanisches Ungeheuer. Die
Mitrailleuse, sagt man, kann einen Menschen so
zerfetzen, dass ihm die Gedärme aus dem Leib hängen.

Wieder ein paar Seiten später:

7. August. Wir sind jetzt in der Nähe von Wörth,
einem Ort im Elsass. Die Franzmänner sind gelaufen
wie die Hasen! Wir Deutschen – Bayern, Preußen,
Württemberger, Sachsen – sind einfach die besseren
Soldaten, sind klüger und tapferer. Wir marschieren
todesmutig auf den Kanonendonner und das
Geschützfeuer zu, statt vor ihm wegzulaufen. Übrigens
werde ich den Eindruck nicht los, dass mich jemand
oder etwas beobachtet. Vor allem nachts. Ich kann jetzt
nicht weiterschreiben, weil man schon wieder zum
Einsatz bläst. Fünf Kameraden sind gefallen. Dulce et
decorum est …

In diesem Stil ging es weiter, doch nach ein paar Wochen
änderte sich der Ton:

18. August. Schon seit Tagen treiben wir uns jetzt in
den Ardennen herum, in der Nähe der belgischen Grenze.
Das Zündnadelgewehr wiegt schwer auf meinem Arm.
Noch schwerer drückt die Pickelhaube auf dem Kopf.
Wir alle haben so lange kein Bad mehr gesehen, dass
die Engel im Himmel sich die Nase zuhalten. Fröhliche
Läuse krabbeln auf unseren Weichteilen herum. In der
Nacht schlafen wir nur wenig, aber eigentlich ist das,

was sich auf uns herabsenkt, wenn wir für ein paar
Stunden lagern, kaum Schlaf zu nennen, – es ist ein
wildes Dahindämmern in exotischen Traumländern.
An allen Seiten werden wir von franctireurs *belagert.*
Einen von uns hat es erwischt, als wir Bahnschienen
gefolgt sind und in einem Wäldchen Rast gemacht
haben. (Bauchschuss. Der Junge hat noch eine Stunde
lang nach seiner Mama gerufen.) Einen Anderen
erschossen die franctireurs, *als wir ängstlich durch eine*
Wiese marschierten. (Der erste Schuss ging durch die
Hoden, der zweite schlug durch die Wange und landete
im Rückenmark.) Aus großer Höhe betrachtet muss
unser Trupp dem Beobachter wie ein monströser Igel
erscheinen: Die Spitzen unserer Pickelhauben deuten
aufrecht ins Blaue, unsere Gewehre nach Süd und Nord,
nach Osten und Westen und alle Himmelsrichtungen
dazwischen. Und bei alldem hat jemand – oder etwas –
ein Auge auf uns. Genauer gesagt, auf mich. Und ich
spreche nicht von franctireurs.

23. August. Gestern hat ES zum ersten Mal mit mir
gesprochen. Seine Stimme klingt wie ein Anruf aus
dem Urschleim der Welt, ein nasses Schmatzen – es ist
klar, dass keine menschlichen Stimmbänder diese Worte
geformt haben. Wenn ich diesem Anruf folge, wenn ich
ausführe, was ES mir aufträgt, werde ich heil wieder
nach Hause kommen; dann wird kein franctireur *mich*
aus dem Hinterhalt erschießen, keine Mitrailleuse
mich durchlöchern. Aber ES hat mir sogar noch mehr
verheißen. Das ewige Leben …

Ganz offenkundig war der Autor dieses Tagebuchs dem
Wahnsinn verfallen. Kein Wunder, wenn man an die

Schlaflosigkeit dachte, die Strapazen eines modernen Krieges. Mir war längst klar, dass der Autor (wahrscheinlich Ernst Albrecht Hochmeisters Ururgroßvater) vom Einigungskrieg berichtete – jenem Krieg, den Bismarck anno 1870 mit Eidechsenschläue provozierte, weil er alle Deutschen mit Gewalt in einem Reich zusammenführen wollte. Ich blätterte durch Notizen, wo von *gigantischen Städten, die nicht von Menschen erbaut wurden* die Rede war und ein *Gott, der in der Tiefe wartet* mit einem Detailreichtum geschildert wurde, der für meinen Geschmack entschieden zu weit ging. Schließlich gelangte ich zu folgendem Eintrag:

1. September. Als wir frühmorgens in das Dorf kamen (es hieß Bazeilles), war es sehr still. Ich muss zugeben, dass es wie in der Heimat roch: nach saurer Milch und Altweibersommer. Wir hörten Muhen und Gackern, der Wind strich sanft durch die Wipfel. Kein Mensch schien zu Hause zu sein, aber wir traten vorsichtig auf und sprachen kein Wort. Plötzlich blühten dem Kameraden, der neben mir marschierte, drei rote Blumen mitten im Gesicht. Dann riss es den Mann weg, der vor mir ging. Dann ballte sich die Welt in ein einziges Rennen und Schreien zusammen, in ein Flüchten und eine große Angst. Unsere halbe Kompanie blieb in diesem stillen Dorf zurück – aus dem Hinterhalt abgeknallt wie die Hunde. Wir sammelten uns vor dem Ort, warteten auf Nachschub; jedem war klar, was er zu tun hatte. Vorsichtig – die Rücken an die Hauswände gepresst – kämpften wir uns vorwärts. Wer es oben in einem Fenster blitzen sah, schoss sofort hinein. Eine Tür nach der anderen flog unter unseren Stiefeltritten auf. Wir sahen dort nicht nur französische Soldaten

in ihren roten Hosen und blauen Uniformjacken. Das
wäre völlig in Ordnung gewesen: c'est la guerre. Wir
sahen aber außerdem Zivilisten – Männer und Frauen,
Bauern aus dem Dorf. Und diese Zivilisten hielten
Waffen in den Händen, manche Läufe waren noch warm.
Da hörte der Spaß natürlich auf. Wir machten alle
franctireurs nieder. Die überlebenden Zivilisten zwangen
wir, ihre Habseligkeiten in Bündel zu schnüren, und
trieben sie mit vorgehaltenen Gewehren nach draußen.
Dann steckten wir das ganze verdammte Dorf in Brand.
Ich fand einen alten Mann in einem Heuschober. Seine
Kleidung war schmutzig, am Kinn und auf den Wangen
hatte er weiße Bartstoppeln. Ein Heuhalm hing ihm
schief im Struppelhaar. »S'il vous plaît, monsieur«, sagte
er und hob die Hände. »Je n'ai rien fait.« Und dann
noch einmal: »S'il vous plaît, ne me faites rien.« Ich tat,
was ich IHM versprochen hatte. Es ist erstaunlich leicht,
einen Menschen mit einem Bajonett zu durchstechen:
beinahe so leicht wie einen Kartoffelsack. Anschließend
rinnen die Lebenssäfte aus dem schlaffen Bündel in den
Boden. Niederknien und das warme Blut schlürfen war
eins.

1. September (Fortsetzung). Sedan. Auf freiem Feld waren
die französischen Soldaten unseren Kanonen schutzlos
preisgegeben: Die winzigen wimmelnden Gestalten
versuchten, in die Stadt hineinzukommen, aber das
war schwierig, weil Sedan nur ein Stadttor hatte, und
so trampelten die Franzosen einander tot. Jene, die es
doch hineinschafften (hunderttausend Mann in eine
Stadt mit achtzehntausend Einwohnern), stellten fest,
dass die Mauern von Sedan im Mittelalter zwar ganz
gut gegen Eindringlinge geholfen hatten, sie aber jetzt
nicht vor dem Tod schützten, der in Form von Granaten

durch die Luft herangepfiffen kam. Ganze Häuserzeilen
brachen nieder. Sieg, Sieg, Sieg! Sieg im Volkskrieg! Der
französische Kaiser soll sich schon ergeben haben. In
seinem Haus in R'lyeh liegt der tote Cthulhu und
träumt. Und das ewige Leben wartet auf mich ...

Das ewige Leben!

Bildlegende: Ernst Albrecht Hochmeister und seine Frau
Lechsinka Zajaczkowski, händchenhaltend. Auf den vorigen
Seiten: Ein indonesisches Flüchtlingskind kassiert eine
Ohrfeige. / Unchristliches Tischgebet im Hause Hochmeister. /
Ernst Albrecht Hochmeister, vor unserem Reporter stehend,
fordert Respekt für das deutsche Volk.

Das Folgende ist ein Traum. Ich muss über dem Tage-
buch eingeschlafen sein, denn um Mitternacht klopfte
es an die Hotelzimmertür. Ein Kind stand davor: Es war
eines von den indonesischen Flüchtlingskindern – nicht
der Junge, der sich mit gefalteten Händen für die Gastfreundschaft seiner Zieheltern bedankt hatte, sondern
ein Mädchen von vielleicht vier oder fünf Jahren. Braune
Haut, riesige dunkle Augen; mir fiel auf, dass das Kind
barfuß war. Ohne ein Wort zu sagen, drängte es sich an
mir vorbei ins Zimmer, nahm die schwarze Kladde an
sich und steckte sie unter die Bluse. Dann winkte die
Kleine mir – ich sollte ihr folgen. Lautlos schritt sie die
Stufen der Hoteltreppe herunter, lautlos stieß sie die
schwere Tür nach draußen auf. Viele Kilometer gingen
wir entlang der Fernstraße, nur hin und wieder über-
holte uns ein Auto. Endlich erreichten wir den dunklen
Wald, der Hochmeisters Burg umgab. Wieder überquerten wir die Zugbrücke, wieder gingen wir durchs Burg-

tor. Am Himmel hing ein kranker gelber Halbmond. Das Mädchen wandte sich nach rechts zu einem Eingang im alten Gemäuer, den ich nicht bemerkt hatte. Eine Treppe aus roh behauenem Stein führte in die Dunkelheit hinab, ich folgte dem Kind. Es roch nach Moder – und nach etwas anderem, etwas Namenlosem, das mich schaudern ließ. Mir kam vor, als seien wir viele Stunden ins Erdinnere gestiegen, obwohl das natürlich unmöglich ist. Die Finsternis, die uns umgab, war so dicht, dass ich sie als körperliche Anwesenheit fühlte. Mehrmals wäre ich beinahe ausgeglitten, weil die Steinstufen unter uns so unregelmäßig waren. Dann sah ich vor uns ein grünliches Leuchten, gleichzeitig wurde der namenlose Geruch stärker – ich kämpfte mit dem Brechreiz. Die Silhouette des Mädchens zeichnete sich als Schatten vor dem fahlen Licht ab. Noch ein paar Schritte, dann standen wir in einem unterirdischen Raum – einer Art Gruft. Es fällt mir schwer weiterzuschreiben. Denn während ich, vor meinem Laptop kauernd, Wörter und Sätze in die Tasten haue, setzt sich in meinem Kopf wieder jenes grauenhafte Bild zusammen, ich höre die Schweine grunzen und höre ein nasses Schlürfen, das tief aus dem Erdinneren zu dringen schien ... Disziplin! Schließlich war alles nur ein Traum, nicht wahr? Ich sah: Auf einer Art Empore saßen Ernst Albrecht Hochmeister und seine feiste blonde Gemahlin, sie saßen auf zwei thronartigen Stühlen. Das grünliche Leuchten, von dem der gruftartige Saal erleuchtet wurde, kam von überall und nirgends her. Vor der Empore wimmelten Säue und Ferkel; voller Ekel bemerkte ich, dass sie von einer Art weißlichem Pilz befallen waren. Hinter den Schweinen und Menschen machte sich ein Wandgemälde breit. Eine Riesengestalt stieg aus einem dunklen Gewässer an Land – wie gern hätte ich meinen Blick von dieser Gestalt abgewendet! Das Wesen hatte einen schuppenartigen Körper und Klauen; schleimige Tentakel schlenkerten von seinem Kopf herab. Hinter und zwischen den Tentakeln erblickte ich etwas, das wie die Karikatur eines menschlichen Gesichts aussah; auf dem Rücken des Ungeheuers flatterten schmale Drachenflügel. Seine Augen waren klein und unendlich böse; sie waren mit jenem Trick gemalt, der bewirkt, dass sie dem Betrachter überallhin zu folgen schienen. (Noch heute sehe ich die Augen im Schlaf vor mir.) Über dem Bild standen in Fraktur zwei rätselhafte Verse:

Das ist nicht tot, was ewig lügt und liegt!
Krümmt sich die Zeit, dann wird wohl auch der Tod besiegt.

Die Kleine, die mich hierhergeführt hatte, trat vor Ernst Albrecht Hochmeister und Lechsinka Zajaczkowski. Sie vollführte einen artigen Knicks, dann zog sie unter ihrer Bluse die schwarze Kladde hervor. Hochmeister nahm sie mit einem gnädigen Kopfnicken in Empfang. Anschließend entkleidete das Mädchen sich und legte sich zu den neun anderen Kindern, die (ebenfalls nackt) schon auf sie warteten. Alle trugen ein betäubtes Lächeln im Gesicht. Hochmeister und seine Gattin machten sich mit spitzen Zähnen über die Kinder her. Grinsend, mit blutverschmiertem Mund, blickte er zu mir herab: *Heute schlemmen wir allein*, sagte er mit körperloser Stimme. *Morgen wird ganz Deutschland mit uns schlemmen.* Im selben Moment begann die Gestalt auf dem Wandgemälde sich zu bewegen – langsam wandte die ungeheuerliche Tentakelgottheit mir ihre schleimige Aufmerksamkeit zu. Ich schrie, wie ich noch nie im Leben geschrien habe. *Iä! Iä! Cthulhu fhtagn! Ph'nglui mglw'nafh Cthulhu R'lyeh*

wgah-nagl fhtagn ... Schreiend rannte ich zu der modri-
gen Steintreppe, schreiend stürzte ich in der Finsternis
die Stufen hinauf; unter dem kranken Mond schrie ich
unaufhörlich weiter, während ich zurück zu meinem Hotelzimmer rannte. Dann wachte ich auf. Ich muss wohl
aufgewacht sein.

Ich saß immer noch am Schreibtisch, die Schreibtischlampe brannte. Aber das kleine schwarze Notizbuch
war verschwunden.

Julia war keine Wagnerianerin, eher im Gegenteil. Das lag nicht an Richard Wagners Antisemitismus (auch Tschaikowsky und Chopin hatten Juden nicht besonders leiden können; na und?) – was sie störte, war nur die Musik. Wagners Kompositionen kamen Julia bombastisch vor, unecht, gespreizt; über weite Strecken fand sie das Zeug schlicht langweilig. Geigenkompanien, Posaunenkohorten, Paukenschwadronen, die jede noch so kleine Gefühlsregung ins Gigantische aufbliesen: Richard Wagners Musik war so verquast wie eine Rede voller donnernder Klischees, wie eine Festansprache, deren Autor nach zwei Sätzen leider vergessen hatte, was er sagen wollte. Und dann die Texte! Gewiss: Die meisten Opernlibretti sind albern – aber Wagners Texte waren nur noch gaga. Nach Julias Meinung war das Beste, was dem Publikum bei einer Wagneroper passieren konnte, dass jemand die Worte sang, der garantiert kein Deutsch konnte: in diesem Fall blieben sie wenigstens unverständlich. Und Wagners bedeutendste Erfindung, das Leitmotiv? Sie hatte nach Julias Überzeugung nichts mit Musik zu tun. Dass jede Figur vom Komponisten eine charakteristische Melodie zugeteilt bekam, die ihren Auftritt ankündigte, diente theatralischen Zwecken, nicht denen der Komposition. Es war kein peinliches Missverständnis, dass Hollywood sich dieses Einfalls bemächtigt hatte, sondern eine logische Konsequenz. Hier trat die Wahrheit ans Tageslicht (dachte Julia): Im Grunde war Richard Wagner ein Filmkomponist. Er hatte bloß das Pech, dass es zu seiner Zeit noch kein Kino gab. Der *Walkürenritt* war als Komposition einfach nur schäbig, pompöse Aufmerksamkeitshascherei. Nie hätte ein wirklicher Meister wie Beethoven oder Duke Ellington diesen tönenden Kitsch verbrochen. Aber kombiniert mit Breitwandbildern von tomahawkschwingenden Cowboys – oder von Raumschiffen, die dem Todesstern entgegenstürzen – war der *Walkürenritt* natürlich großartig.

Nur eine Ausnahme ließ Julia zu, nur eine Wagneroper verachtete sie nicht, oder jedenfalls nicht ganz und gar: *Tristan und Isolde*. Der fünf Stunden lang hinausgezögerte Orgasmus! Der schwebende Akkord aus f und h und dis und gis, der nach unten hin in einer satten Harmonie aufgelöst werden könnte! Aber Richard Wagner verwehrt uns die Auflösung – der raffinierte Hund geht nach oben: Er lässt die Töne schmachten. Das, musste Julia zugeben, war mindestens clever. Und als es im zweiten Akt beinahe so weit ist, Isolde und Tristan singen irgendwas von der sehnsüchtig erwarteten Nacht, die Musik jubelt inbrünstig dem Höhepunkt entgegen, kommt es zu einem brutalen Bruch. Hörgenuss interruptus: »Rette dich, Tristan!« Nichts wird es mit der Auflösung des Akkords. Tristans falscher Freund Melot hat ihn verraten. Erst ganz am Schluss – die Musik ist unterdessen immer heftiger, immer orgiastischer, immer wahnsinniger geworden – gönnt der Komponist seinem Liebespaar die Ruhe im Höhepunkt, das Ende des disharmonischen Schmachtens, den Liebestod. Toll fand Julia das (toll im Sinne von »großartig«, aber auch toll im Sinne von »meschugge«). Dafür hielt sie manchmal sogar eine Oper mit Überlänge aus. Und Bodo hatte Karten besorgt. Den Tristan sang jener bekannte Heldentenor aus Brasilien, über den neulich ein Artikel in *Holzmann's Weltspiegel* stand, die Isolde war eine berühmte rothaarige Sopranistin aus Schottland. Der Regisseur hatte den ungeheuer originellen Einfall gehabt, König Marke als Großkapitalisten in Anzug und Krawatte auftreten zu lassen. Tristan war König Markes Geschäftsführer, Isolde die Juniorchefin einer Konkurrenzfirma. Kapitalismuskritik, trara! Aber das verdarb Julia nicht den Spaß an f und h und dis und gis nebst musikakrobatischen Ableitungen. Allerdings hätte Bodo auffallen können, dass sie ihn nie anfasste. Und seine Hand auf ihrem Schenkel war lediglich ein geduldeter Fremdling, kein lieber alter Freund, der sich eingeladen fühlen durfte.

Hinterher gingen sie in jene vorsintflutliche Hotelbar neben dem großen künstlichen See, in der sie sich vor ein paar Monaten (wie vielen eigentlich?) kennengelernt hatten. Es gab immer noch viel Glas und viele Spiegel zu bestaunen; die Barhocker waren immer noch mit rotem Plastik überzogen. Hinter dem Tresen stand sogar derselbe junge Schnösel mit der schwarzen Fliege und lächelte mokant. Auf dem Bildschirm flimmerte eine Reportage: Eine todgeweihte junge Frau hatte eine Knopflochkamera in ein Zwangsquarantänelager mitgenommen. Sie dokumentierte, dass der Arzt, der jenes ZQL leitete, auf die geniale Idee gekommen war, den Patienten ihre Sozialversicherungsnummern mit blauer Farbe auf den Unterarm tätowieren zu lassen. Schnitt: ein Interview mit dem Bundeskanzler. Der Bundeskanzler sprach zwar von einem *Skandal*, wies aber *mit Empörung* die Unterstellung zurück, es handle sich hier um ein Verfahren, das an Auschwitz erinnere. »Das kann man doch nicht vergleichen!« In Auschwitz seien Millionen unschuldiger Menschen ermordet worden, in einem ZQL gehe es darum, unheilbar kranken Patienten einen *würdigen Tod* zu bescheren. Der Feind sei nicht ein *übereifriger Arzt*, sondern die Krankheit, der man *mit allen Mitteln der Seuchenfürsorge* zu Leibe rücken müsse, bis ein Heilmittel gefunden sei. Bodo bestellte Kir Royal für sie beide. Nachdem sie mit ihren Sektflöten angestoßen und getrunken hatten, sagte Julia ohne Pause und ohne Überleitung: »Bodo, ich weiß alles.«

»Wie meinst du das?«, fragte er und lächelte.

»Ich weiß, dass du ein Schuft bist«, sagte Julia. »Ein Schuft und ein gemeiner Lügner. Hat eigentlich irgendetwas von all dem Bullshit gestimmt, den du mir erzählt hast?« Zu keinem Zeitpunkt hatte sie die Stimme gehoben: Sie sprach so ruhig und sachlich, als ginge es um den Wetterbericht. Oder die Finanznachrichten nach einem besonders ruhigen Tag an der Börse. Bodo setzte sich aufrecht hin und strich seine karmesinrote Seidenkrawatte zurecht. (Er trug einen blauen Anzug, sie ein schwarzes Abendkleid, das er ihr gekauft hatte.) »Ich habe keine Ahnung, wovon du redest«, sagte er kalt.

»Ich rede zum Beispiel davon.« Julia holte ihr kleines Glastablett aus der Umhängetasche und knipste es an. Dann hielt sie Bodo den folgenden Eintrag unter die Nase.

17. März. 08.03 Uhr. Die Zielperson verlässt ihre Wohnung und steigt in ihren roten Porsche.

08.10 Uhr. Die Zielperson nimmt die A 255 in südlicher Richtung.

08.17 Uhr. Die Zielperson fährt über die A 1 auf die A 7.

12.31 Uhr. Abfahrt auf die Autobahnraststätte Großenmoor Ost.

12.35 Uhr. Die Zielperson nimmt eine Mittagsmahlzeit ein.

12.52 Uhr. Weiterfahrt.

18.34 Uhr. Der rote Porsche der Zielperson biegt von der A 3 ab. Abfahrt 114.

19.43 Uhr. Die Zielperson parkt vor dem Gasthaus »Zum Wilden Mann«. Fortsetzung der Observierung innen.

19.55 Uhr. Die Zielperson checkt ein, trägt ihren Koffer nach oben, begibt sich in den Speisesaal.

20.12 Uhr. Zwei junge Männer betreten den Saal. Laut Gesichtserkennungssoftware handelt es sich um DRAGAN PAVLESKI und BRANKO XHAFERI (siehe Anlage).
Die Zielperson begrüßt die Gäste mit Umarmungen. Anschließend bestellen sie Essen und Bier. Von der folgenden Unterredung, die bei stark verminderter Lautstärke geführt wird, sind folgende Fragmente zu verstehen: »Videoclip«, »Interview«, »Ich habe noch Material«. Am Ende der Unterhaltung überreicht die Zielperson jedem der Gäste einen Briefumschlag. Beide Gäste öffnen ihre Umschläge, es werden Bargeldbündel sichtbar. Die Männer zählen nach.

20.56 Uhr. Ende der Unterredung. Die beiden jungen Männer verlassen das Lokal. Die Zielperson begleicht die Rechnung und begibt sich zu ihrem roten Porsche. Schnelle Fahrt in südöstlicher Richtung auf der A 3.

21.03 Uhr. Abfahrt 115. Die Zielperson nimmt die B 85.

21.11 Uhr. Überquerung der Staatsgrenze nach Österreich.

Die Zielperson muss, da sie über einen Immunitätsausweis verfügt, keinen Gesundheitstest absolvieren, und gewinnt dadurch einen bedeutenden Vorsprung.

21.57 Uhr. Sichtung des roten Porsches der Zielperson vor dem FKK-Club »Highlife«.

23.38 Uhr. Die Zielperson verlässt den FKK-Club »Highlife« und fährt über die B 85 zurück.

0.05 Uhr. Die Zielperson parkt ihren roten Porsche vor dem Gasthaus »Zum Wilden Mann«.

0.10 Uhr. Die Zielperson begibt sich auf ihr Zimmer. Nachtruhe.

Anlage

DRAGAN PAVLESKI (24) und BRANKO XHAFERI (21) sind Staatsangehörige der Republik Nordmazedonien. (Fotos s. u.) Sie betreiben eine PR-Internetfirma in der Stadt Veles (s. Landkarte), die sich »ReeealNews« nennt. Unsere Recherche hat ergeben, dass diese Firma für Geld (Bargeld wird bevorzugt) sogenannte Deepfakes herstellt. So kostet es ca. 3000 Euro, einen täuschend echten pornografischen Film zu produzieren, der einen Prominenten (einen Politiker etwa) beim Geschlechtsverkehr mit einer Minderjährigen zeigt, und diesen Film anonym ins Internet einzuspeisen. Natürlich kann man den Prominenten auch Reden halten lassen, die er nie gehalten hat usw. Dank der Computertechnik ist es ferner möglich, Interviews mit einem oder mehreren Personen zu erstellen, die in Wahrheit nie stattgefunden haben. Einen von Anfang bis Ende gefälschten einstündigen Dokumentarfilm zu jedem beliebigen Thema zu erstellen, würde von 25.000 Euro aufwärts kosten. (Der Preis richtet sich danach, wie viele Fake-Personen in dem Film zu sehen sein werden, ob ein Drehbuch schon vorliegt oder erst geschrieben werden muss, ob der Dokumentarfilm von ebenfalls gefälschten Dokumenten und Fotografien flankiert werden soll.) Natürlich verbot es sich, Fragen über Kontakte mit der Zielperson zu stellen. Es muss aber davon ausgegangen werden, dass die Zielperson schon öfter die Dienste von »ReeealNews« in Anspruch genommen hat.

Arbeitskosten: 25 Stunden á 110 Euro
Spesen: 537,50 Euro (Benzinkosten, eine Übernachtung im »Wilden Mann«, Verpflegung – s. Belege)
Gesamt: **3287,50** Euro

Wir bitten, die Summe auf unser Konto zu überweisen.

»Ich habe noch mehr«, sagte Julia. »Ich habe deinen geheimen Computer gefunden und alles kopiert, was ich auf der Festplatte gefunden habe. Den Computer im Obergeschoss. In deiner Zweitwohnung, wo du deine Kostüme aufbewahrst. Es ist aus, Bodo. Aus mit uns beiden. Dieser Opernbesuch war für uns die Abschiedsvorstellung.«

Seine schönen Hände zitterten.

»Ich will dich nicht mit Fragen nach dem Warum behelligen«, sagte Julia. »Ehrlich gesagt: Das Warum ist mir schnurzpiepegal. Vielleicht bist du als Kind zu heiß gebadet worden. Vielleicht leidest du an einer interessanten Geisteskrankheit. Und vielleicht bist du einfach nur ein schlechter Mensch. Jedenfalls fände ich schön, wenn du mir wenigstens das Geld erstatten würdest, das mich die Privatdetektivin gekostet hat. Du weißt, dass ich nicht reich bin.«

Bodo schwieg.

»Im Übrigen glaube ich, dass sich dein Arbeitgeber sehr für das interessieren wird, was ich herausgefunden habe«, sagte Julia. »Ich habe all meine Funde gebündelt und an eine kurze E-Mail drangehängt, die an die Chefredaktion von *Holzmanns Weltspiegel* adressiert ist. Und jetzt – voilá! – schicke ich sie ab.«

Julias Zeigefinger setzte unerbittlich zur Landung auf dem Berührungsbildschirm an.

»Bitte nicht«, sagte Bodo leise.

Genau in dem Moment, als die Kuppe ihres Zeigefingers das gläserne Ziel erreichte, also jene berühmte Zehntelsekunde zu spät, durchschaute Julia, dass er sie und alle Welt nicht nur über seine Reisen belogen hatte. Es war eben, wie sie jetzt erst wirklich verstand, furchtbar unwahrscheinlich, dass der Zufall zwei Menschen zusammenführte, die zu einer verschwindend geringen Minderheit gehörten. (In Zahlen ausgedrückt kam dies nur bei neunundvierzig unter einer Million Begegnungen vor.) Und selbstverständlich konnte, wer die notwendigen Mittel investierte, auch einen jener begehrten orangen Ausweise fälschen lassen; das war nicht unmöglich, nur sehr schwierig. Und riskant – auf eine solche Fälschung standen viele Jahre Gefängnis.

Julia sah also im allerletzten Moment (denn ihre Augen waren nicht mehr die Augen einer Liebenden, nicht mehr gutgläubig, nicht mehr blind, außerdem hatte seine Solariumsbräune sich ins Blasse verflüchtigt und konnte nichts mehr überdecken) – sie sah die Flecken an Bodos Hals. Hellrote Zeichen, dass die Krankheit, die in ihm wütete, längst in ihrem tödlichen Endstadium angekommen war.

ELFTE REISE:
ATLANTIS

(Text: Bodo von Unruh, Fotos: Jacques Lacoste)

E in Telegramm! Wer um Himmels willen schickt heutzutage noch ein Telegramm? Ich riss den fahlgelben Umschlag auf, den die Postbeamtin mir entgegenstreckte, und las: *Fliege nach Perth (Australien) sofort ++STOP++groesster archaeologischer Fund der Geschichte++STOP++Pat.* Sofort wurde mir alles klar. Der schon beinahe rüde Ton, der keinen Widerspruch duldete; die etwas eigenwillige Wortstellung, die verriet, dass die Absenderin keine Deutsche war; als krönender Abschluss der durchgeknallte Superlativ – all dies entsprach ganz dem Stil von Patricia Halloran.

Wir kannten uns aus Oxford (ich hatte dort drei Semester studiert): Pat war uns allen immer mindestens eine Nasenlänge voraus gewesen. Während wir uns noch mit englischer Literatur abmühten, studierte sie schon die griechischen und lateinischen Klassiker – im Original, versteht sich. Thukydides, Platon, Homer, Sallust und Ovid. Sie war ein paar Jahre älter als wir und galt als unerreichbar. Es gab wohl niemanden, der nicht gern Orgien mit ihr gefeiert hätte, aber Pat lachte nur. Im landläufigen Sinn konnte man sie nicht schön oder auch nur hübsch nennen. Ihr Gesicht war zu breit und voll karamellfarbener Sommersprossen; die grünen Augen standen zu weit auseinander; sie ragte mit ihren zwei Metern fünfzehn über jede Menschenmenge hinaus. Das einzige uneingeschränkt attraktive Attribut war ihr Haar – ein kastanienbrauner Wasserfall, der ihr über die Schultern floss. Aber wenn es sich bei Pat auch um keine Schönheit im herkömmlichen Sinn handelte, waren wir doch alle in sie verliebt. Nicht nur die Männer, auch die Frauen. Hat jemals jemand etwas mit ihr gehabt? Nein, denn Patricia Halloran hatte keine Zeit; sie studierte, mit einem Fleiß, der ans Verbissene grenzte. Mit vierundzwanzig schrieb sie ihre Doktorarbeit über Cicero und das Ende der römischen Republik; weil ihr das nicht reichte, hängte sie noch ein Archäologiestudium hintendran. Nachdem sie sich an den wichtigsten Ausgrabungen ihrer Generation beteiligt hatte (in China, in Südmesopotamien, in Nordmazedonien), sattelte Pat ein drittes Mal um: Sie wurde Ethnologin. Danach verlor ich sie aus den Augen. Irgendwann wanderte die Frau mit den drei Doktorhüten nach Australien aus – zwanzig Jahre waren verstrichen, seit wir das letzte Mal ein Wort miteinander gewechselt hatten.

Leider hatte Pat vergessen, mir mitzuteilen, wie ich sie in Perth finden sollte. (Auch das war typisch für sie.) Zwar entdeckte ich eine Telefonnummer auf der Webseite der Universität von Melbourne, aber dort meldete sich nur ihre Assistentin, eine gewisse Jenny. Nein, sie habe keine Ahnung, wo Pat sich zurzeit aufhalte. Und um welche archäologische Entdeckung es sich handle, könne sie mir auch nicht verraten. Sorry! »Aber fliegen Sie nur nach Perth«, sagte Jenny. »Wenn Pat sich bei mir meldet, werde ich ihr auf jeden Fall ausrichten, dass Sie angerufen haben. Vielleicht mailen Sie mir die Adresse von Ihrem Hotel. Keine Sorge, Pat findet Sie schon. Die findet jeden.« Der Flug dauerte geschlagene neunundzwanzig Stunden (mit Zwischenstopps in Zürich und Hongkong); als mein Fotograf und ich aus dem Flugzeug stiegen, hielten wir Ausschau nach Pat – oder nach jemandem, der ein Pappschild mit meinem Namen hochhalten würde. Nichts. Das Taxi fuhr uns zu einem kleinen Hotel in der Innenstadt, das irgendwie schwedisch aussah. Hier auf der südlichen Halbkugel wurde es Herbst, aber es war immer noch warm: Das Klima erinnerte mich an Italien. Ich sah Bäume, moderne Hochhäuser und in der Ferne einen Strand, der mich nichts anging. In der Stille des Hotelzimmers angekommen, schloss ich erst einmal die Jalousien, legte mich ungeduscht ins Bett und schlief sofort ein. (Es war elf Uhr am Vormittag.) Eine halbe Stunde später klingelte das weiße Hoteltelefon. Ich erkannte die Stimme sofort: ein rauchiger Alt. »Steh auf, Faulpelz«, sagte sie. »Ich warte vor dem Eingang auf dich.«

Die Jahre waren nicht freundlich zu ihr gewesen. Runzeln hatten es sich auf ihrem Gesicht gemütlich gemacht. Der kastanienbraune Wasserfall war zu einem dicken grauen Zopf geworden, der ihr vorn auf die Brust baumelte. Aber die grünen Augen zwischen den Krähenfüßen blickten so wach wie einst und ehedem. »Schön, dass du mir einen gut aussehenden jungen Mann mitgebracht hast«, sagte meine alte Freundin, als ich ihr meinen Fotografen vorstellte. Ich glaube, er wurde rot. – Patricia Halloran saß vor dem Hoteleingang in einem offenen Jeep (mitten im Halteverbot). Sie war gekleidet wie eine Forscherin aus dem Bilderbuch: kurze Khakihosen und Khakihemd – auf dem Kopf trug sie einen breitkrempigen Schlapphut, der mit einer Schnur lässig unterm Kinn befestigt war. »Auf geht's, Jungs«, rief sie, nachdem wir eingestiegen waren, und gab Gas. Sie sprach Deutsch mit uns, schließlich war sie unter anderem auch ein Sprachgenie. Außer ihren zwei Muttersprachen Englisch und Gälisch konnte sie Akkadisch, Alt-

hebräisch, Sumerisch, Griechisch und Latein; von den
»neueuropäischen Dialekten« – wie sie sich ausdrückte – beherrschte sie Französisch, Italienisch und Nieder-
ländisch. Ihr Deutsch wurde durch einen grauenhaften
Akzent entstellt, außerdem brachte sie häufig Dativ und
Akkusativ durcheinander, aber das hinderte sie naturgemäß an gar nichts. »Hinten liegen Sandwiches«, sagte sie,
»wir werden nicht an Hunger sterben.«

Die Fahrt führte westlich aus der Stadt heraus. Erst kamen wir an einem Wäldchen vorbei, bald schon standen
nur noch durstige Pinien am Straßenrand, dahinter lag
die Wüste. Selbstverständlich interessierte ich mich nur
für ein einziges Thema: die archäologische Entdeckung,
die Pat uns versprochen hatte. Aber Pat überhörte all
meine Fragen mit beinharter Konsequenz. Stattdessen
sprach sie von den Aborigines, den australischen Ureinwohnern. »Als im achtzehnten Jahrhundert die ersten
Europäer hier ankamen«, sagte sie, »haben die Australier
sie vor allem verwirrt. Sie begriffen diese Leute nicht. Die
bauten keine Häuser, die betrieben keine Landwirtschaft,
die hielten keine Tiere – warum nicht? Die europäischen
Kolonisten konnten das nicht verstehen. Sie fanden die
australischen Ureinwohner primitiv. Sie dachten, das
seien Steinzeitmenschen ohne Kultur. William Dam-
pier, ein englischer Piratenkapitän, nannte sie, Zitat, ›die
erbärmlichsten Kreaturen auf der Welt‹.« Pat schaltete einen Gang höher. »Die Wahrheit ist natürlich, dass
die Aborigines die erfolgreichste Zivilisation gegründet
haben, die es je gab. Sie leben hier seit sechzigtausend
Jahren – und das ist eine konservative Schätzung. Wahrscheinlich sind es eher fünfundsiebzigtausend Jahre. Die
australischen Ureinwohner waren schon hier, als Rom
noch eine Ansammlung von Hügeln in Italien war. Sie

sind älter als Babylonien und Assyrien und das Ägypten der Pharaonen zusammengenommen. Die australischen Ureinwohner haben eine Klimakatastrophe überlebt: die Eiszeit. Sie haben das Mammut aussterben sehen. In ihren Liedern erzählen sie vom Abschmelzen der Gletscher, vom Ansteigen des Meeresspiegels, von Hügeln, die sich in Inseln verwandeln, von Meteoreinschlägen im westlichen Victoria. Die Aborigines haben so ziemlich alles überlebt – außer den Europäern natürlich. Die Europäer waren für sie der Weltuntergang.«

»Ist es nicht ein bisschen übertrieben, so zu reden?«, fragte ich.

»Nein«, sagte Pat. »1788 landeten dort, wo jetzt Sidney ist, die ersten britischen Schiffe, und errichteten eine Strafkolonie. Sechs Tage später verübten die Europäer das erste Massaker. Aber die ständigen Morde waren gar nicht das Schlimmste, sondern die Krankheiten. Die Ureinwohner starben zu Tausenden an den Pocken und anderen Keimen, die die Europäer eingeschleppt hatten. Wahrscheinlich sind auf diese Weise achtzig Prozent der Aborigines krepiert. Und dann« – Patricia Halloran riss das Steuer scharf nach links, um einem Känguru auszuweichen, das quer über die Straße hüpfte –, »dann kam der kulturelle Genozid. Anno 1869 hat die australische Regierung ein Gesetz erlassen, das es erlaubte, Eltern ihre Kinder wegzunehmen – vor allem dann, wenn sie im damaligen Jargon *gemischtrassig* waren.« Sie schwieg eine Sekunde lang. »Manche Kinder waren erst vier Jahre alt. Sie wurden in eigene Wohnheime gepfercht und mit vierzehn zum Arbeiten geschickt. Wenn ein Mädchen schwanger wurde, kam es zurück ins Wohnheim, dort hat sie ihr Baby geboren, und auch dieses Kind wurde gekidnappt. Es war nichts als Horror und Sklaverei. Und am grausamsten waren die Kirchen.« Beim Picknick (Schinken-Käse-Brote und Foster's Bier) erzählte Pat uns dann von einer Frau, die erst als Sechzigjährige darauf gekommen war, dass ihre Großmutter zu diesen entführten Kindern gehört hatte. Als zweijähriges Mädchen hatten die Behörden sie in eine katholische Missionsstation gesteckt – die barmherzigen Schwestern, die dort das Regiment führten, besorgten den Rest: mit Schlägen, Hohn und sexuellen Misshandlungen. Mit dreizehn musste die Großmutter arbeiten gehen; für diese Arbeit bekam sie keinen australischen Cent. Ihrer Enkelin log man vor, den dunklen Teint habe sie, weil sie italienischer Abstammung sei.

Viereinhalb Stunden dauerte die Fahrt, dann kamen wir an; mir kam es vor, als befände ich mich auf einem anderen Planeten. Gigantische Felsen lagen moosüberwachsen in der Landschaft – über die Jahrmillionen waren sie zu pastellfarbenen Tropfen mutiert. Tote Zweige von silbernen Bäumen ragten wie Skelettfinger aus krümeligem rotem Erdreich. Unbekannte Vögel zwitscherten fremde Lieder; auf der Straße erblickte ich die sterblichen Überreste eines halben Dutzends unglückseliger Kängurus. Unter einem der Felsen öffnete sich schwarz eine Höhle. Sie war von einem gelben Band weiträumig abgesperrt. Daneben stand ein großes weißes Zelt. Ein Rudel Touristen war vor uns eingetroffen, aber ein bärtiger junger Mann, der neben dem gelben Absperrungsband stand, verwehrte ihnen den Zutritt: Wir sahen rudernde Armbewegungen, geöffnete Münder, gereckte Zeigefinger – offenbar wurden gerade heftige Worte gewechselt. Bremsen quiekten, Pat brachte unseren Jeep neben den Touristen in einer roten Staubwolke zum Stehen. Der Chef des Touristenrudels, ein kleiner dicker

Mann mit Glatze, kam im Laufschritt auf uns zu. Ich hörte *questo è un ultragio* und *abbiamo il diritti*. Pat konterte mit *explorazione scientifica* und *chiuso fino a nuovo avviso*. Das wichtigste Argument stammte von dem bärtigen jungen Mann: Er verschwand in dem weißen Zelt und kehrte mit einem Schießprügel zurück. Als er seine Waffe durchlud, kehrte Stille ein. Das Touristenrudel stieg in einen Kleintransporter und suchte das Weite. Der junge Mann seufzte, wandte sich uns zu und schulterte sein Gewehr. »Das war heute schon die vierte Gruppe«, sagte er zu Pat. Dann streckte er mir die Hand entgegen: »Jeff Gottesman. Ich bin Pats Assistent. Sie sehen, es ist gar nicht so leicht, ein Geheimnis zu hüten.«

»Zum Glück wird die Geheimniskrämerei bald ein Ende haben«, sagte Pat. »Ich kann mir nicht vorstellen, dass unsere Freunde hier über unseren Fund schweigen werden.« Auf Deutsch fuhr sie fort: »Ein bisschen Kontext. Vor uns befindet sich Mulkas Höhle. Die australischen Ureinwohner erzählen, dass sie ihren Namen von einem gewissen Mulka hat, der das Resultat einer Verbindung zwischen einem Mann und einer Frau war, die nie und nimmer hätten heiraten sollen. Er war ein Riese, aber er hat so stark geschielt, dass er mit seinem Speer nie traf, wenn er auf die Jagd ging. Deswegen hat er angefangen, kleine Kinder zu fressen, so will es die Legende. Es heißt, dass er in dieser Höhle gelebt hat und Handabdrücke hinterlassen hat, die übermenschlich groß sind. Natürlich ist das alles – wie sagt man? – Quatsch. Vorsicht, niedrige Decke.«

Wir mussten uns bücken, als wir die Höhle betraten. Ein paar Schritte weiter setzten wir uns auf den Hosenboden und schauten nach oben. Bald sah ich den ersten Handabdruck an der Decke: Ocker auf Granit. Langsam gewöhnten meine Augen sich an das Dämmerlicht; ich sah eine zweite Hand, dann eine dritte. Nach ein paar Minuten wurde mir klar, dass die Höhlendecke von Handabdrücken wimmelte. Rote Hände, gelbe Hände, weiße Hände, orange Hände, Kinderhände, Erwachsenenhände; Hände über Händen. »Manche dieser Abdrücke sind tausende Jahre alt«, sagte Pat halblaut neben mir, »andere sind ganz frisch.«

»Was bedeuten sie?«

»Das weiß kein Mensch«, sagte Patricia Halloran. »Aber neuerdings habe ich eine Hypothese. Mehr als eine Vermutung ist es natürlich nicht.«

»Und zwar?«

»Ich glaube, dass die Handabdrücke uns warnen sollen«, sagte Pat.

»Wovor?«, fragte ich.

»Vor der Furie des Verschwindens«, sagte Pat.

»Wie bitte?«, sagte ich.

»Es wird Zeit, dass ich dir unseren Fund präsentiere.« Mühsam kraxelten wir aus der Höhle heraus; Pat führte uns zu dem weißen Zelt, das neben dem Höhleneingang stand, und schlug die Eingangsplane zurück. In dem Zelt sah ich verschiedene technische Gerätschaften. Einen Tisch, Stühle. Einen Schreibtisch und einen Computer. Neben dem Schreibtisch stand ein kleiner schwarzer Safe auf dem Boden. Pat ging in die Knie und fummelte an dem Scheibenschloss herum.

»Ist dieser Safe denn sicher?«, fragte ich. »Das kleine Ding kann doch jeder Strauchdieb mitnehmen.«

»Schon«, sagte Pat, »aber es ist mit einem Peilsender ausgerüstet. Sobald der Safe bewegt wird, schlägt er Alarm, danach zeigt er an, wo er sich gerade befindet.« Die Tür des Safes sprang auf. In dem Stahlkasten lag nur ein einziger Gegenstand, ein Etwas, das in ein schwarzes Tuch eingeschlagen war. Pat nahm den Gegenstand heraus und legte ihn mit beinahe zärtlicher Behutsamkeit auf den Tisch in der Mitte des Zeltes. Mit ihren knochigen Fingern – und ohne eine Spur von Theatralik – schlug sie das schwarze Tuch zurück.

Bildlegende: Fossil oder Artefakt?

Nun muss ich die Gefahr eingehen, dass die geneigte Leserin sich langweilt, und übergenau werden. Niemand soll präjudiziert werden; niemand soll sich von Schlussfolgerungen überrumpelt fühlen. Es kommt auf die Details an, nicht auf meine Deutungen. Bitte schön: In dem Tuch aus schwarzem Samt befand sich eine kleine durchsichtige Plastiktüte. In der Plastiktüte lag, luftdicht abgeschlossen, ein Gegenstand. Er war rechteckig. Er war aus Stein. Er hatte die Farbe von hellem Ocker. Seine Maße betrugen – ich benutzte ein Lineal, das Patricia Halloran mir liebenswürdigerweise über den Tisch reichte – vierzehnkommazweizweivier Zentimeter der Länge und sechskommaaachtvieracht Zentimeter der Breite nach. Exakt zweikommanulldreizwei Zentimeter unter dem oberen Rand des Gebildes begann eine milde Vertiefung; das heißt, in dem Rechteck war ein zweites und kleineres Rechteck eingelassen. Es maß fünfkommafünfachtacht Zentimeter der Breite und zweikommavierundfünfzig Zentimeter der Höhe nach. Unterhalb jener Vertiefung erblickte ich winzige rautenförmige Plateaus: zwölf Erhöhungen, die ihrerseits in Form einer Raute angeordnet waren. Jede Seite dieser größeren Raute maß dreikommaeinundachtzig Zentimeter. Ich fasse zusammen: ein rechteckiger Gegenstand aus Stein; eingelassen in das Rechteck eine (selber rechteckige) Vertiefung. Unterhalb der Vertiefung – rautenförmig angeordnet – zwölf winzige Erhöhungen.

»Was ist das?«, wollte ich wissen.

»Das frage ich dich«, gab Patricia Halloran zurück. »Was liegt da vor dir auf dem Tisch? Antworte schnell, aus erster Regung, möglichst ohne Nachdenken.«

»Ein Smartphone«, sagte ich. »Ein Blackberry. Etwas in der Art.«

»Falsch«, sagte Pat. »Unmöglich! Was du hier vor dir siehst, ist ein Fossil.« Dann klärte sie mich mit wissenschaftlicher Umständlichkeit darüber auf, wie ein Fossil entsteht. Item: Ein Organismus stirbt; ein Organismus wird im nassen Sand begraben; der Sand verfestigt sich, wird Sediment; das Fleisch verfault, nur die Knochen blieben zurück. Wasser dringt in die Knochen ein; in dem Wasser sind Mineralien gelöst. Diese Mineralien kristallisieren, und in Verbindung mit den Sedimenten, die den Leichnam fest umschlossen halten, entsteht ein harter Stein. Es gibt indessen auch eine Abwandlung, eine – freilich nur in Nuancen – andere Möglichkeit. Dabei nimmt Mutter Natur quasi selber eine Totenmaske ab. Ein verwesender Organismus hinterlässt im Sedimentgestein einen Abdruck; die Hohlform füllt sich mit anderen Mineralien; so (jeder Bildhauer kennt den Vorgang) entsteht eine Art Statue. Ein Abguss. »Es ist gewiss vorstellbar«, fügte Pat hinzu, »dass ein technisches Gerät im Sediment landet. Nichts hält ewig, nicht einmal Plastik. Rost frisst das Metall, dann wird der Rost seinerseits von Bakterien gefressen. Versteinerung. *Et voilà.*«

»Wie lange braucht es, damit ein solches Fossil entsteht?«

»Aha!«, sagte Pat und grinste. »Der Mann denkt mit!

Das ist die Kernfrage, nicht wahr? Ich will es dir verraten, mein Lieber: zehntausend Jahre. Mindestens.«

»Du glaubst also nicht, dass das Smartphone eines Touristen sich auf die Schnelle in ein Fossil verwandelt hat?«

»Nicht, wenn die Gesetze der Geologie auf dieser Erde noch etwas gelten«, sagte Pat. »Um sicherzugehen, haben wir übrigens gegoogelt. Es gibt nirgendwo ein Smartphone, das so ein Design hat wie« – sie wies auf den Gegenstand in dem schwarzen Tuch – »dieses Ding hier.« Nach einer Pause, in der nichts zu hören war als das Knipsen des Fotografen, sagte sie: »Es ist aber noch viel schlimmer. Wir gehen davon aus, dass dieses Fossil bedeutend älter ist als zehntausend Jahre.«

»Älter?«, fragte ich.

»Älter«, erwiderte sie mit Bestimmtheit. »Weißt du, was die Radiokarbonmethode ist? Sie beruht darauf, dass in abgestorbenen Organismen die Zahl der gebundenen radioaktiven Atome stetig abnimmt: nicht anders als Sand, der durch eine Sanduhr rinnt. In Fossilien findet sich nun leider nichts Organisches – sie sind einfach Steine. Man kann mit Geigerzählern aber das Alter der Umgebung messen, in der solche Steine gefunden werden. Das haben wir getan.«

Ich blickte sie fragend an.

»Drei Millionen Jahre«, sagte Patricia Halloran und spielte mit ihrem grauen Zopf. »Plus/minus zweihunderttausend.«

»Spinnst du?«

»Ich habe dir doch gesagt, dass es unmöglich ist.« Das war es in der Tat. Der wissenschaftliche Konsens lautet, dass unsere Spezies – *Homo sapiens* – ungefähr dreihunderttausend Jahre alt ist. Unser aller Vorfahr, der *Homo erectus*, trat vor weniger als zwei Millionen Jahren auf den Plan. Vor drei Millionen Jahren befand die Erde sich noch mitten im Pliozän. Die Landbrücke zwischen Nord- und Südamerika war gerade im Begriff, sich zu bilden; in Europa schoben sich allmählich die Alpen in die Höhe. In Bayern liefen Elefanten herum. Und Nashörner. Und Primaten. Aber es gab auf der ganzen Welt keine Menschen – schon gar keine Menschen, die in der Lage gewesen wären, mit einem Smartphone zu telefonieren. Mir wurde ein bisschen schwindlig. Patricia Halloran faltete das Fossil in der Plastiktüte wieder in sein schwarzes Tuch, dann verstaute sie das Päckchen behutsam im Safe.

»Das Artefakt ... das Fossil ist nicht alles«, sagte sie. »Ich kann dir noch mehr zeigen.«

Wir traten aus dem Zelt ins Freie. Im Westen bereitete sich ein kitschpostkartenbunter Sonnenuntergang vor. Jeff Gottesman saß auf einem Campingstuhl und las ein Taschenbuch, auf dessen Cover eine halbnackte Frau mit gewaltigem Busen und gezückter Strahlenwaffe zu sehen war; sie stand mit gespreizten Beinen vor einer riesigen fliegenden Untertasse. Sein Schießgewehr lag neben ihm. Als er uns kommen hörte, legte er eilig das Buch weg. »Geht ihr jetzt nach unten?«, fragte er. Pat nickte. Jeff sprang auf die Füße und begleitete uns zum Höhleneingang; an der rechten Seite gleich hinter dem Eingang stand eine Plastikkiste. Jeff bückte sich, kramte und holte drei Bergarbeiterhelme mit Karbidlampen heraus. Patricia Halloran nahm ihren Schlapphut ab, mein Fotograf packte seine Kamera in den Alukoffer, in dem sie auf Reisen ruhte – eine weise Vorsichtsmaßnahme, wie sich bald herausstellen sollte. Wieder bückten wir uns beim Betreten der Höhle und setzten uns auf den Hosenboden. Aber diesmal hielten wir uns nicht bei den tausenden Handabdrücken auf, sondern robbten weiter – Patricia immer vorneweg. »Vor ein paar Wochen war Jeff damit beschäftigt, ein paar besonders gute Handabdrücke zu vermessen«, erklärte sie dabei über die Schulter hinweg. »Er drang immer tiefer ins Innere der Höhle vor. Plötzlich gab der Boden unter ihm nach, er glitt nach unten wie ein nasser Sack. Vorsicht, gleich ist es so weit.« Mir fiel ein dünnes Tau auf, das an einem Karabiner befestigt war. Die überhängende Felswand kam mir bedrohlich nahe, ich bekam kaum Luft. Vor (halb auch unter) mir sah ich den Kopf meines Fotografen; Pat ahnte ich nur noch. Jetzt schaltete sie das Licht ihrer Helmlampe ein. Und dann (ich hörte ein Ächzen) fing ihr Lichtstrahl an, wild zu tanzen – bis er nach einer Weile verschwand. Nun war mein Fotograf an der Reihe: Auch er schnitt mit seinem Karbidlicht einen schmalen Kegel in die Finsternis, ehe er untertauchte. Eine halbe Minute später bemerkte ich ein Loch im Fels zwischen meinen Füßen, in das ich knapp hineinpasste: Ein Dickwanst wäre auf der Stelle stecken geblieben. Ohne das Seil wäre ich garantiert abgerutscht und mit vollem Karacho auf meinem Fotografen gelandet. Ich versuchte, das Tau zwischen den Schuhen einzuklemmen, krampfte meine Hände fest, aber es war doch mehr ein kontrolliertes Rutschen und Fallen, als dass ich geklettert wäre. Ich keuchte. Ganz langsam wichen die Wände des Tunnels zurück, in dem ich mich abwärtsbewegte wie eine besonders plumpe Raupe. »*Merde*«, sagte mein Fotograf unter mir. Ich hörte etwas plumpsen, das hart am Boden aufschlug: seine Kameraausrüstung. Hätte sie nicht gut gepolstert in ihrem Koffer gelegen, wären nur Scherben und ein Haufen Schrauben übrig geblieben. Irgendwann streckten sich mir vier Hände entgegen und verhalfen mir zu einer sanften Landung. Ich brauchte eine Zeit, bis ich wieder atmen konnte.

Jenseits der drei Lichtkegel unserer Helmlampen war es zappenduster. Ich hatte keine Ahnung, wie groß die Höhle war, in der wir standen. Sehr hoch schien sie nicht zu sein – ich konnte mich kaum aufrichten, ohne mit dem Helm an die Decke zu stoßen. »Moment«, sagte Pat, »wir haben hier etwas heruntergeschafft. *Shit*. Wo ist der Schalter?« Mit einem Schlag tötete eine Flutlichtanlage die Finsternis. Ich blinzelte; als ich wieder sehen konnte, brachen meine Gewissheiten zusammen. Ich verstand, dass alles, was ich über Geschichte, Erdgeschichte, Biologie, Fortschritt, die Natur des Menschen zu wissen geglaubt hatte, nur eine Illusion war.

Wieder muss ich die Geduld meiner Leserinnen strapazieren; und wieder kommt es vor allem auf Genauigkeit an – auf die stocknüchternen, die unglaublichen Details. Also: Wir standen auf einem Abhang, vor uns stürzte der Fels ungefähr fünf Meter in die Tiefe. In der Ferne erstreckte sich eine Höhle, die ungefähr so groß wie ein Fußballfeld und vielleicht so hoch wie ein zweistöckiges Haus war. Stalagtiten hingen von der leicht gekrümmten Decke herunter wie Rufzeichen. Mein Weltbild aber wurde von dem erschüttert, was ich unter ihnen sah. Da war ein Mosaik – ein riesiges Mosaik. Die Äonen hatten es ein bisschen gewellt, hier und da fehlte ein Stück, aber das große Ganze war deutlich zu erkennen: Millionen bunte glasierte Steinchen bildeten eine Landkarte. Sie zeigte (mein Fotograf hatte mittlerweile seine kostbare Kamera geborgen und ein phallisches Objektiv darauf geschraubt; klick, klick, klick ging sein Auslöser – ich beneidete ihn, weil er mit etwas Nützlichem beschäftigt war, weil er nicht einfach nur ungläubig staunte) Australien. Aber nicht jenes Australien, das wir kennen. Im Landesinneren waren Seen und viel grünes Land abgebildet; blau durchzogen Ströme und Flüsse den Kontinent. Und dann gab es Städte – viele Städte, nicht nur an den Küsten. Doch das war noch nicht einmal das Erstaunlichste, das ganz und gar Verrückte, Weltbildumstürzende. Sondern das folgende Detail: Die rechte untere Ecke des Mosaiks nahm ein eigenes Mosaikbild ein. Dort schwebte die Weltkugel – unsere große, unsere blau-lebendige Murmel – vor einem schwarzen Hintergrund. Fünf Kontinente, sieben Ozeane, alles richtig und maßstabgerecht dargestellt. Eingehüllt wurde die Erdkugel von einem schützenden Kokon: gekrümmten weißen Linien, die Punkte auf der Landkarte in hohen Bögen mit anderen Punkten verbanden – weißen Linien, die doch wohl nichts anderes darstellen konnten als ... Fluglinien? Über der Abbildung von Australien erblickte ich rätselhafte Zeichen; keine Schrift, die ich irgendwo einordnen konnte. »Was steht denn da?«, murmelte ich.

»Hier bin ich mit meinem Akkadisch am Ende«, antwortete Pat. Sie klang beinahe fröhlich. Dann erklärte sie, im Staub hinter uns hätten sie das fossilierte Smartphone gefunden. Der Staub habe genug organische Substanzen enthalten, dass eine Datierung mit der Radiokarbonmethode möglich war. Das organische Material rund um das Mosaik sei genauso alt wie der Staub um das Fossil. Drei Millionen Jahre. Plus oder minus zweihunderttausend.

»Was bedeutet das alles?«, fragte ich betäubt.

»Es bedeutet, dass wir nicht die Ersten waren«, antwortete Patricia Halloran. »Und vielleicht – wer weiß? – auch nicht die Letzten sein werden.«

Am Ende flog ich allein nach Deutschland zurück. Das kam so: Mein Fotograf und Patricia Halloran hatten mit der üblichen Methode entdeckt, dass es sich bei ihnen um ein Liebespaar handelte. Ich muss zugeben, dass die beiden auf ihre schräge Art wunderbar zusammenpassen: der kleine Jacques Lacoste mit seinem dunklen Haar, seinen braunen Mittelmeeraugen, dem ewigen Dreitagebart – daneben die Frau mit dem grauen Zopf, die ihn locker um zwei Haupteslängen überragte. Und der Altersunterschied? »Macht mir nichts aus«, sagte Pat und lachte. »Zum Glück sehen wir irischen Mädchen das nicht so eng. Ich bin doch erst sechzig – und er ist schon fünfunddreißig!« Jacques und Pat beschlossen, auf der Stelle zu heiraten; und weil sie beide (trotz alledem und alledem) katholisch waren, heirateten sie kirchlich, in der prächtigen neugotischen Kathedrale in Perth. Die Frage, ob Pat nach Deutschland oder Jacques nach Australien ziehen sollte, stellte sich im Ernst gar nicht; natürlich blieb mein Fotograf einfach da. Er eröffnete ein Fotostudio in Perth. Und so wird dies die letzte Reportage sein, die ich zusammen mit Jacques Lacoste gestalte – *adieu, mon cher ami!*

Im Flugzeug nach Hause gelang es mir nicht zu schlafen. Die Zementmischmaschine im Oberstübchen kam nicht zur Ruhe: wieder und wieder wälzte sie dieselben Fragen im Kreis herum. Woran war die Zivilisation, deren Spuren Pat in Westaustralien entdeckt hatte, gescheitert? An einem Virus? Einem Superbazillus, den kein Antibiotikum mehr töten konnte? Hatte eine Seuche diese frühen Menschen vor drei Millionen Jahren dahingerafft? Oder projizierte ich nur die Sorgen der Gegenwart auf eine unvorstellbar ferne Vergangenheit zurück? Waren die Angehörigen jener globalen Zivilisation der Internetpornografie erlegen? Hatten sie ihre Kräfte beim Anschauen von Schmuddelfilmchen verausgabt und keine Kinder mehr gezeugt, bis die Geburtenrate mit einem finalen Seufzer in sich zusammenbrach? War es am Ende vielleicht doch ein banaler thermonuklearer Krieg gewesen? Hatten irgendwelche verdorbenen Greise – namenlose Präsidenten oder Staatsratsvorsitzende – am großen Schalter das letzte Totenfest gestartet? Oder waren jene Frühmenschen kollektiv am Ennui krepiert, am Lebensüberdruss? Hatte eine Naturkatastrophe sie erledigt, ein Meteorschauer, eine Serie von Vulkanausbrüchen? War es Unfall, Selbstmord oder Mord? Und noch eine Frage suchte nach einer Antwort, die es (wie ich sehr wohl wusste) nicht gab und nie geben konnte: An welcher Wegmarke waren unsere Vorgänger falsch abgebogen? Wo hatten sie den Pfad eingeschlagen, der in den Abgrund führte? War der entscheidende Moment die Erfindung des World Wide Web, das jedem Irren erlaubte, Anhänger um sich zu scharen, und es furchtbar leicht machte, Fälschungen zu verbreiten – das die Idee, es gebe so etwas wie eine objektive Realität, nur noch lachhaft erscheinen ließ? War der menschliche Geist seinen Erfindungen am Ende nicht mehr gewachsen? War jene Urmenschheit in tausende Sekten und Stämme zerbrochen, die einander im Namen irgendwelcher fixer Ideen so lange bekämpften (mit Zähnen und Klauen, mit Messern und immer raffinierteren Bomben), bis nichts mehr übrig blieb? Oder kam der fatale Moment etwa schon, als die erste Druckerpresse in Bewegung gesetzt wurde? Hatte unser Buchdruck nicht auf geradem Weg dazu geführt, dass hinterher Protestanten und Katholiken einander in Bürgerkriegen zerfleischten; war die Urkatastrophe Europas, der Dreißigjährige Krieg, etwa nicht die Schuld von Johannes Gutenberg und seiner satanischen Erfindung? Hatte es vor drei Millionen Jahren schon einmal einen Johannes Gutenberg gegeben, der nicht wusste, was er tat? Oder begann der Weg in den Abgrund vielleicht schon Jahrtausende früher, als die Schrift erfunden wurde? Gab es so etwas wie ein natürliches Gesetz der Entwicklung, das friedliche Jäger-und-Sammler-Kulturen begünstigte und Leute, die lasen und schrieben und technisches Dingsbums entwickelten, mit eherner Unerbittlichkeit in den Untergang trieb? Oder steckte der Fehler im Fundamentalen? War es die Sprache? Schließlich haben wir Menschen uns nur mit ihrer Hilfe zu Herren der Schöpfung aufgeschwungen: ohne Sprache keine Musik, keine Mathematik, kein ökonomischer Mehrwert, keine Zivilisation. Ohne Sprache gäbe es keine Symphoniekonzerte; ohne Sprache gäbe es aber auch keine Atombomben. Dank der Sprache ist das Reich der Tiere heute eine Kolonie von unserer Gnaden – wenn wir wollten, wären wir imstande, sie binnen Stunden zu vernichten. Ohne Sprache kein Auschwitz. Ohne Sprache kein Parthenon. Die menschliche Sprache ist eine Naturgewalt, neben der jeder Taifun als sanftes Säuseln über die Wasser weht; und wir müssen davon ausgehen, dass auch jene Urmenschheit vor drei Millionen Jahren gesprochen – dass sie Lügengeschichten und Witze erzählt und Verschwörungstheorien verbreitet hat. Geschah das Unglück schon in jenem Augenblick, als Adam im Paradiesgarten den Mund aufmachte? Als er seine ersten Worte sprach und zu Eva sagte: »Ich liebe dich«?

Ich habe bis heute nicht den Schatten einer Ahnung. Aber eines wusste ich plötzlich ganz genau, während ich im Flugzeug saß und meine Nase am Bullauge plattdrückte. Naturgemäß konnte ich es nicht beweisen, trotzdem ging in meinem Schädel mit einem Mal die Sonne der Erkenntnis auf. Heureka! Das war es, was die rätselhaften Schriftzeichen über der Mosaiklandkarte von Australien bedeuteten: *Atlantis*. Was denn bitte sonst? Wir hatten die Legende, die Plato erzählt, bisher nur immer falsch verstanden. Bei dem griechischen Philosophen versank die mythische Insel in einem Ozean. In Wahrheit wurde Atlantis aber gar nicht von einem Meer aus Wasser verschlungen: Es versank im Ozean der Zeit. Plötzlich wusste ich auch, worum es sich bei dem Mosaikfeld in jener australischen Höhle handelte. Es war – natürlich! – das Relikt eines drei Millionen Jahre alten Flughafens. Und auf einmal sah ich sie vor mir, in einer Vision von niederschmetternder Klarheit. Da war der junge Geschäftsmann im Anzug, der sich sein Smartphone an die Ohrmuschel drückte (ohne zu wissen, dass es eines Tages als Fossil in einem Safe landen würde). Da war die todgeweihte Kleinfamilie: ein dicklicher Mann mit Stirnglatze, seine viel zu schöne Frau und ein aufgeweckter Junge mit strahlenden Augen. Und dort drüben: ein Angestellter, ein Einwanderer aus irgendeinem Hungerland, der Papierfetzen auf eine Schaufel fegte und sie über einem Eimer auskippte. Mit hocherhobenem Kopf ging an der Seite eine alte Frau vorbei; auf dem Unterarm hatte sie eine blaue Nummer eintätowiert. Und nichts war von ihnen übrig geblieben; es gab kein Denkmal und keinen Namen. Nicht einmal einen Hauch. Jene ferne Menschheit war untergegangen im Ozean der Zeit, der bald uns alle verschlingen wird. Und während sich unter mir das endlos glitzernde Blau ausbreitete, dachte ich an die Vergänglichkeit nicht nur des Glücks, sondern auch von allem Leid.

»Sitzen Sie bequem?«

...

»Wissen Sie, warum Sie hier sind?«

...

»Ist Ihnen klar, dass Sie *Holzmann's Weltspiegel* schweren Schaden zugefügt haben?«

...

»War das der Sinn des Ganzen? Sind Sie von der Konkurrenz bei uns eingeschleust worden?«

...

»Hat es Ihnen eigentlich Spaß gemacht? Das Lügen, meine ich?«

...

»Ist Ihnen bewusst, dass Sie nicht nur *Holzmann's Weltspiegel,* sondern unserer ganzen Branche geschadet haben? Jeder Schwachkopf, der von der ›Lügenpresse‹ schwadroniert, muss sich von Ihnen und Ihren erfundenen Reportagen bestätigt fühlen. War Ihnen das egal?«

...

»Sie haben sich nicht nur Interviewpartner, sondern ganze Städte und Länder ausgedacht. Wie kamen Sie auf die verwegene Idee, Sie hätten das Recht dazu?«

...

»Allerdings muss ich zugeben: Ihre Idee von der Eidgenossenschaft in den Bergen von Afghanistan ist hübsch. Wie kamen Sie darauf?«

...

»Weil wir gerade von der Eidgenossenschaft sprechen: Wir wissen natürlich von Ihren geheimen Nummernkonten. Ich habe keinen Zweifel, dass wir üppige Summen finden werden, die wir Ihnen als Spesen überwiesen haben. Auch das Lösegeld in Höhe von hunderttausend Euro, das wir für Sie und Jacques Lacoste bezahlt haben. Was sagen Sie dazu?«

...

»Überhaupt: Jacques Lacoste! Können Sie uns verraten, wie Sie auf dieses lächerliche Pseudonym gekommen sind?«

...

»Beinahe möchte ich Ihnen gratulieren. Es ist Ihnen gelungen, eine ganze Person aus dem Nichts hervorzuzaubern: Geburtsurkunde, Sozialversicherungsnummer, Meldebestätigung, alles ... Warum haben Sie eigentlich nicht gleich einen Reisepass für Jacques Lacoste beantragt?«

...

»Dass Sie Flugtickets und Hotels gebucht und diese Flüge nie angetreten haben, wissen wir natürlich. Gestatten Sie die Frage: Haben Sie je in Ihrem Leben die deutsche Staatsgrenze überschritten? Oder waren Sie immer nur auf der Landkarte und per Youtube unterwegs?«

...

»Mit Ihrem gefälschten Immunitätsausweis konnten Sie – im Unterschied zu uns Normalsterblichen – über jede Grenze! Durch, klar, ohne Kontrolle! Warum haben Sie davon keinen Gebrauch gemacht? Hat sich vielleicht so etwas wie ein Gewissen in Ihnen bemerkbar gemacht?«

...

»Ernst Albrecht Hochmeister und Lechsinka Zajaczkowski haben *Holzmann's Weltspiegel* übrigens wegen Verleumdung verklagt. Sie haben die beiden nie auf ihrer Burg in Niederbayern besucht. Ihr Interview haben Sie sich von A bis Z aus den Fingern gesogen. Die Affäre wird *Holzmann's Weltspiegel* wahrscheinlich viele Millionen kosten ... Lässt Sie das völlig kalt?«

...

»Ich möchte Ihr Vorgehen auch ganz grundsätzlich in Frage stellen. Deutschland baut dieser Tage seinen zweiten Flugzeugträger. Wir stehen kurz davor, Atommacht zu werden. Unser Bundeskanzler spricht davon, dass *Deutschland aus dem Schatten der Geschichte heraustreten* müsse. Warum schreiben Sie nicht darüber? Warum konzentrieren Sie Ihre Anstrengungen auf einen g'spinnerten Soziologen, der irgendwo im Bayerischen Wald wohnt?«

...

»Und dann diese Geschichte über Yael Maerisira! Da haben Sie sich ja was Tolles geleistet. Sie erfinden eine Schriftstellerin, bei der man alle Minderheitenmerkmale abhaken kann. Schwarz? Ja. Jüdin? Ebenfalls. Lesbisch? Oho! Und dann sitzt sie auch noch im Rollstuhl! Und Sie, ein weißer heterosexueller Mann, legen dieser Kunstfigur lauter reaktionäre Sprüche in den Mund. Sagen Sie mal, sind das eigentlich Ihre Ansichten?«

...

»Oder das mit der Stadt in Sibirien, wo der Kommunismus funktioniert. Und dann als Pointe das Baby, das im Interesse des Gemeinwohls getötet wird. Wie viel hat Ihnen die katholische Kirche dafür bezahlt?«

...

»Kennen Sie den: Ein Franzose, ein Engländer und ein Deutscher erhalten den Auftrag, etwas über Kamele zu schreiben. Der Franzose geht in den Zoo, stupst ein Kamel zweimal mit seinem Regenschirm ins Hinterteil und schreibt einen eleganten Essay: *Das Liebesleben der Kamele*. Der Engländer schlägt sein Zelt in einer Kamelherde auf, verbringt zwei Jahre unter ihnen, füllt ungezählte Notizbücher und veröffentlicht hinterher ein zweibändiges Werk: *Mein Leben als Kamel* – ohne jede Systematik, aber angefüllt mit lauter interessanten Details. Der Deutsche geht nach Hause, schließt sich in seinem stillen Kämmerlein ein, und ohne je ein Auge auf ein Kamel geworfen zu haben, verfasst er einen tausendseitigen Traktat: *Das kantische Ding an sich und das Kamel als solches*. – Finden Sie nicht selber, dass Ihre Methode im Sinne dieses Witzes verdammt deutsch war?«

...

»Haben Sie geglaubt, dass wir Ihnen nie auf die Schliche kommen?«

...

»Woher nehmen Sie Ihre Hybris?«

...

»War Journalismus Ihnen vielleicht nicht mehr gut genug?«

...

»Oder haben Sie Journalismus mit Eskapismus verwechselt?«

...

»Konnten Sie nachts noch gut schlafen?«

...

»Ich lese Ihnen jetzt ein Zitat vor. ›Wer nur darauf denkt, die Wahrheit unter allerlei Larven und Schminke an den Mann zu bringen, der möchte wohl gern ihr Kuppler sein, nur ihr Liebhaber ist er nie gewesen.‹ Gotthold Ephraim Lessing. Was sagen Sie dazu?«

...

»Oder interessiert Sie die Wahrheit überhaupt nicht?«

...

»Wir haben mittlerweile Ihre Kompagnons gefunden – Herrn Pavleski und Herrn Xhaferi. Sie haben uns alles zur Verfügung gestellt, was sie hatten. Die Rohmaterialien, um stundenlange Aufnahmen von Interviews zu fälschen. Die Software, mit deren Hilfe die beiden Videos gedreht haben, die Ihre Reportagen glaubwürdig erscheinen ließen. Ganz besonders hat uns die Rohfassung des Videos gefallen, in dem München in die Regenwälder des Amazonas verlegt wurde. Sehr lustig. War das teuer? Wie viel Geld haben Sie für diese Fake-Videos ausgegeben?«

...

»Die Geschichte über den telepathischen Orgasmus ist eine pubertäre Macho-Phantasie. Was für ein Frauenbild haben Sie überhaupt?«

...

»Der Regenwald brennt. Die Motorsägen laufen. Die letzten Bäume werden umgelegt, während wir hier reden. Warum schreiben Sie nicht darüber? Warum erfinden Sie statt dessen eine Utopie? Wieso spinnen Sie sich eine Idylle zusammen, statt die trostlose Realität zu schildern? Ist es nicht Aufgabe des Journalismus, das auszusprechen, was ist?«

...

»Sind Sie völlig verantwortungslos?«

...

»Sind Sie ein heimlicher Monarchist?«

...

»Sind Sie im Gegenteil linksradikal?«

...

»Wenn Sie an unserer Stelle säßen, was würden Sie dann mit so einem wie Ihnen anstellen?«

...

»Haben Sie uns noch etwas zu sagen?«

...

»Dann sage jetzt ich Ihnen etwas: Wir wissen, dass nicht nur Ihre Videos und Podcasts gefälscht sind. Nicht nur die Papiere Ihres nichtexistenten Fotografen. Auch Ihre eigenen Papiere sind Fälschungen. Ihre Geburtsurkunde: eine dreiste Lüge. Ihre Arbeitsbiografie: von vorn bis hinten erfunden. Wir vermuten, dass Sie auf diese Weise anfangs mit Dragan Pavleski und Branko Xhaferi in Berührung gekommen sind: Sie brauchten einen Identitätsnachweis. Stimmt das?«

...

»Wollten Sie verdecken, dass Sie Banken ausgeraubt haben? Sind Sie ein Kinderschänder? Oder was?«

...

»Wie kamen Sie auf das Pseudonym *Bodo von Unruh?*«

...

»War es anstrengend, die ganze Zeit zu lügen?«

...

»Wer sind Sie eigentlich?«

ZWÖLFTE REISE:
DEIN FREUND HARVEY

(Text: Julia Bacharach)

Zunächst die Überraschung, dass alles genauso ist
wie in tausendundeinem Bericht geschildert: Du
schwebst also wirklich über dir, und du siehst tatsächlich deinen Körper unter dir liegen. Die Laken sind zer-
wühlt. Dein Schlafzimmer liegt im Halbdämmer. Dein
Mund steht sperrangelweit offen; die Dunkelheit des
Zimmers hat sich in deinem Mund gesammelt wie in
einem dunklen Teich. Neben dem Bett steht der Gal-
gen – der Ständer aus Metall mit dem Plastikbeutel,
aus dem dir das Opium in die Adern getropft ist. Leider
tut die Krankheit am Ende sehr weh – du hast darauf
bestanden, dass alle Schleusen geöffnet werden, hast
dir die volle Dröhnung gegeben. In den letzten Tagen
deines Erdendaseins war dein Bewusstsein meistens
untergetaucht im Schlaf, nur gelegentlich kam es an
die Oberfläche.

Rund um dein Bett stehen die Umzugskartons. Deinen Porsche haben sie schon vor Wochen abgeholt. Die
Eigentumswohnung war längst verkauft, du bekamst
aber noch eine Gnadenfrist. Alle wussten ja, dass du
bald in dein letztes Zuhause umziehen wirst – in eine
Bretterbude mit miserabler Aussicht, zwei Meter unter
der Erde. (Immerhin haben sie dich nicht im letzten
Moment noch in ein ZQL eingewiesen oder ins Gefängnis gesteckt wegen Urkundenfälschung.) Deine
Freundin, die dich verraten hat, war nicht bei dir, als

du den großen Abflug gemacht hast. Sie war einkaufen. In deinen letzten Wochen hat sie sich in eine Krankenschwester verwandelt; hat dich bekocht, dir die Kissen aufgeschüttelt, darauf geachtet, dass du dich nicht wundliegst. Zwischendurch war sie immer wieder an deinem Laptop beschäftigt, und du hast dich gefragt: Was schreibt die Frau? Aber sie hat es dir nie verraten.

Du blickst mit einer Gleichgültigkeit, die dich selber erstaunt, auf deinen kaputten Körper herunter. Die Krankheit hat dir ziemlich zugesetzt: Die roten Flecken sind mittlerweile überall, du hast Gewicht verloren, man kann die Rippen zählen. Das geht dich jetzt aber schon nichts mehr an. Dich stört der Gedanke nicht, dass Bakterien längst angefangen haben, deinen Körper von innen her zu zersetzen; auch nicht, dass dein Leichnam bald ein Würmerfraß sein wird. Dich kümmert nicht einmal mehr, was dir früher gelegentlich Seelenschmerzen verursacht hat: dass du in ein paar Jahren vergessen sein wirst. So wie dein Leichnam vermodert, wird auch die Erinnerung an dich und dein Leben vergehen. Irgendwann zerbröseln auch deine Knochen, deine Zähne. Bald lebt keiner mehr, der dich gekannt hat: Dein Name wird auf einem moosbewachsenen verwitterten Grabstein stehen, das war's. Von deinem Geschreibsel wird nichts übrig bleiben – da machst du dir keine Illusionen. Aber ist das noch dein Problem? Nein.

Jetzt wird dein Körper auf dem Bett kleiner. Die Reise hat begonnen – es geht unaufhaltsam nach oben. Sindbad der Seefahrer lässt Sindbad den Lastträger unter sich zurück.

Du siehst dein Haus aus der Luft, den Würfel aus Glas und Kalkstein. Schon fliegst du über die Stadt, in der du gelebt hast: über den Strom, den Hafen mit seinen Kränen, den See zwischen den Häusern in der Mitte. Und im nächsten Augenblick findest du dich in dem bewussten Tunnel wieder. Jenem Tunnel, an dessen anderem Ende in weiter Ferne ein großes Licht leuchtet. Manche Leute sind aus diesem Tunnel auf die Erde, in ihren Körper zurückgekehrt, und so konnten sie hinterher von ihrer Reise berichten. Aber du nicht. Du kehrst nicht um; natürlich nicht. Immer höher schwebst du, das große Licht kommt näher. Und dann hast du es geschafft, du bist angekommen. Eine Gruppe von Menschen erwartet dich. Sie tragen keine Flügel auf den Rücken, das wäre albern. Sie tragen Alltagskleidung: T-Shirts, Jeans, Turnschuhe. Weiter hinten wird die Kleidung ein bisschen feierlicher – du erspähst Vatermörder, Jacketts, altmodische Schnurrbärte. In der vierten Reihe erkennst du deinen Urgroßonkel Erwin. Das ist der, den die SS in den letzten Kriegstagen als Deserteur aufgehängt hat. Freundlicherweise ist er nicht in seiner Wehrmachtsuniform erschienen; er zwinkert dir zu. Dein Vater ist nicht da. Zum Glück ist dein Vater nicht da. Aber ganz vorn wartet deine Mutter auf dich. Und ihr Kopf ist ganz heil! Nicht zertrümmert, wie du ihn zuletzt als Kind gesehen hast.

Ganz lebendig ist deine Mutter. Sie tritt auf dich zu, streicht über deine Wange, ruft dich bei deinem Namen. »Willkommen daheim«, sagt sie. Dann küsst sie dich. Sie sagt: »Ich weiß, du hast es nicht leicht gehabt, mein Bub.« Und: »Jetzt hast du's hinter dir. Gott sei Dank. Es ist vorbei.« Nachdem deine Verwandten dich genug umarmt und gestreichelt haben, sagt deine Mutter: »Jetzt musst du nur noch durch die Prüfung.«

»Die Prüfung?«, fragst du.

»Ja, das bleibt hier keinem erspart«, sagt dein Urgroß-onkel Erwin.

»Außer Babys natürlich.«

»Auch den ungeborenen, versteht sich.«

»Überhaupt Kindern.«

»Und Leuten, die einem Völkermord zum Opfer ge-fallen sind.«

»Aber zu denen gehörst du nicht.«

Zu denen gehörst du nicht.

»Wird schon schiefgehen«, sagt deine Tanta Anna. Ne-ben ihr steht Stefan, ihr Mann, und beiden sieht man nicht an, wie elend sie damals krepiert sind.

»Wir sehen uns auf der anderen Seite!«, ruft deine Mut-ter. Schon machst du dich auf den Weg. Du musst durch einen sehr dunklen Korridor voller staubiger Möbel, an denen du dir die Knie stößt. Du fluchst gotteslästerlich. Du biegst um eine Ecke und stehst in einem riesigen Raum. Es ist schwer, ihn zu beschreiben, diesen Raum, denn er hat keine Decke und keine Wände; eigentlich be-steht er nur aus blendendem Weiß. Im Vordergrund steht ein runder, mit grünem Filz bezogener Tisch.

Um ihn herum sitzen sechs Gestalten und spielen Karten.

Zwei von ihnen kehren dir den Rücken zu – ein Dicker und ein Dünner. Beide sind beinahe nackt; später wirst du bemerken, dass nur Tücher ihre Schamteile verhül-len. Auf dem Rücken des Dünnen kreuzen sich Narben: Offenbar ist er furchtbar gepeitscht worden. Er trägt einen seltsamen Schmuck im Haar, einen Kranz aus ge-flochtenen Dornen. Der Dicke daneben hat goldbraune Haut und eine gewaltige Glatze. Deine Augen wandern weiter: Auf der linken Seite hockt ein alter Mann in einem Beduinengewand. Weißer Bart, enorme Nase. Auf dem Kopf trägt er eine Jarmulke, an seinem Stuhl lehnt ein langer Holzstab. Rechter Hand ein Mann, der sich – wie ein Bankräuber – eine schwarze Wollmütze übers Gesicht gezogen hat; nur die Augen sind ausgespart. Dir genau gegenüber thront ein schöner junger Mann in einem prächtigen goldenen Umhang. Eine Pfauenfeder steckt ihm im Haar. Seine Haut ist so dunkel, dass sie blau schimmert; auf dem Tisch vor ihm liegt eine Flöte. – Last but not least ist da noch ein weißer Hase. Er sitzt aufrecht und hält Karten in den Pfoten und ist ungefähr zwei Meter groß. »Royal Flush!«, sagt der weiße Hase und donnert seine Karten auf den Tisch. Seine Mitspieler stöhnen. Der Hase streicht mit einer weit ausgreifenden Bewegung seines linken Vorderlaufs ihre Plastikchips ein.

»Seht mal, unser Gast ist da«, sagt der Mann mit der schwarzblauen Haut. Er und die anderen Leute am Tisch erheben sich. Sie stellen sich in einer Reihe auf, du defilierst an ihnen vorbei.

»Siddharta Gautama«, sagt der Dicke mit dem Lendenschurz. Er verbeugt sich und kichert.

»Jeschu ben Josef we-Mirjam ho-Nozrí«, sagt der Dünne. Dir fällt auf, dass schlecht ausgeheilte Narben seine Handgelenke und Füße entstellen.

»Moische ben Amram we-Jochéwed«, sagt der alte Mann mit dem Käppchen. (Bei dieser Gelegenheit fällt dir auf, dass er dem britischen Schriftsteller Howard Jacobson zum Verwechseln ähnlich sieht.)

»Lord Krischna«, sagt der schöne dunkelhäutige Mann. »Sie können aber auch einfach Wischnu zu mir sagen.«

»Mohammed ibn Abdullah w-Aminah«, sagt der Mann mit der schwarzen Wollmütze über dem Kopf. »Warum die Verhüllung?«, möchtest du wissen.

»Abbildverbot«, erwidert Mohammed kurz. »Neuerdings ist nicht einmal mehr erlaubt, mein Gesicht in erzählender Prosa zu beschreiben.«

»Quatsch mit Soße«, sagt der große weiße Hase. »In Wirklichkeit schämt er sich vor dem, was seine Anhänger in seinem Namen anrichten, deshalb bleibt er lieber inkognito. Ich bin übrigens Harvey«, fügt er hinzu und reicht dir artig die Pfote.

»Soll das ein Witz sein?«, fragst du. Die sechs lachen laut und (wie dir scheint) eine Winzigkeit zu lang. Sie laden dich ein, mit ihnen am runden Tisch Platz zu nehmen. Dir fällt auf, dass etwas weiter im Hintergrund ein Fernseher auf einer Kommode steht. Ein ganz altmodischer Fernseher mit einer Braun'schen Röhre, also kastenförmig; unter ihm befindet sich ein ebenso altertümlicher Videorekorder.

»Bringen wir es hinter uns, wie?«, sagt der mit der Dornenkrone. Er hat einen dünnen Bart und Korkenzieherlocken wie ein ultrafrommer Jude. In seinem braunen hageren Gramgesicht fallen dir dunkle Augen auf, die von Lachfältchen umkränzt werden.

»Nur keine jüdische Hast, *bubbale*«, sagt Moses zu Jesus. »Er ist doch gerade erst angekommen.« Und zu dir: »Vielleicht wollen Sie erst einmal ein Glas Selterswasser? *Goldene joich mit mandlen? A glesele wein fun Manischéwitz?* Ein Pastramisandwich?« Du schüttelst den Kopf.

»Alsdann«, sagt der Buddha. »Ich möchte Sie aber erst einmal in aller Form darauf aufmerksam machen: Es gibt eine Möglichkeit, diese peinliche Prozedur zu umgehen.« Er zeigt mit dem Finger auf Lord Krischna und grinst. »Voilà. Der da kennt einen Ausweg.«

Lord Krischna greift nach seiner Flöte. »Soll ich?«, fragt er.

333

»Ich bitte darum«, sagst du.

Lord Krischna spielt das Thema von Mozarts Konzert für Flöte und Harfe in C-Dur, Köchelverzeichnis 299; während er spielt, tut sich im Hintergrund – gleich neben dem Fernseher – eine Öffnung auf, hinter der es eher dunkel aussieht. Lord Krischna steht auf und fängt an, im Takt der Musik mit dem Oberkörper zu wiegen; die Öffnung im Hintergrund wird größer, sie nimmt eine längliche Form an – eine aufrecht stehende Ellipse, die langsam pulsiert. Im dämmrigen Hintergrund sind undeutlich Haare zu erkennen. »Also, ich würde mich an Ihrer Stelle ein bisschen zurückhalten«, sagt der große weiße Hase. »Diese Öffnung da führt auf direktem Weg zur Wiedergeburt. Und bei Ihrem Karma bringen Sie es doch höchstens zur Kanalratte in Kalkutta.« Du hattest dich schon halb von deinem Stuhl erhoben; jetzt setzt du dich wieder hin. Lord Krischna hört mitten im Takt auf zu spielen. Du trauerst der schönen Melodie nach.

»Ich habe hier wohl keine besonders guten Chancen, wie?«, fragst du zerknirscht.

»Warum meinen Sie das?«, fragt Mohammed mild.

»Weil ich ein Lügner bin«, sagst du. »Ich habe in meinem Leben so entsetzlich viele Lügengeschichten erzählt.«

»Ach das!«, sagt der Buddha.

»Machen Sie sich keine Gedanken«, sagt Lord Krischna.

»A ehrlicher lign is besser wie a halber emess«, sagt Moses, der wie Howard Jacobson aussieht.

»Nous sommes tout des menteurs«, sagt Jesus.

»Na, dann wollen wir mal«, sagt der große weiße Hase. Er hoppelt auf die Kommode mit dem Fernseher zu und zieht eine Schublade auf. Die Schublade ist größer und reicht tiefer, als du gedacht hast. Die Schublade hört überhaupt nicht mehr auf! Es ist völlig unmöglich, dass in dieser kleinen Kommode eine Schublade von so gigantischen Ausmaßen gesteckt hat, und doch verhält es sich so. In der Schublade liegen altmodische VHS-Kassetten. Jede hat einen mit der Maschine getippten Namen als Beschriftung; jede ein Geburts- und ein Sterbedatum. Der große weiße Hase fingert sich mit seinen Pfoten durchs Alphabet, bis er deine ganz persönliche Videokassette gefunden hat. Dann – rumms! – wirft er die gigantische Schublade mit einem geübten Schwung seines rechten Hasenfußes zu.

»Fertig?«, fragt er.

»Fertig«, sagst du. Inzwischen – du weißt nicht, wie – sitzt du auf einem Schaukelstuhl direkt vor dem Fernseher. Die fünf Gestalten, die am Kartentisch zurückgeblieben sind, interessieren dich beinahe nicht mehr.

»Gibt es noch etwas, was Sie von uns wissen wollen?«, ruft Mohammed aus dem Hintergrund.

»Nein.«

»Sollen wir Ihnen also nicht erklären, warum Gott das Böse zulässt?«

»Nein.«

»Oder die einheitliche Feldtheorie? Sollen wir Ihnen die einheitliche Feldtheorie aufmalen, die Quantenmechanik und Relativitätstheorie auf einen Nenner bringt und außerdem dunkle Energie und Materie erklärt? Die Formel passt auf eine Schultafel!« Das war Lord Krischna.

»Ich bin kein Physiker. Danke.«

»Soll ich Ihnen vielleicht verraten, ob ich der von Gott verheißene Messias bin?« Jesus.

»Sei nicht vorlaut, בובאלע (bubbale).«

Der Zwei-Meter-Hase schiebt die Kassette in ihren viereckigen Schlund; der Videorekorder verschluckt sie gierig. Du hörst Geräusche, die andeuten, dass er sie in seinem Inneren hin und her bewegt. Der Fernseher fängt an, bunt zu flimmern. Dann kommt, gestochen scharf, das erste Bild: Du rutschst durch den Geburtskanal. Der Fleischvorhang teilt sich, Blut, krasses Licht, guten Tag, herzlichen Glückwunsch. Hände, Gesichter, Lachen, Weinen, Gesang, hell und dunkel, riesengroß schiebt sich die Mutterbrust ins Bild, noch mal die Brust: ein rosa Vulkankegel mit roter Spitze, später ein Kuchen mit einer Kerze, dann zwei, dann drei, dann vier. Der erste Schultag! Zuckertüte und Malkreiden. Tante Anna. Und dann kommt diese furchtbare Szene – acht Jahre alt warst du damals. Der Lehrer kam in die Klasse und sagte, jemand habe ihm seinen Füllfederhalter geklaut. Und wer den Dieb kenne, möge ihn bitte melden. Und da bist du aufgestanden und hast mit dem Finger auf Bruno gezeigt, den sowieso keiner leiden mochte, erstens weil er dick war, und zweitens, weil seine Mutter auf den Strich ging. (Jedenfalls gab es da gnadenlos Getuscheltes und Gekichertes.) Du hattest diese Szene längst vergessen – aber Bruno hat sie nie vergessen. Und jetzt, während du sie wieder anschaust, geht es wie eine kaltheiße Welle über dich hinweg. Durch dich hindurch. Du bist wieder mitten in der Situation, es gibt nichts anderes für dich als diese Situation, nur bist du diesmal nicht nur du selber, sondern auch der andere: der, dem du es angetan hast. Und zum ersten Mal kapierst du, wie es damals *wirklich* war – du begreifst die moralische Wahrheit deiner Tat. Bald darauf kommen die Sachen, die für dich selber schlimm waren: deine Mutter am Fuß der Treppe, dein Vater in Handschellen und Tante Anna, wie sie an der Krankheit starb; dann die Heime und die Schläge. Aber all das hat seinen Schrecken verloren. Du weißt ja, dass sie alle hier bei dir sind. Alle deine Toten. Und du weißt, dass die Schläge vorbei sind. Schlimm ist für dich (während du im Schaukelstuhl sitzt und den Film deines Lebens anschaust) nur das, was in deiner Verantwortung gelegen hat. Jedes Mal, wo du jemanden gedemütigt, jedes Mal, wo du bewirkt hast, dass sich jemand in deiner Gegenwart klein und mies und hässlich gefühlt hat, fällt nun mit Urgewalt auf dich zurück. Verflucht sei jeder selbstherrliche Augenblick! Menschen waren in deine Gewalt gegeben, und du hast diese Gewalt missbraucht. Schuld und Scham. Schuld und Scham. Das habe ich getan? Ja, das hast du getan. Und hier, vor diesem Videorekorder, kapituliert dein Stolz – hier klagt dich ein Gedächtnis an, das nichts vergisst. Kein Detail. Keine Pein. Keine Peinlichkeit. Dass du nicht ganz vernichtet bist, liegt nur an den paar Akten der Freundlichkeit, die dir in deinem Leben gelungen sind. Dann kommt strafverschärfend etwas Zweites hinzu: Plötzlich siehst du die hübsche junge Nachbarin wieder, die damals mit dir ins Gespräch kommen wollte. Du warst dumm und stolz und schüchtern und hast vor ihrer Nase die Tür zugedrückt, statt sie auf ein Glas Rotwein und einen Gutenachtkuss hereinzubitten. Idiot! Tölpel! Denn so erging es dir noch hundertfach. Was für Chancen du dir auf deinem Lebensweg hast entgehen lassen. Welche Vergnügungen du nicht ausgekostet hast, obwohl sie dir natürlich erlaubt gewesen wären. Arrogant bist du gewesen, dumm und blind.

Nach einer Ewigkeit ist die Prüfung zu Ende. Du schlägst die Hände vors Gesicht. In deinem Kopf bildet sich klarscharf dieser Gedanke: *Ich habe den Tod verdient.*

»Er ist noch hier«, sagt der Buddha.

»Aber ganz durchsichtig«, sagt Jesus.

Tatsächlich! Du kannst durch die Hände deine Umgebung sehen. Als wärest du aus Glas gemacht. Oder aus dünnem Rauch.

Moses bietet dir seinen Wanderstab zum Festhalten an. Mit Mühe wankst du zurück zum Pokertisch.

»Wir hatten hier schon Fälle, bei denen war hinterher eigentlich nichts mehr da«, sagt Lord Krischna mitfühlend.

»Am schlimmsten ist es natürlich bei Mördern«, sagt der Buddha. »Die meisten bleiben sozusagen in der Videokassette gefangen. Sie kommen nie mehr aus ihrem Film heraus. Sie konnten ihr Opfer ja nicht einmal mehr um Verzeihung bitten.«

»Schlecht ergeht es auch Leuten, die Kinder geschlagen haben oder anders gemein zu ihnen waren«, sagt Jesus. »עין תחת עין!«

»Wie bitte?«

»Auge um Auge, Zahn um Zahn.«

»Ich glaube, Sie brauchen jetzt erst einmal einen Kaffee«, sagt der weiße Riesenhase sachlich. »Stimmt's?«

Du nickst schwach.

»Mohammed, hol dem Herrn einen Kaffee!«, ruft Moses.

»Immer ich«, klagt Mohammed unter seiner schwarzen Wollmütze hervor. »Okeh, okeh, ich geh ja schon.« Der Prophet, Friede sei mit ihm, verschwindet. Er verschwindet ganz buchstäblich: Im einen Moment saß er noch auf seinem Platz am Pokertisch, im nächsten Moment ist er weg. Eine Sekunde später taucht er wieder auf. An der Seite hält er die Stäbe von einem orientalischen Messingtablett zusammen; auf dem Tablett stehen winzige Mokkatassen aus Porzellan mit Rosendekor. Mohammed serviert jedem ein Gedeck.

»*Schukran*«, sagt Moses, als er an der Reihe ist.

»*Affion*«, sagt Mohammed.

Der Mokka duftet nach gar nichts, aber nachdem du den ersten Schluck genommen hast, bemerkst du: Dieser Kaffee hält perfekt die Balance zwischen Bitterkeit und Süße. Er schmeckt ganz dezent nach Kardamom und außerdem nach etwas anderem – einem Gewürz, dessen Namen du nicht kennst. Jedenfalls hast du noch nie im Leben etwas so Köstliches getrunken. Wärme fließt in dich, in deinen Bauch, und mit der Wärme kehrt das Leben in dich zurück. Prüfend betrachtest du deine Hand: Sie ist jetzt nicht mehr durchsichtig, sondern fest und fleischig. Auf einen Zug trinkst du den Mokka aus. Mit Mühe widerstehst du der Versuchung, laut »Aaaaah!« zu rufen.

»So«, sagt Jesus, »und jetzt musst du noch deinen Kaffeesatz lesen.«

»Meinen Kaffeesatz?«, fragst du.

»Das machen wir im Orient alle so«, sagt Mohammed, »das haben uns schon unsere Mütter beigebracht.« Moses nickt.

»Du musst einfach deine Mokkatasse umstülpen«, sagt der Buddha und betrachtet philosophisch seinen Kugelbauch. »Hinterher deuten wir gemeinsam, was auf deiner Untertasse liegt.«

Du drehst die Mokkatasse um. Auf deiner Untertasse liegt schwarzes Zeug: samtene Schwärze. In der Schwärze funkelt es, das sind Sterne. Ein Spiralnebel dreht sich faul um seine Achse. Eine Supernova explodiert. Ein Ufo zischt vorbei.

»Der Mann hat eine große Zukunft«, sagt Mohammed.

»Nein, eine kleine Zukunft«, sagt Moses. *»As men wel choppen alles, wet men choppen gurnischt.«*

»Falsch«, sagt der Buddha. »Er hat überhaupt keine Zukunft, hurra!«

Dir fällt plötzlich auf, dass sich gleich neben dem Pokertisch eine Tür befindet: eine ganz normale Tür aus Fichtenholz mit einer Klinke aus geschwungenem Messing. Unter der Tür leuchtet es hell hervor. »War die schon immer da?«

»Hihi«, sagt der Buddha.

»Was liegt dahinter?«, fragst du.

»Allah«, sagt Mohammed.

»Brahman«, sagt Lord Krischna.

»Das Nichts«, sagt Buddha.

»Mein Vater«, sagt Jesus.

»Der Gott, der im brennenden Dornbusch zu mir gesagt hat: *Ich werde sein, der ich sein werde*«, behauptet Moses.

»Ein Möhrenfeld von schier unendlicher Größe«, antwortet der Zwei-Meter-Hase. »Spaß, Spaß! Ich wollte nur andeuten, dass die Herren genauso wenig Ahnung haben wie ich. Oder genauer: Sie haben eben nur Ahnungen und nicht mehr. Keiner weiß, was auf der anderen Seite liegt. Nicht Jesus, nicht Mohammed, kein Erleuchteter aus dem Morgenland. Nicht einmal ich.«

»Und jetzt?«

»Sie haben die Prüfung bestanden«, sagt dein Freund Harvey, »ergo dürfen Sie passieren. An Ihrer Stelle würde ich nicht hier herumstehen und schwarze Löcher ins

Universum starren. Aber natürlich ist das Ihre Sache. Wir spielen jedenfalls weiter Poker.«

Die Tür öffnet sich ganz von allein. – Und du gehst einfach durch.

DANKSAGUNG

Stefan Grund war wieder mal mein erster (und selbstverständlich unbezahlter) Lektor. Thanks, mate. I owe you big time.

Die schöne Nach-Dichtung des Sonetts von Emma Lazarus stammt von dem John-Donne- und Shakespeare-Übersetzer Michael Mertes. Der Abdruck erfolgt hier zum ersten Mal und mit seiner freundlichen Genehmigung.

DER AUTOR

Hannes Stein, 1965 in München geboren, aufgewachsen in Salzburg, lebte lange in Schottland und länger in Israel; wanderte 2007 nach Amerika aus. Lebt in New York mit seiner Frau und seinem Sohn. Korrespondent der »Welt« und »Welt am Sonntag«. Bei Galiani erschienen der Auswanderungsbericht *Tschüß Deutschland!*, der Alternativweltroman *Der Komet* und der Weltuntergangskrimi *Nach uns die Pinguine*.

Aus Verantwortung für die Umwelt hat sich der GALIANI VERLAG
zu einer nachhaltigen Buchproduktion verpflichtet. Der bewusste
Umgang mit unseren Ressourcen, der Schutz unseres Klimas und der
Natur gehören zu unseren obersten Unternehmenszielen.
Gemeinsam mit unseren Partnern und Lieferanten setzen wir uns
für eine klimaneutrale Buchproduktion ein, die den Erwerb von
Klimazertifikaten zur Kompensation des CO_2-Ausstoßes einschließt.

Weitere Informationen finden Sie unter: *www.klimaneutralerverlag.de*

Verlag Kiepenheuer & Witsch, FSC® N001512

1. Auflage 2021

Verlag Galiani Berlin
© 2020, Verlag Kiepenheuer & Witsch, Köln
Alle Rechte vorbehalten
Umschlaggestaltung: Manja Hellpap und Lisa Neuhalfen, Berlin
Covergestaltung Lisa Neuhalfen und Maja Helpap
unter Verwendung von Motiven von mauritius images
Lektorat: Wolfgang Hörner
Gesetzt aus der Fournier
Satz: Buch-Werkstatt GmbH, Bad Aibling
Druck und Bindung: GGP Media GmbH, Pößneck
ISBN 978-3-86971-235-2

Weitere Informationen zu unserem Programm finden Sie unter
www.galiani.de

Apokalypse, kaltblütiger Mord – Pinguine

Gebunden, 208 Seiten

Die Menschheit hat sich selbst nahezu ausgerottet. Nur auf den abgelegenen Falklandinseln geht der Alltag weiter – bis der Gouverneur mit einer Churchill-Büste erschlagen wird … Hannes Steins skurriler Weltuntergangskrimi ist ein philosophisch-postapokalyptisches Vergnügen.

»Nie hat der Weltuntergang mehr Spaß gemacht, soviel steht fest.« *Die Rheinpfalz*

www.galiani.de

»Das Buch ist ein großer, intelligenter Spaß.« Die Zeit

»I bin doch ned deppat, i fohr wieder z'haus.«

Der Erste Weltkrieg hat nicht stattgefunden, Amerika ist Kontinent der Hinterwäldler: In diesem Roman gibt es keine Anglizismen, keine amerikanischen Erfindungen und keinen Krieg. Dafür ein Europa voller Juden, den Mond als deutsche Kolonie und Wien als Zentrum der Welt ...